KB113481

아주
작은
방울

초판 1쇄 인쇄일 2019년 05월 10일
초판 1쇄 발행일 2019년 05월 22일

지은이 | 서경
펴낸이 | 김기선

편집부 | 김아름, 박신혜, 김에너벨리, 유기웅, 배영주, 신현정, 전유정
디자인 | by_1984

펴낸곳 | 와이엠북스(YMBOOKS)
출판등록 | 2012년 7월 17일 (제382-2012-000021호)
주소 | 서울시 도봉구 노해로 379, 802호(창동, 대성빌딩)
전화 | 02)906-7768 / **팩스** | 02)906-7769
E-mail | ymbooks@nate.com

ISBN 979-11-322-4992-4 04810
ISBN 979-11-322-4991-7 04810 (set)

값 9,000원

※파본은 구입처에서 교환하여 드립니다.
※저자와 협의하여 인지를 붙이지 않습니다.
※이 책은 저작권법에 따라 보호를 받는 저작물이므로 무단 전재와 복제를 금하며,
이 책 내용의 전부 또는 일부를 사용하려면 반드시 저작권자와 와이엠북스의 동의를 받아야 합니다.

YMBOOKS
ROMANCE
STORY

아주 작은 방울

1

서경 장편소설

ym
BOOKS

차 례

프롤로그

하루 중 해가 제일 뜨겁게 내리쬐는 오후 3시.

테드 매거진 편집부 실내는 에어컨이 풀가동하고 있었지만, 편집장의 얼굴은 실외에 있는 사람보다 더 빨갛게 익어 있었다.

"편집장님, 대안으로 천주예는 어때요?"

"천주예? 김태영이랑 천주예가 급이 같아? 이번 호 메인이라고, 메인. 지금 분간 못 해?"

"TG전자 김재현……."

"이미 유컬 매거진에서 저번 달에 기사 냈잖아."

차갑게 일갈한 편집장 미희는 탁상 달력을 보더니 마감일을 체크했다. 마감이 일주일밖에 남지 않았는데, 매거진 메인 자리가 펑크 났다. 시간과 돈을 많이 들여서 어렵게 섭외한 배우가 대마초 사건에 연루되어 오늘 헤드라인을 장식했다.

"잠시만. 인턴."

"네, 네!"

지유는 메모장과 펜을 들고 편집장 앞으로 뛰어갔다. 그녀의 부름에 즉각 대답하지 않으면 어떤 불호령이 떨어질지 모른다. 지유는 긴장한 상태로 미희의 다음 말을 기다렸다.

"내 책상에서 핸드폰 좀 가져와."

"네! 알겠습니다."

지유는 편집장의 책상에서 핸드폰을 찾아서 미희 앞으로 달려갔다.

"여기 있습니다."

지유가 건넨 핸드폰을 받아든 미희는 바로 전화를 받았다.

"이미힙니다."

편집부 직원들은 모두 숨을 죽였다. 편집장이 통화하는데 잡음 하나라도 섞였다간 통화 내용이 그녀의 의도와 다르게 흘러갈 때 결국 혼나는 건 직원의 몫이었다. 다들 서로 흘깃거리며 눈치를 봤다.

"아, 그런 특종이. 호호호. 내가 이래서 선배를 사랑한다니까. 호호호. 내가 술 살게. 사랑해."

조금 전 화내던 사람이 맞나 싶을 정도로 하하 호호 웃으며 통화를 한다. 탐스런 머릿결과 붉은 입술이 조화를 이뤄 목소리와 무척 잘 어울렸다. 간드러진 목소리는 상대를 녹이기에 충분해 보였다.

전화를 끊은 후 편집장은 손가락으로 두 사람을 가리켰다.

"임동우, 그리고 인턴. 나 따라와."

"네, 편집장님!"

두 사람은 빠르게 가방을 챙겨 미희의 뒤를 따랐다. 또각또각 구두 소리에 맞춰 네 개의 운동화가 발 빠르게 그녀를 보좌했다.

***

"임동우. 이거 마셔."

"네, 감사합니다."

미희가 직접 캔 커피를 따서 동우에게 주었다. 그는 한 손으로 운전하며 다른 손으로 미희가 건넨 캔 커피를 받아 꿀꺽 마셨다.

나도 마시고 싶다.

지유의 목울대가 꿀렁였다. 그녀는 조수석에 앉아서 동우를 보며 입맛을 다셨다. 밖이 얼마나 더운지 잠시 차를 기다리는 동안에도 등에 땀이 맺혔다. 숨이 턱턱 막히도록 유난히 더운 날씨였다.

나도, 나도 커피 마실 줄 아는데.

외모 지상주의의 최고봉인 편집장은 편집부 내에서 동우를 특히 예뻐했다. 올해 인턴이 자신과 임동우 딱 둘인데, 김휘연 주임이 자신에게 와서 힘내라고 위로할 정도로 차별이 심했다.

거기다 여자는 같은 성별이란 이유로 잘하면 당연한 거고 못하면 더 갈굼을 당했다. 이 더운 날씨에 아이스 캔 커피를 편집장에게 받는 건 지유에겐 꿈도 못 꿀 일이었다.

"제이크. 오늘 귀국. 극비야."

"그런데 편집장님. 제이크가 누굽니까?"

"어머, 우리 동우가 제이크를 몰랐구나. 인턴. 넌 알지?"

"네? 아…… 그게."

제일, 제라드, 제이콥, 제이크. 뭐지? 그게 누군지 어떻게 아는가. 지유는 얼버무리며 가방에서 핸드폰을 꺼냈다. 검색만이 살길이다. 검색하려는 순간 운전석과 조수석 사이로 미희의 얼굴이 튀어 나왔다.

"딸꾹!"

"몰라? 인턴? 대학 졸업한 지 얼마 안 됐잖아. 그 학교에선 그것도 안 가르쳐줘?"

"죄송합니다."

말하면서도 억울했다. 편집장님 옆에 있는 임동우도 같은 학교인데! 같은 강의실에서 같은 수업도 받았던! 지유는 억울했지만 일단 모르는 것에 대해 죄송하다고 답했다.

"포토그래퍼 제이크, 정말 몰라? 상도 엄청 탔는데. 하긴 아직 국내에 제대로 얼굴이 알려진 적이 없지. 해외 상 휩쓸었잖아. 얼마 전에 사진집 출간하자마자 품절, 영미권까지 1위 찍었는데. 정말 몰라?"

"아! 기억이 나는 거 같아요."

"외모도 끝장난다더라. 기대돼, 호호."

지유는 격하게 고개를 끄덕이며 그녀에게 동조했다. 오늘 특히 미희가 들뜬 이유 중 하나는 제이크의 외모가 뛰어나다는 것일 거라고 그녀는 확신했다.

"그 사람이 몰래 귀국했다는 거 아니야. 그래서 말인데, 특종을 위해 작전을 좀 짜야 해."

미희가 사악하게 웃으며 동우와 지유를 번갈아 봤다. 지유는 작전이 무엇이든 복종만이 살길임을 알기에 두 주먹을 불끈 쥐었다. 할 수 있다! 아자! 뭐든!

***

도형은 자그마치 7년 만에 귀국했다. 중간에 비자 문제로 한 번 한국에 들어오긴 했지만, 아예 들어온 건 정말 오랜만이었다.

"형. 트렁크 이거 하나예요?"

"응. 하나."

몇 년 머물던 사람치고 트렁크 크기가 너무 작았다. 미국에서 고작 2년 머문 조수의 트렁크는 도형의 것보다 2배는 컸다. 심지어 그의 조수는 트렁크 2개에 배낭까지 멨다. 도형은 그에 비해 심플해도 너무 심플했다.

"형. 기자들 제가 다 물리칠게요. 저만 믿으세요."

"널 믿어도 되는 거냐."

"당연하죠."

도형은 미국에 머물 때 인터뷰 요청이 들어오면 일체 거절했다. 그게 국내든, 해외든, 잡지사든, 방송이든. 특히 얼굴 노출을 꺼리는지라 아직 그의 외모가 세상 밖으로 공개된 적이 없었다.

"세상을 등지고 살기에 너무 아까운 외모인데."

레이는 자신의 앞을 지나치는 도형의 뒷모습을 보며 혼자 읊조렸다. 물론 지금도 걸어 다니는 미남이지만, 외모가 노출된다면 걸어 다니는 기업이 될지도 모른다.

188cm의 장신에 비율이 좋아서 슬리퍼를 신어도 런웨이를 걷는 것 같은 착각을 불러일으키는 남자다. 역시나 오늘도 그는 사람들의 시선을 한 몸에 받고 있었다. 기내에서부터 시작된 그 시선이 불편할 만도 한데 그는 너무 익숙해 보였다.

무거운 카메라를 짊어진 건 조수인 자신인데, 근육은 어찌 도형의 몸에 다 저리 붙어 있는 건지. 옷을 입어도 도형의 몸은 숨길 수가 없었다.

그래서 레이는 종종 세상은 불공평하다며 억울해했다.

"작가님. 같이 가요!"

레이가 그를 따라나서며 선글라스를 위로 올렸다.

나가자마자 기자들이 몰릴 것을 대비해서 도형의 앞을 막으려고 전날 험악한 표정을 연습했는데, 막상 게이트를 나갔을 때 그들을 반기는 인파는 개미 한 마리도 없었다.

"극비긴 한데, 좀 너무한데? 제이큰데?"

레이가 주변을 두리번거리며 말했다. 정말 아무도 없으니 은근 실망스러워 레이는 선글라스를 탁 내려서 티셔츠 정중앙에 꽂았다.

도형은 정작 누가 있든 말든 관심도 없다는 듯이 택시 승강장 방향으로 몸을 돌렸지만 말이다.

"어? 저기 뭐야? 작가님, 작가님! 저기 좀 보세요!"

레이는 많은 인파가 몰려 있는 곳을 가리켰다. 곱상하게 생긴 놈 주위로 기자들이 덕지덕지 들러붙어 있었다. 레이의 물음에 도형도 고개를 돌려 그곳을 봤다. 팸플릿에 적힌 문구를 보던 도형의 미간에 주름이 잡혔다.

〈귀국 환영. 제이크!〉

"역시. 작가님. 뜨억. 기자가 많이 오긴 했었네요. 연예인도 아닌데. 우선 얼른 나가요!"

레이는 도형의 옷깃을 잡아끌었다. 어떻게 된 건지 모르겠지만 아마도 저 남자가 제이크라고 착각한 것 같았다. 그것도 단체로.

"으아아아, 아줌마! 뭐예요?"

레이는 자신 앞으로 갑작스레 튀어나온 여자 때문에 놀라서 뒷걸음질 치며 삿대질을 했다.

"안녕하세요. 테드 매거진 편집장 이미휩니다."

"네…… 네?"

"그쪽 말고, 제이크 씨 뵈러 왔어요. 그리고 나 아줌마 아니에요. 호호."

붉은 립스틱을 바른 여자는 정확히 레이의 뒤에 있는 도형을 집으며 제이크라 불렀다. 어떻게 알았지? 모든 인파가 저쪽에 몰려 있는데 이 여자 혼자 정확히 도형을 찾아왔다. 레이는 도형을 보호해야겠다는 생각에 카트를 손에서 놓았다.

***

지유는 미희의 말대로 동우를 보며 '제이크다!'라고 소리친 후

동우에게 뛰어갔고, 그는 제이크인 척하며 지유의 인터뷰에 응했다.

사방에 퍼져 있던 기자들이 순식간에 동우에게 물밀 듯이 밀려들었다. 작전이 성공한 것이다.

제이크에 대해 한국에 알려진 정보라고는 미혼 남성이고 외모가 죽여준다는 것 두 가지였다.

편집장이 예뻐하는 만큼 동우도 한 외모를 하는지라 미희의 계략이 잘 맞아떨어졌고, 그사이 미희는 제이크를 낚으러 갔다.

"휴."

지유는 적당히 기자들 틈을 빠져나와서 미희가 있는 방향으로 몸을 돌렸다. 아직 두 번째 작전이 남아 있었다.

"덥다, 더워."

푹푹 찌는 날씨. 공항 안에 에어컨은 풀가동이었지만, 지유는 여전히 덥기만 했다. 하도 뛰었더니 입에서 단내가 나는 것 같았다. 동우 오빠는 아이스커피도 받아먹고 좋겠다.

지유는 혹시 몰라서 가방에 넣은 핸드폰을 꺼내서 녹음 시작 버튼을 눌렀다.

미희의 뒷모습을 따라 가까이 갈 무렵. 지유는 가던 걸음을 멈추고 고개를 45도 정도 틀었다.

"어…… 어?"

지유는 미희가 대화하고 있는 상대를 뚫어져라 보다가 너무 놀라서 에코백을 떨어뜨렸다.

"도형 오빠?"

그녀는 자신이 본 게 제대로 된 건가 싶어 눈을 몇 번 깜빡였다. 그러나 남자는 서도형이 맞았다.

오빠 친구이자 학창 시절 지유의 편이 돼준 유일한 상대, 그녀가 친오빠보다 더 잘 따랐고, 기댔던 남자였다. 오늘 귀국을 한 건가? 근데 왜 편집장님과?

"……."

지유는 그를 마지막으로 봤던 때를 떠올렸다. 지금이 스물여섯이니 7년 만에 다시 보는 거였다.

설마 제이크가 도형 오빠?

지유는 긴가민가하며 그들에게 다가갔다. 이 더운 날씨에도 등장 자체만으로도 사람을 시원하게 만드는 것뿐만 아니라, 몸에 소름이 돋았다.

"어이. 인턴. 내 명함."

편집장은 뒤통수에도 눈이 달린 건지 오른손을 위로 들더니 얼른 오라고 까닥거렸다. 지유는 얼른 대답부터 했다.

"네, 네! 가요."

그리고 그녀는 명함 두 장을 꺼내 허공에 있는 미희의 손 위에 곱게 올려놨다.

"호호호. 제이크 씨. 제가 한눈에 알아봤잖아요. 포토그래퍼 말고 배우 하셔도 되겠어요. 운동도 자주 하시나 봐요? 혹시 골프 좀 쳐요?"

"아뇨. 못 칩니다."

"저도 못 쳐요. 호호. 잘 치시면 배우려고 했는데. 부담 갖지 마시고 해외에 계신 동안 국내 사정 잘 모르실 테니 설명해 드리면서 차차 제 소개도 하고, 티타임도 갖고. 어머, 근데 나이가 어떻게 되시더라?"

"누님. 저희 인터뷰 안 합니다."

레이가 도형의 앞을 막으며 인터뷰를 막았다.

"인터뷰 아니에요. 호호. 그냥 잘생긴 오빠 호구조사? 호호호호."

지유는 그녀보다 머리 하나는 더 큰 미희의 등 뒤에 서서 일부러 고개를 아래로 내렸다. 갑작스러운 재회는 생각지도 못한 거고, 그가 제이크라는 말에 도통 머릿속이 정리되질 않았다. 뭐부터 말해야 하지?

"일단 제 명함부터 넣으시고."

미희는 도형의 주머니에 직접 그녀의 명함을 넣고 뒤로 빠졌다. 그리고 지유를 도형의 앞으로 밀었다.

이게 두 번째 작전이었다. 미희가 그들의 정신을 빼놓고 주차장에서 차를 빼 올 동안 지유가 그들을 잡아 시간을 버는 것이었다. 지유가 운전을 할 줄 알았다면 지금 차를 빼 오는 게 그녀였겠지만, 아쉽게도 그녀는 면허증이 없었다.

지유는 7년 만에 도형의 앞에 섰다. 위에서 자신을 내려다보는 느낌에 정수리가 따가웠다.

7년 전보다 살도 좀 빠지고, 화장술로 얼굴을 다 덮는 게 익숙해졌다. 그가 자신을 알던 학창시절처럼 풋풋한 느낌은 없을 것이다.

못 알아보려나? 알아봐도 뭔가 성인이 돼서 만나니까 좀 어색한 느낌에 지유가 안녕이라고 하려다 말고 손을 내렸다.

"넌 내가 마녀한테 잡아먹히게 생겼는데, 가만히 있어?"

대뜸 지유의 볼을 잡아 올린 그가 중저음의 목소리로 말했다. 귀를 부드럽게 울리고 가는 목소리였다. 타지생활로 그의 목과 셔츠 사이로 보이는 살갗은 전보다 더 짙은 색을 띠고 있었다.

"그게 말이지요."

지유가 왜 먼저 인사를 하지 않았는지 변명거리를 찾는데, 볼을 꼬집던 그의 손이 지유의 정수리에 닿았다. 따스하게 그의 체온이 살갗으로 퍼져 나간다. 발끝부터 간지러운 느낌이 올라와서 지유는 운동화 안으로 발을 오므렸다.

그녀가 고개를 들자 그와 정면으로 시선이 마주쳤다. 어릴 적 잘 따랐던 오빠인데, 오랜만에 만나니 익숙한 느낌과 불편함이 공존해서 그런지 몸이 뻣뻣해졌다. 얼굴근육이 제대로 움직이지 못해 웃어도 웃는 것 같지 않았다.

"유지유."

"응?"

"나 안 반가워?"

지유는 눈을 깜빡였다.

"나는 반가운데."

나도, 오빠.

오랜만이고, 반갑고…… 그리고 정말. 보고 싶었어.

차마 입이 떨어지지 않아 굳은 얼굴근육을 탓하며 입을 벙긋거리는데, 도형이 긴 팔을 뻗어 양옆으로 벌렸다. 손가락을 까닥거리며 얼른 와서 안기지 않고 뭐 하냐는 표정으로 지유를 빤히 쳐다 봤다. 그가 가볍게 웃으며 턱짓하는 순간, 지유는 힘껏 그에게 안 겼다.

"오랜만이다. 유지유."

지유는 그의 몸에서 나는 머스크향을 맡으며 눈을 감았다.

1장. 특명: 서도형을 섭외하라

쿵쿵. 귀와 가슴을 때리는 음악 소리에 도형은 오른손으로 귀를 긁적이며 지하로 내려갔다. 짐을 풀기도 전에 친구들의 호출을 받고 급하게 차를 몰고 왔다.

이곳 또한 4년 만이었다. 이십 대 초반과 중반 그쯤에 왔던 장소를 서른이 넘어 다시 오니 음악이 시끄럽기만 했다.

"서-도-형! 여기!"

저 멀리서 손을 흔드는 재신을 발견하고 도형은 친구들에게 다가갔다. 태훈도 오랜만에 만나는 그가 반가운지 얼굴이 상기되어 있었다. 도형은 프라이빗 룸으로 들어갔다.

"오랜만."

"미국물 좀 먹었네, 짜식."

재신과 태훈이 한마디씩 했다. 도형은 반가움의 표시로 고개를 끄덕였다. 불확실했던 20대 때와 달리 그들은 각자 위치에서 기반을 잡아가고 있었다. 강태훈은 대한민국 탑 남자 배우이자 세계적으로 주목받는 배우가 되었고, 재신은 한류 열풍을 일으키는 샤인 프로덕션 사장이 되었다.

"서도형, 어땠어? 방황하고 온 기분이?"

"방황? 일하러 간 거 아니야? 얘 걸어 다니는 기업가잖아."

태훈은 장난치듯 주먹으로 도형의 어깨를 쳤다.

"뭐야, 이 근육은. 아니, 힘은 내가 쓰는데 왜 네 근육이 더 발달…… 진짜 장난 아닌데. 유재신, 얘 팔 좀 만져봐."

"쟨 전과 똑같네. 강태훈이 여자들의 워너비 배우인 게 여전히 미스터리야."

도형이 태훈을 보며 혀를 찼다. 자신의 팔을 제 것처럼 주물럭거리는 태훈을 두고, 도형은 재신 쪽으로 눈을 돌렸다.

"사람은 잘 안 변하니까. 잘 왔다, 서도형."

"응. 방황 잘하고 왔어. 도종우는?"

"도망갔잖아. 윤지 씨 피해서."

도형은 태훈의 대답에 '아쉽지만 어쩔 수 없지'라고 말하며 가볍게 웃었다.

태훈은 도형의 잔에 얼음을 넣고 그 위로 술을 부었다. 술이 폭포처럼 잔으로 흘러들어 갔다.

누구는 제 여자를 잡으러 왔는데, 누구는 제 여자를 피해 도망갔단다. 도형은 쯧 혀를 찼다. 할머니께서 돌아가신 게 종우에겐 큰 충격이었던 모양이다. 시간이 필요한 건 맞지만, 나중에 얼마나 윤지 씨에게 미안해할지. 그는 앞날이 보여 입 안이 썼다.

"삼십 대의 방황을 위하여!"

"……."

"올해는 셋 다 독수공방 끝내는 걸 위하여!"

태훈을 제외한 재신과 도형은 서로 술잔을 부딪치고 마셨다. 태훈은 왜 자신과는 짠을 안 하냐며 다시 하자고 두 사람의 빈 잔에 냉큼 술을 부었다.

이놈 좋다고 쫓아다니는 팬클럽이 태훈의 평소 성격을 알면 다 탈퇴할 텐데. 이미지 메이킹 하나는 기가 막히게 하는 녀석이다. 한 번도 스캔들도 난 적 없는 게 도형은 너무 신기했다.

"참, 재신아."

태훈이 장난스럽게 웃으며 재신을 응시했다.

"왜? 너 그렇게 보니까 무섭다."

"지유 잘 지내?"

"네가 내 동생은 왜."

동생 이야기에 재신의 표정이 변했다. 예나 지금이나 재신은 시스터 콤플렉스를 벗지 못한 모양이었다. 도형은 피식 웃으면서도 두 사람의 대화에 귀를 기울였다.

"아니, 그냥. 누가 소개해 달라고……."

"안 돼."

"야. 내 지인 괜찮아."

"안 돼. 이제 대학교 졸업했는데, 연애는 무슨. 걔 인턴 하느라 바빠서 연애할 시간도 없어."

"사랑만 있다면 시간은 만들어가는 거쥐~"

태훈은 지유의 소개팅을 주선하겠다고 재신을 설득했고, 그는 들을 필요도 없다는 듯이 딱 잘라 거절했다.

지유의 대학교 생활이 눈에 훤하게 보였다. 오빠 덕분에 모태 솔로이지 않았을까, 숨기면서 연애할 정도로 약삭빠른 편은 아니었으니까.

"서도형 넌 연애 좀 했어?"

"나?"

"어, 너. 계속 솔로였던 건 아니지?"

도형은 잔을 쥐고 느릿하게 돌리며 얼음이 녹아 술과 섞이는 모습을 봤다.

"방황만 했어."

"그런 방황 나도 하고 싶다니까. 미국식 연애는 어떤지 궁금한데. 정말 안 했어?"

"응. 안 했어."

"내가 너로 태어났으면 희대의 카사노바가 됐을 텐데."

태훈이 아쉽다는 듯 입맛을 다셨다.

"지금이라도 이미지 메이킹 갖다 버리는 건 어때? 네 꿈을 이룰 수 있을 텐데."

"도형아. 전에는 알아서 하겠지 했는데, 나도 슬슬 걱정된다. 정말 여자 없었냐? 너 남자로서…… 멀쩡한 거 맞지?"

재신은 도형을 걱정스러운 눈으로 보다가 잔에 술을 가득 따라 주었다.

"세상에 완벽한 사람은 없어, 괜찮아. 늦기 전에 비뇨기과 꼭 가 봐. 부끄러운 거 아니니까."

"나 멀쩡해. 걱정 마."

도형은 피식 웃으면서도 손에 쥔 유리잔을 부실 것처럼 꽉 쥐었다. 언젠가 제대로 회포를 풀 날, 그 상대가 누구인지 안다면 유재신은 절대 그런 말 못할 거다. 재신이 가득 따라준 술이 넘쳐 도형의 손등으로 흘렀다.

"병원은 내가 소개해 줄게."

"됐거든."

태훈까지 합세하자 도형은 고개를 절레절레 흔들었다. 이것들 진심이야? 농담이야? 비뇨기과는 무슨.

"우리 지유 전화. 쉿."

재신이 검지를 입에 갖다 붙이고 조용히 하라며 룸의 문을 꽉 닫았다.

"지유야. 왜?"

재신은 자신에게 가까워지는 태훈의 얼굴을 밀어내며 반대편 귀로 핸드폰을 가져다 댔다.

그 바람에 도형과 가까워져서 도형의 귀에 드문드문 지유의 목소리가 들렸다.

⸺……도형 오빠…….

분명 지유가 자신의 이름을 말했는데 그 뒤에 뭐라고 말하는지 전혀 들리지 않는다. 도형은 눈을 찡그리며 모든 감각을 귀에 집중해 봤지만, 수화기 너머 속 상대의 목소리는 여전히 들리지 않았다

"서도형? 글쎄. 잠깐만. 물어볼게."

-오, 오빠! 잠깐만!

"도형아. 지유가 너 인터뷰 좀 하고 싶다는데?"

아, 그 얘기였구나. 도형이 어깨를 으쓱하며 답을 미루자, 재신이 알 만하다는 표정으로 고개를 끄덕였다. 그럼 그렇지. 서도형이 지유를 예뻐하긴 했어도 고작 그 이유로 인터뷰를 해 주진 않을 것 같았다.

"안 될 것 같다, 지유야. 서도형이 공과 사는 좀 구분하는 녀석이라. 아직 네 친오빠 회사 포스터 촬영도 10개 중의 8개는 까는 놈이야."

재신은 아쉽지만 지유에게 사실을 전하려고 했을 때였다.

"직접 오면 생각해 본다고 전해 줘."

동생에게 서도형이 어떤 놈인지 전하고 있던 재신은 훅 치고 들어오는 도형의 말에 묘한 눈으로 그를 봤다. 천하의 서도형이 직접 온다고 인터뷰를 해 준다고? 이때까지 누가 붙잡아도 언론에 노출 안 하던 녀석이. 그는 의심을 접고 동생에게 좋은 소식을 먼저 알리기로 했다.

"지유야. 도형이가 직접 오면 생각해 본대. 근데 이 오빠 생각은 그냥 접는 게 좋을 것 같다."

-으아아…… 정직워언!

지유의 외침을 들으며 재신은 피식 웃고는 전화를 끊었다.

"우리 지유 못 본 지도. 아 왜!"

태훈이 말을 다 하기도 전에 재신이 태훈의 입에 안주를 가득 넣어 주었다.

"왜 우리 지유야?"

"오빠 친구로서 예뻐하는 거지."

"강태훈 넌 됐고. 근데 도형아. 지유가 나한테 전화해서 물어볼 정도면 좀 급한가 본데? 가서 설득하면 해 줄 거야? 인터뷰."

"에이. 이놈 절대 안 해 주지. 애가 어떤 놈인데."

"서도형. 해 줄 거야? 지유 일인데."

"그러고 보니까 얘가 지유를 잘 챙기긴 했지."

재신이 도형에게 말을 걸 때마다 옆에서 태훈이 깐족거렸다. 태훈은 그들의 눈이 본인에게 향하자 어깨를 으쓱하며 술을 말았다. 그사이 누군가 룸 문을 두드렸다.

태훈은 급하게 선글라스부터 꼈다.

"형님들. 합석 제의가 와서요."

"합석? 예쁩니까?"

태훈이 묻자, 직원은 쌍엄지를 치켜들며 고개를 거세게 끄덕였다.

"콜."

"누구 맘대로."

"얘네 다 솔로예요!"

도형이 태훈의 목덜미를 잡은 후, 직원에게 됐다는 손짓을 했지만 이미 직원은 밖으로 나간 후였다. 금세 온몸의 굴곡을 여실히 보여주며 입었는지 벗었는지 헷갈리는 옷차림을 한 여자 셋이 들어왔다. 재신도 썩 반기는 눈치는 아니었다.

"아까 밖에서부터 봤어요! 원래 합석 먼저 하자고 하는 편은 아닌데. 자주 오진 않으시나 봐요?"

자연스레 그들에게 다가온 여자가 질문했고, 도형은 손목시계를 한 번 보고는 문을 바라봤다.

"이 오빠는 왜 선글라스를 끼고 있어요? 왜 어디서 본 거 같지? ……어머! TV에서……."

그냥 갈까. 지유는 내일 오려나? 그는 다른 이의 소리가 소음처럼 느껴질 정도로 생각이 다른 데에 가 있었다.

직접 와서 설득하면 넘어갈 거 같기도 한데. 그동안은 인터뷰를 계속 피했지만 언젠가 한 번은 하긴 해야 한다.

삼십 대 초반까지는 혹시 아버지 사업에 해가 될까 봐, 자신의 실력이 아버지에게 가려질까 봐 어떠한 것도 공개하지 않았다. 지금은 뭐가 됐든 자신의 실력을 믿기 때문에 별로 무섭진 않다. 거기다 배경과 잘 물려주신 유전자를 이용할 정도로 제법 나이도 먹었다.

지유라면…… 뭐. 그렇지만 쉽게 주진 않을 것이다.

"오빠?"

제 어깨를 붙잡고 말하는 여자 쪽을 보고 도형이 눈썹을 올렸다.

"이런 데 안 좋아하시나 봐요?"

"고잡니다."

"네? 아, 아니, 오빠. 아무리 싫어도 이렇게 거절하는 건 예의가 아니죠."

입을 열 때마다 술 냄새가 폴폴 풍겨서 도형이 인상을 찌푸렸다. 제멋대로 옆자리에 앉아서 뭐라고 중얼거리는데 굳이 상대할 필욘 없을 것 같다.

"어? 진짜예요. 쟤 비뇨기과 다녀요."

태훈이 등을 돌린 채로 과일을 쩝쩝 씹어 먹으며 말을 보태자 도형의 반대쪽 눈썹도 같이 올라갔다. 그가 씩 웃으며 사과 한 조각을 포크로 찍고는 흔들었다.

"아. 저도 같이 다닙니다."

재신도 이 즉석 만남이 썩 좋진 않았는지 고자 선언을 했다.

"하하하. 오빠들…… 생긴 것과 다르게 노네요."

"참고로 저도 다닙니다."

태훈이 먹다 남은 사과를 우적우적 씹어 먹으며 친구들의 말을 거들었다. 여전히 선글라스를 끼고 등을 돌린 채였다. 그래 봤자 이미 여자들은 그가 연예인인 걸 안 모양이지만 말이다.

"이런 미친. 어쩐지 룸으로 여자가 한 명도 안 들어가더라. X 밟았네."

여자들이 슬금슬금 일어났다. 입에 욕설을 담자 세 남자의 시선이 싸늘하게 여자들에게 닿았다. 장난을 칠 때와 달리 표정으로 사람을 주눅 들게 할 만큼 서늘했다. 그들은 더 이상 입도 벙끗 못하고 그 룸을 나왔다.

"서도형. 지유 인터뷰해 줄 거야?"

재신은 그들이 나가자마자 본론을 다시 꺼냈고, 도형은 말없이 긍정도, 부정도 하지 않은 채, 어깨를 으쓱했다.

***

'이미힙니다.'

'제이크입니다.'

서로 통성명을 한 후 공항에서 각자 헤어졌다. 원래는 미희의 차를 타고 예약된 음식점으로 갈 예정이었으나 도형 쪽에서 거절 하는 바람에 인사만 하고 헤어질 수밖에 없었다.

'이쪽으로 꼭 연락 주세요. 아무 때나 불러주시면 스튜디오로 찾아 가겠습니다.'

미희가 지금은 보내주지만 결국 다시 제 손으로 들어오게 할 거 라는 눈빛으로 먹잇감을 바라보듯 그를 보며 말했다. 지유도 미희 를 따라 90도로 예의 바르게 인사했다.

여기서 아는 척을 하면 분명 어떻게든 섭외하라고 할 게 뻔하 다. 혈연, 지연, 학연을 다 두루두루 묶어서라도 목표한 건 이뤄야 한다고 편집장이 누누이 얘기했다.

'아, 지유야.'

'에…… 네?'

아니 아니. 지유가 고개를 저었다. 제이크를 보던 미희의 고개가 서서히 뒤로 돌았다. 그 모습이 공포 영화에서 관절을 꺾으며 다가 오던 귀신의 모습처럼 보여서 지유의 얼굴이 점점 하얗게 질려갔다.

'연락처 좀 줄래?'

'으, 응…….'

'우리 지유 연락처는 공일공 사삼팔육 이구칠……. 제가 문자로 찍어 드리겠습니다.'

미희는 그 틈에 자신의 핸드폰을 도형에게 밀었다. 그녀는 그의 떨떠름한 표정에 빙긋 웃으며 얼른 찍으라고 눈짓했다. 도형은 그런 미희를 제치고 뒤로 와서 지유에게 손을 내밀었다.

'핸드폰.'

지유는 도형의 손에 핸드폰을 올렸고, 그는 본인의 핸드폰 번호를 입력한 후 도로 지유의 손에 핸드폰을 쥐여 주었다. 도형과 레이가 그 자리를 벗어난 후, 지유는 마녀에게 꽤 많은 질문 세례를 받아야 했다.

딱 하나 놀랐던 건, 제 이름도 제대로 부르지 않던 마녀가 그녀의 번호를 정확히 외우고 있었다는 것이다.

"인턴!"

귀를 찌를 듯한 미희의 외침에 지유는 화들짝 놀라 몸을 꼿꼿하게 폈다.

"네…… 네?"

"서도형 섭외 어떻게 됐어?"

"아직 만나지도 못했습니다."

"어제 뭐 했어? 밤이라도 연락을 했어야지. 사 일이야. 사 일. 이제 겨우 사 일 남았어."

"공과 사는 구분하는 분이셔서요."

"갖가지 핑계 대가며 일할 거면 정직원 어렵지. 정직원 되고 싶지 않나 봐?"

미희가 정직원 카드를 내밀자 지유는 입을 삐죽이며 두 주먹을 불끈 쥐었다. 그래, 정직원. 인턴 한 달 만에 정직원으로 승진할 수 있는 절호의 찬스였다.

아주 친한 동생의 정직원 진급을 위해서. 비정규직이 얼마나 서러운 건지 좀 말하면 도와주려나.

"직접 가서 섭외해 와. 잠깐."

미희가 손바닥을 폈다. 다들 동작 그만이라는 뜻이다.

"네. 이미휩니다. 호호호. 대표니임! 잘 지내셨죠? ……그죠? 요 새 날씨가 무척 더워요. 호호. 저희는 에어컨 잘 나오죠."

지유는 살금살금 뒤로 가서 가방을 챙겼다. 어제 재신과 통화할 때 오빠가 그러지 않았던가. 직접 와서 섭외하면 생각해 보겠다고. 지유는 인터뷰 내용을 프린트해서 서류 봉투에 넣었다. 가방 안에 서류 봉투를 넣은 그녀는 미희의 통화가 끝나기 전에 테드 잡지사 를 나왔다.

***

밖은 아스팔트에서 열기가 지글지글 올라올 정도로 더웠다. 내 부에 있을 땐 천국 같더니 밖으로 나오자마자 후덥지근한 열기가 덮쳐 숨이 막힐 지경이었다.

지유는 외근을 나가더라도 미희와 함께하지 않으면 택시비 지 급이 어려운 회사 규정을 떠올리곤 버스와 지하철을 이용했다.

가져온 서류 봉투를 꺼내서 부채질하는데 그래도 너무 더워서 땀이 났다. 지유는 손등으로 땀을 닦은 후 귀에 이어폰을 꽂았다.

서도형.

친오빠인 재신보다 편한 존재이자, 가끔은 누구보다 어려웠던 사람이자, 또 믿음이 가는 오빠다.

제이크가 도형이었다니. 미국으로 경영 수업을 받으러 간 줄 알았다. 이제 스튜디오를 접고 아버지 사업을 물려받기 위해 준비를 한다고 생각했는데, 미국에서도 사진을 찍고 있었나 보다.

몸값이 어마어마하게 뛰었던데. 연락 좀 해 볼걸. 이제 귀국한 오빠한테 인터뷰해 달라고 물고 늘어지기엔 양심에 찔렸다. 지유는 입술을 잔뜩 앞으로 내밀고 콧잔등을 찡긋거리며 꺼림칙한 감정을 애써 지우려 애썼다.

〈J Studio〉

신사동에 위치한 스튜디오는 도롯가가 아닌 골목 안쪽에 있어서 조용한 편이었다. 몇몇 기자들이 이 더위에도 밖에서 죽치고 있었다. 지유는 손부채질을 하며 개구멍을 찾았다. 예전에 방학 때 자주 왔던 기억이 있어서, 개구멍의 위치를 누구보다 잘 알고 있는 그녀였다.

뒷문으로 가서 개구멍을 찾은 그녀가 어릴 때처럼 몸을 납작 엎드리고 무릎으로 기었다.

"살이 쪘나?"

낑낑거리는데 누가 지유에게 말을 걸었다.

"찌긴 했지. 예전엔 쏙 들어갔는데."

"키는 그대론데……."

"응. 옆으로만 늘었다! 아우 더워 죽겠는데, 누가 말 거는……?"

지유는 상체만 개구멍을 통과한 채로 위를 올려다봤다. 엉덩이는 개구멍에 낀 채로 상체만 세운 이상한 몰골로 눈부신 자태의 도형과 딱 마주쳤다.

"여기로 들어올 거 같더라니."

팔짱을 끼고 있는 도형의 눈에 자신이 얼마나 우스꽝스럽게 보일까. 그러나 그녀는 뻔뻔해지기로 했다.

"이왕 들킨 거, 오빠 나 좀 꺼내줘."

지유가 울상을 지으며 손을 뻗었다. 벗겨진 구두에 다시 발을 집어넣으려는데 쥐가 나려는지 발끝이 찌릿찌릿했다.

"나 쥐 날 거 같아. 얼른!"

지유가 보채자 도형이 다가와 손을 잡아주었다. 그리고 상체를 숙여 지유의 허리에 팔을 두르곤 단 한 번의 동작으로 그녀를 일으켜 세웠다.

"뭐 훔쳐 갈 게 있다고 담이 이렇게 높아. 치."

지유가 손을 탁탁 털며 그의 품에서 나왔다. 다른 스튜디오는 일부러 광고하듯이 유리문으로 해 두는데, 여기는 유일하게 고립되어 있었다. 담을 얼마나 높이 쌓았는지 밖에서 안을 절대 볼 수 없는 구조였다.

"나 오는 거 알았어?"

"응. 창문으로 보여."

"그럼 진작 와서 문 열어주지. 고생하는 거 보고만 있어? 오빠 너무해!"

오랜만에 예전처럼 투정을 부리자 도형은 웃으며 그 투정을 다 받아주었다.

"그래, 내가 너무했지."

"그치?"

"응."

"그럼 오빠, 인터뷰 좀."

"차라리 밥을 살게. 뭐 먹을래? 팥빙수?"

"……코올."

일단 너무 덥기 때문에. 더워서 죽을 거 같으니까. 지유는 엄지
와 검지를 모아서 동그라미 모양을 만들며 '콜'을 외쳤다.

"팥 많이, 이왕이면 얼음도 많이 많이!"

스튜디오 안에서 도형은 직접 팥빙수를 만들었다. 냉장고에서
재료를 꺼내고, 믹서기에 얼음을 넣고 갈아서 먹기 좋게 데커레이
션도 했다.

"시원하겠다. 아우, 더워."

"에어컨 온도 더 내릴까?"

"응응, 18도로."

"……."

"17도? 욕하려는 건 아니었어. 내가 가장 좋아하는 온도가 18도
라. 여름엔 그 정도는 틀어야 시원하더라고."

지유가 팥빙수를 한 숟가락 가득 퍼서 입 안에 넣고 숟가락을
반대로 돌렸다. 혀 위에 팥빙수가 쏟아지듯 밀려와 단맛과 시원함
이 동시에 퍼졌다.

"이게 천국이구나. 몸도 입 안도 다 시원해."

"맛있어?"

"응. 최고. 입에 착착 감겨."

도형이 팔짱을 끼고 테이블 옆에 기댔다. 도형은 단맛을 좋아하

지 않아서 예전에도 먹을 때 지켜보긴 했어도 같이 먹진 않았다.

"도형 오빠."

지유는 우물우물 얼음을 씹다가 이가 시려서 한 손으로 볼을 부여잡고 그를 불렀다.

"왜?"

"요새 취업하기가 얼마나 힘든지 오빠는 모르지? 나 리포트 쓰느라고 밤새우고, 토익 공부하느라고 방학 때 놀지도 못하고, 이것 저것 대회 나가고, 참 주말에 봉사 활동도 했어. 이랬는데도 공채 다 떨어져서 겨우 인턴이라도 돼서 다행이지. 오빠는 모르겠지만 말이야. 거기다 학점 B+도 다 재수강하느라 계절학기도 들었잖아. 쪄 죽는 여름, 추워서 얼어 죽는 겨울에도 말이지."

지유는 팥빙수를 다시 한가득 퍼서 입에 넣고 오물거렸다.

"근데 이번에 정직원이 될 좋은 기회가 생겼지 뭐야."

"그게 뭔데?"

"제이크 서도형 오빠 인터뷰 섭외. 어차피 할 거 우리랑 하자. 응? 응? 내가 오빠 제일 멋있게 사진도 찍고, 인터뷰 내용도 오빠 멋있게 쓸게. 응?"

"음."

도형의 표정을 읽을 수가 없다. 지유는 애가 타서 그를 더 졸랐다. 우리 예전에 친했으니까 이 정도는 해 줄 수 있지 않나. 나 같으면 이미 해 주고도 남겠다. 속으로 생각해 보았지만 그는 여전히 입을 다문 채였다.

"우리 편집장님 엄청 무서운데…… 아, 나 오늘도 깨지겠다. 이러다가 탈탈 털려서 가루가 되지 않을랑가 몰라. 우리 회사 직원 한 명은 혀 깨물고 죽으려고 했다던데."

지유가 그의 눈치를 보며 한 문장씩 띄엄띄엄 말하자, 단박에 꿀밤이 날라 왔다.

"아! 아파. 으윽! 내 이마."

지유가 그에게 맞은 머리를 손으로 비비며 마지막 남은 팥빙수를 마저 푹 떠서 입에 넣었다. 아픈데 이건 왜 이렇게 맛있는 거야.

"어디서 불쌍한 척이야. 약았어, 지유. 너."

지유의 먹는 모습을 보며 도형이 얼음이 뭉쳐 있는 곳을 숟가락으로 푹푹 눌러 먹기 좋게 조각내 주었다. 지유는 그의 다정한 손길을 보며 말을 걸었다.

"오빠 눈 딱 한 번 감고 나랑 하자."

"응? 방금 뭐라고 했어?"

당황한 도형의 귀가 빨개졌다.

"눈 딱 감고 나랑 인터뷰하자고. 우리 회사 정말 좋아."

지유가 미리 챙겨 온 제안서와 인터뷰 질문 목록을 서류 봉투에서 꺼냈다. 테이블 위에 올려놓고 종이 뭉치 위를 손으로 찔렀다. 그러자 도형이 손부채질을 하며 달아오른 귀를 식혔다.

"더워? 왜 그래?"

"아니야. 얘기해."

"오빠아~"

일부러 예쁘게 웃으려고 입꼬리를 최대한 늘리는데 그로 인해 튀어나온 광대뼈 두 개가 그의 손에 딱 잡혔다. 어느새 장난기 가득한 오빠 친구로 돌아와 있었다.

"아직도 여기 달걀이 있네."

"이 달걀 평생 갖게 해 줄게."

"뭐?"

도형은 방금 살짝 흔들렸다. 이 볼에 있는 달걀뿐 아니라 유지유를 평생 가질 수 있다면…….

"오빠~"

"아무리 그래도 안 돼."

도형이 지유의 양쪽 볼을 잡고 힘을 줘서 빙글빙글 돌렸다. 역시 도형에게 '지연'은 통하지 않는 모양이었다. 이제 어떡해야 하나.

"아아- 아파!"

지유는 아픈 볼을 매만지며 눈알을 또르르 굴렸다. 위를 봤다가 아래를 보다가, 갈 곳 없이 저 멀리 창문을 보다가……. 아무 생각이 들지 않았다.

그저 편집장한테 또 깨지겠구나. 그 생각뿐이었다.

한 번 아니면 아닌 오빠인데, 그런 오빠를 어떻게 설득해. 그건 섭외율 99.9%를 자랑하는 편집장도 절대 할 수 없는 일일 것이다.

지유는 울상을 지으며 도형을 흘겼다. 호락호락하지 않은 남자 같으니라고.

"팥빙수 하나 더?"

그가 그녀를 달래듯 냉장고에 넣었던 재료를 다시 꺼내며 물었다. 그녀와 있으면서 달아오른 몸을 얼음을 갈면서 식혀야 할 타이

밍이었다.

"……."

자존심이다, 이건. 섭외부터 따내고. 조금 더 밀당을 하려고 눈을 마주쳤다.

"하나 더?"

"……."

"대답 없으면 다시 넣을게."

그가 다시 묻는 순간, 지유의 입은 뇌를 거치지 않고 답이 튀어나왔다. 본능에 입각한 답변이었다.

"코올……. 빙수 콜!"

일단 하나 더 먹고 생각해야겠다. 팥빙수는 너무 맛있으니까.

***

"업무 보고하세요."

오후 6시. 편집부는 외부로 나갔던 직원들이 복귀한 후 회의실에 모였다. 지유는 도형을 섭외하지 못했기 때문에 어떠한 실적도 없어서 미희의 음성이 무섭기만 했다.

"저는 coa화장품 본부장님께 이번 시즌 라인에 대해 설명 듣고 왔습니다. 저희 테드 잡지사를 좋게 봐주셔서 차후 단독으로 싣거나, 부록 상품으로 힘을 실을 수 있을 것 같습니다."

"다음. 차석 씨."

"편집장님께서 지시하신 창고 정리 다 했습니다."

테드 편집부 2년 차 차석이었다. 그는 입사 이래로 주로 몸 쓰는 일을 맡았다고 들었다. 그래서 지유는 미희가 역시 외모지상주의가 맞다고 확신했다. 동우와 차석에게 하는 행동이 극과 극이었으니 말이다. 어쩐지 차석을 보면 괜히 짠한 생각이 들어 동질감이 느껴진다. 귀염을 받지 못한 쪽으로.

"인턴은?"

"네, 네! 편집장님!"

"제이크 인터뷰 땄어? 단독으로 하겠대?"

"……아, 아뇨. 작가님이 너무 확고해서."

"못 했어?"

단 세 글자인데, '못 했어?'라는 말이 온몸에 비수처럼 꽂혔다. 꼭 그것도 못 했냐, 한심하다는 말투였다.

"세상 참 살기 편하다. 그렇지? 유지유? 집에서 평생 삼시 세끼 눈칫밥 먹고 싶어?"

"아닙니다! 편집장님!"

지유는 두 눈을 크게 뜨고 미희를 불렀다. 아니, 그런 말씀은! 아니 되옵니다!

"왜?"

"다시 기회를 주십시오! 해내겠습니다."

"앞으로 3일 안에 못하면 인턴 끝나고 다른 회사로 가면 되겠지. 세상에 해서 안 되는 일은 없어. 모든 일은 사람이 하고, 사람이 만들어가는 거야. 고로, 넌 서도형을 섭외할 수 있다, 없다?"

"있다! 있, 있습니다!"

지유는 회의실 의자에서 일어나 기합이 들어간 채 큰 소리로 말했고, 그녀의 행동에 편집부 직원들은 잔잔한 웃음소리를 냈다.

"저번 달에 유채보다 부수가 적게 나갔는데, 이번 달은 여러분 덕분에 압도적으로 유채를 이겼어요. 고생하셨어요."

"우와, 저희가 유채 이겼어요? 편집장님, 나이스 샷!"

김휘연 대리가 두 손을 모아 본인의 귀 옆에 갖다 대고 딸랑딸랑 흔들면서 편집장에게 아부했다. 남은 직원들도 이 모든 것이 편집장의 능력이라는 뉘앙스로 두 손바닥이 부서지도록 손뼉을 쳤다.

이것이 이곳에서 살아남는 방법이었다.

지유는 손뼉을 치면서도 내일 도형을 어떻게 섭외할지에 대해 생각했다. 또 팥빙수만 잔뜩 먹고 오는 거 아니야, 이거?

***

다음 날 오전. 지유는 아침부터 J 스튜디오를 찾았다. 오늘은 아침부터 촬영이 있는 모양인지 주차장에 검은색 벤 두 대가 주차되어 있었다.

지유는 벤을 보며 초인종을 누르려다가 빙 돌아 개구멍으로 갔다. 그녀는 어제처럼 기어서 안쪽으로 진입을 시도했다.

"서~도~형~씨~"

어디, 어디 있나. 주위를 둘러보며 돌바닥을 지나 앞으로 가던 그녀는 스튜디오 현관문에 당도했다. 혹시 촬영 중에 방해될까 싶어 이번에도 초인종은 누르지 못한 채, 살며시 문만 열었다.

그러자 어제와는 전혀 다른 풍경이 펼쳐졌다.

사람들도 많고 조명들도 복잡하고, 전체적으로 북적북적했다. 광고 촬영인가? 지유는 사람들 틈에서 도형을 찾기 위해 눈을 굴렸다. 그러다 대기실 안으로 들어가는 실루엣을 보고 눈을 반짝였다.

오케이, 그녀를 정직원이란 정착지로 데려다 줄 대상! 목표! 지유는 대기실 방향을 향해 손으로 총을 딱 쏘며 성큼성큼 걸어갔다.

똑똑.

"……."

똑똑.

"……."

두 번이나 대기실 문을 두드렸지만 묵묵부답이었다. 아무도 없나?

"오빠……."

지유는 대기실 문을 열며 도형을 불렀다. 그녀가 아래에서부터 위쪽으로 시선을 올린 순간, 바로 눈앞에 한여름에 후드집업을 입은 여자가 서 있었다. 그 여자는 얼굴을 다 가릴 정도로 큰 선글라스와 모자를 눌러쓰고 있었다. 검은 실루엣은 서도형이 아니었나 보다.

"엇. 죄송합니다."

잘못 들어온 모양이다. 지유는 얼른 고개를 숙여 사과했다.

그런데 이상하다? 옷차림이 수상한데? 스태프는 밖에 있어야

정상이고, 여긴 서도형만 들어올 수 있는 곳인데? 서도형 여자 친구? 귀국한 지 얼마 안 됐는데 벌써 여자가? 아닌 거 같은데. 수상해.

지유는 일단 대기실 문을 닫고 아무도 들어오지 못하게 잠갔다.

"여기 어떻게 들어오셨어요?"

"그러는…… 그쪽은요?"

지유와 상대가 동시에 말했다. 그건 오히려 지유가 궁금한 거였다. 전체적인 실루엣이 모델 같진 않고, 도형 밑에서 일하는 사람도 아닌 것 같고. 스태프는 더더욱 아닌 것 같았다.

"아. 메이크업 담당이시구나! 대기실이 여기 말고 다른 쪽에 하나 더 있을 텐데."

"메이크업 담당 아닌데요."

"그럼요?"

지유의 질문에 여자가 선글라스를 탁 벗더니 인상을 쓰며 지유를 노려봤다. 지유는 고개를 갸웃하며 아무리 봐도 모르겠단 표정을 지었다.

"오늘 촬영할 모델인데요. 그쪽은 어떻게 들어왔어요?"

"아……. 제이크 만나러 왔어요. 오늘 약속……은 아니고. 일이 있어서요."

"제이크랑 친해요?"

"그냥 아는 오빠 동생?"

"친한 거 맞네. 그럼 혹시 나 좀 도와줄 수 있어요?"

"네에? 제가요?"

지유는 대뜸 여자에게 붙들려 대기실 소파에 앉았다. 자신이 모델이라고 주장하는 여자는 선글라스를 테이블 위에 내려놓고 지유를 보며 눈을 반짝였다.

뭔가 오아시스를 발견한 여자의 눈빛을 보며 지유는 꺼림칙함을 느꼈다.

***

도형은 갑작스러운 전화에 촬영 준비를 하던 걸 멈추고 뒤를 돌았다.

"레이."

"네, 작가님!"

"핸드폰 좀."

"네, 네!"

레이는 미국에서 도형을 따라다니며 그의 작업 스타일을 다 아는지라 도형의 말 한마디에 재빠르게 움직였다. 그에게 핸드폰을 전달하고 레이는 사진 인화실로 뛰어갔다.

"어, 재신아. 왜?"

-많이 바빠?

"응. 아침부터 광고 촬영이 잡혀 있어서."

-아주 물 들어올 때 노 젓는구나.

"노만 젓겠어? 크루즈 띄워야지."

도형이 농담을 던지자 재신 쪽에서 먼저 웃음이 터졌고, 도형도 기분 좋게 웃었다. 듣기 좋은 중저음의 음성과 가벼운 웃음이 섞여 주변에 있던 여자 스태프들의 시선이 자연스레 도형에게 쏠렸다.

-난 절대 맞선으로 결혼하진 않을 거다, 도형아.

"그럼?"

-몰라.

재신의 부친은 재신이 어릴 적에 돌아가셨다. 재신의 모친이 그를 홀로 키우셨고, 재신은 어머니에게 아들이자 남편 때로는 친구였다. 두 사람의 간극과 그들 사이에서 눈치 보며 자란 지유를 잘 아는지라 도형은 조금 답답해졌다.

-그건 그렇고. 인터뷰 거절했어?

"응."

-지유네 잡지사 괜찮아. 너도 알 거 아니야?

"응. 테드 잡지사 잘 알지."

-좀 도와줘라. 너 지유 부탁 거절한 적 없잖아.

그건 그렇지. 아주 가벼운 부탁이라도 지유가 하면 거절해 본 적이 없었다.

-내 동생이다.

"동생이라고 강조하니까 왠지 더 해 주기 싫은데."

-내 동생 아님.

"하하."

진지한 말투로 동생이 아니라고 바로 말하는 재신 덕분에 도형은 웃음이 터졌다. 그의 웃음에 또다시 주변의 시선이 그에게 쏠렸다. 도형은 무표정일 때도 무척 잘생겼지만, 특히 가볍게 웃을 땐 보는 사람마저도 기분 좋게 만드는 매력을 갖고 있다. 그를 보는 여자 스태프들의 얼굴에 절로 미소가 지어졌다.

어느 정도 촬영 준비가 마쳤는지 한창 바삐 돌아가던 스튜디오 안이 차분해졌다. 도형은 이제 전화를 끊어야 할 때가 왔음을 감지했다.

-유지유가 널 포기할 거 같진 않지만, 너무 애 잡지 말고. 해 줄 거면 쿨하게 해 줘.

그래도 동생이라고 전화까지 직접 해 준 걸 보면 기특하기도 하고, 놀려주고 싶기도 하고. 도형은 어깨를 으쓱하며 대답을 미뤘다.

"뭐. 봐서."

-내 동생이라니까.

"아까는 동생 아니라며. 세상이 너무 쉽지 않다는 거, 그거 하나만 적당히 알려주지 뭐."

쉽게 내주는 건 그만한 값어치가 없다. 또한 지유가 조르면 공과 사 구분은 무의미할 테지만, 지유가 얼마나 컸는지 그녀의 근성이 보고 싶기도 했다. 삼고초려. 적어도 세 번은 지유가 와야 하지 않겠는가.

오늘도 오려나. 오늘은 빙수 만들어 줄 시간 없는데.

도형은 웃으며 핸드폰을 바지 뒷주머니에 집어넣은 후 카메라 삼각대가 설치된 방향으로 몸을 돌렸다. 그런 그의 미간이 좁혀졌다.

"유지유?"

지유와 똑 닮은, 눈을 크게 떠서 다시 봐도 지유 같은 여자가 양 팔로 자신의 몸을 감싼 채 주위를 두리번거리고 있었다.

분홍 방울 고무줄로 머리를 질끈 올려 묶은 채.

절대 저런 차림으로 여기 있을 리가 없는 여자는 아무리 봐도 지유였다. 그의 인상이 종잇장 구겨지듯 일그러졌다.

***

'사정이 있어서 그런데, 여기서 나갈 수 있게 좀 도와주세요.'

'네? 제가 어떻게요?'

'계약 파기는 못 하겠고. 곧 기사가 나겠지만 제가 임신을 해서 지금 임신선이 배에 있거든요. 이 몸매로 촬영은 절대 불가여서요. 대신 좀 부탁해요.'

'그걸 왜 제게? 걸릴 텐데요?'

'감독님과 친하다고 하시니만요. 가면 쓰고 하는 촬영이라 걸리기 전 까지만. 여기 나가서 멀리 도망갈 동안 시간만 좀 벌어주세요.'

'그럼 인터뷰나 단독 공개는 저희 잡지사 주십시오! 저희한테 먼저 준다는 조건하에 할게요.'

그럼 서도형을 놓치더라도 또 다른 이슈 거리가 생길 테니 괜찮 은 제안이었다.

며칠 뒤에 기사가 난다고 한 걸 보면 애 아빠가 연예계 쪽이거 나 적어도 누군가 들었을 때 아는 사람일 가능성이 크다.

그렇지 않다면 굳이 기사가 나지 않을 것 같다. 유명한 모델도 아

아주 작은 방울 45

니니, 그냥 조용히 묻히겠지. 기사가 난다는 건, 뭔가 냄새가 난다.

지유는 뭐든 물어가지 않으면 정직원도 어려울뿐더러 미희에게 신뢰를 잃을 것 같은 불안감에 눈앞에 있는 모델을 꽉 잡았다.

'인터뷰할 거죠? 그럼 도와드릴게요!'

뭔가 어설프게 딜을 하는 상황이라 지유는 가슴이 콩닥거렸다. 분명 상대가 자신에게 부탁한 상황이었지만, 오히려 상대보다 자신이 더 떨며 상대의 눈치를 보고 있었다.

'어디 잡지사? 잡지사 직원이었어요? 감독님과 친한 건…….'

'어릴 때부터 오빠 동생으로 지냈어요. 도망가는 것만 도와 드리면 되죠?'

'네. 제가 멀리 도망갈 동안 시간만 벌어 주면 돼요.'

그렇게 해서 지유는 그녀와 계약 내용을 녹음하고 연락처를 받았다. 스태프들의 눈치를 보며 모델이 스튜디오 문밖으로 나갈 때까지 누구에게도 걸리지 않도록 손짓 발짓으로 밖의 상황을 알려주며 도와주었다.

대기실로 다시 들어온 지유는 여자가 부탁한 대로 거울 앞 의자에 앉았다. 바로 앞에 보이는 의상을 입고 나가서 자신인 척을 하면 된다고 했다. 잠깐 시간만 벌어주면 되는 일이라 별로 어려운 것 같진 않았다.

제이크가 귀국하기 전부터 잡힌 촬영인지라 일이 이렇게 될 줄 몰랐다고 했다. 상대에게 임신을 알린 것도 며칠 되지 않아서 소속사와 매니저에게 입도 뻥끗 못 했다고.

그래 이유는 뭐든 다 좋은데, 그녀의 눈앞에 보이는 해괴망측한 의상이 문제였다. 한 번도 입어보지 못한 종류의 손바닥만 한 크기의 색다른 옷.

"설마 속옷 촬영을 할 줄이야. 서도형…… 예전엔 상업 광고는 질색하더니."

메이크업은 받고 왔다고 쳐도 어떻게 대기실에 매니저와 스타일리스트가 아무도 없지?

너무 이상한 기획사라고 생각하며 지유는 눈앞에 보이는 속옷을 차마 만지지 못하고 검지에 걸고 들어 올렸다.

"사이즈는 비슷한 거 같은데."

아니. 가면으로 얼굴을 가린다고 해도, 반쪽 얼굴을 도형이 모를까.

눈썰미 좋은 도형은 알 거 같은데.

팥빙수 얻어먹으러 왔다고 할까.

지유는 머리를 쥐어뜯으며 손으로 얼굴 전체를 덮었다. 정직원, 정직원, 정직원만 생각하자. 여기까지 해 주는 게 여자와의 약속이었으니, 지유는 지켜야 했다.

중간에 모델이 바뀌었다는 걸 들키더라도 자신은 최선을 다했고 그 결과로 따끈따끈한 소식을 편집부에 배달할 수 있을 테니까.

그래도 어디 가서 몸매가 빠지는 편은 아니니까.

"그래. 여긴 수영장이야. 모두 다 헐벗고 있는 거야. 그래, 별거 아냐. 비키니. 비키니. 그래. 비키니."

광고 촬영용 속옷을 입고 옆으로 서서 전신 거울을 보며 지유는 배에 힘을 줬다.

직업군 중 모델을 선택하지 않은 게 신의 한 수인 것 같다. 역시 연예계는 자신에게는 아니었나 보다.

"서윤 씨. 지서윤 씨."

"네…… 네?"

"준비됐으면 나오세요."

모델을 찾는 부름에 지유가 이번엔 뜸을 들였다.

"네…… 네!"

에라, 모르겠다. 지유는 눈을 질끈 감고 반쪽 가면을 쓰고 대기실 문을 열었다.

문 앞에는 스태프 한 명이 담요 하나를 들고 기다리고 있었다. 지유가 나오자 담요로 어깨와 등을 덮어주고는 촬영장 중간으로 데려갔다.

고급스러운 문양의 러그가 중간에 깔려 있고, 모든 조명이 가운데를 비추고 있었다.

"촬영 컨셉은 들으셨죠?"

아니, 들은 기억이 없는데. 어깨를 으쓱이며 맨발로 러그 위에 올라간 지유는 자신을 빤히 보고 있는 도형과 눈이 마주쳤다.

알아봤나? 벌써?

그에게 한 번도 머리를 푼 모습을 보여준 적이 없기에 지유는 손을 올려 묶고 있던 머리를 재빨리 풀었다. 이럼 좀 달라 보이려나?

머리를 묶을 때는 동안 소리를 들었고, 풀었을 때는 성숙하게 보이며 예쁘단 소리를 들었다.

고로, 머리를 풀고 가면까지 썼으니 지서윤이 버스든 택시든 대중교통을 타고 도망갈 시간은 벌어줄 수 있을 것 같았다.

자신을 빤히 바라보는 도형을 보며 지유는 어색하게 웃었다.

들킨 것 같다. 아무래도.

이딴 가면으로 반쪽을 덮어봐야 반쪽 얼굴은 어릴 적부터 봐온 자신일 테니, 도형이 못 알아볼 리가 없다.

괜찮다. 서도형을 놓친 대신, 지서윤을 잡았으니.

약간의 안도감을 느끼며 지유가 아예 이실직고하려고 가면을 벗으려는 순간, 도형의 음성이 스튜디오를 음산하게 울렸다. 조용히 스튜디오를 가르고 지나가는 음성이 상대로 하여금 소리를 지르는 것보다 더 긴장감을 주었다.

"다 나가주세요."

조명을 든 스태프와 그의 조수 몇몇이 일제히 도형에게 집중했다.

"잠깐 다들 나가주십시오."

묵직하게 울림이 있는 목소리였다. 지유도 러그에서 내려와 발끝을 세워 대기실 쪽으로 몸을 돌렸다.

얼른 도망가야겠다. 조용히 왔으니, 쥐도 새도 모르게 사라져야지.

"유지유, 넌 남고."

지유는 발끝을 세운 채 고개만 90도로 돌렸다. 싸늘한 눈으로 도형이 자신을 바라보고 있었다. 예감이 좋지 않았다.

오래전 지유가 딱 한 번 도형이 화가 난 모습을 처음으로 보았을 때의 그 눈빛이었다.

2장. 아주 큰 바퀴벌레

"무슨 일이야? 갑자기 다 쫓아내고."

"나도 잘 모르겠는데…… 모델이 바뀐 거 같아."

"뭐? 그게 무슨."

"쉿."

레이가 인화실에서 사진을 인화하고 있을 때 일어난 일이라 자세히 보진 못했다. 나중에 상황도 볼 겸 나와 보니 모델의 얼굴이 바뀐 것 같았다. 도형이 그 모델을 보자마자 나가라고 했었고.

"아! 바뀐 거 맞네."

"정말? 어쩌다가? 그럼 이거 백 퍼센트 저쪽에서 손해배상 해야하는 거지? 우리가 잘못한 거 아니네? 나 조마조마했잖아."

"아…… 근데, 그 모델이……."

레이는 공항에서 봤던 여자를 떠올렸다. 도형과 잘 아는 사이인 것 같은데. 지……지. 지 뭐였는데.

"지, 지, 지."

"응?"

"지지지."

레이가 이름을 떠올리려고 얼굴 인상을 다 찡그렸다.

"지유?"

"어, 맞아! 으아아악!"

라영이 대답한 건 줄 알았는데, 말끔하게 생긴 남자가 레이의 앞에 얼굴을 들이밀더니 대답한 것이었다. 너무 놀라서 레이가 소리 지르자 앞에 있는 남자가 웃었다.

"도형이 조수인가 보네요. 유지유 맞아요?"

"허허…… 누구세요? 헉! 강, 강, 강!"

아까보다 더 놀란 레이가 손으로 그를 가리켰고, 라영도 상대를 보고 놀라서 온몸이 얼어붙었다. 대한민국에서 제일 잘 나가는 배우이자 CF계의 블루칩 강태훈이었다.

"강태훈."

방긋 미소 지으며 선글라스를 벗은 태훈은 주변을 환하게 만들었다.

"아아…… 도형이 친구. 그럼 전 안에 들어가 보겠습니다."

도형의 친구라고 소개한 남자가 레이의 어깨를 툭툭 두드려 주고 안으로 들어가려는 순간, 레이는 그의 팔을 잡았다. 그제야 그의 본분이 떠오른 것이다. 도형의 친구라고 했지만, 도형과 작업하고 싶은 사람들이 그의 친척이다, 친구다 하며 함부로 거짓말을 하며 작업실로 찾아온 적이 몇 번 있었기에 이번에도 그런 상황일 수도 있다.

"안 됩니다! 여긴 아무나 출입할 수 있는 곳이 아닙니다!"

태훈이 그의 팔을 놓으며 가볍게 웃고는 레이의 머리를 쓰다듬었다. 무언의 압박을 주는 느낌이 들어 레이가 눈을 위로 치켜떴다. 상대는 서늘하게 웃고 있었다.

인상은 좋은데 왜 막고 있던 팔을 놓게 되는 건지.

"서도형하고 빤스도 나눠 쓰는 사이입니다."

"아. 아."

"이제, 들어가도 될까요?"

"네, 네에! 들어가십시오."

레이는 그의 기에 눌려 태훈에게 90도로 인사했다. 그러자 다시 한번 남자의 큰 손이 레이의 머리 전체를 움켜쥐듯이 쥐고 개한테 하듯 머리를 쓰다듬었다. 뭔가 기분 나쁜데, 머리를 조아려야 할 거 같은 느낌이었다. 강태훈은 도형의 친구가 확실했다.

그 손길이 다정해서 그는 흠칫 놀랐다. 제 사수가 탑 배우와 연애라니! 빤스까지 나눠 쓰는 사이라면…… 안 그래도 여자가 없어서 걱정했는데, 웬만한 여자보다 훨씬 예쁜 선을 가진 남자를 만나고 있었던 거다.

"라, 라영 누나. 누나."

"왜?"

"아니야. 눈치 못 챘으면 됐어."

"싱겁긴."

상사의 은밀한 애인을 마주한 건 저만 알면 됐다. 레이는 내일부터 도형을 볼 때 제 옷도 잘 가려가며 입어야겠단 생각을 했다. 남자 앞이어도 함부로 훌렁훌렁 옷 벗지 말아야지.

***

오랜 침묵이 스튜디오 안을 무겁게 눌렀다. 지유는 몸에 두른 담요를 꽉 잡으며 주먹을 꼭 쥐었다. 도형은 한번 화나면 지유가 아는 남자 중에 가장 무서운 사람인지라 함부로 애교를 떨지도 못했다.

"도형 오……빠?"

지유는 가면을 벗으며 어색한 웃음을 지었다. 가지런한 치아를 드러내며 봐달라는 의미로 씩 웃었는데, 도형의 표정은 꿈쩍도 하지 않았다.

"오빠……아."

과거에 도형의 기분이 안 좋을 때 그를 오빠라고 부르며 말꼬리를 늘어뜨리면, 그가 피식 웃곤 했었다. 종종 스튜디오에서 사고를 칠 때가 있는데 그때도 그는 '널 어쩌면 좋냐'라고 말하며 고개를 절레절레 흔들 뿐, 정색을 하진 않았다.

"너 뭐 하는 애야?"

"으응?"

"촬영이 애들 장난 같지?"

도형의 중저음이 한없이 가라앉아 있었다. 지유는 그의 목소리에 흠칫 놀라 어깨를 떨었다.

"너 지금 주변 좀 둘러봐."

그의 말에 지유는 고개를 돌려 주변을 살폈다. 오늘 속옷 촬영 컨셉에 맞게 넓은 촬영장 안에 인공 벽을 세워서 여러 개의 방을 만들어 놨다. 그곳엔 다양한 소품들로 가득했다.

"이거 준비하는 데 든 비용이 얼마인지 상상이 가? 이 촬영 때문에 고생한 사람이 몇 명인지 알아?"

지유는 입술을 말아 넣으며 입을 꾹 다물었다. 하나만 생각했지, 둘은 생각하지 못했다. 이건 단순히 증명사진을 찍는 게 아니라 광고 촬영이다.

지서윤의 인터뷰 건은 땄지만, 이 광고 촬영을 위해 동원된 스태프들과 준비 과정에서 얼마나 큰 손실이 생길지 미처 생각지 못했다.

"오빠, 진짜 미안해."

"됐어. 배상은 내가 한다고 쳐."

도형이 손으로 마른세수를 하며 한숨을 쉬었다.

"오빠 말 잘라서 미안한데, 배상은 지서윤 씨 측에서 해야 하는 거 아니야?"

"내가 광고주한테 이의를 제기하면, 그쪽에서 널 걸고넘어질 텐데? 유지유. 그것보다 겁도 없이 함부로 어디서 옷을 벗어?"

서윤이 도망갈 동안 시간을 벌기 위한 잠깐의 쇼일 뿐이다. 옷을 벗은 게 아니라, 하필 광고 촬영이 속옷 촬영이었던 거고.

오빠가 우리 편집장 밑에서 일해 봐라! 간이고 쓸개라도 다 빼

줘야 한다니까!

지유는 미안한 마음이 들었지만, 하고 싶은 말도 많았다. 하지만 지금은 도형의 화를 풀어주는 게 우선이었다.

"근데 오빠 옷을 벗은 게 아니라 요거 속옷이야. 비키니 같은……."

"유지유!"

아, 왜 소리를 지르고 그래. 지유는 속으로 생각했다.

그의 시선이 지유의 머리부터 발끝을 훑었다. 지금까지와는 다른 분위기에 흠칫 긴장했다. 그제야 지금 비키니도 아닌 속옷 차림으로 도형의 앞에 섰다는 것을 제대로 자각했다. 부끄러움이 물밀 듯이 밀려왔다.

오빠 친구 앞에서 비키니를 입는 것도 상상이 안 가는데, 이건 진짜 도형의 손바닥만 한 속옷이 아닌가.

"으앗!"

지유가 허둥지둥하며 꼭 쥐고 있던 주먹을 폈다. 그 때문에 생명줄처럼 잡고 있던 담요를 놓쳐 버렸고, 러그 위에 담요가 깃털처럼 가볍게 내려앉았다.

지유는 그 형상을 보며 동공이 미친 듯이 흔들렸다.

"아……."

지유의 온몸에 빨갛게 열꽃이 피기 시작했다. 다리를 배배 꼬고 팔짱을 끼는 척하며 가장 급한 가슴을 가렸다. 그런데 오히려 팔이 가슴을 눌러 속옷 위로 속살이 더 봉긋해지자 지유가 울상을 지으며 어깨를 잔뜩 위로 올리며 움츠렸다.

지유는 거북이처럼 목을 최대한 넣고 눈을 위로 치켜떴다. 아까까지 화가 나 있던 그의 동공이 미세하게 흔들렸다. 그도 놀랐는지 담요를 주워 줄 생각도 못하고 하던 말까지 멈춘 채 지유를 멍하니 봤다.

"너…… 너."

도형의 귓불이 붉어졌다. 그러더니 정색하며 그가 말을 이었다.

"원래 이렇게 무방비해?"

"아, 아니!"

왜 대화의 주제가 다른 방향으로 튀는 거 같지? 지유는 가슴을 가리던 팔을 풀고 거세게 손을 흔들며 아니라고 해명했다.

"절대 아니야! 이건 해프닝! 사정이 있었다고."

"어디 가서 이러고 다닌단 소리만 들려 봐."

"오빠. 절대 아냐! 해명할 시간을 좀 줘! 그리고 나 그런 애 아니다? 알지?"

흠칫. 지유는 어깨를 떨었다. 혹시라도 어디 가서 함부로 옷 벗는 이상한 여자로 오해할까 싶어 심장이 크게 뛰었다. 재신 오빠한테 이상한 소리 하면 안 되는데.

"꺄아! 뭐…… 뭐 하는."

지유는 도형이 갑자기 몸을 숙이자 놀라서 한 걸음 뒤로 물러섰다. 그녀의 발밑으로 몸을 숙이는 그로 인해 지유의 시선도 아래로 향했다.

헉.

맞다, 이 속옷 은근한 망사였다. 미쳤어, 미쳤어!

담요를 집는 도형의 손보다도 더 작은 팬티 안에 거뭇한 형체가 먼저 보였다. 도형이 볼까 싶어 두 손을 내려 아래를 덮었다가 그게 더 이상한 거 같아서 다리를 겹쳐서 꼬았다. 뭘 해도 이상하고 자꾸 거슬렸다.

내가 별짓을 다 한다. 유지유 진짜!

뭐든 열심히 하려는 이 성격이 문제였다. 지유는 편집장님이 이 순간 원망스러웠다. 일단 들이대고 보라고, 앞뒤 생각하지 말고. 벌어지고 나면 수습은 자기가 하겠다며 항상 직원들에게 강조했었다.

"너. 무슨 생각해?"

"털?"

저도 모르게 아래를 보고 있던 그녀가 반사적으로 대답했다. 본인이 말하고 놀라서 두 손으로 입을 막았다. 아니, 아니. 그게 오빠. 아악! 내가 미쳐.

"뭐?"

진짜 유지유, 생각 좀 하고 살자! 으악. 접시에 콱 코를 박아? 미쳤어! 거기서 털이 왜 나오냐고! 아니, 그건 또 왜 보이는 건데! 지유는 속에서 소리 없는 외침으로 들끓었다.

"하하하. 정직원 털옷을 입고 싶어서. 그래서 이게 어떤 상황인 거냐면⋯⋯."

지유는 횡설수설하며 말을 이었고, 도형의 표정은 점점 굳어만 갔다.

도형은 화를 내려다가 입을 꾹 다물었다. 담요가 러그 위로 떨어진 순간 그의 머릿속은 하얗게 변하며 할 말을 잃었다.

이게 얼마짜리 광고이고, 유지유가 지금 벌인 짓 때문에 손해가 얼마나 큰지, 지금 상황이 어떤지 설명해야 하는데 입이 떨어지질 않았다.

'도형 오……빠?'

이미 속옷만 입은 채로 인형 눈썹처럼 예쁘게 말아 올린 속눈썹을 깜빡이며 저를 부르는데, 화가 서서히 식어갔다. 항상 유지유에 한에선 화를 내기가 쉽지 않다.

손해배상보다 더 화가 났던 건, 지유가 함부로 옷을 벗고 이곳에 나타났다는 거다. 다른 사람이 그녀를 훑어본 게 불쾌했다.

수영장에서 봐도 썩 기분이 좋지 않았을 텐데, 여기가 어디라고 함부로 옷을 벗었는지 그냥 옷을 입고 나와서 모델이 도망갔다고 전해도 될 것을, 굳이 본인이 속옷을 입고 나온 게 더 황당하고 어이가 없었다.

세상 모든 여자들이 오픈 마인드로 살아도 유지유만큼은 그러지 않길 바랐다. 함부로 어디 가서 옷을 벗지 않았으면 좋겠고, 외간 남자랑 손도 안 잡아 봤으면 싶은 게 도형의 솔직한 심정이었다. 지금 여기 남자 스태프가 몇 명인데 유지유는 그것도 생각 못한 건가, 아니면 이 정도 시선은 아무렇지도 않은 건가.

오빠 친구가 갖기엔 매우 불순한 마음인 것을 안다. 그래도 유지유만큼은…….

'오빠? 해명할 시간을 좀 줘!'

지유가 눈앞에 알짱거리며 말을 걸어왔다.

도형은 눈을 어디에다 둬야 할지 몰라 두리번거리다가 러그 위에 떨어진 담요를 발견했다.

"꺄아!"

뭘 어찌하려는 것도 아닌데 화들짝 놀라며 뒤로 물러선 그녀를 보며 도형은 픽 웃었다.

담요를 집고 올라서자 그녀가 천장을 보며 다른 생각을 하는 게 보였다. 도형도 최대한 그녀의 몸을 보지 않고 얼굴만 보려고 노력했다.

"아무래도 오빠가 인터뷰 안 해 줄 거 같아서, 어려울 거 같아서, 지서윤 씨하고 딜을 좀 했지. 그러다가 벌어진 해프닝인데…… 무조건 내가 잘못했어!"

지유가 두 손을 모으고 강아지처럼 촉촉한 눈망울로 자신을 쳐다보자 도형은 그나마 있던 화도 완전히 식는 것을 느꼈다.

"이걸로 덮어."

도형이 담요를 내밀자 지유가 냉큼 담요를 받아 들었다. 반으로 접힌 담요를 최대한 넓게 펴서 목부터 발끝까지 가릴 심산으로 돌돌 마는 걸 보며 도형이 어이없어서 웃었다.

"남자 스태프가 몇 명인데 이러고 나와?"

"비키니 입는다 생각하고 벗었지. 솔직히 이 정도는 아무것도 아닌 게 아니구나. 하하. 왜 그렇게 봐?"

"아무것도 아니라고 해서. 좀 제대로 보려고 했지."

"어딜 봐!"

지유가 담요를 꾹 쥐며 눈을 흘겼다.

"나 아직 화 안 풀렸다."

이미 다 풀렸지만. 도형의 말에 지유가 혀를 쏙 내밀며 헤실헤실 웃는 게 보였다. 이미 도형의 화가 다 풀린 걸 지유도 아는 눈치였다.

"스태프들은?"

"잘도 물어본다. 레이가 밥 사줬을 거야. 하아. 이제 어쩐다."

도형은 청바지 뒷주머니에서 핸드폰을 꺼냈다. 아니나 다를까 레이로부터 스태프들과 점심을 먹고 있다는 문자가 와 있었다.

[맞다, 아까 점심 먹으러 내려오면서 형 남자 친구분 봤어요.]

남자 친구? 누구? 친구를 남자 친구라고 하나?

이 시간에 한가할 사람이 없는데. 도형이 문자를 보며 고개를 갸웃하는데 고새를 못 참고 일이 터졌는지 지유의 비명 소리가 들렸다.

"꺄아!"

"왜? 무슨 일이야?"

"바퀴…… 바퀴……! 으아악!"

유지유가 세상에서 제일 싫어하는 곤충 중 하나였다. 바퀴벌레는 지유가 있는 방향으로 타닥타닥 빠르게 기어가고 있었다.

지유는 제 몸을 가리던 담요도 내팽개치고 도형의 목에 양팔을 두르며 그를 꽉 안았다.

지유의 향이 도형의 코끝을 스치고 지나갔다. 스튜디오 밖에 배치된 돌상처럼 딱딱하게 굳은 그가 이러지도 저러지도 못하고 일순 정지했다.

유지유. 이건 아냐.

7년간 도 닦으며 감정을 죽인다고 죽였는데, 어느새 성인이 된 지유를 본 순간 이미 미국에서의 시간이 삽질이 되어 버린 것을 알았다. 그렇지만 이 감정은 결코 작지 않았고 함부로 발설할 수 없기에 도형은 오빠 친구라는 명목으로 지유를 대했다.

그런데 이건…… 정말 아니잖아.

숨도 쉬지 못해 도형은 숨을 꾹 참았다.

"으아아아! 청소 좀 해. 청소. 으아아. 왜 또 이쪽으로 와!"

지유가 도형의 목 뒤에 셔츠 깃을 꼭 쥐고 몸을 도형에게 붙였다. 바퀴벌레를 어떻게든 해 달라는 신호인데, 함부로 몸을 움직였다간 어떤 일이 벌어질지 몰라서 도형은 그가 가진 인내심을 전부 발휘하여 꾹 참고 있었다.

딸랑.

그사이 스튜디오 문이 열리는 소리가 났다.

"태훈 오빠! 오빠! 여기 와서 벌레 좀 잡아줘. 얼른!"

레이가 봤다던 자신의 친구가 태훈이었나 보다. 태훈의 발걸음 소리가 뒤에서 들렸다.

"어! 바퀴벌레 어디 있는데?"

순식간에 코앞까지 온 태훈이 두 사람을 보더니 멈칫했다. 도형은 돌처럼 굳은 상태로 태훈을 보며 눈만 깜빡였다. 남자라면 지금 자신의 표정과 상태만 봐도 속마음을 쉽게 간파할 수 있을 것이다.

강태훈은 분명 알고도 남을 것이다. 눈이 마주치자 자신의 약점을 잡았다는 듯 매우 즐거워하는 게 보였다.

"내가 잡기에 벌레가 좀 큰 것 같은데?"

태훈이 하얀 치아를 드러내며 씩 웃었다. 자신과 지유의 앞에서 최면요법을 하듯 손가락을 빙빙 돌리면서 말이다.

"아이고, 잡히지도 않네."

태훈이 도형의 발 주위를 발로 밟으려다 도형의 운동화 앞코를 일부러 살짝 밟았다.

망했다. 하필 걸려도 강태훈이라니. 태훈의 반짝거리는 눈을 보며 도형은 손으로 이마를 짚었다.

이 마음을 걸려도 지유한테 제일 먼저 걸리고 싶었는데. 강태훈의 알은척은 전혀 반갑지 않았다.

***

지유는 벗어둔 옷을 챙겨 입고 나오며 핸드폰을 켜자 미희에게 부재중 전화가 찍혀 있었다. 지유는 재빨리 미희에게 전화를 걸었다.

-인턴. 어떻게 됐어?

미희는 '여보세요'도 아니고, 결과부터 물었다.

"아직이요. 제이크 인터뷰 건보다 더 중요한 게 있어요. 제가 모델 임신 소식을 따냈지 뭡니까! 우연히 제이크 인터뷰 섭외하려고 왔다가 모델을 만났는데요."

-누구? 지서윤?

"허억."

어떻게 알았지?

분명 극비라고 했는데. 지유는 턱이 점점 아래로 내려왔다. 턱을 탁 벌리고 아무 말도 못 하고 있는데 미희가 지유를 불렀다.

-인턴? 어이, 유지유?

"네네."

-언제 적 소식인데, 상대가 축구 선수인 건 알고? 극비라고 해서 진짜인 줄 알았네. 장난하지 말고. 서도형이나 섭외해 와.

상대가 축구 선수였구나. 유명 인사인 거 같은 냄새가 나더라니. 지유는 미희의 정보력에 혀를 내둘렀다.

지금까지 지서윤을 도운 건 십 원어치의 가치도 없는 일이었던 거다.

이미 사실을 알면서 미희가 인터뷰나 기사화하지 않은 건 분명 또 다른 이유가 있기 때문일 것이다.

특종인 줄 알았는데…… 극비인 줄 알았는데. 지유는 어깨를 축 늘어뜨리고 한숨을 쉬며 전화를 끊었다.

결국, 죽이 되든 밥이 되든 서도형 섭외가 먼저였다.

그녀는 다시 안으로 들어갔다.

***

"서도형, 설마 내가 생각하는 그거."

"그거 맞아."

도형은 해명할 생각이 애초부터 없었다. 그의 말에 태훈의 입이 턱 벌어졌다. 유리문 밖에서 통화를 하며 쩔쩔매는 지유를 보다가 그가 미간을 좁혔다.

"도둑놈. 나쁜 새끼."

"좀 과한 거 아니냐."

"천하의 나쁜 놈. 감히 우리 지유를."

그는 이마를 짚었다. 그의 옆에서 도둑놈부터 온갖 단어를 갖다 붙이는 태훈을 보며 그는 앞일을 예감했다. 시스터 콤플렉스인 재신이 알게 된다면 자신은 반죽음일 것이다.

"언제부터야."

"7년 전?"

"뭐- 너 그때 지유 고등학…… 이거 진짜 쓰레기네."

"그래서 미국 갔잖아. 쓰레기 되기 싫어서."

"와! 나 지금!"

태훈은 더 대꾸하지 못하고 헛웃음을 지었다. 지유는 누가 봐도 예쁜 여자여서 재신이 날파리 하나 안 꼬이도록 얼마나 애지중지 했는데, 서도형이 7년 전부터 지유를 눈독 들이고 있었다니.

"너 그럼 귀국한 것도 지유랑 관련 있는 거야?"

"……그럼 없겠냐."

그는 개의치 않는 표정을 지으며 통화를 마치고 들어온 지유를 눈으로 훑었다. 그녀의 발자취를 따라 그의 입가가 부드럽게 말려 올라갔다.

"표정 바뀌는 거 봐라. 내 친구 서도형이, 으윽."

태훈은 말도 안 된다며 고개를 절레절레 저었다. 벙찐 표정을 하고 있는 태훈에게 지유가 다가갔다.

"태훈 오빠 표정이 왜 그래?"

"방금 도둑놈을 봤거든."

"도둑놈? 여기서?"

태훈은 고개를 끄덕이며 물끄러미 도형을 보았다.

"뭐야, 오빠도 봤어? 근데 왜 안 잡았어?"

"……강태훈 말은 무시해도 좋아."

도형의 말에 지유가 어깨를 으쓱했다. 그러더니 도형의 옆으로 가서 팔짱을 끼었다.

"오빠~"

"……흠."

"유지유! 다 큰 성인끼리 팔짱 끼고 그러는 거 아니야."

태훈이 두 사람 사이를 가르며 팔짱을 풀었다. 코맹맹이 소리로 도형을 부르는 지유를 보니, 도형이 시시때때로 지유를 탐하고 있는 것 같아 심기가 불편했다. 재신이 이 꼴을 본다면 서도형의 팔목을 비틀어 버렸을지도 모른다.

"오늘따라 오빠들이 왜 이렇게 보수적이야~ 도형 오빠는 아무 데서 옷을 벗지 말라고 하질 않나. 여름에 수영장도 안 가봤나 봐. 태훈 오빠는 팔짱을 끼지 말라고 하질 않나. 진짜! 내가 못 살아."

지유가 고개를 절레절레 저었다. 재신의 친구인 도형, 종우, 태훈 오빠까지 모두 저를 여동생, 아직도 학생으로 보고 있는 것 같았다.

"나 도형 오빠한테 꼬옥, 꼭 부탁할 일 있단 말이야."

"그게 뭔데?"

"인터뷰……."

도형이 알만 하다는 표정으로 지유의 머리카락을 흐트러뜨리다가 어림도 없다는 듯 딱밤을 때렸다. 지유는 입을 삐죽였다.

"저녁이나 먹으러 가자. 지유, 시간 돼?"

"네, 돼! 없어도 만들어야지~ 도형 오빠인데!"

지유가 애교를 부리며 도형에게 팔짱을 끼었다. 태훈은 뒤에서 살쾡이 같은 눈으로 도형의 등을 노려보았다.

분명 서도형은 지유의 부탁을 들어줄 것이다. 다만, 지금의 상황을 즐기고 있는 것 같다. 알고 보니 서도형이 더 도둑놈처럼 보였다. 그는 이를 부득 갈며 두 사람 사이를 가르며 양팔로 어깨동무를 했다.

"나도 시간 돼, 도형아."

정중앙에서 양옆에 서도형과 유지유를 낀 태훈이 씩 웃으며 말했다.

세 사람은 소곱창을 먹으러 가까운 곱창집으로 향했다. 메뉴판을 쭉 훑던 지유가 울상을 짓다가 고개를 휘휘 젓고 오빠들에게 메뉴판을 내밀었다.

"재신이도 부를까?"

"아니!"

"아니."

지유와 도형의 대답이 동시에 나왔다. 태훈은 그것마저 마음에 들지 않아 도형을 째려봤다. 이 도둑놈. 감히 우리 지유를.

"저기…… 강태훈 씨 아니세요?"

"맞습니다."

"사인, 사인 부탁드립니다. 저 정말 팬이에요!"

태훈은 방긋 웃으며 언제 촐싹댔냐는 듯 근엄한 표정을 지으며 펜을 받아 공책에 사인을 했다. 그곳에 있던 사람들이 하나둘씩 태훈의 주위로 모였다.

"제가 오늘 7년 만에 친구를 만난 거여서요. 사인도 사진도 좋은데, SNS에는 내일 올려주세요. 부탁드립니다."

그는 팬들과 사진을 찍어주면서 곱창을 다 먹을 동안은 비밀로 해 달라고 말했다. 매니저가 알면 난리가 나기에. 그곳에 있는 팬들을 모두 상대해 준 뒤 태훈은 그들과 다시 대화를 이어갈 수 있었다. 벌써부터 지친 표정이었다.

"태훈 오빠 진짜 힘들겠다. 크큭. 오빠들, 오늘은 내가 쏠 거야."

지유는 오빠들이 대답하기도 전에 얼른 손을 들어 종업원을 불렀다.

"모듬곱창 하나랑 소곱창 2인분이요. 오빠들, 술은?"

"지유 너 술 마셔?"

"응! 소주, 맥주, 막걸리. 가리지 않아요~"

"나 오늘 여러 번 놀란다. 그치, 도형아."

태훈은 도형을 불렀다. 태훈에게 지유는 아직 애일 뿐이었다. 소개팅을 시켜주겠다, 남자를 소개해 주겠다 장난은 쳐도 아직까지 소개팅을 주선한 적은 없었다. 재신의 동생이면 제게도 동생이었다.

도형과 태훈은 외동이라 지유를 동생처럼 예뻐했었다. 단순히 친구 동생이 아닌, 자신의 동생처럼. 그런데 도형의 눈이 동생을 보는 눈이 아니었다니. 그것도 놀라운데 지유가 그 많은 술을 다 마실 수 있다니! 오늘따라 놀랄 일이 한둘이 아니었다.

"우리 지유 많이 컸네."

"오빠, 나 대학교도 졸업하고 엄연히 사회인이라고."

"내 눈엔 아직도 방울 머리 고무줄로 머리 묶고 교복 입은 모습이 선한데. 그나저나, 지유 바퀴벌레 무서워해?"

"응. 세상에서 제일 싫어. 으으, 징그러."

지유의 말에 태훈이 씨익 웃었다. 도형을 곁눈질하며.

"그런데 어쩌냐, 네 옆에 제일 큰 바퀴벌레가 있는데."

"으아아! 어디?"

지유가 자리를 박차고 일어났다. 도형의 등 뒤로 가서 주위를 훑는 꼴을 보니 궁지에 몰린 쥐 같기도 하고, 늑대에게 나 잡숴라 하며 바쳐진 양 같기도 했다.

"안 보여? 자세히 봐봐, 지유야."

"응! 어디 있어? 태훈 오빠, 좀 잡아줘."

"애, 그만 놀려."

"그래, 서도형아. 지유가 애인 건 아냐."

"아- 진짜. 강태훈."

도형이 젓가락을 내려놓으며 인상을 쓰자 태훈이 깐족거림을 멈췄다. 이런다고 서도형이 마음을 접을 게 아님을 알고 있기에 우선은 작전을 종료했다.

지유는 맥주를 주문했다. 맥주가 나오자 병따개를 들고 병을 따려는데, 도형이 지유의 손에서 술병을 가로챘다. 그러더니 병맥주를 따서 세 사람의 잔에 고루고루 맥주를 따랐다.

"지유야, 진짜 술 마셔도 돼? 주량 얼마나 돼? 우리 셋이 술 마시는 거 재신이 알면 혼날 거 같은데. 얘 술 먹여도 되나."

"오빠. 나 재신 오빠 동생 유지유가 아니라, 성인 유지유라고! 태훈 오빤 내가 아직도 애로 보이나 봐. 도형 오빠, 나 애로 보여?"

지유가 이로 입술을 질끈 물고 도형을 지그시 바라보며 물었다. 그러자 도형이 머리를 긁적이며 슬쩍 어색한 미소를 지었다.

"뭐야, 오빠 눈에도 내가 애야? 으으."

지유는 맥주를 벌컥벌컥 마신 후 테이블 위에 내려놓았다. 다 익혀 나온 소곱창이 불판 위에서 더 먹음직스럽게 변했다.

"맛있어?"

"응. 얼른 먹어 봐. 내가 쏠게."

지유의 말에 도형의 입가에 부드러운 미소가 걸렸다. 그는 처음부터 지유에게 얻어먹을 생각이 없었다. 그런데 쏜다고 말하는 게 왜 이렇게 귀여운 건지.

"지유야. 넌 이상형이 어떻게 돼? 이 오빠가 소개팅해 줄게."

"소개팅? 음…… 잘생긴 사람."

"지유 너 외모 밝히면 안 된다! 서도형처럼 잘생긴 남자 조심해야 한다고."

"음…… 도형 오빠가 잘생기긴 했어. 서늘해서 무섭긴 하지만, 그래도 은근 다정하고."

"그럼 나는?"

"오빠는…… 가볍달까."

"어쭈."

"장난이야. 세상에서 제일 멋진 배우야."

태훈이 그녀의 머리에 꿀밤을 때리려는 제스처를 취하자, 도형이 태훈의 손이 지유의 이마에 닿기 전에 손으로 막았다.

"지유, 이제 애 아니야."

"……."

"성인이라고. 예의 지켜."

도형의 정색에 오히려 지유가 손사래를 쳤다.

"아~ 왜 그래. 음, 오빠들이 원한다면 오빠들 앞에선 애가 되겠어요."

지유의 애교에 두 사람 사이에 어색한 공기가 금방 풀어졌다. 지유는 오빠들 접시에 염통과 막창을 하나씩 올려줬다.

"식기 전에 하나씩 들어요. 오빠들."

그들은 2인분을 더 추가 주문했다. 먹다 보니 양이 무척 적은 느낌이었다. 태훈은 진동이 울리는 핸드폰을 보더니 밖으로 나갈 채비를 했다.

"내가 지켜보고 있을 거다. 서도형."

그의 말에 도형은 어깨를 으쓱하며 손으로 얼른 나가라고 손짓했다.

＊＊

태훈은 밖으로 나와 전화를 받았다. 평소라면 그냥 받았겠지만 상황이 상황이다 보니 밖으로 나왔다.

"어. 재신아."

-바빠?

"아니. 갑자기 왜?"

그는 안쪽에서 바로 옆에 앉아 눈길을 주고받고 있는 도형과 지유를 주시했다.

-바쁜 모양인데?

"아니야. 바퀴벌레 잡고 있었어."

-바퀴벌레? 웬만하면 청소 좀 하고 살아라. 다름이 아니라…….

재신은 다음 달부터 촬영이 시작될 영화의 영화감독이 사고를 당해 일정이 무기한으로 미뤄질 거 같다는 소식을 전해 왔다. 영화를 위해 태훈은 한동안 승마를 배우고, 몸을 더 키웠다. 그뿐만 아니라 액션도 직접 하기 위해 만반의 준비를 했었다. 태훈이 꼭 출연하고 싶었던 영화였다.

"어쩔 수 없지. 괜찮아. 근데, 너 서도형 여자 없는 거 이상하지 않냐?"

-남자 좋아하나 보지, 뭐.

"와- 내가 눈치가 없긴 하지만 너도 진짜 눈치 없다. 나중에 울지나 마라."

-내가 왜. 앞뒤 잘라 먹고 말하면 어떻게 알아.

"등잔 밑이 어두운 법이지. 몰라, 난 대충 다 말했다."

-스무고개 하냐.

"이 소곱창 같은 놈아."

그는 재신과도 친구지만, 도형과의 의리도 지켜야 했다. 왜냐하면 두 사람 다 그에게 소중한 친구들이었기에.

아직까지 제 마음 고백도 못 하고, 그간 끙끙 앓았을 도형을 생각하니 그가 안쓰러웠다. 다름 아닌 나이 차이 때문에, 친구의 동생이기 때문에 굳이 해외까지 나가 있었던 걸 생각하면 더더욱.

저와 비슷한 점이 있다 보니 그는 더욱 도형에게 마음이 쏠렸다. 재신이 지유를 얼마나 많이 예뻐하는지 알지만, 도형의 마음이 진심이라면 재신도 반대할 이유는 없었다. 다만, 도둑놈이라 욕은 오래 하겠지만. 어쩌면 두고두고 욕을 할지도 모른다.

"나중에 나 욕하지 마라, 친구야. 나는 분명 티 팍팍 냈다?"

알쏭달쏭한 태훈의 말에 재신은 대꾸도 없이 전화를 끊었다. 태훈은 어깨를 으쓱하곤 곱창집 안으로 들어가지 않고 반대편으로 향했다. 점점 사람들이 이쪽으로 모이고 있다는 건, 그가 얼른 집으로 도피해야 한다는 걸 뜻했다.

이 정도의 자유면 한 달은 집에 틀어박혀 있어도 행복할 것 같았다. 종종 도형이나 놀리면서 지내면 금상첨화였다.

＊＊＊

태훈이 나간 후 지유는 본격적으로 본론을 꺼냈다.

"오빠. 나 오빠가 '제이크'라고 해서 놀랐어. 나 정말 오빠를 원한단 말이야. 혹시 인터뷰 안 하는 특별한 이유가 있어? 정말 안 되는 이유가 있는데 내가 막무가내로 매달리나 싶어서."

맥주가 몇 잔 넘어가니 속에 있는 말이 잘 나왔다. 편집장에게 한 소리를 듣고 집에 가서 제이크에 대해 샅샅이 조사했었다. 미국, 도쿄 등 해외에서 개인전을 열었고, 세계 100인 사진작가로 선정되었다. 그녀가 아는 도형은 국내에서 상업 사진 작가 활동은 하지 않았는데, 제이크는 상업 작가로 나오는 게 조금 다른 점이었다.

해외 영화 포스터를 시작으로 상업계에 발을 들이면서 몸값이 많이 뛰었다. 그가 작업하는 포스터마다 세계적으로 관객수가 어마어마해서 영화계에선 걱정될 때 사람들이 점을 보거나 타로를 보는 심리처럼, 그를 찾아가곤 한다.

호주 국립미술관에서도 사진전을 열고, 프랑스 '르 살롱'에서 명예상을 타면서 또 한 번 아시아인의 저력을 보여주었다. 그럼에도 그는 언론에 자신을 노출한 적이 없었다.

한국인이고, 나이가 젊다는 것, 외모가 끝내주게 생겼다는 것. 그것이 그에 대해 알려진 전부였다.

"실력으로 인정받고 싶었어. 그게 다야."

"……음? 이해가 잘 안 가는 걸."

"형운그룹, 우리 집안 알리고 싶지 않아."

지유는 그제야 고개를 끄덕였다. 언론에 비치는 순간, 서도형이 어떤 집안의 아들인지 다 알게 될 것이다.

거리를 걷다 보면 가장 흔하게 보이는 요식업체가 도형의 집안 거였다. 거기다 요새는 레스토랑 쪽도 제법 많이 유명해져서 대형 마트 곳곳에 입점하고 있었다.

"아, 이럼 더 보채지 못하겠네. 흠. 음. 흐으음!"

지유가 입 안에 공기를 불어 넣었다. 고민할 때마다 저도 모르게 나오는 행동이었다. 양 볼에 바람을 넣었다가 공기를 뺐다가, 양쪽 볼에 번갈아 가며 공기를 넣는 것.

편집장에게 뭐라고 설명을 해야 하지. 정말 난감하다.

서도형 인터뷰만 하면, 정직원의 길이 코앞인데. 그래도 도형의 이유를 듣고 나니 막무가내로 밀고 나가지도 못할 거 같았다.

"이제는 괜찮아. 그래서 귀국한 거고."

"……정말?"

"응."

"잘됐다, 잘됐어. 흐흐. 그럼 오빠~"

"왜."

그가 빈 잔에 맥주를 따랐다. 지유는 그에게 빼꼼히 맥주잔을 내밀었다. 저도 따라달라는 거였다. 도형이 픽 웃으며 그녀의 잔도 맥주로 채워주었다.

"나랑 해 보면 어떨까."

"뭘를."

"그~거~ 내가 격렬하게 원하는, 오빠의 단독 인터뷰. 국내에서의 행보라던가, 연애사라던가. 아니면 이상형?"

"지유 너라면 괜찮지."

도형이 팔짱을 꼈다. 지유는 눈을 깜빡거리며 그를 물끄러미 응시했다. 가까이 있던 그가 팔짱을 낀 채로 뒤로 물러났다.

단단한 팔 근육과 그녀에 비해 한참 큰 몸이 먼저 눈에 들어왔다. 그 몸을 따라 눈을 올리자 조각처럼 잘생긴 도형의 얼굴이 보였다.

역시, 떡잎부터 남다르더니 나이가 먹을수록 더 멋있는 거 같다.

서도형은 참, 잘난 남자였지. 대한민국을 들썩이게 하는 강태훈의 옆에서도 존재감을 뿜어내니, 외모로는 어디 가서 꿀리질 않는 남자였다.

"정말? 정말? 그럼 나랑 하는 거야?"

"응. 그게 뭐든."

"……이거 녹음해야겠다."

지유는 핸드폰 잠금을 해제한 후 녹음기를 찾았다. 그러더니 녹음 버튼을 눌렀다.

"서도형은 유지유와!"

"연애를 한다."

"연애를? ……에에?"

지유는 녹음기를 껐다. 도형이 '속았지?' 하는 표정으로 씩 웃더니 남은 곱창들을 모두 지유의 접시에 몰아주었다.

"아, 당했어! 오빠 진짜 짓궂은 거 알지?"

지유의 표정을 본 도형은 호탕하게 웃었다. 뾰로통해진 모습이 왜 이렇게 귀여운지. 저도 모르게 장난 속에 진심이 담기고 만다. 자제해야 하는데. 유지유 놀라서 도망가지 않게.

"나 내일도 올 거야!"

"그럼 내가 내일도 밥 사줄게."

"아니야. 오빠, 밥도 내가 사줄게. 응? 인터뷰……."

지유가 불쌍한 표정으로 그를 보며 말꼬리를 늘였다. 해 준다고 했다가, 안 한다고 했다가 도형의 의중은 정말 알쏭달쏭했다.

"지유 괜찮겠어?"

"으응."

"아니, 너 말고 네 지갑."

그가 계산서를 쓱 밀었다. 지유가 생각 없이 소곱창으로 배를 채운 제 배를 내려다보며 미간을 찌푸렸다.

"내 지갑 괜찮아. 조금 얇아진다고 생각하지 뭐."

"더 얇아지면 종잇장 같을 거 같은데. 됐어, 넣어둬."

도형은 됐다는 듯 지유의 머리를 흐트러뜨렸다. 그러더니 계산서를 들고 먼저 일어났다. 7년 동안 유지유만 기다리고, 그리워했는데. 이렇게 저를 쫓아다니는 걸 보니 묘한 쾌감이 올라왔다. 조금만 더 유지유가 저를 안달하게 하고 싶은 마음. 그러면서도 언제 제 마음을 그녀에게 표현해야 할지 난감했다.

"오빠, 쉿! 나 전화 온다. 편집장님."

지유가 핸드폰을 가리키며 한 손은 입가에 대고 '쉿'을 말했다. 그녀는 심호흡을 하고 통화 버튼을 눌렀다.

버튼을 누르자마자 꽥! 소리부터 지른 미희 때문에 지유는 화들짝 놀라 저도 모르게 벌떡 일어났다. 군기가 바짝 든 사람처럼 말이다.

그걸 지켜보는 도형의 미간에 옅은 주름이 생겼다.

***

다음 날 아침, 지유는 회사 건물 앞에서 정문을 통과하지 못하고 망설였다. 결국 서도형 섭외를 못해서였다. 서글서글 웃는 얼굴로 그는 장난만 쳤고, 저는 더 이상 그에게 오빠 친구이니 좀 더 도 와달란 말을 못했다.

본인이 열심히 해서 얻은 것들이 가족과 연계되면 '그럼 그렇 지'가 되는 게 싫다고, 색안경을 끼고 보는 시선은 싫다고 했다.

뭘 해도 아버지 잘 둔 덕이라는 말. 도형은 그 말을 예전부터 제 일 싫어했다.

"휴우."

한숨을 폭 쉬곤 건물 안으로 들어갔다. 밤을 새워서 도형을 대 체할 아이디어를 구상했지만, 그녀 선에서 할 수 있는 건 없었다.

자신이 제일 잘할 수 있는 것.

이곳에 인턴으로 뽑힐 수 있었던 건 그녀가 블로그를 잘 운영한 다는 거 하나였다. 지유가 운영하는 블로그 '찍이네 맛집 탐방소' 는 포털사이트 파워 블로그로 소개되었었고, 그 블로그를 테드 매 거진 편집장이 알고 있었다.

면접 때도 그것에 대한 질문이 대부분이었다.

지유는 고등학생 때부터 독립을 꿈꿨다. 그녀는 대학생 땐 협찬 이나 블로그 수입으로 용돈을 벌었고, 지금도 고시원에서 자취할 정도의 수입은 되고 있었다. 맛있는 거 먹고, 기록을 남기는 걸 좋 아해서 시작한 블로그가 이젠 일이 되어 버렸다. 덕분에 인턴으로 뽑히기도 했고.

그래서 지유는 그녀가 가장 잘할 수 있는 맛집 관련 자료들을 모았다. '영자보다 더 알찬 미.식.회'라는 제목으로 자료를 만들었 으나, 미희에게 내보이기엔 무서웠다. 그녀는 자료를 들고 편집부로 엘리베이터를 타고 올라갔다.

"지유 씨, 왔어?"

"네. 주임님. 어제 별일 없으셨죠?"

"응. 별일 없으면 난 더 무섭더라고. 차석아, 여기. 이쪽에 내려 놔."

김휘연 대리는 울리는 핸드폰을 지유에게 보여주며 동시에 차석에게 업무를 지시했다. 미희의 밑에서 유일하게 살아남은 직원인 휘연은 주임으로 승진하였고, 여전히 차석 선배는 아침부터 몸 쓰는 일을 하고 있었다.

곰처럼 푸근하게 생긴 인상에 몸마저도 곰 같은 고차석 선배는 편집부 내에서 힘 쓰는 일을 도맡아 하고 있었다. 그녀의 뒤로 생글생글 웃으며 동우가 출근했다.

"안녕하십니까! 지유, 안녕."

대학교 선배이자, 같은 인턴. 외모지상주의 상사로부터 한없이 혜택을 받고 있는 임동우. 지유는 깍듯이 인사를 했다.

"편집장님은요?"

"위에 대표님과 면담 중. 곧 내려오실 거야."

"……선배님, 저희 긴장해야 하는 거 맞죠."

동우가 차석의 옆으로 가서 무거운 박스를 같이 들며 물었고, 지유는 폭 한숨을 쉬었다.

"아마도."

서도형을 섭외하지 못했다는 걸 말해야 하는데. 휘연의 전화통화가 끝나길 기다리던 찰나 호랑이도 제 말 하면 온다더니 미희가 편집부로 들어왔다. 찬바람을 쌩 일으킨 그녀가 그들을 보며 방긋 웃었다. 입가에 미소가 번져 있지만 눈가는 살벌했다.

"5분 내로 회의실로."

"네!"

"넵!"

"예썰."

군대도 아닌데, 다들 기합이 바짝 들어 대답했다. 여유로운 아침 따윈 끝나 버렸다. 다들 자리로 부리나케 달려가 회의를 위해 미리 준비해 둔 자료들을 확인하고 또 확인했다.

지유는 먼저 회의실로 들어가 물과 간단한 과자를 세팅했다. 빔도 잘 되는지 확인한 그녀가 회의실 문을 열었다. 다 준비되었다는 뜻이었다.

선두로 미희가 먼저 들어왔다. 지유는 고개를 숙여 눈을 마주치지 않는데, 미희가 그녀의 머리를 쓰다듬었다.

어리둥절한 표정으로 위를 올려다봤지만 미희는 이미 제일 상석에 앉아 있었다. 그 뒤로 휘연 대리와 차석 선배가 들어왔고, 동우가 회의실 문을 닫으며 마지막으로 착석했다.

"자…… 우리 잡지 메인 주제는 서도……!"

"죄송합니다."

지유는 이를 질끈 물고 눈가를 찌푸리며 최대한 죄송한 표정을 지었다. 분명 섭외를 했을 거라고 확신하는 말투였다. 미희는 안 되는 일을 되게 만드는 일에 재주가 있는 상사였다. 되는 건 더 잘 되게, 안 되는 건 무조건 되게. 그녀의 삶에 안 되는 건 없었다. 그래서 지유의 실패를 전혀 예상하지 못하는 게 분명하다.

"뭐가 죄송해?"

"제이크 섭외 건이 어렵게 돼서요."

"무슨 소리야?"

휘연이 고개를 갸웃하며 두 사람을 비집고 물었다. 지유는 휘연을 보며 괜찮다는 얼굴로 웃어 보였다. 분명 마녀 미희로부터 저를 막아주려고 중간에 방패 역할을 하려는 거 같았다. 항상 그랬듯이.

"이미 말 다 끝난 거 아니었어?"

"그러게. 유지유 인턴, 그게 무슨 말이야? 아침에도 서 작가랑 통화했는데?"

"네?"

"지유 씨, 아침에 서 작가님이 회사로 전화주셨어요. 인터뷰도 하고, 한 달 동안 스튜디오에 직원들 충원할 동안 지유 씨가 도와주면 테드 잡지 내년 1월, 2월 호는 메인 사진 해 주신다고 하셨어요. 두 사람 다 이야기 나눈 거 아니었어?"

"……"

지유는 도로록 머리를 굴렸다. 서도형이 테드 매거진과 손을 잡고 인터뷰를 하겠다는 것, 거기다 내년 1월, 2월 호 메인 사진까지 해 준다는 것, 그리고 그걸 아침에 미희 편집장에게 전화를 했다는 것…….

어제 헤어질 때까지 분명 일언반구도 없었는데.

"지유 씨 오빠한테 빚진 게 있다고 발 벗고 나서준다고 하셨죠? 그죠, 편집장님? 지유 씨, 오빠가 유재신 대표라며! 샤인 프로덕션……!"

"자자, 조용. 회의 시작합시다."

미희의 표정이 부드럽게 변했다.

지유는 군이 이력서와 자기소개서에 재신을 언급하지 않았다. 블로그를 열심히 운영하면서 관련 직종으로 알아보다가 잡지사를 알게 되었고, 매력적인 이곳에 매료되었다. 그래서 꼭 일해 보고 싶은 마음에 인턴을 뽑는다고 했을 때 냉큼 지원했었다.

혹여, 오빠가 샤인 프로덕션인 걸 알면 곤란한 상황이 생길 거 같아서 일부러 숨겼다. 샤인에는 현재 대한민국에서 내로라하는 배우들이 즐비해 있었다. 재신은 생짜 신인도 손만 대면 탑으로 성장시킬 수 있는 안목과 힘을 갖고 있는 대한민국의 몇 안 되는 유능한 인재였다.

그 사실을 도형이 말한 것 같았다.

"그럼 다음 주부터 지유는 월, 수, 금은 J Studio로 출근해서 일 좀 도와주고, 인터뷰도 따오고. 거기서 광고 촬영하는 분들 다 탑 이니까 친해져서 이런저런 소식 들고 오면 좋겠네. 화, 목은 와서 보고하고. 보고서는 매일 써서 아침에 내가 볼 수 있게 하고. 한 달만 부탁해."

"네."

"임동우도 같이 가서 도와드려. 이왕이면 우리 잡지사 전속으로 잡으면 좋을 텐데. 아니다, 임동우 대신 차석 씨가 종종 가서 도와주면 좋고. 같이 가."

"네, 알겠습니다."

펑크 난 메인은 제이크의 정체를 밝히면서 끝났다. 유컬 매거진 편집장과 미희는 라이벌 관계인데 이번엔 먼저 터뜨릴 수 있다며 그날 하루 내내 좋아했다.

그녀 혼자 발버둥 치는 것보다 주위에 도움을 요청할 때 조금 더 삶이 수월해진다는 것. 그녀는 다시 한번 깨달았다.

***

도형은 메일로 온 인터뷰 기사 질문을 쭉 보고 미리 답변을 작성했다. 직접 영상도 찍어서 동영상 어플에 올려 인플루언스 마케팅을 통해 잡지사를 널리 알린다고 했다.

다른 매거진과 차별점을 둔 게 동영상 시장을 개척한 것이다. 단지 잡지에만 끝나지 않고 이슈되는 배우, 가수들 인터뷰 영상을 재밌게 제작하여 동영상 어플에 올렸고, 지금은 구독자가 100만 명을 넘어가고 있었다.

그래서 미리 영상으로 촬영할 질문들을 미희가 보내준 것이다. 그가 회신을 보내면 그걸 어떻게 촬영하고 편집할 건지도. 가끔 재밌게 편집한 영상이 상대의 기분을 언짢게 할 수 있기 때문에 미리 사전에 양해를 구해야 했다.

이왕 세상에 나가는 거면, 조금 친근하게 다가갔으면 좋겠다.

형운 그룹이 소개되면 포토그래퍼, 사진작가 제이크보다 형운 그룹 후계자로 연일 입방아에 오를 것이다.

도형의 아버지는 그가 기업체에 관심이 없다며 후에 전문경영인을 쓸 계획이라고 밝혔다. 하고 싶은 것을 하라고 응원해 주었기에 도형이 남들보다 빠르게 여기까지 올 수 있었다. 그렇지만 노력이 없었던 건 아니기에 그는 전부터 그 부분이 억울했다.

"형. 지서윤 씨 연락 왔는데, 그쪽에서 손해배상 다 한다고 하네요. 대신 결혼식 웨딩 촬영해 주시면 안 되냐고 묻는데요?"

"손해배상만 받고, 웨딩 촬영은 안 하고 싶은데."

도형이 팍 인상을 썼다. 그가 상업 작가로 돌아서긴 했지만, 개개인의 웨딩 촬영은 하지 않는다.

스튜디오 안에서 그는 왕으로 군림하고 있었다. 모든 기획과 마무리까지 그의 손길 하나를 다 거쳐야 하는 시스템이다.

그 어떤 대스타가 와도 서도형은 눈 하나 깜짝한 적 없었다. 정중하게 물어도 밀린 일정으로 거절할 판국에 당연히 웨딩 촬영을 해 줄 거라는 심보는 예의가 아니었다.

웨딩 촬영이라니. 그의 표정을 본 레이가 바로 통화를 하며 밖으로 나갔다.

아무리 지인이어도 도형은 작업 철학과 맞지 않으면 꿈쩍도 하지 않는다.

'제이크입니다. 이미희 편집장님 계십니까?'

'네. 잠시만요.'

그런 저가 테드 잡지사로 직접 전화를 걸었다. 그러고 말도 안 되는 제안을 했다.

'저희 스튜디오가 한국 정서에 맞게 자리 잡을 동안 도와주셨으면 합니다. 유지유 인턴이 와서 도와주면 인터뷰 건, 내년 잡지 1월, 2월 호 제가 맡겠습니다. 예전에 여기서 아르바이트 했었어서 새로 뽑은 직원보다 나을 거 같거든요.'

그것뿐만이 아니었다. 갑작스럽게 마음이 변한 이유를 묻는 미희에게 군이 하지 않아도 될 말까지 해 버렸다.

'지유 씨 오빠가 제 친구입니다. 유재신 대표에게 빚이 좀 있습니다. 갚아야죠.'

감사하다고 인사하고 끊었지만, 편집장은 분명 유재신이 어느 회사 대표인지 알아볼 것이다. 그는 유지유가 누군가에게 머리를 조아리고, 을 중의 을로 살아간다는 걸 상상도 못 했다.

재신과 자신, 태훈과 종우까지. 오빠와 오빠 친구들이 그녀를 얼마나 애지중지했던가. 혼내려다가도 웃음 한 방에 다들 살살 녹는데…… 그런 지유를 노예처럼 하대하고 있었다.

[우리 지유]

액정에 뜬 지유 번호를 보고 도형은 바로 전화를 받았다.

"응."

-오빠~ 뭐야. 나한테 말 한마디 없이. 놀랐잖아!

"서프라이즈."

-하아, 어제 소곱창 계산도 오빠가 하고, 혹시 재신 오빠가 협박했어?

그놈이 협박한다고 내가 넘어갈 놈은 아니지. 그는 피식 웃었다. 그건 다 유지유, 너이기 때문이란 걸 말할 수가 없었다.

-근데 월, 수, 금 출근은 뭐야?

"예전에 너 학생 때 스튜디오 와서 나 도와줬잖아. 귀국할 때 조수 2명만 데려와서 직원 충원하려면 한 달은 더 걸릴 거 같아. 좀 도와줘."

-나한테 말했으면 무급으로 해 줬을 텐데. 그래도, 월수금 해방이다!

"해방은 아닐 텐데? 보고서 안 써?"

-어떻게 알았어? 아침마다 보실 수 있게 밤마다 보고서 써서 올리래.

지유의 떨리는 목소리를 들으며 그는 다시 한번 웃었다. 그 편집장 성격에 보내주는 대신 대어를 물어오라고 시켰을 게 뻔했다. 그는 지유가 원하면 활어를 물어 줄 생각이었다.

-거기다 내년 잡지 사진도 촬영해 주기로 했다며. 오빠, 너무 무리하는 거 아니야? 우리 회사가 좋긴 한데, 잡지사 중에 제일 양심적이기도 한데…… 그래도, 오빠 노동력이 얼만데.

"고마우면 저녁 사."

-저녁? 오늘 말고 주말에 안 돼? 나 오늘 소개팅해!

"소개팅?"

그의 미간이 좁혀졌다. 편안하게 소파에 기대 전화를 받던 도형이 허리를 곧게 세웠다. 왼손은 장골 주변을 짚으며 불편한 심기를 드러냈다.

-재신 오빠한텐 비이밀~ 나 매번 소개팅 전날에 걸려서 대학생 때 소개팅도 못 해 보고, 미팅도 못 했어. 남자는 다 늑대라나 뭐라나. 오빠. 남자가 무슨 늑대야. 내 주변에 유재신, 종우 오빠, 태훈 오빠, 도형 오빠. 다 그냥 오빠인데. 늑대를 본 적이 없어.

"남자는 다 늑대 맞아."

-어어? 그럼 오빠도 늑대야?

지유의 질문에 그는 침을 꼴깍 삼켰다. 저는 유지유를 통째로 삼키기 위해 그녀의 주변을 돌아다니고 있는 짐승 새끼가 맞다.

"어."

-그렇게 안 보여. 오빠들 다 순둥순둥한 느낌이랄까.

그건 다 지유 너한테 한정이지. 그가 아는 제 친구들은 절대 순수하고 순둥순둥하지 않다. 이기적이고, 교만하고, 직설적이고, 오만하다. 그게 좋은 점으로 작용하는 순간도 있지만 지유가 보는 것과 실제와는 다소 괴리감이 있었다.

"누구랑 소개팅하는데? 어디서?"

-비밀.

애가 탄 도형이 500ml 생수를 따서 물을 벌컥벌컥 마셨다.

-내 인생 첫 소개팅이니까 응원해 줘! 남자는 어떤 여자 좋아해?

"그냥 지유 너 같은."

-내가 이래서 세상 물정을 모른단 소리 듣는 거야. 오빠들이 다 예쁘다고만 해 주니까, 이러다 공주병 걸리겠어. 그래도 고마워, 오빠. 자신감 생긴다.

그는 고맙다는 인사가 하나도 반갑지 않았다. 그저 소개팅이란 단어 하나에 꽂혀서 신경이 거슬릴 뿐이었다.

그동안 재신이 지유를 잘 보호해 주고 있었는데 성인이 된 지유는 보호막을 깨고 나오려 했다. 그래서 더더욱 귀국을 서두른 것도 있었다.

그의 눈에 예쁜 지유가 다른 사람 눈에도 무척이나 매력적으로 다가올 것을 알기에.

오뚝한 코와 앙증맞은 입술, 만졌을 때 감촉 좋은 머릿결. 갈수록 예뻐지는 지유에게 날파리가 꼬일까 봐 걱정이었다.

전화를 끊은 후 도형은 레이를 찾았다.

"레이야."

"네! 형! 웨딩 촬영 안 받았어요. 손해배상만, 형…… 무슨 일 있어요?"

"오후에 바쁜 거 없지?"

"네. 내일 새벽 촬영 때문에 미리 지방 내려가는 거 말곤 없어요. 아뇨! 저 바쁩니다. 저 곧 여자 친구 생길 거 같아요."

도형은 눈썹을 삐죽 올렸다. 여자 친구가 생길 거 같다니? 지금 이 상황에서 할 말이 아닌 거 같은데.

"저는 노선을 확실히 하려고요. 저는 여자 좋아해요."

"더위 먹었냐, 나 나갔다 올게."

그는 레이의 어깨를 툭툭 쳐주곤 스튜디오 밖으로 나왔다.

"혀, 형! 누구 만나……! 남자 만나러 가나."

레이의 외침은 그의 귀에 닿지 못했다. 때마침 비가 내리고 있었다. 지유에게 소개팅을 해 줄 상대라면…… 그가 아는 한 딱 한 사람뿐이다.

***

도형은 재신의 사무실로 갔다. 샤인 프로덕션 입구부터 요새 TV에서 자주 보이는 엔터테이너의 프로필 사진이 걸려 있었다.

꼭 레드카펫을 걷는 느낌이 들도록 배치한 입구가 화려했다.

"유재신 대표 만나러 왔습니다."

"어디서 오셨습니까."

오늘 방문객 명단을 확인하던 데스크 직원이 그를 보며 물었다. 그러사 옆에 있던 직원이 데스크 직원 옆구리를 찌른다.

"딱 보면 몰라? 연예인이잖아."

입구에 세 명밖에 없다 보니 목소리가 다 들렸다.

"연예인 아닙니다. 잠시만요."

도형은 바로 재신에게 전화를 걸었다. 그러자 핸드폰으로 전화를 받으며 재신이 데스크 앞으로 나왔다.

술집에서 볼 때와 그의 일터에서 본 친구의 모습은 참 다른 거 같다. 지유 말대로 순둥순둥한 오빠들은 역시 지유 상상 속에 있는 사람들이었다.

"재신아. 지수 연락처 알지?"

"지유 친구? 응 알지."

"그럼 됐네. 안으로 들어가자."

"어, 어. 여기 커피 두 잔만 부탁해요."

재신의 지시에 데스크 직원은 분주하게 움직였다. 도형은 재신의 사장실 안으로 당당하게 들어갔다.

지유의 소개팅은 절대 벌어져서 안 되는 일이었다. 전쟁이란 부딪치기보다 사전에 일어나지 않게 막아야 하는 것이다.

3장. 생각보다 넓은 손아귀

지유는 도형과 전화를 끊고 혹시나 하는 마음에 소개팅 상대에게 말해서 장소를 변경했다.

도형은 재신 오빠의 친구이기 때문에 혹시라도 말이 흘러들어 갈지도 모른다.

전에 어쩌다 잡은 소개팅 자리에서 종우 오빠를 만난 적이 있다. 종우는 그 자리에서 재신에게 전화를 걸었다. 당황한 지유의 눈빛이 하염없이 흔들렸지만, 오빠들은 그녀를 보호해야 한다는 명목으로 남자는 허락받고 만나라고 하였다.

그래서 일부러 장소를 오빠들 일하는 곳에서 최대한 먼 곳으로 선정했지만, 재신은 지수를 이미 구워삶아 놓아서 매번 소개팅 직전에 미끄러지는 일이 허다했다.

[소개팅 장소 변경해도 될까요? 일산, 일산 쪽이 좋을 거 같습니다.]

[네. 그럼 음식점은 제가 정하겠습니다. 이따 뵙겠습니다.]

휴우. 장소를 바꾸고 나니 마음이 놓였다. 그러고 나서 아니 왜 스물여섯이 되도록 오빠들의 손아귀에서 벗어날 수 없는지 회의 감이 들었다.

이걸 어디 가서 상담할 수도 없고.

그녀의 친한 친구인 지수는 그래도 부럽다고 했다. 잘 챙겨주는 오빠들이 있어서 얼마나 든든하고 좋냐며. 그 오빠들이 하나같이 조각 같아서 평생 오빠들 품에서만 살고 싶다고도 했다.

잘생기고, 능력 있고, 끼리끼리 모인 건 인정한다. 그런데 그 오빠들의 간섭이 제게 향해 있을 땐 생각보다 귀찮은 일이 많다.

항상 몸가짐을 바르게 하고 있어야 하는 느낌이랄까.

"지유야."

"네, 동우 선배."

"커피 마실래?"

"네, 주세요."

동우는 캡슐 커피를 하나 더 타서 지유에게 내밀었다.

"우리 다음 달이면 인턴도 끝이네."

"네, 선배는 여기 계속 남을 거예요?"

"원래는 아니었는데…… 편집장님한테 배울 점이 많으니까 남고 싶어지네."

"전 남고 싶은데. 격렬하게! 정직원으로 뽑아주셨으면 좋겠어요. 아니 아니, 계약직이라도 좋아요."

지유는 종이컵을 이로 잘근잘근 씹으며 속마음을 전했다. 동우에겐 이 자리가 고민할 정도일지 몰라도 그녀에겐 이 회사가 꼭 일하고 싶은 1순위였다.

"진짜 저를 다 갈아 넣을 자신 있는데."

"될 거야. 나 같으면 너 뽑았어."

"……정말요?"

"그럼."

"무슨 이야길 이렇게 재밌게 하고 계실까."

휘연 대리가 휴게실 안으로 들어왔다. 반가운 언니를 만난 것처럼 지유가 방긋 웃었다. 그러곤 자연스럽게 휘연 대리의 커피를 탔다.

"고마워, 지유 씨."

"네. 설탕 안 넣었어요."

"응. 이게 더 좋아. 그나저나 지유 씨, 오빠가 그렇게 대단한 사람인 거 왜 말 안 했어. 유재신 대표라니. 우리 인터뷰 기사 회신 온 거 보니까…… 제이크는 형운 그룹 외동아들이더라고. 여러 번 놀란다, 정말. 거기다 유재신 대표랑 제이크가 친구라는 거 보면, 끼리끼리 어울리나 봐."

"형운 그룹이요?"

동우가 더 놀라서 재차 질문했다.

"지나가다가 보면 항상 꼭 있는 요식업계의 보이지 않는 손, 그 형운이요? 그럼 외동아들이면 후계자네요?"

"그러니까 말이야."

"미리 말씀드리지 못해서 죄송해요. 대리님."

지유는 미안한 표정을 지어 보였다.

"으음, 미안해하지 않아도 돼. 다만, 앞으로 편집장님께서 지유 씨 좀 불편하게 할 거 같은데 잘 버텨 봐. 그게 나쁜 의미로 불편하게 하는 건 아닐 거니까. 회사 생활 잘하면서 주변인도 적당히 도움받을 수 있는 적정선이랄까. 사회생활 하는 법을 배운다고 생각해. 편집장님, 나쁜 분은 아닌 거 알지?"

"네. 알아요."

"지유 씨가 왜 말 안 하려고 했는지 다 아니까 미안해하지 않아도 되고. 난 오히려 좋은데. 후후, 덕분에 서도형 씨 곧 만나잖아. 엄청 잘생겼더라. 나는 일반인 중에 공유보다 더 멋있는 남자 처음 봤어. 팬 되고 싶더라."

휘연 대리님은 어디서나 중재를 잘하고 말씀을 잘하신다. 상대방 기분 좋게 만드는 처세술을 갖고 있는 분이라, 지유는 휘연 대리가 참 좋았다. 편집장에게선 일적으로 배우고, 휘연 대리에겐 사람 상대하는 법을 배우고. 그녀는 역시나 이곳에서 정직원이 되고 싶었다.

"오늘 대리님 약속 있으세요?"

"응. 남자 친구랑 1000일이거든. 그래서 약속 잡았는데, 갑자기 저녁에 일산에 갈 일이 생겨서 취소하게 생겼어."

"일산이요? 저 오늘 일산 킨텍스에서 약속 있는데, 가까운 거리면 제가 심부름하고 갈게요."

"어머, 정말? 지유 씨 오늘 일산 가?"

"네! 소개팅 있거든요. 제 인생 첫 소개팅이랍니다."

지유의 말에 휘연은 정말 잘됐다며 좋아했다.

미희가 직접 지시한 거라 퀵으로 보낼 수도 없고, 걱정돼서 남자 친구에게 주말에 보자고 말하려던 차였다고 한다.

"지유 씨, 첫 소개팅이에요? 어떤 남잔데?"

"친한 친구의 선배의 친구분?"

"와우- 복잡한 관계네."

"그러게요."

초중고 친구인 지수의 회사 상사의 친구분이라고 했다. 어쩌다 술자리에서 만났는데 지유의 사진을 보고 꼭 소개해 달라고 했다고. 나이와 직업만 들었다.

"그럼 지유 씨, 잘 부탁해. 진짜 내 은인이야. 남자 친구한테 안 그래도 요새 미안했거든. 자꾸 내 일 때문에 데이트 미뤄지고 그래서. 연애도 쉽지 않은데, 결혼하면 정말 일 관둬야 하나 요새 생각이 많아. 내가 너무 시간 많이 잡았네. 다들 일해!"

휘연 대리는 속사포처럼 말을 하고 사무실로 돌아갔다. 지유도 동우와 함께 자리로 왔다.

***

지유는 약속 장소로 가서 주위를 두리번거렸다. 문 앞에서 머리부터 발끝까지 본인의 모습을 체크한 후, 문을 열고 식당 안으로 들어갔다.

주변을 휘휘 둘러보자, 소개팅 상대가 달려 나와 지유에게 깍듯이 인사했다.

"지유 씨?"

"안녕하세요."

"네. 이쪽으로 오시죠. 제가 자리 맡아놨습니다."

남자는 깔끔한 인상이었다. 다만, 키가 작을 뿐. 창가에 앉은 그는 지유의 잔에 물을 따라주었다.

"메뉴는 제가 알아서 주문했습니다. 파스타 괜찮으시죠?"

"네, 네."

"제가 재천이 졸라서 지유 씨와 소개팅해 달라고 부탁했습니다. 반갑습니다, 김민우입니다."

"유지유입니다."

지유는 볼을 붉히며 인사했다. 이렇게 남자와 마주 앉아 밥 먹은 경험이 없어서 너무 부끄러웠다. 거기다 저를 마음에 둔 상대와 함께하니 어찌해야 할 바를 모르겠다.

"잠시만요."

남자는 잠시 말을 멈추더니 핸드폰을 보았다. 짜리몽땅한 손가락이 액정 키패드를 분주하게 오갔다. 그녀는 물을 한 모금 마시며 잠시 기다렸다.

"아니, 친구 놈들이 소개팅 응원하네요. 요새 여자들 꽃뱀 많다고도 경고를 해서. 제 친구들이 꽃뱀한테 많이 당했거든요. 직업이 또 직업이다 보니. 이번에 한 놈은 역으로 꽃뱀 제대로 한 방 먹였거든요. 이 남자, 저 남자 다 꼬리치길래 한 번에 정리한 거죠."

그녀는 남자의 말을 들으며 서서히 표정이 굳어갔다. 저를 마음에 둔 남자가 할 말은 아닌 거 같았다. 기분이 상해 뚱한 표정을 짓자 그가 방긋 웃었다.

"죄송해요. 제가 말이 너무 많았죠? 이제 지유 씨, 얘기하죠. 테드 잡지사 다니신다고."

"네네. 인턴입니다."

"그렇군요. 입사도 하실 계획이고요?"

"저를 뽑아주기만 한다면요."

"꼭 일을 해야 하는 이유가 있습니까? 예를 들면 금전적으로 어렵다든지."

남자는 노골적으로 그녀에게 금전 상황을 물어보았다. 원래 소개팅이 이런 건지. 지유는 고개를 갸웃했다.

"아아- 제가 여자 쪽 집안을 보진 않습니다. 오해 마세요. 저는 지유 씨 마음에 들어서 소개해 달라고 한 거거든요."

"네."

"제가 알기로 거기 연봉이 별로 높지 않던데, 퇴사율도 높고. 굳이 일 아니어도 집에서 애 보면서 사는 건 어떻게 생각하세요?"

"저는 일하고 싶어요. 테드 잡지사 꼭 들어가고 싶었거든요."

지유의 대답에 남자의 표정이 미묘해졌다.

"일 좋죠. 제 주변에도 일 좋다던 여자들 결혼하더니 내조하면서 삽니다. 하하하. 애 보는 아줌마 있어도 여자가 집에 있어야죠. 아, 물론 지유 씨에게 강요하는 건 아닙니다. 저는 지유 씨 생각을 존중하니까요."

그는 다시 해명을 했다. 그사이 음식이 나왔고, 두 사람의 어색했던 분위기는 서서히 풀어졌다. 그는 음식을 먹으면서도 친구들과의 톡을 이어갔고, 그녀와 눈을 마주칠 때마다 같은 의사들의 험담을 했다.

"커피 한잔하시죠."

"네."

그가 계산서를 들고 일어났다. 지유는 그가 계산할 동안 화장실로 갔다. 그는 주차장에서 차를 가져올 테니 1층에서 기다리라며 자연스럽게 지유의 어깨를 안았다.

그녀는 인상을 찌푸렸지만 지수의 상사가 그의 친구이기 때문에 내색하진 않았다.

***

민우는 계산을 한 후 주차장으로 내려왔다. 때마침 동기에게 전화가 왔길래 그는 전화를 받았다.

-소개팅 잘하고 있냐.

"왜. 바빠."

-새끼, 나는 오늘 당직인데. 지루해 죽겠다.

"나도 지난주 당직이었어. 후~ 오랜만에 나왔는데 몸에서 사리 좀 빼고 들어가야 하지 않겠냐."

저급한 농담을 하며 민우는 즐거워했다. 술집을 전전하는 것보다 소개팅으로 만나 하룻밤 편안하게 즐기는 게 좋았다. 아무 남자한테 헤픈 여자보다는 어느 정도 지인을 타고 만나는 편이 더 깔끔한 편이었으니까.

"할 생각하니까 벌써부터 꼴리네."

-여자가 좀 예쁜가 봐?

"워후. 얼굴도 예쁜데, 몸매도 죽이더라고. 좀 귀엽게 생긴 게 말도 잘 통하고. 그냥 바로 호텔 가서 커피 마시고 위로 올라가려고."

-부럽다.

"부럽긴. 놀 거 다 놀고 결혼은 교수님 딸이나, 괜찮은 집안 여식하고 해야지. 예쁜데 몸매까지 좋으니까 진짜 말하는데 미치겠더라. 뭘 말해도 얼른 눕히고 싶은 거 있지. 내가 내일 상세하게 브리핑할게."

그는 뒤에서 누가 어깨를 잡자 핸드폰 수화기를 잠시 떼고 뒤를 돌았다. 그곳엔 처음 보는 남자가 그를 살벌하게 보고 있었다. 차를 빼줘야 하는 상황인가 싶어 옆을 봤지만 남자가 들어갈 수 있는 충분한 공간이 있었다.

"누구시죠?"

그의 질문에 남자의 입꼬리가 한쪽으로 삐뚜름하게 올라갔다.

"네가 소개팅한 지유 오빠다. 왜."

민우는 너무 놀라 핸드폰을 뚝 떨어뜨렸다. 저보다 한참이나 큰 남자의 표정에 몸이 얼어 버렸다. 말을 잘못했다간 저 주먹이 제게로 날아올 것 같았다. 당장 저를 가루로 만들어도 모자르다는 듯 그의 손등이 하얗게 질려 있었다. 그는 이를 꽉 물었다.

"다시 말해 봐. 커피 마시고 뭘 해? 뭐가 나오고, 뭐가 들어갔는지 좀 상세하게 대화를 나누고 싶은데."

남자가 목을 꺾자 뿌드득, 뼈가 꺾이는 소리가 들렸다. 그 목이 꼭 자신의 목에서 나는 소리 같아서 민우는 저도 모르게 목을 잡았다.

"죄송합니다."

"아니, 아니. 선수끼리 왜 이러실까. 네 몸에서 빼고 싶은 게 내가 아는 거라면…… 다신 안 빼도 되게 만들어 주고 싶어서 그래."

"……."

"내가 미친 시스터 콤플렉스거든. 그냥 미친놈이라고 생각해."

민우는 남자에게 목덜미가 붙잡혔다. 신, 신고할 거란 말은 옹알이처럼 입 안에서 나왔다.

그는 그대로 그를 잡아 올렸다. 발끝이 바닥에 닿았다. 민우는 질끈 눈을 감았다.

학창시절부터 많이 맞아봐서 안다. 맞고 나서 법대로 하면 된다. 이렇게 손만 쓰는 새끼들 여러 번 봤다.

그는 얼굴에서 아무 느낌이 없자 이상한 느낌에 슬쩍 눈을 떴다.

"으아악! 잘못했습니다."

이 새끼는 정말 미친놈이었다. 민우는 제 아랫도리 주변에서 라이터를 켜고 있는 남자를 보고 사색이 됐다.

"죄송합니다. 죄송! 으아아- 미친, 꺼지라고! 으아악! 진짜 붙었……."

남자의 절규가 주차장을 울렸다.

***

지유는 1층에서 남자를 기다리다 계속 나오질 않자 밖으로 나갔다.

비가 올 것 같더니, 지금은 쏟아지고 있었다. 발을 동동 구르며 가까운 편의점을 찾아 눈을 돌렸다.

첫 소개팅이 망했다. 그녀는 시무룩해졌다. 재신 오빠나 오빠 친구들이 훼방을 하지 않으면 소개팅 성사율이 높을 거라 생각했는데, 전혀 아니었다.

썩 마음에 드는 상대는 아니었지만, 이렇게 저를 버리고 가 버릴 정도로 자신이 별로였나 싶어서 새삼 기분이 나빠졌다.

"누가 누굴! 나도 정말 마음에 안 들었다고."

입만 열면 친구들 험담에 자기는 그렇지 않다고 해명하는 꼴. 거기다 저의 신상명세를 막 물어보고. 테드 잡지사 연봉도 물어보고, 그러면서 여자 집안 안 본다며 거들먹거리고.

지수 상사 친구만 아니었어도 확 엎는 건데! 그녀는 이로 입술을 잘근잘근 씹었다.

우산이나 사러 가야지.

지유가 가방을 머리에 올려 뛰려는 순간 뒤에서 묵직한 압력이 느껴졌다. 그녀의 팔을 잡아 휙 당기자 등 뒤로 탄탄한 남자의 가슴이 닿았다.

중심을 잃은 그녀가 손을 뒤로 뻗어 남자를 안았다.

넓고, 포근하고, 따뜻한. 그러면서도 무척 넓은 가슴.

"유지유, 너무 느낀다?"

그녀의 귓가에 다정한 바람이 불었다. 서도형이었다.

그녀는 얼른 도형에게서 손을 뗐다. 어색하게 씩 웃은 지유의 위로 도형의 우산이 활짝 펴졌다.

"설마 재신 오빠도 같이 온 거야?"

"……"

"헉. 아씨, 오늘 잔소리 한 트럭으로 듣겠네."

"그럴 수도."

"이러다가 독립 허락한 거 물리는 거 아니야? 나 원룸이라고 했지만, 사실 고시원 생활하거든. 으으, 내 첫 소개팅!"

지유는 호들갑을 떨다가 도형의 팔에 팔짱을 끼었다. 우산 없었는데 잘됐다.

"오빠 나 조기 편의점에서 우산 살 건데, 거기까지만 같이 가주라."

"……."

"오빠?"

지유는 고개를 갸웃하며 위를 봤다. 도형의 볼이 붉게 달아올라 있었다. 무슨 일인가 싶어 눈을 깜빡이자 도형이 그녀를 보다 말고 반대편으로 고개를 돌렸다. 그리고 그녀의 손에 우산을 쥐여주고 그 옆으로 나와 섰다.

"우산 너 써."

"왜 그래? 어디 아파?"

"아니, 아니."

도형이 덥다는 듯 손부채질을 하며 후우 숨을 쉬었다. 지유는 왜 그런지 모르겠다는 듯 어깨를 으쓱했다.

"재신 오빠는?"

"주차장."

"나 여기 있는 거 어떻게 알았어?"

"오빠들 손아귀가 생각보다 넓단다."

도형이 손을 쫙 폈다. 그녀는 고개를 끄덕이며 동의했다. 실제 손도 크지만, 오빠들의 손아귀는 정말 엄청 컸다. 그녀가 어디서 무얼 하는지 너무 쉽게 오빠들 귀에 들어갔다. 예나 지금이나.

"이번엔 치밀하게 했는데. 아웅. 태훈 오빠 연예인 되고, 종우 오빠 미국 가고. 이제 재신 오빠만 조심하면 됐는데, 오빠가 귀국할 줄이야."

"언제는 보고 싶었다더니."

"보고 싶긴 했지. 흐응…… 나 이러다 처녀 귀신 될지도 몰라."

"바라던 바다."

뒤에서 들리는 소리에 지유가 뒤를 돌았다. 거기엔 살짝 비를 맞아 머리카락이 젖은 재신이 서 있었다. 지유는 도형에게 우산을 넘기고 재신을 와락 안았다.

"우리 오빠다!"

"어쭈? 어련히 가만있으면 좋은 남자 소개해 줄 텐데. 어디서 저런 쓰레기를."

"응? 봤어?"

"……어, 어."

"설마 나 어렸을 때처럼 막 혼내주고 겁주고 협박한 거 아니지?"

지유가 인상을 쓰며 물었다.

어려서부터 저를 괴롭히는 남자들을 혼쭐낸 재신이었다. 혹시나 하는 마음에 물었지만 재신이 방긋 웃으며 아니라고 하는 걸 보니 안심이 됐다.

"내가 애냐. 아직도 혼내게."

"그렇지? 쌈박질할 나이는 아니잖아. 오빠들도 서른셋이라고요."

"……어. 알고 보니 종우 후배더라고. 도종우 귀국만 해 봐."

재신이 주먹을 쥐었다. 지유는 오빠의 손을 와락 잡아 손을 펴 주었다.

"자자. 힘 풀고 살자고요! 이왕 셋이 만난 김에 막걸리 마실까? 비도 오는데. 막걸리에 파전이면, 아얏! 왜 때려."

재신이 지유의 이마에 딱밤을 때렸다. 지유는 손으로 이마를 쓱쓱 비볐다.

"도형 오빠, 우리 오빠 혼 좀 내줘. 내 나이가 몇인데 딱밤이야."

"너 처녀귀신 돼도 내가 쫓아다니면서 딱밤 때려줄 거야. 시간 이 몇 신데 술이야. 그리고 너 옷차림은 이게 뭐야? 어쭈. 무릎 위로 올라가네? 치마가?"

"적당히 해라. 지유 놀라게."

도형은 지유의 어깨를 잡아당겼다. 그러곤 제 품으로 쏙 넣고 우산을 재신 쪽으로 돌려 잔소리로부터 해방시켜 주었다.

"옛날부터 꼭 저놈은 지유 편이더라. 야, 네가 예쁜 동생 있어 봐라. 세상에 모든 남자가 다 늑대로 보인다니까."

"……제발 늑대 만나봤음 좋겠다."

지유의 속삭임을 들은 재신이 다시 딱밤을 때릴 기세로 오른손을 들었다. 그러자 도형이 지유의 이마를 손으로 막아주었다.

지유는 제 이마에 닿는 손길이 다정해서 잠시 말을 잃었다. 바로 옆에서 나는 머스크향이 코끝을 간질였다. 우산 안에, 도형 오빠의 품에 안긴 채 잠시 몸이 굳었다.

7년 만에 봐서 그런가.

"지유야."

도형이 저를 불렀다. 지유는 목소리가 떨려서 잠시 말을 삼켰다. 말을 하려는데 순간 말문이 막혀서 육성으로 터지지 않았다.

"지유야?"

"⋯⋯어, 어."

"봐봐. 지유 그만 혼내. 애 잡겠다."

도형의 말에 재신도 지유를 혼내려던 걸 멈추고 지유의 안색을 살피기 시작했다.

"지유야, 미안. 오빠가 막걸리에 파전 쏠게. 가자."

"어, 어."

지유는 도형을 팍 밀어내고 재신에게 다가갔다. 그러자 다시 마음이 평온해졌다.

종우 오빠, 태훈 오빠, 도형 오빠⋯⋯ 모두 다 재신 오빠랑 똑같은 오빠인데. 피붙이라 생각하던 오빠인데. 방금 전 느낌은 뭐였지.

지유는 재신이 이끄는 대로 가까운 술집으로 따라갔다.

***

도형은 막걸릿잔에 막걸리를 가득 따라 마시는 지유를 신기한 눈으로 봤다. 탁 내려놓고 '캬' 귀여운 소리를 내고, 오물오물 파전을 먹는 걸 보니 정말 이상했다.

팥빙수를 준 걸 후회할 만큼. 차라리 맥주에 안줏거리를 줄 걸 그랬다.

"참, 오늘 내가 살게. 도형 오빠 고마워."

"뭐가?"

"인터뷰."

"어? 서도형, 인터뷰해 줬어? 웬일이래."

"지유 부탁이니까."

지유는 저를 빤히 응시하는 도형을 보다가 쓱 눈을 피했다. 별 거 아닌 말인데…… 아까부터 뭔가 묘한 느낌이 든다. 그럴 리 없는데.

"지유 잘 먹네? 뭐 더 주문해 줘?"

재신이 메뉴판을 지유에게 줬다. 지유는 메뉴판으로 얼굴을 가리고 눈알을 요리조리 굴렸다. 진짜 연애 한 번 안 해 본 티를 여기서 낸다. 남자가 제게 말만 걸어도 관심이 있다고 착각하는 여자들이 있다는데, 그게 저였다니. 그녀는 고개를 휘휘 저었다.

"나는 닭똥집."

"……나 못 먹어."

"아, 맞다. 재신 오빠 똥집, 곱창 이런 거 못 먹지. 그럼, 두부김치?"

"그래."

재신은 두부김치 안주를 주문했다.

"근데 나 여기 있는 거 어떻게 알았어? 도형 오빠가 안 알려 줘."

"지수한테 전화했는데 시청역에서 소개팅한다는 거야. 그래서 난 거기로 가려는데, 도형이가 너희 회사 대리님이랑 통화하더라고."

아, 대리님. 왜 그러셨나요. 지유는 입을 삐죽였다. 다음번엔 회사 사람들한테도 비밀로 해야겠다.

"그러고 보니 그땐 소개팅에 꽂혀서 서도형이 왜 너네 회사 대리랑 통화하는지 신경도 못 썼네. 하여튼 일산 킨텍스라길래, 나는 주차장, 서도형은 정문. 기다렸지."

"아 정말! 스토커들!"

지유는 다 먹은 막걸릿병을 위로 들고 직원과 눈이 마주치자 흔들었다. 금세 나온 막걸릿병을 따서 빈 잔에 콸콸 따랐다.

"오빠들 여자 친구만 생겨 봐. 내가 훼방 놓을 거야."

"시누이 노릇 하겠다 이거야?"

"두고 봐-!"

다른 사람은 몰라도, 재신 오빠 여자 친구에겐 시누이 노릇 제대로 해 줄 거야. 지유가 말을 덧붙이자 두 사람은 피식피식 웃었다.

"우리 지유 시누이 노릇 하면 웃기겠다. 그렇지?"

"응. 상상 안 가."

도형이 지유를 보며 고개를 저으며 옅게 웃었다. 지유는 그 모습에 홀려 살짝 입을 벌렸다. 웃을 때 부드러워지는 인상은 절로 눈이 갔다. 저도 모르게 한참 그를 보는데, 잔을 내려놓은 그가 고개를 들어 지유를 봤다.

동시에 눈이 마주치자 지유는 눈을 깜빡깜빡였다.

"나 나갔다 올게."

그런 두 사람의 어색한 공기를 재신이 풀어주었다. 재신은 담뱃갑을 들고 일어났다.

"오빠, 금연하라니까."

"오늘은 금연 못 해. 여동생 덕분에 가슴 졸였거든. 내가 모르는 놈이 채갈까 봐."

재신이 나간 후 지유는 두부를 젓가락으로 집었다. 그런데 말랑한 두부는 그녀의 젓가락이 닿자 반으로 똑 부러졌다. 오기가 발동한 지유가 다시 젓가락 하나로 잘린 두부를 콕 찍어 먹으려고 했으나 그녀 입 바로 앞에서 테이블로 똑 떨어졌다.

"으음……."

두부에 기름칠을 한 건가, 왜 이렇게 미끄러워.

앞에서 누군가 뚫어지게 보고 있는 느낌이 드니, 더욱 젓가락질이 서툴러진다. 지유가 포기하지 않고 숟가락으로 두부를 한 움큼 떠서 입 안으로 넣었다. 오물오물 씹으며 앞을 보는데 여전히 저를 보고 있는 도형이 보였다.

그의 나른한 시선에 지유는 두부를 먹다가 입 안을 씹었다.

"아앗!"

눈물이 찔끔 맺힐 정도로 알싸한 아픔에 그녀가 울상을 지었다. 막걸릿잔을 드는데, 도형이 잔을 뺏고 물을 주었다. 그녀는 물컵을 받아서 물을 마셨다.

"캑캑!"

이번엔 물이 목에 걸렸다. 왜 이러지. 뭐가 하나 안 되기 시작하니 별게 다 걸렸다. 지유는 얼굴이 새빨개졌다. 캑캑거리는데 계속 목에 물이 걸려 있었다. 도형도 결국 자리에서 일어났다. 긴 다리가 제게 다가오고 있었다.

바로 옆에 앉은 도형이 그녀의 등을 툭툭 쳤다. 그제야 막혔던 목이 뻥 뚫린 기분이었다. 그런데 저도 모르게 지유는 이번엔 숨을 멈췄다.

"괜찮아?"

"캑캑, 응, 응."

"너 얼굴 빨개졌어."

"볼 안쪽 씹었어. 으으, 아파."

지유가 검지로 입 안을 가리켰다. 그러자 도형이 고개를 절레절레 흔들었다. 콧잔등에 살짝 진 주름이 멋스러워 보였다. 예나 지금이나 여자깨나 울릴 얼굴인데, 연애 소식이 없는 거 보면 조금 이상하긴 한다.

에이, 내가 신경 쓸 영역이 아니지.

내 연애도 못하고 있는데.

담배를 다 태운 건지, 재신이 식당 문을 열고 안으로 들어오려 하고 있었다.

"아프지 마."

"……."

다정한 음성에 지유의 고개가 위로 쑥 올라갔다. 어느새 일어난 도형이 한참 위에서 저를 내려다보고 있었다. 이 공간에 그와 자

신, 둘만 존재하는 것 같았다. 그가 그녀의 잘 정돈된 머리카락을
흩트렸다.

"걱정되니까."

그의 손길에 의해 제멋대로 변해가는 머리 모양이 꼭 제 마음
같았다. 그리고 말도 안 되는 가정을 머릿속에서 하고 있었다.

***

다음 날 아침 출근한 지유는 종이컵을 이로 물어뜯고 있었다.
어젯밤 제대로 잠에 들지 못했다. 결국 지유는 지수에게 전화를 했
다.

-응, 지유야. 어제 소개팅은 어땠어?

"완전 최악."

-헉. 왜, 어땠는데?

"몰라. 자기 얘기만 계속하고, 본인 친구들 험담만 늘어놓더라
고."

-정말? 진짜 최악이네. 미안해. 진짜! 우리 사수 선배는 괜찮거
든, 차라리 우리 사수를 소개시켜줄걸.

"당분간 소개팅엔 관심 끄려고. 그나저나, 지수야."

-응?

"아니다."

말도 안 되는 거 같다. 서도형의 눈빛이 이상한 것 같다는 거.

-뭔데, 그래. 이따 회사 앞으로 갈까? 나 오늘 야근 안 하는데.

"아니야."

-도형 오빠 섭외가 잘 안 돼? 네 말은 항상 잘 들어줬던 거 같은데. 정말 싫대?

"아니. 섭외했어."

-역시. 그럴 줄 알았어.

지수의 확신에 지유를 고개를 갸웃했다. 도형 오빠가 제 말을 잘 들어줬나? 다른 오빠들도 미친 듯이 놀리긴 해도 다들 본성은 착했다. 다 말을 잘 들어줬기에 딱히 도형 한정은 아니었다.

-넌 진짜 복받았어. 재신 오빠, 도형 오빠, 태훈 오빠, 종우 오빠. 다 네 편이잖아. 그중 나는 도형 오빠가 젤 좋더라. 뭔가…… 다정하면서도 섹시해. 사람이 가볍지 않고. 나이 들수록 더 멋있는 느낌?

"난 우리 오빠가 젤 멋있어. 유재신 짱!"

-오빠 편들긴. 태훈 오빤 우리 세상 사람 아닌 거 같고, 종우 오빤 가볍고. 하여튼! 내가 왜 고르고 있지. 상대는 떡 줄 생각도 안 하는데 말이야. 호호. 이상형 월드컵 하면, 난 도형 오빠 한 표!

"내 꼭 전해 주마. 김지수가 오빠들 중에서 도형 오빠를 1순위로 꼽았다고."

-꼭 전해라.

지수의 말에 지유는 키득키득 웃었다. 상담을 하려던 게 다른 길로 빠져 한참을 통화했다. 곧 미희가 출근할 시간이었다. 지유는 커피잔을 들고 자리로 돌아왔다. 그러곤 지수의 소식을 전하기 위해 카톡 창을 켰다.

[오빠. 지수가 이상형 월드컵 하면 오빠가 1위래.]

이모티콘과 함께 좋은 하루 보내라고 카톡을 보내자 금세 1이 사라졌다. 자고 있을 줄 알았는데, 깨어 있었나 보다.

지유는 발끝을 까닥이며 액정을 끈 후 핸드폰을 옆으로 밀었다. 암전된 모니터를 마우스 손길 한 번으로 환하게 살린 후, 아웃룩 계정에 로그인을 했다.

부르르르, 부르르르.

핸드폰이 책상을 울리자 지유의 고개가 핸드폰으로 돌아갔다. 시력이 좋은 그녀는 액정에 뜬 도형의 카톡이 절로 눈에 들어왔다.

[너는?]

다시 한번, 부르르 진동이 울렸다.

[지유 넌, 누가 1순위야?]

꼭 지금의 싱숭생숭한 마음을 꿰뚫어 보고 있는 것만 같은 느낌이 들었다.

4장. 스며들다

"형, 무슨 일 있어요?"

"그러게. 작가님, 커피 드릴까요?"

레이와 라영은 도형의 곁을 지나가며 흘낏거렸다. 아까 전부터 핸드폰을 붙들고 뭘 보고 있는 건지 도형은 발끝을 까닥거리며 초조한 사람처럼 굴고 있었다.

"아니. 아, 맞다 레이야."

"네. 형."

쭈뼛쭈뼛 다가온 레이가 라영의 옷깃을 잡아끌었다. 얘가 왜 이러냔 표정으로 따라온 라영이 팔을 뿌리쳤다.

"다음 주부터 직원 출근하지?"

"네."

"남자야?"

"······네, 무슨 문제라도?"

레이는 몸을 움찔했다. 왜 남자냐고 묻는 거지. 예전에도 그랬나. 원래 이 계통에 여자보다 남자가 많아서 그동안은 별생각을 안 했다. 그런데 탑배우 강태훈이 도형과 어떤 긴밀한 관계를 형성하고 있다는 걸 안 순간부턴 도형의 눈과 입이 '남자'를 향할 땐 저도 모르게 긴장하게 된다.

"으음. 잘생겼어?"

"네? 면접은 형, 대표님께서 보셨잖아요."

"기억이 잘······."

도형이 머리를 긁적였다. 그가 아는 한, 일적인 부분을 제외하고 도형은 사람에 대한 기억력이 좋지 않았다. 신경 쓰지 않은 일들은 철저하게 그의 기억 속에서 외면당하고 그 대신 관심 있는 영역은 또 쓸데없이 기억력이 좋았다.

레이는 그런 도형의 성격이 예술가 체질이라고 매번 말하곤 했었다. 똑똑한데, 헛똑똑한 느낌이랄까.

"몸은 좋아?"

"······형, 연애하고 싶으세요?"

레이가 푹 한숨을 쉬며 물었다. 강태훈과 헤어진 건가. 저번에 만나서 싸운 걸까. 그가 고개를 갸웃거렸다.

"우선 이것부터 드세요."

라영이 아이스 커피를 타서 가져왔다. 테이블 옆에 두자 도형이 컵을 가져와 빨대로 쪽쪽 빨아 마셨다.

"고마워."

"무슨 얘기 하고 있었어요?"

"다음 주에 새로 오는 직원."

"아…… 윤재희 씨? 그 어리고 몸 좋고 귀여운 남자애 맞죠? 힘잘 쓰고 곧 군입대 앞둔…… 그분 맞죠?"

"누나! 쉿."

레이가 검지로 입을 가렸다. 어리고, 귀엽고, 몸까지 좋아? 이거 정말…… 더 위험한 거 아닌가. 레이가 몸을 부르르 떨었다.

"형. 연하, 연상 이상형이 어떻게 되세요?"

"나는 연하."

"대박 쓰레……. 죄송합니다."

도형의 눈썹이 삐죽 올라갔다. 서른셋과 스물하나. 띠동갑이다. 세상 물정 모르는 녀석이 표범 같은 도형에게 빠지면 안 되는데……. 도형이 작정하고 유혹하면 남자도 쉽게 넘어갈 거 같다. 그러니 강태훈도 넘어갔겠지.

"다음 주에 아르바이트생 한 명 오는데, 그 친구는 내가 미국 가기 전에 도와줬던 친구야. 월, 수, 금 출근하고 한 달만 일할 거야."

"네? 누구요?"

"있어. 오면 소개해 줄게. 그럼 다들 해산."

도형은 얼른 레이와 라영을 작업실에서 내보냈다. 탁자 위에 있던 그의 핸드폰이 울렸다. 그는 휴- 하고 심호흡을 했다가 핸드폰 액정을 보았다.

[나는 우리 오빠, 유재신!]

에에. 맥빠지네.

왜 유지유의 1순위가 저라고 생각했던 걸까.

그는 핸드폰을 밀어놓고 턱을 괬다. 재신이한테 혼날 때 다 막아준 게 저였는데. 예전엔 오빠보다 저가 낫다고 하더니…… 공백기가 컸나 보다. 그는 표정을 살짝 찡그렸다가 씩 웃었다. 지유를 떠올리니 절로 입꼬리가 올라갔다.

그가 컴퓨터를 켜고 그가 찍은 사진들을 쭉쭉 훑었다. 사진집을 낼 때가 되었다며 출판사로부터 연락을 받았다. 책으로 만들고 싶은 주제가 있냐는 질문에 그는 조금 더 고민해 보겠다고 하며 전화를 끊었다. 그러고 나서 한참을 생각하다가 처음 사진기를 든 순간부터 지금까지 그가 찍은 사진을 모아둔 앨범을 찾아보았다.

감성적인 포토에세이는 너무 지루하다. 이제는 뭔가 색다른 걸해 보고 싶은데. 마우스 휠을 내리는 그의 손가락이 빨라졌다. 그의 사진집 신간이 나오면 국내뿐만 아니라 해외에서도 베스트셀러로 연일 기록을 갱신하고 있었지만 갈수록 보는 독자층을 신경쓰느라 생각의 자유가 줄어드는 것 같았다.

의도치 않게 자신이 상업 포토그래퍼로 자리 잡고 있는 게 조금 씁쓸했다.

그만 알아볼 수 있게 잘 정리된 파일 안은 꼭 미로처럼 복잡했다. 그는 단 한 번도 뒤로 가기 버튼을 누르지 않을 정도로 관심 영역에선 매우 기억력이 좋았다. 그러던 그가 필요한 정보가 재신에게 있다는 것을 떠올리곤 핸드폰 액정을 켰다. 그리고 재신에게 문자를 보냈다.

[우리 대학생 때 필름 카메라로 찍은 필름 너한테 있지?]

***

지유는 영상 팀으로부터 넘어온 제이크 소개 영상을 확인했다. 그가 소개된 이후 포털사이트에 실시간 순위에 올랐다. 이 정도면 연예인 못지않은 인기였다.

얼굴 공개를 한 적이 없기 때문에 모든 기사에는 '테드 잡지사'에서 내보낸 사진이 돌아다녔다.

유컬 매거진에서 테드 잡지사가 단독 취재한 자료들이 복사 붙여넣기처럼 양상을 보이자 미희는 매우 즐거워했다.

"그나저나 기럭지 봐. 누가 데려갈지, 진짜 좋겠다."

"대리님! 남자 친구분도 계시면서."

"동우 씨, 예술품을 보면 저도 모르게 칭찬이 나오잖아. 이건 그런 거야. 편집장님! 동의하시죠?"

고고한 미희의 고개가 끄덕여졌다. 차석이 회의실로 들어와 미희에게 쇼핑백 하나를 내밀었다. 차석의 얼굴엔 땀이 배어 있었다.

"선배님. 물 드세요."

지유는 생수병 하나를 집어 차석에게 내밀었다. 편집장님이 또 힘 쓰는 일을 시켰나 보다. 진짜 편집장님 너무해! 지유는 속으로 생각하며 뒤에서 찌릿, 뒤통수를 째려보았다.

"흐……!"

갑자기 뒤로 손을 올려 머리를 긁적거리는 미희의 신경질적인 손짓을 보고 지유는 헉 소리를 삼켰다. 뒤에도 눈이 달린 게 분명하다.

-제가 세상을 어떤 눈으로 보는지에 따라 결과물도 달라져요. 같은 사진을 찍어도 찍는 사람에 따라 사진이 다른 건 기술적인 부분도 있지만 그 사람이 세상을 어떻게 보는지가 달라서 그렇습니다. 물론, 정말 개발새발 찍는 분들은 제외하고요.

제이크의 손을 거치면 어떤 사진도 작품이 된다는 편집부 질문에 그는 겸손하게 대답하며 사진기를 든 사람의 가치관에 따라 결과물도 달라진다고 했다.

-제 주변에도 그런 사람 한 명 있습니다. 기계치에 음식 사진을 찍었다 하면 영정 사진을 만드는 분이 있어요.

도형의 표정이 부드럽게 풀렸다. 곱게 접힌 눈, 눈웃음을 짓자 그의 인상이 확 달라졌다.

"와, 편집장님. 방금 보셨어요? 보셨구나."

지유는 휘연 대리의 시선이 닿는 곳으로 고개를 돌렸다. 미희가 화면 속에 빠져들어 갈 것처럼 눈을 빛내고 있었다. 옆 사람 무서울 정도로.

"되돌리기 할까요?"

휘연 대리의 질문에 미희는 검지를 입에다 댔다. 지유와 동우, 차석은 숨소리도 내지 않기 위해 배에 힘을 줬다.

"연예인 중에 기계치에 사진 못 찍는 애 있어? 여자로, 아니. 남자도 포함."

미희의 질문에 휘연 대리는 노트북을 펼쳐서 엑셀을 열었다. 자료 정리를 해둔 파일을 열어 바로 검색에 들어갔다.

"20-30대 사이로 찾아보면, 기계치에 사진 못 찍는 거 두 가지를 다 갖춘 친구는 남자는 강태훈 배우, 가수 중에는 리안, ……여자 쪽은 아이돌 가수 오렌지에 에이진. 이 정도만 나오네요. 더 찾아볼까요?"

휘연 대리의 질문에 미희는 고개를 저었다.

"서도형 리스트에 방금 저 부분 넣어 두고. 낌새가 이상한데."

"연애 상대 찾으시는 거죠? 근데 왜 남자를?"

"……완벽한 남자는 이상하게 게이가 많더라고. 여자한테서 충족을 못 하는 거지. 뭐랄까, 서도형은 금욕적이면서 섹시해. 철두철미하고, 다정한 면도 있어. 조금 더 연구해 보고 싶네."

미희의 레이더에 걸렸다는 건 좋은 의미로는 앞으로 무궁무진하게 잘 살 거란 이야기이고 나쁜 의미로는 삶이 피곤해진다는 것이다. 연예인이 아니어도 사생활을 신경 써야 할 정도로.

"영상 팀에 고생했다고 한번 밥 산다고 전해 줘."

"네, 편집장님!"

휘연 대리의 발랄한 대답에 다들 화기애애해졌다. 이번 회의는 서도형의 외모 덕분에 아주 즐겁게 마무리됐다.

지유가 회의를 마치고 사무실로 왔을 때, PC메신저가 깜빡이고 있었다.

[지유야. 오늘 어머니는 평창 가시고, 나도 야근할 예정. 집에 아무도 없으니까 와서 편하게 쉬어.]

재신이었다.

그녀는 집이 불편해서 성인이 되자마자 독립하였다. 대학교 땐 기숙사에서 살았고, 인턴 생활을 하면서는 고시원으로 들어갔다. 재신은 자신이 원룸에 사는 줄 알지만.

엄마가 월세 내라고 통장에 돈을 부쳐 주었지만 지유는 그 돈을 따로 모으고 있었다. 나중에 재신 오빠 장가갈 때 냉장고든 세탁기든 사 줄 것이다. 왠지 그 돈은 제 돈 같지 않았다.

안 그래도 집에서 가져올 옷들이 있었는데 아무도 없다면 오늘 가 볼까. 그녀는 기지개를 쭉 켜며 자리에서 일어났다.

***

집으로 간 지유는 조심스럽게 안으로 들어갔다. 엄마는 안에 없었다. 재신도 물론 없고. 그제야 마음을 푹 놓고 폴짝 뛰어 들어온 지유는 거실에 TV 전원부터 켰다.

목을 좌우로 흔들며 꾹꾹 주무르던 그녀는 소파에 벌러덩 누웠다. 팔을 뻗어 리모컨을 집으려는데 갑자기 목에 근육통이 왔다.

"아아-!"

컴퓨터 작업을 많이 해서 가뜩이나 뭉친 곳에 근육통까지 오니 죽을 맛이었다. 당황한 지유의 동공이 흔들렸다. 그녀는 울상을 지으며 잠시 몸과 마음을 안정되도록 기다렸다. 목에서의 통증이 사라지자 그녀는 상체를 일으켜 리모컨을 집었다.

그러던 그녀의 눈에 띈 물체가 있었다.

지유는 로션 통같이 생긴 물체를 집어 앞뒤로 돌려보았다.

"파스? 뭉친 데 바르고 마사지를 해 주면……. 오오!"

지유는 일어서서 다리를 벌리고 그 사이로 얼굴을 넣는 자세를 하며 상체를 숙였다. 그러곤 흘러내린 머리카락을 잡아 위로 올려 한 번에 묶은 후 휑한 목에 파스를 짜서 발랐다. 냄새는 파스가 분명했다.

"으음. 풀려라, 풀려라."

그녀는 사용 방법대로 손바닥으로 목 주변을 주무르며 고루고루 펴 발랐다. 화한 느낌이 목 언저리를 훑고 갔다. 그러더니 갑작스럽게 따가움이 느껴졌다. 지유의 목부터 얼굴까지 순식간에 빨개졌다.

"으아악!"

강렬하게 다가오는 따가움에 지유는 소파 위에서 동동 발을 굴렀다. 결국 참지 못한 그녀가 욕실로 뛰어 들어가 샤워기 물을 틀고 목에 뿌렸다. 차가운 물의 온도에 몸이 놀라 움찔거렸지만 아픔이 먼저였다.

눈물이 맺힐 정도로 너무 아팠다.

"흐어엉, 아아앗. 아파. 따가워."

육두문자가 절로 튀어나올 정도로 따가웠다. 그녀는 목에서 느껴지던 통증이 사라지자 그제야 안도의 한숨을 쉬었다. 거울을 보니 옷이 다 젖어 있었다. 눈에선 마스카라가 번져 검은 눈물을 자아내고 있었다.

지유는 들어온 김에 깨끗하게 씻고 나갈 요량으로 홀렁홀렁 옷을 벗었다. 샤워를 한 후 그녀가 긴 타올로 몸을 돌돌 감았다. 작은 타올로는 머리에서 물기가 떨어지지 않도록 꽉 묶었다.

콧노래를 부르며 그녀의 방에 딸린 욕실에서 나온 지유는 목이 말라 부엌으로 가기 위해 방문을 열었다.

"……!"

그녀 혼자 있어야 하는 집에 도형이 서 있었다. 놀란 그를 보고 그녀는 뻣뻣하게 몸이 굳었다.

"유……지유?"

얼음 땡. 얼어 있는 지유를 깨우는 주문이었다.

***

도형은 재신에게서 필름이 그의 집 책상 세 번째 서랍에 있으니 가져가라는 연락을 받았다. 오늘 야근 예정이라 바로 줄 수 없다고. 평소라면 나중에 줘도 된다고 했겠지만 그는 지금 당장 필요했다.

직장인과 자신이 다른 점이라면, 직관을 사용한다는 점이다. 지금 생각이 나는 것, 지금 해야 할 일은 꼭 지금 해야 한다. 내일의 자신은 어제와는 또 다른 사람이 될 수도 있기 때문에 말이다.

그는 차 키를 들고 바로 나왔다. 스튜디오 안은 암전된 상태로 아주 어두웠다. 직원들이 간다고 인사를 언제 했더라……. 점심도 먹지 않고 작업실에 앉아 있었던 모양이다. 저녁때도 놓친 거 같은데.

도형은 어깨를 으쓱하며 운전석에 올라탔다. 그때, 그의 전화벨이 울렸다.

"네, 어머니."

-마지막 주 주말에 인영이 기일이야. 너 미국에 있느라 못 갔잖아. 이번엔 참석해야지.

"네. 알겠습니다."

그는 전화를 끊고 담배를 입에 가져다 댔다. 금연을 했다고 하지만 결국 이렇게 또 담배를 입에 댄다. 옆집에 살아서 친했던 사촌 동생 인영의 갑작스러운 죽음. 꼬맹이 때부터 봐서 예뻐하던 녀석인데, 미국에서 갑자기 연락을 받았을 땐 그도 엄청 당황스러웠다.

교통사고라니.

상념을 지우고 도착한 재신의 집. 오늘 아무도 없다고 했다. 그는 재신이 알려준 비밀번호를 누르고 안으로 들어갔다. 아무도 없다고 했는데 신발장에 구두 한 켤레가 놓여 있었다. TV도 켜져 있었고.

그 순간, 도형의 심장이 점점 뛰기 시작했다. 기분 좋게 울리는 심장 소리를 들으며 그는 안으로 발을 들였다.

"저기요……."

아무 소리도 들리지 않았다. TV 소리에 묻혀서 안 들리는 건가. 도형은 안으로 들어와 TV 전원 버튼을 껐다.

"지유? 지유야?"

그녀를 불렀지만 답은 없었다. 도형은 머리를 긁적이며 재신의 방으로 갔다.

"세 번째 서랍. 여긴가?"

그는 서랍을 열려고 했는데, 그 안이 잠겨 있었다. 결국, 재신에게 다시 전화를 걸어 서랍 비밀번호를 알아낸 그가 그 속에서 필름을 찾아냈다. 갖고 싶은 것은 가져야 하는 집념. 그는 쾌감을 느끼며 다시 서랍을 잠갔다.

가뿐한 발걸음으로 재신의 방에서 나오던 순간, 지유의 방문이 열렸다.

그를 본 지유가 돌처럼 굳었다. 하얗게 질린 얼굴. 그런데 그녀의 뺨은 복숭아의 붉은 부분처럼 수줍게 달아올라 있었고, 도드라진 쇄골이 보였다. 붉은 입술은 물기를 머금어 촉촉했고, 길쭉한 다리는 더욱 매끈해 보였다.

도형도 같이 얼어 잠시 말문을 잃었다. 기분 좋던 두근거림이 파도처럼 거세지기 시작했다. 그는 두 주먹을 꾹 쥐었다.

그의 스튜디오에서 한 번, 그리고 지금.

아니 정확히 말하면 그녀가 학생이었을 때도 이런 적이 있었다. 그것까지 하면 이런 모습을 본 건 세 번째였다.

더 이상 지유와 같은 공간에 있다간 제 욕망을 참을 수가 없을 것 같았다.

"유⋯⋯지유?"

"⋯⋯."

쾅. 지유가 문을 닫고 안으로 들어갔다. 도형은 등을 돌리고 손부채질을 하며 서서히 얼굴로 올라가는 열기를 지우려 애썼다.

이거 그냥 가는 게 예의인가. 아니면 나오면 아무렇지 않은 척 해야 하는 걸까.

도형이 이러지도 저러지도 못하는 사이 지유가 티셔츠에 반바지를 입고 나왔다. 옷을 입었는데도 방금 전 실루엣이 눈에 선했다. 다시 그의 몸에 열이 오르기 시작했다.

"오빠! 초인종은 눌러야지. 재신 오빠가 번호 알려줬어?"

"어……어."

눈에 띄게 어색한 공기가 흘렀다. 침을 꿀꺽 삼키는 소리까지 들릴 것만 같았다. 지유는 모르겠지만 도형은 그녀를 마음에 품고 있는 시간이 한두 해가 아니었다. 지유를 잡아 제 품에 넣기 위해 귀국을 하긴 했지만…… 이건 불씨를 당기는 것과 같았다.

"오빠 개의치 마. 볼 것도 없는 몸이야. 하하하하!"

어색함을 풀어주기 위해 지유가 본인 몸이 별로라며 농담을 했다. 그러나 그는 동의하지 못했다.

재신이 그렇게도 지유를 싸고도는 이유 중 하나에 몸매도 포함됐다. 학생 때도 교복을 조금만 줄여도 아주 큰 일이 날 것처럼 득달같이 달려와 혼내곤 했었다. 아주 개방적인 놈이 가장 보수적인 순간이 여동생을 대할 때였다.

도형은 그게 처음에는 참 이상해 보였는데, 어느 순간에 저도 지유에게 보수적으로 대하고 있었다.

"나 물 마시러 갈 건데."

지유는 그리 말하며 옆으로 한걸음 옮겼다. 도형도 비켜주기 위해 옆으로 옮겼는데 하필 또 맞닥뜨렸다. 두 사람은 두 번을 같은 곳으로 발길을 옮겼다. 도형은 순간 자신이 바보가 된 기분이었다.

그녀는 가는 팔로 도형을 막고 그 옆으로 빠져나갔다. 스쳐 지나갈 때 나는 향기가 그의 정신을 더욱 어지럽혔다. 샴푸향과 지유의 향이 묘하게 섞여 있었다. 도형은 마른 침을 삼키며 바짓자락을 꽉 쥐었다.

지유가 아닌 다른 여자에게 욕망을 느껴본 적이 없었다. 저도 모르게 시각적 자극에 의해 욕구가 솟을 순 있지만 언제든지 그건 그가 조절할 수 있는 범위 내에서였다. 그런데 이런 시각, 후각적 자극은 그의 인내심을 끊임없이 테스트했다.

***

지유는 컵을 쥐고 물을 마셨다. 긴장을 많이 했던 모양인지 물을 삼키는데 쉬이 넘어가지 않고 턱턱 걸리는 느낌이었다.

스튜디오에서 속옷 차림을 보여줬던 건 예고편에 불과했던 거같다. 지금은 둘밖에 없는 상황이라 더 침이 말랐다.

그녀에 비해 도형의 표정 변화가 거의 없는 걸 보니 저만 긴장한 거 같은데…… 더 미칠 노릇이었다.

유재신! 함부로 비밀번호 알려주면 어떡해.

아니 오늘 편하게 와 있으라며!

그녀는 오빠를 속으로 욕하며 물 한 컵을 더 마셨다.

당장 다음 주 월요일부터 스튜디오로 출근해서 촬영을 오는 핫한 셀럽들의 소식도 잡아야 한다.

아침마다 미희에게 보고서를 제출한다는 건, 수확이 있어야 한다는 뜻이다.

수확이고 뭐고 나가서 도형 오빠 얼굴을 어떻게 보지. 그냥 가라고 해야 하나? 뭐부터 물어봐야 하지. 괜찮은 척, 아무렇지 않은 척했지만 지유는 남자와 둘이 있을 때 어떻게 행동해야 할지 가늠이 안 섰다.

오빠는 오빠인데…….

고등학생 땐 도형 오빠와 둘이 있고, 팔짱을 끼고, 그가 머리를 쓰다듬어주어도 별생각이 없었다. 유재신과 똑같이 생각했던 것 같다.

그런데 성인이 되고 만난 서도형은 자꾸 어색하고, 저를 굳게 만들고, 생각하게 한다.

재회한 지 얼마 되지도 않았는데 말이다.

"지유야, 나도 물 좀."

부엌으로 들어온 도형이 물을 달라고 했다.

지유는 알겠다고 말하며 엎어져 있던 컵을 꺼내 테이블 위에 뒀다.

정수보다는 시원한 물이 좋을 듯하여 냉장고에서 물병을 꺼내 물을 따르는데 방향이 빗나갔다.

방금까진 멀쩡하던 물병이 갑자기 무겁게 느껴졌다. 무게를 갑자기 감지한 손목 근육이 놀란 모양이었다. 그런 지유를 보고 도형이 다가와 물병을 대신 잡았다.

"앗."

손길이 스치자 지유는 다시 긴장하기 시작했다.

손길만 스친 건데, 나 정말 왜 이러지.

지유는 이로 입술을 질끈 물었다.

도형은 길고 섹시한 손길로 컵을 감싼 후 시원하게 삼켰다. 컵을 내려놓은 후 그는 미희의 말대로 금욕적인 표정을 짓고 있었다.

나른한 시선이 닿자 지유는 슬리퍼 위에 발끝을 쭈뼛 세웠다.

그를 보며 섹시하단 생각이 절로 들었다. 그런 거 보면 그는 참 매력적인 것 같다. 이건 매일 보는 가족도 넘어갈 만한 외모라고 본다.

훤칠한 키와 잘생긴 얼굴. 눈코입 떼놓고 봐도 멋있고, 모아놓고 봐도 어쩜 저렇게 잘 조합했을까 싶을 정도로 입이 떡 벌어지게 생겼다.

"지유 네가 있을 줄 몰랐어."

"어, 어. 옷 가지러 왔어."

"나는 이거."

그가 필름통을 흔들었다.

"대학생 때 우리 놀러 갈 때 필름 카메라 썼거든. 보관을 재신이가 하고 있어서 이거 받으러 왔지."

"재신 오빠는 하여튼, 너무 친구들을 믿는다니까."

"그러게."

"……오빠가 도둑놈이란 소리는 아니고. 내가 있을 수도 있고, 엄마가 있을 수도 있는데 비밀번호를 알려주니까."

지유는 냉큼 말을 정정했다. 도형 오빠가 나쁘단 소리가 아니었다. 그가 어떤 사람인지 그녀가 제일 잘 알고 있으니 말이다.

"저녁 먹었어?"

"아니."

"아직도 못 먹었어? 오빠 배고프겠다. 잠시만."

지유가 냉장고 문을 열었다. 재료를 꼼꼼히 살핀 그녀가 상체를 숙인 채로 고개만 뒤로 돌렸다.

"제육볶음 해 줄까? 맥주 마시면서 먹을래?"

"응."

"오케이! 맵게?"

"지유 네 입맛대로."

"흠, 나는 매운 거 좋아해. 그럼 태국 고추도 넣어야겠어."

지유가 냉동고와 냉장고에서 재료를 척척 꺼냈다.

"오빠 소파에 앉아 있어. 재신 오빠 야근한다는데 몇 시에 오는지만 물어봐 줘. 양을 얼마나 해야 할지 정하게."

지유의 말에 도형은 알겠다며 고개를 끄덕이며 부엌을 나갔다. 지유는 도형이 나간 후 다시 후- 한숨을 쉬었다. 숨 막힐 뻔했다.

재신도 맥주 마시는 거면 한 시간 내로 온다고 했다. 지글지글 볶는 소리와 TV 소리가 어우러졌다.

그사이에 지유는 제육볶음을 뚝딱 만들어냈다. 접시에 예쁘게 세팅만 하면 된다.

그녀가 가스레인지를 끄자 도형이 일어나서 이쪽으로 오는지 발자국 소리가 들렸다.

도와주러 오는 거 같았다. 다시 긴장한 그녀가 버벅대기 시작했다.

"접시, 접시!"

찬장을 열고 발끝을 세워 위를 보던 그녀가 선반에서 접시를 꺼

아주 작은 방울 127

내려 낑낑댔다.

양을 많이 해서 넓은 그릇이 필요한데, 큰 접시는 작은 접시들 아래에 깔려 있었다.

의자를 당겨서 올라가야 할 거 같아서 뒤를 돌려는데, 뒤에서 그녀를 안듯이 도형이 다가왔다.

지유는 싱크대를 잡고 숨을 멈췄다. 등 뒤에 선 그가 꼭 저를 안은 것처럼, 그녀의 몸 주위로 따스한 온기가 느껴졌기 때문이다.

"제일 큰 거?"

"어. 어…… 어."

그의 넓은 가슴이 그녀의 어깨에 닿았다. 도형이 살이 닿지 않게 조심한다고 하는데 그의 몸에서 나는 온기는 이미 그녀에게 닿아 있었다.

살이 닿는 것보다 더 짜릿하고, 야릇했다.

유재신 친구일 뿐인데.

어릴 때부터 봐 왔던 오빠 친구일 뿐인데.

지유는 질끈 눈을 감았다. 단순히 오빠 친구로 생각했던 과거와 지금의 마음가짐이 달라지고 있었다.

맥주캔을 따 한 모금 마신 재신은 캬- 감탄사를 뱉었다. 그는 지유가 요리한 제육볶음을 입에 넣어 맛있게 먹었다. 매콤하면서도 달달한 맛이 입에 착 감겼다.

"우리 지유 요리 잘하네."

"정말? 맛있어?"

"어. 최고."

"오호~ 그럼 나 시집가도 되겠다."

지유의 말에 두 남자의 시선이 동시에 그녀에게 향했다.

"그게 말이냐, 막걸리냐. 우리 지유, 못 보내지."

"오빠가 못 보낸다고 내가 안 갈 거 같아? 나 꼭 시집 갈 거야!"

"어쭈? 언제 가려고?"

"……십 년 안에."

"십 년 뒤에 가. 그럼 보내줄게."

재신은 그리 말하며 고기를 꼭꼭 씹었다. 지유를 차지한 남자를 씹어 먹을 것처럼. 그때 지유와 소개팅 한 상대의 아래를 태워버리고 싶은 마음이 굴뚝같았지만, 겨우 참았다. 어디 함부로 밖에서 아랫도리를 놀린단 말인가.

"재신 오빠는 나중에 딸 낳으면 진짜 애지중지할 거 같아."

"내가 봐도."

"참나. 와~ 맥주 시원하다."

재신은 한 캔을 금세 비운 후 손으로 와락 구겼다. 그 모습을 본 지유가 캔을 재신의 손에서 빼앗았다.

"오빠 손 베여. 안 좋은 버릇이야."

"어쭈~ 오빠한테."

재신은 장난을 치면서도 저를 챙겨주는 지유를 보며 싱긋 웃었다. 남들이 다 부러워하는 예쁜 여동생, 유지유. 어쩜 보기만 해도 눈이 즐겁고 마음이 편안한지. 그는 맥주 캔을 새로 따며 옆을 흘 긋 보았다.

도형이 묵묵히 맥주를 마시고 있었다.

"너희 둘이."

"뭐! 뭐!"

화들짝 놀란 지유가 재신이 운을 띄기도 전에 물었다. 재신은 도형을 보며 지유가 왜 그러냐는 눈빛을 보냈고, 도형은 어깨를 으쓱하며 대답을 피했다.

"말을 하다 말아."

"유지유. 너 도형이한테 뭐 잘못했어?"

"아니?"

"……뭐지. 이상한데. 두 사람 오늘 뭔가 다른데, 뭔지 모르겠네."

재신이 고개를 갸웃했다. 지유의 행동이 평소와 달랐다. 기분은 조금 붕 떠 있고, 말도 어버버거리는 게 카페인 중독 증세 같기도 했고. 그러던 그가 인상을 썼다.

"오늘 커피 몇 잔 마셨어?"

"다섯 잔?"

"두 잔만 마시랬지."

"그러는 오빠 담배 몇 대 태웠어?"

"……오늘은 물러나지."

두 사람의 만담을 듣고 있던 도형이 피식 웃었다. 그런 그의 눈에 오빠에게 장난을 치며 까르르 웃고 있는 지유의 얼굴이 보였다.

"다음 주부터 우리 지유 잘 부탁해. 애 잡지 말아 줘."

"내가 더 잘 부탁해."

"응? 네가 뭘 잘 부탁해. 내가 부탁해야지."

재신은 실없는 소릴 한다며 주먹으로 도형의 어깨를 가볍게 터치했다. 그러자 도형이 방긋 웃었다.

"그렇게 웃지 마. 너 진짜 여자 계속 안 만나면 게이로 오해받는다. 생긴 건 멀쩡해서 왜 옆에 아무도 안 생기지."

"게이로 오해는 무슨……."

"진심이야. 지유야, 네 생각은 어때?"

재신은 도형을 놀리며 지유에게 다 차려진 밥상에 숟가락을 올려 정점을 찍을 것을 요구했다. 오물오물 입을 움직이던 지유가 머리를 긁적였다.

"도형 오빠는 이러다 어느 날 막…… 여자 데려와서 평소 같은 저, 저 표정으로 결혼한다고 발표할 거 같아. 막 우리가 놀라는 표정 지으면 애도 있다고 할 거 같은? 도형 오빠 항상 한 방이 있었거든."

"도종우도 그런 말 했었는데."

"종우 오빠 잘 있대?"

"그럼. 아직 똥줄이 덜 타나 봐. 귀국 생각이 없는 거 보면. 얘기하니까 자식, 보고 싶네."

쓸쓸한 생각이 드는지 재신이 맥주를 한 모금 더 마셨다. 한동안 세 사람 사이에 침묵이 흘렀다. 냉장고에 놔둔 맥주캔을 다 마셔갈 때쯤, 지유가 일어났다.

"내가 맥주 사 올게."

"아니야. 앉아 있어. 내가 사 올게."

재신이 먼저 일어났다. 지유를 시킬 수 없다는 근엄한 표정으로 재신이 도형과 지유를 두고 나갔다.

둘만 남자 어색해진 지유가 도형에게 말을 걸기 시작했다.

"오빠."

"응?"

"나 뭐 물어봐도 돼?"

"응, 물어 봐."

"미국에서 뭐 했어? 한국 안 오고 싶었어?"

"오고 싶었지."

"가족들이 보고 싶었구나?"

"아니."

도형의 대답에 지유가 고개를 갸웃했다. 보통 한국에 오고 싶은 이유는 향수병, 또는 가족이 보고 싶어서 아닌가. 그녀도 해외에 나가면 재신 오빠가 그리울 거 같았다. 물론 엄마도 그립긴 하겠지만 재신 오빠만큼은 아니다.

"너 보고 싶었어."

"……."

말을 마친 도형이 부드럽게 웃었다. 입매가 시원하게 올라간 도형은 장난꾸러기 같은 표정을 짓고 있었다. 목에서 귀까지 순식간에 빨갛게 달아오른 지유가 손부채질을 했다.

"맥주를 마셔서 그런가, 아 더워. 에어컨이 몇 도인 거야?"

나 정말 왜 이래. 왜 갑자기 덥지. 당황한 지유의 눈빛이 흔들렸다. 그러자 도형이 더 가까이 다가와 그녀의 손목을 낚아챘다. 화들짝 놀란 지유의 눈이 왕방울만 하게 커졌다.

"오빠?"

"여기 언제 데었어? 쓰라리겠다."

도형이 손으로 가리킨 곳은 빨갛게 되어 있었다. 아까 제육볶음을 하다가 살짝 후라이팬에 닿았는데 그때 데인 모양이었다. 잠깐 따갑단 생각이 들었는데, 도형 때문에 계속 긴장해 있는 상태라 통증을 못 느끼고 있었다.

마사지 크림을 바르고 따가움을 느꼈을 때처럼 참을 수 없는 고통은 아니었다. 그만큼 서도형이 신경 쓰였다. 지유는 본인이 왜 이러는지 모른 채 그에게 잡힌 손목을 잡아 뺐다.

제집처럼 구급상자를 찾아온 도형이 화상 연고를 찾았다. 그러나 연고가 없자 핸드폰으로 재신에게 전화를 걸었다.

그는 거의 집 앞까지 왔다는 재신에게 화상 연고를 사 오라고 부탁했다.

"왜 다치고 그래. 속상하게."

그의 눈빛이 꼭 자기 살 데인 것처럼 안쓰럽게 느껴졌다. 지유는 정말 괜찮다며 방긋 웃었다.

"맨날 웃어. 쪼그만 게 맨날 괜찮은 척해."

"나 이제 안 쪼그맣거든."

지유가 득달같이 소리쳤다. 그러자 도형이 꿀밤 한 대를 때리며 킥킥 웃었다. 그제야 도형이 장난친 것을 깨달은 지유가 가자미눈을 뜨고 째려봤다.

"다음 주부터 자주 보겠네."

"응. 오빠 스튜디오 식구들은 어때?"

"다 착해."

"아무렴. 작업할 때 까칠한 서도형 씨 옆에 있으려면, 착해야지."

"내가 또 언제 까칠했다고."

"원래 본인이 싼 똥은 본인이 모르는 거야."

지유의 말에 도형은 별것도 아닌데 크게 웃었다.

이렇게 보고만 있어도 좋은데, 어떻게 긴 세월 떨어져 있었을까. 그는 그런 생각을 하며 지금 이 순간이 아깝다는 듯 애닳은 표정으로 지유를 바라보았다. 그러나 유지유는 눈치채지 못한 거 같았다.

조금 더 자신의 마음을 보여주고, 그녀가 깨달을 정도가 되면…….

지유와 헤어지고 집에 가는 순간엔 고백을 할까 싶다가도 행동하기가 어려웠다. 보기만 해도 아까운 사랑을 함부로 입에 뱉었다가 벌어질 일을 떠올리면 조금 무서워진다.

세상에 무서운 거 하나 없는 서도형이 유일하게 무서운 건, 그의 주변인 중에 가장 쪼그마한 유지유였다.

도형은 저를 보고 긴장한 지유를 보며 이 정도만 해도 큰 수확이란 생각을 했다. 더 제 마음을 보였다간 귀여운 저만의 방울이는 도망갈지도 모른다.

"지유야."

"응, 왜. 오빠?"

깜빡깜빡. 느릿하게 눈을 감았다 뜨며 그녀가 물었다. 그는 지유의 눈을 슬쩍 피하며 농담을 던졌다.

"의자 밑에 바퀴벌레 있다."

"끄아악!"

지유가 두 발을 의자 위로 올려 아빠 다리를 했다. 그사이 도형이 일어나 접시와 젓가락을 싱크대에 넣었다. 맛있는 제육볶음은 양념만 남기고 어느새 싹싹 비어 있었다. 재신이가 배가 고팠던 모양이다.

"어디? 어디? 바퀴벌레 안 보이는데?"

지유가 양 무릎을 모은 채 아래를 보며 물었다. 도형은 레버를 올려 흐르는 물에 손을 씻은 후 타올에 물기를 닦았다. 그가 서서히 다가와 지유의 의자 뒤에 섰다.

"안 보여? 저기 테이블 위에도 있네?"

도형이 손으로 가리키자 지유가 팔딱거리며 그의 품에 얼굴을 숨겼다.

"좀 잡아줘. 으으, 생각만 해도 징그러워!"

무릎을 모으고 웅크린 지유를 보고 있으니 품으로 감싸 안고 싶은 생각이 들었다. 그녀의 파르르 떨리는 속눈썹과 움직일 때마다 딸랑거릴 것 같은 머리 방울을 번갈아 보는데, 지유가 고개를 위로 올렸다.

강아지처럼 흔들리는 눈빛으로 저를 보고 있었다. 애써 다잡은 이성이 미친 듯이 흔들리기 시작했다. 그는 저도 모르게 지유의 볼을 감싸기 위해 손을 뻗었다.

띠띠띠띠-!

"⋯⋯."

지유는 현관문 도어로크 소리에 화들짝 놀랐다. 도형도 흠칫 몸을 굳히며 뒤로 물러섰다. 화상 연고와 맥주를 사러 간 재신이 비밀번호를 누르고 있었다.

"맥주 피처로 사 왔다!"

아무것도 모르는 채, 재신이 해맑게 부엌으로 들어왔다. 도형은 재신의 얼굴을 보기 미안했다. 방금 전, 그는 재신의 여동생을 욕망하고 갈구했었기에.

***

월요일 오전, 레이는 새로 온 직원에게 도형의 성격을 꼼꼼히 일러주고 그가 해야 할 일도 스튜디오를 돌아다니며 알려 주었다.

"선배님, 감사합니다."

"감사는 무슨, 말 놔도 되죠?"

"네!"

"그래. 윤재희! 잘 왔다!"

레이는 이곳에서 제일 막내였는데, 선배 노릇 하려니 즐거웠다. 그러던 중 이쪽으로 걸어오는 도형을 보고 레이의 눈빛이 흔들렸다.

"윤재희."

"네! 선배!"

"아무리 잘생긴 놈이 꼬셔도 넘어가면 안 돼."

"네? 무슨 소리세요?"

"……그냥, 왜 남자가 어리고 몸매 좋고 예쁜 여자 좋아하잖아."

"그렇죠."

"남자도 남자를…… 아! 내가 무슨 말을 하고 있는 거야. 하여튼 조심해!"

레이의 말을 들은 재희는 고개를 갸웃했다. 예쁘고 몸매 좋고 어린 여자 좋아한다는 건가? 그는 레이가 본인 취향을 그에게 말한 거라 결론 내렸다.

재희는 6개월 뒤 군 입대를 앞두고 있었다. 군대 가기 전에 돈도 벌 겸 배울 겸 해서 이곳에 아르바이트를 지원하였다. 수많은 면접생을 뚫고 그가 들어온 것이다.

재희는 레이를 따라 그 유명한 포토그래퍼 제이크를 영접하기 위해 문 앞으로 나갔다.

"안녕하십니까. 윤재희입니다."

"반갑다. 잘 부탁해."

그를 힐끗 본 도형이 고개를 끄덕이고 작업실로 방향을 돌렸다. 그러다 그가 우뚝 멈춘 후 뒤를 돌았다. 재희는 면접 때보다 더 찬 기운이 풍기는 도형을 보며 저도 모르게 눈을 아래로 내렸다.

"이따 아르바이트 겸, 조수 한 명 더 올 거야. 레이, 네가 챙겨."

"네? 누구…… 아! 지유 씨요?"

"어. 너무 친해지진 말고."

"일부러 갈구려고 일 시키는 거예요? 대신 갈굴까요?"

"……."

"아- 안 물어보겠습니다! 필승."

레이가 도형의 표정을 보고 얼른 말을 바꿨다. 도형이 작업실 안으로 들어가자 재희는 상상 속에 빠진 레이를 올려다보다가 슬며시 팔을 잡았다.

"어, 왜?"

"군대 다녀오셨습니까?"

"사나이로! 태어나서! 할 일도 많단다~ 아니. 할 일이 많아서 못 갔다. 왜."

실망한 표정을 짓는 재희를 보며 레이는 눈에 힘을 줬다.

"야- 진짜 할 일이 많아서 못 갔다니까. 안 믿는 눈인데?"

"네, 네. 형님."

그들이 서로 친해지면서 웃고 떠드는 사이, 정체 모를 여자가 안으로 들어왔다. 그녀를 먼저 발견한 건 재희였다.

"어? 형님 스타일이다."

"내 스타일? 어디?"

"저~기요. 어리고, 예쁘고, 몸매 좋고. 누굴까요?"

재희의 말에 레이가 아니라며 반박했다. 그의 취향이 아니라 다른 분의 취향이라고. 그분의 취향을 존중해야 한다며 헛소리를 늘어놓자, 재희는 그를 두고 여자에게 다가갔다.

"어떻게 오셨어요?"

"저…… 오늘부터 스튜디오 일 도와드리기로 했는데요. 테드 잡지사 인턴 유지유라고 합니다."

"테드요? 와- 저 포토그래퍼 안 되면, 테드로 취직하고 싶었는데. 꿈의 직장! 누님, 멋지십니다."

"저도 인턴일 뿐인걸요. 저도 정직원 되고 싶네요."

지유가 악수를 하자며 손을 내밀자, 재희가 두 손으로 지유의 손을 붙잡았다. 그러곤 반갑다며 손을 흔들었다. 손도 작고 고와서 악수만 해도 절로 기분이 좋아졌다. 재희의 귓가가 빨개졌다.

"여기서 뭐 해."

어느새 다가온 도형이 뒤에서 팔짱을 낀 채 정확히 두 사람의 손을 내려다보고 있었다. 눈치 빠른 재희는 얼른 손을 빼고 허벅지에 두 손을 딱 붙였다.

"오빠……?"

"넌 왔으면 내 방으로 와야지."

인상을 쓴 도형이 지유에게 말하자, 지유가 입을 삐죽 내밀었다.

"전화해도 안 받았으면서."

지유를 물끄러미 보던 그가 피식 웃으며 직원들을 소개했다.

"인사해. 여긴 레이, 미국에서부터 함께한 조수이자 동생. 그리고 여긴 오늘 새로 온 윤, 윤……."

"윤재희입니다."

"그래, 윤재희."

도형이 다시 한번 재희를 입으로 곱씹으며 귀엽게 생긴 그를 응시했다.

"반가워요. 레이입니다. 차 아니고요, 오해하지 마세요!"

"하! 하! 하! 네."

"썰렁했죠?"

"조금요?"

눈치 없는 레이는 지유의 손을 붙잡고 아까 재희가 했던 것처럼 흔들며 반가워했다.

"안 그래도 테드 삽지사 인턴 예쁘고 몸매 좋다고 소문 다 났습니다. 허허허, 그때 지서윤 씨 덕분에 지유 씨 인기가 하늘을 치솟습니다. 하하하."

레이의 너스레에 오히려 재희가 도형을 흘깃 봤다. 도형의 눈에서 살기가 뿜어져 나오고 있었다. 그럼에도 레이는 전혀 눈치채지 못하고 친하게 지내자며 이것저것 호구조사를 했다.

"저기…… 형님."

"왜, 왜? 우리 여직원하고 친해져야 하는데."

"저기……."

그만하셔야 할 거 같은데. 그 친해짐, 아주 좋지 않습니다. 재희는 눈치 없는 사수의 팔을 잡아당겼다. 그러자 도형이 지유 앞을 슬며시 막아섰다.

"인사는 이 정도면 됐고, 라영이라고 여자 조수 한 명 더 있어."

"별명이 또라이인 누나죠. 가끔 이상한 실험하고 막 그래도 놀라지 마세요."

레이가 부연설명을 하며 지유를 가리고 선 도형의 옆으로 비켜나와 지유에게 다시 말을 걸었고, 지유는 이번엔 정말 재밌는 이야기를 들었다는 듯 깔깔 웃었다.

가장 어린 재희만 이 상황이 어떻게 돌아가는지 머리를 긁적이며 세 사람을 보고 있었다.

***

"촬영장 스케줄 펑크라니요! 매니저님, 이런 경우가 어디 있습니까?"

-죄송합니다. 한 번만 봐주세요.

촬영을 하기로 한 배우가 펑크를 냈다. 라영은 머리를 짚으며 골치 아프단 표정을 지었다. 없는 시간을 비집고 잡은 스케줄이었다. 그 대상이 요새 잘 나간다는 윤동진이란 걸 알고 걱정하긴 했는데 결국 사달이 났다.

그의 촬영을 위해 대기하고 있던 스태프를 힐끗 본 라영이 인상을 구겼다.

-다 제 죄죠. 제가 우리 동진이 스케줄 관리 못 한 죄인입니다. 저희 동진인…….

"네. 아무 잘못 없겠죠. 그죠? 저희 일정 잡으려고 대기하는 분들이 얼만데. 아니, 그쪽 대표님께서 사정사정하셔서 일정 잡았는데. 윤동진 씨만큼이나 저희 작가님도 바쁘신 분이세요. 이런 식이면 일 같이 못 하죠. 매우 곤란합니다."

호락호락한 법이 없는 라영은 스케줄표를 보며 윤동진 이름 위에 빨간 줄을 두 줄 그었다.

상대가 빌고, 지금 당장 데려가겠다고, 30분 내로 오겠다고 사정해도 그녀는 봐주지 않았다.

"그럼 이번 촬영 취소하는 거로 알겠습니다. 바로 또 전화가 들어와서 끊겠습니다."

전화를 끊은 후 라영은 휴- 한숨을 쉬었다. 시간이 곧 돈이 되는 도형에겐 약속 펑크는 큰 손해였다. 그걸 잘 아는 라영은 상대의 사정을 들어주고 이해해 주면서도 두루뭉술하게 넘어가지 않았다.

"지유 씨."

"네?"

"한 달만 일한다고 들었어요. 딱히 뭘 부탁하기엔 좀 그렇고, 스태프들 도와줘요. 반사판 들거나. 음, 작가님은 왜 지유 씨를 부른 거지."

라영이 고개를 갸웃했다.

"예뻐서 데려왔나."

그러던 그녀가 통화를 할 때와 다르게 눈을 반짝이며 지유에게 다가갔다.

"내가 예쁜 피사체를 보면…… 눈을 못 떼거든요. 매력적인 마스크네요. 으음- 저한테 그렇게 보이는 거면 우리 작가님 눈에도 그럴 거예요."

요리조리 지유를 보던 라영이 도형을 발견하고 활짝 웃었다. 도형은 그녀가 세상에서 가장 존경하는 분이자, 닮아가고 싶은 분이었다.

"촬영은?"

"그게……."

"취소됐어?"

"네. 죄송합니다."

"죄송할 건 없고…… 그 회사 일은 앞으로 받지 마."

"네. 알겠습니다."

라영은 앞으로 그 업체 일은 받지 않겠다고 생각하며 머릿속에서 빨간 줄을 벅벅 그었다.

"요새 펑크가 잦다. 사람 봐 가면서 일정 잡자."

"네. 죄송해요. 더 신경 쓰겠습니다."

도형의 스케줄 관리는 모두 라영의 몫이기에 그녀는 진심을 담아 사과했다. 지서윤 때도, 지금도 모두 그녀가 잡은 스케줄이었기 때문이다.

이번 건은 특히 그녀의 아버지 친구분의 부탁이라 도형을 겨우 설득한 건데.

레이가 일일 스태프로 온 사람들에게 하나하나 손수 봉투를 챙겨줬다.

*　*　*

상황 정리를 하고 온 레이가 분위기도 풀 겸 새로 온 직원들의 호구조사를 했다.

"저는 서우대학교 사진학과 재학 중입니다."

"서우대학교요? 저랑 동문 될 뻔했네요. 물론 과는 같지 않지만."

"동문이요? 자퇴하셨어요?"

"아뇨. 제가 편입했거든요. 한국대로."

지유의 말에 도형도 그건 몰랐다는 듯 지유를 응시했다. 그가 알기로 지유는 원래 한국대 학생이었는데. 그가 미국에 있을 때 2년간은 일부러 지유 생각을 하지 않기 위해 따로 소식을 물어보거나 듣지 않았다. 알고 싶었지만 꾹꾹 참았다. 마지막으로 재신에게 지유의 소식을 물었을 땐 한국대학교라고 들었던 거 같다.

"두 사람, 묘하게 인연이 있네요. 나이대도 비슷하고."

레이의 말에 옆에서 웃고 있던 도형의 입매가 도로 제자리로 돌아왔다. 오히려 굳어진 얼굴로 레이를 보는 그의 눈빛은 눈치 없는 레이를 한 대 때릴 기세였다.

"작가님. 우리 신입은 여자 좋아한다고 합니다. 취향이 여자라고. 하하하! 아주 평범한 대한민국 남자라고 합니다."

"누가 뭐래?"

"선배님 왜 그러세요."

도형과 재희가 동시에 물었다. 레이는 난감한 표정을 지었다. 그러더니 슬쩍 재희의 뒤로 가서 얼굴을 스윽 아래로 내려 귓가에 속삭였다.

"인마, 내가 너 구해 주려고 이러는 거야. 내 속마음도 모르고."

소름이 돋아 몸을 부르르 떤 재희가 슬그머니 레이를 피했다.

'아무리 잘생긴 놈이 꼬셔도 넘어가면 안 돼.'

그 말을 할 때 레이의 표정이 묘했었다. 재희의 머릿속에 불빛이 깜빡였다.

군대를 다녀오지 않았다고. 그러고 보면 레이 선배는 마른 체형에 곱상한 외모를 갖고 있었다.

재희의 동공이 흔들렸다. 그가 생각하는 게 맞다면, 이건! 선배가 제게 호감이 있는 것이다!

살다 살다 남자에게 대시를 받은 건 처음이었다.

그런 재희의 옆에서 레이는 도형으로부터 신입을 구하고 도형의 안위를 지키겠다는 의지를 불태우며 삽질을 하고 있었다.

"그럼 점심은 우리 셋이 먹고, 지유 씨랑 작가님 두 분이서 드시는 거로 하면 어떨까요?"

라영은 상황 정리를 했다. 도형이 지유와 대화를 하고 싶어 한다고 판단했기 때문이다. 레이의 표정은 밝았고, 그 이야기를 들은 재희는 울상이 되었다.

재희는 멀어지는 도형과 지유를 보며 눈을 감았다가 떴다. 제이크 선배의 촬영을 출근 첫날부터 볼 수 있을 거라 기대했는데…… 배우기는커녕 이상한 선배를 만났다.

그의 취향이 전혀 아닌, 남자 선배를.

"윤재희."

"네, 선배님. 말씀하세요."

"항상 몸조심하라고. 내가 후…… 임금님 귀는 당나귀 귀!"

무엇보다 재희는 지금 레이 선배가 두려웠다.

"레이야. 정신 차리자."

"누나…… 내가 진짜 말도 못 하고. 으윽!"

레이는 절규했다. 서도형의 취향이 남자라고 말을 못 하고 끙끙 앓고 있으니 미칠 노릇이었다. 그렇다고 라영에게 밝힐 수도 없고.

그는 조만간 도형과 소주든 맥주든 마시며 형의 취향에 관해서 면담을 해야겠다고 생각했다.

"그런데, 지유 씨랑 작가님 뭔가 있는 거 같지 않아?"

"휴. 누나 그렇게 감이 없어서 어떡해. 작가님 마음이 어디로 가는지 눈치도 못 채고. 딱 보면 몰라?"

"뭐래- 눈치 없고 감 없는 건 너지. 레이 지."

"성 붙이지 마. 레이디 같아서 싫다고."

레이가 울상을 지으며 투정을 부렸다. 미국에서 나고 자랐지만, 아버지 성이 지라서 그는 지레이였다. 지 레이, 레이 지. 뭐든 어감이 별로여서 그는 웬만하면 성을 알려주지 않는 편이었다.

"그럼 지레라고 불러줘? 지뢰? 재희 씨, 지뢰 두고 우리끼리 밥 먹으러 가요."

"네, 선배님!"

재희는 레이가 저를 느끼한 눈으로 보기 전에 냉큼 라영을 따라나섰다. 둘만 있는 순간을 조심하자고 다짐하며 말이다.

"같이 가! 먼저 가지 말라고."

레이는 그가 존경하는 작가님이 남자를 좋아한다는 꼬리표가 붙어서 일거리가 끊기거나 세상으로부터 질타를 받는 걸 두고 볼 수 없었다.

성 소수자를 존중하긴 하지만, 그걸 눈앞에서 보고 있는 건 다른 거였다. 말리고 싶다, 격렬하게.

형…… 여자 좋아해 줘요. 제발.

그럼 그 여자 내가 평생 업고 다닐게.

J 스튜디오 안 직원들은 모두 각기 다른 생각을 하며 점심을 먹으러 스튜디오를 나섰다. 그날의 날씨는 매우 맑음이었다.

***

도형을 따라나선 지유는 펜과 노트를 챙겨 갔다. 내일 오전까지 편집장에게 보고서를 내려면 뭔가 수확이 있어야 할 것 같았다. 언제 어디서 소스가 나올지 모르니, 그녀는 녹음기도 빼놓지 않았다.

음식점으로 들어간 도형은 갑갑한지 느릿하게 단추를 풀었다. 아까까지만 해도 카메라를 움켜쥐고 있던 긴 손가락이 느릿하게 목 언저리에 머물자 지유는 숨이 막혔다. 왜인지 모르게 얼굴에 열이 오르고 더워졌다.

'다정하면서도 섹시해.'

통화 중에 지수가 했던 말이 떠올랐다. 서도형은 연상 연하를 막론하고 여자라면 한 번쯤 돌아보게 하는 매력이 있다고. 단순히 잘생긴 것이 아니라, 색기가 흘렀다.

과거에 도형 오빠와 한 번이라도 데이트를 하고 싶어 하던 여자들은 지유를 도형의 친동생으로 착각해서 잘해 주기도 하였다.

그때는 어려서 몰랐는데 지금은 서도형이 왜 섹시한지 알 것 같았다. 여자의 곡선처럼 아름다운 그의 손가락이 시계를 끄르고, 커프스단추도 풀자 그 모습이 꼭 드라마 속 한 장면같이 보였다.

"왜? 뭐 묻었어?"

나른한 시선이 그녀에게 꽂혔다.

"아니. 그냥."

"메뉴 마음에 안 들어?"

셔츠 단추를 풀고, 시계까지 풀고 먹어야 할 음식은 오징어초무침과 갑오징어였다.

새빨갛게 나온 음식은 보기만 해도 입에 침이 고일 정도로 매워 보였다. 지유는 침을 꿀꺽 삼키고 맛있는 음식을 먹기 위해 젓가락을 들었다.

"잠깐만."

도형이 좌식 테이블에서 일어나 카운터로 갔다. 긴 기럭지가 멀어지는 모습에 지유는 가슴이 두근거렸다. ……나 왜 이러지. 아메리카노를 열 잔 마신 것도 아닌데.

"옷에 묻겠다. 앞치마 하고 먹어."

다시 테이블로 온 도형이 지유에게 앞치마를 건넸다. 그녀는 앞치마를 두르고 통통한 갑오징어를 양념에 푹 찍어 입에 넣었다. 쫀득쫀득함과 매콤함이 섞여서 목으로 넘어가기도 전에 젓가락이 다음에 입에 넣을 오징어를 집고 있었다.

아침을 못 먹어 배고팠던 지유는 맛있는 음식을 앞에 두고 전투력을 올렸다. 도형 앞에서 이렇게 잘 먹을 수 있는 걸 보면, 그녀가 밤새워 생각했던 그 이유는 아닐 것이다.

만약 자신이 도형을 좋아한다면 고춧가루 팍팍 들어간 이 음식을 이렇게 먹지 못했으리라.

"매번 이렇게 맛있는 거 먹어?"

"아니. 제육볶음 맛있게 먹은 거에 대한 감사 인사?"

"그럼 제육볶음 또 해 줄게. 아니면 골뱅이무침? 말만 해."

"갑오징어가 맛있긴 한가 보네. 요리해 준다는 걸 보면."

"헤헤, 티 났어?"

지유가 잠시 숨 고르기를 하며 도형을 봤다. 그녀의 흰 접시는 매운탕을 먹은 후처럼 빨갛게 범벅이 되어 원래의 색을 찾아보기가 어려웠다. 그런데 도형의 접시는 달걀 프라이의 노른자처럼 가운데 부분만 빨갛게 묻어 있었다.

"오빠 매운 거 못 먹어?"

"어. 잘 못 먹어."

"근데 왜 여기 왔어?"

"애들이 여기 맛집이라고 해서 너랑 한 번 와보려고 했지. 네가 좋아하잖아."

네가 좋아하잖아. ……다름 아닌 네가! 그녀의 귀엔 이렇게 박혔다.

쿵. 롤러코스터를 탄 것처럼 심장이 쿵 떨어졌다. 매운 걸 좋아하지도 않으면서 굳이 저와 함께 이곳에 온다는 것에 자꾸 의미를 부여하게 된다. 서도형이 그런 사람이었던가.

지유는 고개를 휘휘 저었다. 서도형은 유재신의 아주 친한 친구이다. 그리고 유재신은 친오빠이다. 가계도를 그리듯이 머릿속에 관계성을 정리한 후 그녀는 젓가락을 들었다. 저를 빤히 응시하는 느낌이 들어 고개를 들자, 도형과 눈이 마주쳤다.

"볶음밥 먹을 거지?"

"응. 당연히 볶아야지! 이런 거엔 마지막에 볶음밥이 꽃이거든."

지유는 고개를 끄덕였다. 아까 전엔 남들 신경 쓰지 않고 미친 듯이 젓가락을 놀렸는데, 지금은 어쩐지 입을 열기가 민망했다. 제 입 속에 음식물을 가득 채우고 서도형을 마주하는 건 어쩐지 부끄러운 느낌…… 진짜 이상하다.

"너 지유 아니야? 맞네, 맞아!"

도형은 지유를 찾는 음성에 고개를 옆으로 돌렸다. 지유 또래로 보이는 여자가 지유에게 알은척을 하고 있었다. 지유의 표정이 굳는 걸 보니 반가운 사이는 아닌 듯했다.

"어, 오랜만이다. 잘 지냈어?"

"응. 넌 어떻게 싹 다 연락을 끊냐!"

"그게……."

"너만 쏙 도망가 버린 느낌이라 동기들이 얼마나 섭섭해했는데. 휴학한 줄 알았는데 나중에 듣기로 편입했다며."

"응. 편입했어."

도형은 여자가 반가운 척하며 지유를 몰아붙이는 듯한 느낌이 들어 슬며시 인상을 썼다. 저와 눈이 마주친 여자의 볼이 붉어지며 지유와 그를 번갈아 보며 몸을 배배 꼬았다.

"다음 달에 동기 모임 하는데 올…… 아, 이제 동기가 아닌가. 하여튼 네 소식 다들 궁금해했거든. 나 이 주변 회사 다니는데, 여기 내 명함. ……그런데, 앞에 계신 분은 누구? 소개 좀 해 줘. 이렇게 서 있으니까 나 너무 어색하다~"

지유는 꺼림칙한 표정으로 그를 보며 동기를 소개했다. 도형은 지유가 동기의 이름을 말했지만 한 귀로 듣고 한 귀로 흘렸다. 굳이 그가 기억해야 할 이름은 아니었으니까.

"서도형입니다."

도형은 지유가 저를 오빠 친구라고 소개하기 전에, 먼저 선수 쳤다.

"아~ 제가 유튜브에서 테드 인터뷰 영상 봤어요. 실물이 더 멋 지세요."

"감사합니다."

"예전에 지유랑 친하게 지냈는데 연락 끊겼거든요. 이렇게 만나 니까 얼마나 반가운지 몰라요. 이렇게 밥집에서 만나기 흔하지 않 은데, 우리 인연 아니니."

분명 말하는 대상은 지유인데, 눈은 자꾸 도형과 마주쳤다. 상대 가 호감을 노골적으로 표현하자 지유가 미안했는지 강아지 같은 눈망울로 저를 보고 있었다.

"지유랑은 어떻게 아는 사이세요?"

"저기, 음…… 혜진아."

"일적으로 아는 사이입니다. 인터뷰하고 있었어요."

도형이 지유의 메모장을 가리켰다. 테드 10주년 기념으로 제작 된 거라, 누가 봐도 지유가 그 회사에 다니는 걸 알 수 있을 것이 다.

"아. 죄송합니다. 제가 눈치 없었죠? 작가님, 팬이어서요. 지유 야, 미안. 친한 사이로 보이길래. ……취업한 곳이 테드였구나. 우 리 동기들도 거기 인턴 지원했는데 안 됐더라고. ……축하해."

그의 임기응변에 여자는 미안하다고 사과하며 식당을 나갔다.

문제는 그 여자가 나간 뒤로 식당을 나올 때까지 지유 표정이 심상치 않다는 것이었다.

이유는 모르지만…… 어쩐지 예감이 좋지 않았다.

***

지유는 스튜디오로 돌아와 찬물로 벅벅 세수를 했다. 일부러 전 대학 주변은 얼씬도 하지 않았다. 그래서 선후배, 동기를 만난 적이 없었는데 거기서 그렇게 마주칠 줄이야.

전 대학에 대해 좋은 기억보단 잊고 싶은 기억이 더 커서 그런지 혜진과의 만남이 썩 반갑지 않았다.

괜히 잊었던 기억만 되살아났을 뿐.

그녀는 레버를 올린 후 티슈를 뽑아 손에 묻은 물기를 닦았다. 밖으로 나가자 야외 스튜디오에서 도형이 촬영 중이었다.

사다리를 타고 올라가 누워 있는 남녀 배우를 촬영하고 있었다. 지유도 얼른 그곳으로 가서 레이의 지시에 따라 반사판을 들었다.

"다시 한번 갈게요."

지유가 화장실을 들어갈 때부터 나올 때까지 서도형은 계속 같은 사진을 찍고 있었다. 모델은 짜증이 날 법도 한데 무더위에도 그의 지시를 잘 따르고 있었다. 이렇게 해서 항상 더 최고의 샷을 뽑아내는 걸 아니까, 도형에게 태클을 거는 이는 없었다.

찰칵, 찰칵.

이곳은 소리만이 존재했다. 사다리에서 내려온 도형이 방금 찍었던 사진을 컴퓨터로 띄워 확인했다. 팔짱을 끼었다가 한쪽 팔을 풀어 턱을 괸 그가 잠시 생각에 잠겼다.

"레이야."

"네, 작가님. 말씀하세요."

"안개꽃 좀 사 와. 지금 너무 밋밋해."

매니저가 난처한 표정을 지으며 그들에게 다가갔다. 라영이 매니저와 모델을 상대하는 동안, 레이는 차를 끌고 나와 트렁크 가득 안개꽃을 사 왔다.

"잠깐 쉬었다 갈게요."

촬영은 잠시 중단되었다. 도형은 여전히 모니터 화면만 뚫어지게 보고 있었다.

작업물이 마음에 안 들어 날 선 도형을 보며 스태프들도 긴장하기 시작했다.

그 촬영은 레이가 안개꽃을 사 온 후, 독사진으로 진행되었다. 상반신만 찍은 후 도형은 그 자리에서 두 사람의 사진을 한 명은 정자세로, 한 명은 거꾸로 돌려서 붙였다. 안개꽃이 머리부터 허리까지 그들을 두르고 있었다.

두 손을 모으고 있는 여자는 도발적이면서도 애절해 보였는데, 사진을 뒤집으니 묘한 분위기를 풍겼다. 눈빛은 여전히 애절하게 보였지만 분위기가 기이하게 바뀌었다. 남녀 모델이 모두 시선이 아래로 향하고 있다 보니, 여자 사진만 뒤집었을 뿐인데 두 사람의 손이 위치한 곳에서 시선이 모여 부딪치는 느낌으로 바뀌었다.

애절하지만 닿을 수 없는, 그렇지만 명백한 유혹.

"느낌은 이렇게 갑니다."

휘유. 휘파람 소리가 들렸다. 고생한 모델 두 명도 말을 잃고 도형의 사진을 감상했다. 그전에 찍었던 사진도 만족하고 있었지만, 이번 작업물은 더 마음에 드는 눈치였다.

"고생하셨습니다."

"고생하셨습니다!"

다음 스케줄이 있는 모델들은 먼저 가고, 도형은 작업실 안으로 들어갔다. 지유는 남아서 재희와 함께 이곳을 정리하기 시작했다.

버릴 것은 한데 모아두고, 주변에 흩어진 장비들은 모두 챙겨 스튜디오 안으로 옮겨 두었다.

"지유 씨."

"네!"

"내가 전화 중이라…… 이것들 좀 밖에 버려줄래? 우리는 월, 목만 쓰레기 버릴 수 있거든?"

"네, 언니."

지유는 라영에게 대답한 후 쓰레기 봉지 두 개를 들고 스튜디오 밖으로 나갔다. 발로 뺑 차서 문을 열고 봉지가 쌓여 있는 가로등 쪽에 쓰레기 봉지를 놔뒀다. 두 손을 쓱쓱 비비며 탈탈 터는데, 뒤에서 차 클랙슨 소리가 크게 들렸다.

빵! 빵!

서서히 고개를 돌린 지유는 저를 향해 질주하는 차를 바라보았다. 피할 새도 없이 눈을 질끈 감는 순간 끼이익 굉음과 함께 바로 앞에서 차가 멈췄다.

"야! 죽고 싶어?"

차에서 내린 남자가 그녀에게 삿대질을 하며 말했다. 그런데 그 순간 지유는 차 소리가 공명하듯 들렸다. 어느 순간 모든 감각이 암전된 것처럼 까마득하게 멀게 느껴졌다.

어지러움이 밀려오더니 구역질일 날 것처럼 속이 메슥거렸다. 옆 사람이 소리치는 것도 모른 채 그녀는 어깨를 좁혀 몸을 말았다.

시끄러운 클랙슨 소리에 놀라서 밖으로 나온 도형이 그녀의 어깨를 감싸고 품으로 당기기 전까지 지유는 공감각이 사라진 느낌이었다.

지유가 그의 품에 안착한 순간, 그의 향이 조금씩 스며들었다. 공기 중에 흐트러져 있던 그녀의 정신도 서서히 돌아오기 시작했다.

5장. 스캔들

스튜디오에서 밤을 새운 도형은 뻐근한 눈을 감았다가 뜨며 모니터 화면을 보았다. 어제 촬영한 사진을 보고 또 보는 데 집중이 되지 않았다.

어제 보았던 지유 표정이 심상치 않아 잠을 설친 탓에 작업물도 더 마음에 안 드는 것 같았다. 독 안에 든 쥐처럼 한없이 겁에 질린 표정, 그리고 그에게 안겨 바로 안도하는 모습까지.

자꾸 그 같은 장면이 그의 머릿속을 헤집었다. 재신에게 전화해서 그가 없는 사이 무슨 일이 있었던 건지 물어볼까 하다 말았다. 재신도 모르는 일일 수도 있기에.

도형은 핸드폰 액정의 불빛을 켰다가 껐다가를 반복했다. 지금쯤 지유가 출근하고 있을 시간이었다. 결국 걱정된 그가 지유에게 전화를 걸었다.

-어, 오빠. 괜찮아?

오히려 지유가 그에게 괜찮냐고 물어 왔다.

"응. 괜찮지. 넌?"

-나? 나야 똑같지. 오빠 정말 괜찮은 거야?

"잠을 못 자긴 했는데. 뭐. 나쁘지 않아."

-푸하하하. 세상에나. 요새 내가 웃을 일이 없었는데 오빠 덕분에 웃어. 진짜 고마워, 오빠.

일부러 괜찮은 척하는 건가? 도형은 미간을 좁혔다.

"뭔데. 요점은 쏙 빼고."

-오빠도 곧 알게 될 거야. 나 회사 앞이야. 이따 연락할게.

"뭐야, 대답은 해 주고…… 끊겼네."

통화가 끊긴 핸드폰을 하염없이 보다가 밝은 웃음소리를 들으니 조금 안심이 되었다. 그는 의자에서 일어나 기지개를 쭉 켰다. 그의 작업 공간을 벗어나 부엌 쪽으로 나가자 유리 창문 너머로 안으로 달려오고 있는 레이가 보였다.

쟨 아침부터 힘이 넘쳐.

얼마 전에 여자 취향이냐는 둥, 여자 만난다더니, 연애하나.

그는 어깨를 으쓱하며 캡슐 커피를 타서 내렸다. 제빙기에서 얼음을 가득 담고 원두와 물을 적당히 섞어 빙글빙글 돌리자, 레이가 그의 앞까지 당도했다.

"하아, 하- 하! 형! 작가님!"

"왜?"

"저기, 하아…… 형님. 강태훈 씨, 스캔들 났어요!"

레이는 숨을 고른 후, 여전히 호들갑스러운 목소리로 말을 이어 갔다.

"내가 걔 언젠간 그럴 줄 알았다. 걔가 이미지 메이킹이 죽이거 든."

"……."

"이제라도 사람들이 알아서 다행이다."

"작가님은 밝히고 싶으셨어요?"

"……뭘 밝혀?"

도형이 고개를 갸웃하며 커피를 한 모금 입에 머금었다. 향이 좋아서 하루에 서너 잔씩 그가 마시고 있는 커피였다.

"작가님하고 강태훈 배우랑 연애하는 거요!"

레이의 외침에 도형은 먹던 커피를 뿜어냈다. 그의 입가에 커피 가 흘러내려 셔츠 깃을 적셨다. 황당함에 입에서 뭐가 흐르는지도 잊고, 도형은 미간을 좁혔다.

"누가…… 누구랑 사귀어?"

"작가님하고, 강태훈 배우요. 지금 기사 난리 났는데. 못 보셨어 요?"

"노트북 가져와 봐."

도형의 질문에 레이는 그의 작업실로 들어가 노트북을 들고나 왔다. 인터넷을 켜서 메인 포털 사이트를 보자 대문짝만하게 두 사 람이 술집에서 어깨동무하고 있는 사진이 보였다.

〈남남 커플, 이제 두렵지 않아요! 강태훈X서도형〉

〈제 첫 스캔들은 서도형이랍니다♡〉

〈재벌가 남친과 사랑에 빠진 강태훈 배우, 전격 취재!〉

〈휴지 줍는 서도형 VS 비누 줍는 강태훈. 세기의 줍줍 커플!〉

"이게 다 뭐야?"

그는 황당함에 스크롤을 쭉쭉 내리다가 SNS에 사람들이 제보한 사진을 보고 더 기가 막혔다.

우선 첫 번째 증거 사진은 그가 귀국해서 재신, 태훈과 함께 술집에 갔을 때였다. 그때 그들과 합석하고 싶다던 여자들이 제보한 것이다.

'참고로 저는 게이입니다.'

강태훈이 게이 선언을 했다는 것. 그건 그들과 합석하기 싫어서 태훈식 농담을 던진 거였는데.

〈분명 들었어요. 거기다가 두 사람 심상치 않더라고요. 거기 방에 일부러 여자들 못 들어가게 막고. 강태훈 다시 봤어요.〉

이 스캔들로 가장 타격이 큰 사람은 강태훈일 거다. 그는 또 다른 제보는 뭐가 있나 싶어 '강태훈 서도형 제이크'를 검색했다.

이 두 이름이 연관검색어로 잡히는 게 황당해서 그는 엔터를 치다 말고 다시 헛웃음을 쳤다. 세상 살다가 남자랑…… 그것도 강태훈이랑.

〈소곱창 서로 먹여 주면서 데이트하고 있더라니까요.〉

그들을 몰래 촬영한 사진들이 포털사이트에 돌아다녔다. 교묘하게 지유가 없는 각도에서 찍힌 사진들이 돌고, 그 아래 자기도 봤다는 둥 댓글이 수십 개가 달렸다.

〈강태훈, 너 우리 과야~〉

커밍아웃한 연예인의 사진에 문구를 넣어 자기들끼리 웃고 떠들고 난리 났다. 거기엔 남남 커플을 경멸하는 자들이 강태훈을 저주한다며, 죽어 버렸으면 좋겠다는 악플도 달려 있었다.

"야. 지레이."

"네? 형."

"넌 이게 믿겨?"

이 말도 안 되는 게?

도형은 노트북을 돌려 그와 태훈이 몸을 가까이 하며 웃고 있는 사진을 떡하니 보여주며 물었다.

"각도로 보자면, 조금."

"……."

"죄송해요. 저는 형 프라이버시 지키려고 했다고요."

"뭐?"

때마침 출근한 라영과 재희도 가까이 다가오더니 기사를 보고 황당했다며 말을 덧붙였다.

"설마, 레이 선배님이 남자 조심하라고 했던 분이 작가님이었어요?"

"어우, 저 눈치 없는 놈."

라영은 혀를 쯧 찼다. 도형의 낯빛이 굳어졌다. 미국에서 저를 존경한다며 섬기던 녀석이 그렇게 저를 모를까. 그의 미간이 좁혀지자 레이도 이상한 걸 느꼈는지 고개를 갸웃했다.

"아…… 아니세요?"

"맞고 싶지. 지뢰 새끼야."

웬만하면 순화해서 말을 하는데, 도형의 입에서 게걸스런 단어와 육두문자가 튀어 나왔다. 레이는 깨갱거렸다.

"휴. 저는 또 레이 선배가 게이라고 오해했는데, 아니었네요."

"야! 나를 뭐로 보고."

"……지뢰. 그럼 난 뭐로 본 거야?"

"존경하는 작가님."

레이는 얼른 재희에게서 눈길을 거둬 도형에게 딸랑거리기 시작했다. 그들에겐 웃고 넘길 해프닝이었지만 재신의 사무실과 태훈의 매니저는 속앓이를 꽤 하고 있을 게 뻔했다.

도형은 작업실로 들어가 재신에게 전화를 걸었다.

-도형아. 아니지?

"그럼 맞겠냐. 거기 곱창집에 지유도 있었어. 그 술집엔 너도 있었잖아. 재신아. 내가 아무리 마법사라도 나랑 같은 거 달린 놈한테 취미 없다. 그냥 마법사로 살게."

-강태훈도 이거 너무 이미지 메이킹 하다가 훅 간 거야.

"아니라고 정정 기사 보도해. 어디가 시작이야?"

-찾고 있어. 강력하게 대응할 거고, 고소할 예정이야. 허위 사실 유포한 거랑 악성 댓글 다 IP주소 따고 있어. 너한텐 피해 별로 없을 거야. 강태훈이 집에서 못 나와서 문제지.

"태훈이 어쩌냐."

-그러게. 하고 싶던 영화도 무산되고, 애가 말이 아니겠네.

두 사람은 태훈을 걱정하며 혀를 찼다. 재신이 어떻게든 수습은 하겠지만 도형은 저 때문에 괜히 태훈의 이미지에 피해를 본 거 같아서 미안했다.

-걱정 마. 해프닝으로 끝날 거야. 실제 게이를 사람들이 못 봐서 그래. 너랑 태훈이가 진짜 말도 안 된다. 이 기자 진짜 미친놈일 거야.

"어. 일단 끊어."

그는 전화를 끊고 머리를 흐트러뜨렸다.

얼른 유지유를 제 여자로 만들어야겠다. 레이가 저를 게이로 오해했다는 건 도형에게도 충격이었다. 여자 쪽으로 너무 깨끗해서 오해할 만도 했다. 강태훈도 이미지 메이킹을 잘하고 워낙 철저한 녀석이라 잡히는 게 없으니 더 이슈가 된 것 같다.

도형은 한동안 잠잠했던 아버지와 어머니가 번갈아 가며 전화가 오는 걸 보며 핸드폰을 무음으로 바꿨다.

***

다음 날 아침 지유는 노트북을 들고 스튜디오로 향했다.

일찍 온 지유는 작업실 문을 두드렸다. 그러자 도형이 문을 열었다. 반팔 티에 청바지를 입은 그는 캐주얼한 옷이지만 단정해 보였다. 깔끔한 포머드 헤어가 그를 더 귀티 나게 보이게 했다.

도형은 지유를 발견하고 안에서 카디건 하나를 걸쳤다. 아침부터 안구가 정화되는 느낌이라 그녀의 마음은 순간 두근거렸다.

"오빠!"

"너 눈빛 무섭다. 거기 가방에 뭐가 들었을지도 무섭다."

"짠. 이런 게 들었지요."

지유는 노트북을 꺼내 테이블에 놓고 전원을 켰다. 그러곤 무선 마우스를 꺼내 어젯밤에 적어 온 질문들이 가득한 한글 창을 켰다. 도형은 뒤에서 그 모습을 보다가 도망가려고 등을 돌렸다.

"거기 서, 오빠!"

"······봐줘라. 오빠 아닌 거 알잖아."

"알지. 아는데. 확실히 아닌 거 밝히자고. 우리를 통해서, 어때? 나야~ 오빠 말은 다 믿지. 그런데 대중들은 태훈 오빠가 워낙 스캔들이 없어서 그쪽으로 의심하던 차에 난 거라 믿을 수도 있어!"

미희로부터 특명을 또 전달받았다. 강태훈과 서도형 스캔들을 파헤쳐 보자고. 지유는 두 사람이 그런 사이가 절대 아니라고 극구 해명했고, 미희는 이미 알고 있다고 했다. 아닌 걸 밝히더라도 조금 더 사람들이 볼 수 있게, 그러나 효과적으로 아니라는 사실을 전하는 것. 그걸 테드가 해야 한다는 것이다.

"자자~ 서도형 씨 이쪽에 앉으시고요. 녹음기 켤게요."

지유는 녹음기를 켜고 카메라를 그의 목 아래가 나오도록 조정했다. 누가 봐도 서도형인 건 알지만, 얼굴은 가린 구도였다.

"강태훈 씨와는 언제부터 친구였나요?"

"스무 살요."

"빤스까지 나눠 입는 사이라고 하는데, 정말인가요?"

"미쳤습니까. 더럽게."

지유는 잠시 녹음기를 껐다. 방금 도형의 목소리에선 경멸스러움이 느껴졌기 때문이다.

"오빠. 더럽게는 뺄까?"

"아니. 그대로 내보내 줘."

지유는 고개를 끄덕이고 다시 녹음기를 켰다.

"서도형 씨 선후배, 동기들 제보에 의하면 여자를 기피하는 것 같다, 아무리 여자가 벗고 들이대도 눈 하나 깜짝 안 한다, 여자에 전혀 관심 없다고 다들 인터뷰를 하셨는데요. 이에 대해 해명할 말은 있으신가요?"

지유가 눈을 느릿하게 깜빡이며 물었다. 그 전 질문까지는 답이 바로바로 나왔는데 이번엔 도형이 뜸을 들였다. 그녀는 노트북 화면에서 도형 쪽으로 시선을 돌렸다. 그가 저를 빤히 보고 있었다.

'왜?'

지유가 입 모양으로 묻자, 도형은 눈 한 번 피하지 않고 입을 열었다.

"좋아하는 여자는 기피 안 하죠. 마음에 둔 사람이 있는데 굳이 다른 여자 만나야 할 필요성 못 느낍니다. 지금 하는 일도 재밌고요."

"와우~ 좋아하는 여자라니. 공개는 어렵겠죠?"

"네. 아직 제 마음 못 전했거든요."

지유는 갑작스러운 도형의 말에 놀라서 다시 녹음기를 껐다.

"오빠! 일부러 스캔들 잠재우려고 거짓말하는 거야?"

"아니."

"오빠 좋아하는 여자 없잖아."

"있어."

"언제부터? 누구? 말해도 모르려나. 재신 오빠도 전혀 모르는 거 같던데."

지유는 고개를 갸웃거렸다. 그의 친구들도 모르는 사람이라……. 전혀 가늠이 되지 않았다.

"설마……! 유부녀? 우리한테 공개 못 하는 거면, 음…… 띠동갑을 넘어서는 연상? 연하?"

전혀 가늠을 못 하는 그녀의 엉뚱한 답변에 도형은 함박웃음을 지었다.

"지유야. 이리와 봐."

도형이 가까이 오라고 손짓하였고, 지유는 귀를 쫑긋 세우며 그에게 가까이 다가갔다. 어딘가 미심쩍었지만 특종을 위해서라면 가까이 못 갈 것도 없었다.

쪽.

"으응?"

이마에 뭐가 닿은 거야?

지유는 목에서부터 이마까지 빨개졌다. 방금 전 닿았던 부드러운 촉감이 도형의 입술이 맞는 걸까. 말도 안 되는 일이라서 그녀는 몸이 굳었다.

"지유야"

"……."

"나 너 좋아해."

도형이 건조한 말투로 고백을 해왔다. 그러나 표정은 거짓이 아니었다. 그는 그녀의 대답을 기다리며 긴장한 기색을 보였다.

"아주 오래전부터 그랬어. 네가 좀 더 빨리 눈치채줬으면 좋았 겠지만 말이야."

"오, 오빠? 잠깐만."

"더는 숨기면 안 될 거 같아서. 나, 지유 너 좋아해."

봇물이 터지자 그는 막힘없이 고백을 전했다. 지유는 너무 얼떨 떨해서 말을 잃었다. 뭐라고 답을 해 줘야 할지 모르겠다.

귀국 후 긴가민가했던 그의 시선과 행동들. 그리고 저를 설레게 한 말들. 그녀가 헷갈렸던 건 진짜 그가 저를 좋아하기 때문이었 다. 말도 안 돼.

오빠 친구들을 모두 피붙이처럼 생각했는데, 귀국 후 서도형은 유독 남자로 다가왔었다. 그렇다고 해도 재신 오빠의 친구였다.

"지금 대답 안 해 줘도 돼."

"으응. 내가 지금 좀…… 혼란이 와서."

지유는 고개를 휘휘 젓다가 노트북 화면을 탁 닫았다.

노트북과 마우스를 테이블 옆으로 치워놓고 그녀는 눈을 가늘 게 뜨고 도형을 봤다.

"오빠."

"왜?"

"나 좋아한다니까 묻는 건데, ……나는 재신 오빠 동생이잖아. 그리고 나 학생 때부터 봤잖아, 오빠가. 지금처럼 여성스러운 성인 일 때가 아니라 학창시절부터. 그러니까 내 말은 오빠, 왜 어릴 때 부터 알던 사이면 기저귀 차는 것까지 본 사이인 사람들도 있잖아. 막 별의별 꼴을 다 봤는데."

"여자로 보여."

"……어업!"

"유지유, 여자로 보여. 그걸 묻고 싶었던 거지?"

지유는 고개를 끄덕였다. 개떡 같이 말해도 찰떡같이 알아들은 도형은 그의 마음을 여실히 전했다.

"나는 한없이 너를 욕망해. 그러니까 걱정 마."

"걱정한 게 아니고. ……그냥, 그럴 수 있나 싶어서 물어본 거지."

"언제든지 네가 허락한다면."

지유는 침을 꿀꺽 삼켰다. 바지에 손을 찔러 넣고 고개를 틀며 말하는 도형의 눈빛이 뇌쇄적이었다. 저도 모르게 입 안이 바싹 말랐다. 바지에서 나온 긴 손가락이 턱선 주변을 만지며 테이블에 가까이 와서 턱을 괴자 온몸이 짜릿해졌다.

꼭 자신을 만지는 것처럼.

"나는 오빠가 아닌, 남자가 될 수 있어."

지유는 화끈해진 얼굴을 손부채로 식히며 그의 눈을 피했다. 그의 눈이 너무 뜨겁고, 진지해서 온몸이 다 달아오를 것만 같았다.

남자에게 면역이 없는 그녀는 저를 좋아한다는 고백만으로도 심장이 터질 것 같은데, 야한 그를 대하고 있으니 발끝까지 다 간지러웠다.

그래도 그는 재신 오빠의 친구였다. 단순히 허락하고 말고를 결정하기엔 오빠와 동생으로 지낸 시간이 길었다.

저로 인해 오빠들 사이가 멀어지면 어쩌지?

막상 그가 상상하는 자신과 현실의 자신이 달라서 실망하고 싸우고 헤어지면 어쩌지?

좋은 쪽보다는 그게 아닐 때를 먼저 생각하게 되었다. 그건 자신이 도형 오빠를, 오빠로서 놓치고 싶지 않다는 증거이기도 했다.

"나는 오빠."

"응."

"그냥 오빠였으면 좋겠어, 태훈 오빠, 종우 오빠처럼."

지금 잠깐 설레고 가슴이 떨릴 순 있지만 이 감정은 금방 사라질 것이다. 연애를 제대로 해 보진 않았지만 눈으로 보고, 귀로 들은 게 많았다.

차라리 도형이 소개팅 상대이고, 대학교 선후배이고, 직장 상사였으면 좋은 감정을 갖고 좀 더 알아보자고, 만나고 싶다고 했을 것이다.

그런데 서도형은 단순히 알아보고, 만나고, 연애하고, 헤어지고 싶은 상대는 아니었다.

"나 오늘은 가고, 금요일 날 다시 올게. 내가 지금…… 조금 혼란스러워서."

지유는 노트북을 가방에 넣으려는데 잘 되지 않아 헛손질을 했다. 끼이익, 의자가 끌리는 소리가 들리자 그녀는 흠칫 어깨를 움츠렸다.

그녀의 바로 뒤까지 온 도형이 그녀의 가방에 노트북과 마우스를 넣고 지퍼까지 닫아주었다. 도형의 품 안에 안긴 느낌이다. 살갗이 닿진 않았지만 그의 몸에 풍기는 은은한 체향과 다정한 온도가 느껴져 그녀는 눈을 꼭 감았다.

자신을 좋아한다고 생각하니 이상하게 심장이 더 뛰었다. 남자를 안 만나봐서 그런 건지, 아니면 서도형이 좋아서 그런 건지.

"물러나진 않을 거야. 그러려고 귀국한 거니까."

도형은 그녀의 손에 가방을 쥐여 주며 단호한 어투와 눈빛으로 말했다. 그녀는 그의 눈빛에서 더 이상 물러나지 않을 거라는 말이 진실이라는 것을 읽어 버렸다. 단순히 좋다고 한번 만나보자는 그런 고백이 아니었다.

"나는 지유 너 아니면 안 돼."

***

지유는 고시원에서 나와 집 앞 호프집으로 갔다. 거기엔 지수가 먼저 와 있었다. 그녀들이 자주 찾는 이 호프집은 상호명은 개똥비어지만, 맛은 기똥차게 맛있는 곳이었다.

"지수야!"

"어, 지유야. 지지 시스터즈 이게 얼마 만이야."

"요새 많이 바쁘지?"

"너만 하겠어? 월수금은 스튜디오 가지, 화목은 출근하지. 근데 말이 스튜디오지, 월수금도 집에선 보고서 쓰고 그럴 거 아니야. 어휴, 그 마녀는 언제까지 너 괴롭힌다니."

"……차라리 그게 더 나은 거 같아. 이모! 주문받아주세요~"

"워워. 천천히."

"아니야. 저희 간장 치킨하고 맥주 5000cc랑 맑은 소주 한 병

먼저 주세요."

지유는 손을 들어 맥주와 소주를 주문했다. 안주가 나오기 전에 그녀는 소주와 맥주를 같이 섞었다.

"오늘 왜 이렇게 달려? 너 이러다 내일 후회한다."

"내가 지금 머릿속이 너무 복잡해서, 마셔야겠어."

"내일 머리 빠개질 텐데 괜찮겠어?"

"어. 지금 내 머리가 더 빠개질 거 같거든."

지유는 지수의 잔에는 맥주를 따르고 본인의 500cc잔에는 소맥을 말아 잔을 부딪쳤다. 알록달록 동글동글한 과자를 집어 먹으며 술을 꿀꺽꿀꺽 마셨다. 몇 잔을 연달아 마신 후 그녀는 지수에게 지금까지의 일을 털어놓기 시작했다.

"그러니까 도형 오빠가 이제야 너한테 고백했다는 거지?"

"이제야? 너는 알았어?"

"응. 조금? 우리 바퀴벌레 한 쌍처럼 매번 붙어 다녔잖아. 재신 오빠는 시스터 콤플렉스인 거고, 종우 오빠는 너 놀리는 게 재밌어서 남자 못 만나게 한 거고. 태훈 오빠는 말만 남자는 다 늑대라고 말하면서 막상 관심 없었고. 도형 오빠는 재신 오빠랑 비슷했거든. 그래서 긴가민가했었어."

"……네가 아는 거면, 우리 고등학생 때 아니야?"

"응. 열아홉 살 때. 갑자기 도형 오빠 미국 간다고 해서 좀 놀랐지. 너 성인 되도록 기다리는 줄 알았거든."

"야! 나한테 왜 말 안 했어."

"남의 연애사이기도 하고 함부로 말했다가 도형 오빠 난처해질 수도 있잖아. 그리고 만약 아니면, 이거 엄청 민망한 거잖아. 이 친구야!"

지유는 푸우 한숨을 쉬며 다시 술잔으로 손을 옮겼다. 걷잡을 수 없이 술을 마신 그녀는 눈이 흐리멍덩하게 풀렸다. 웃음소리도 더 잦아졌다. 술이 약한 지수도 맥주를 꽤 마셨더니 볼이 붉었다. 두 여자는 혀가 있는지 없는지 헷갈릴 정도로 발음이 꼬였다.

"그데 도현 오빠 전도면 괜찮지 안냐? 부족칸 게 없는데?"

"우리 푸식. 피식. 오빠 치인구잖아~ 절대 네에에베버!"

지유는 검지를 올리고 좌우로 저었다. 재신 오빠 친구잖아. 절대 안 된다.

"뭐 어때. 야아. 좋다는 데에에."

"안 돼. 말처럼 쉽지 않아~"

"설렌다며!"

"응. 그래도 가족이야. 우리는 패미일리."

"얼어듀글."

두 여자는 다시 잔을 부딪쳤다. 지유에게 도형은 가족이었고, 지수에겐 그건 다 얼어 죽을 이야기였다.

"피도 안 섞였는데! 무슨 패미일리. 그럼 너도 나도 다 패밀리?"

"콜! 다 내 가족. 흐흐흐."

두 사람은 말도 안 되는 이야기를 주고받으며 낄낄거렸다. 피도 안 섞였는데 패밀리라면, 세상 모든 사람이 다 가족이며 그래서 한 민족인가 보다로 결론을 냈다.

그들을 걱정스럽게 보던 주인은 테이블로 가까이 다가왔다. 두 여자가 몸을 휘청거리며 술을 마시느라 아래에 핸드폰이 떨어진 줄도 모르고 있는 모양이었다.

주인은 핸드폰을 줍다가 부재중 전화가 6통 이상 찍힌 걸 보고 여자 한 명의 어깨를 탁탁 쳤다. 그러자 여자는 저를 보고 씩 웃더니 테이블에 머리를 박는 게 아닌가.

쾅, 쾅, 쾅.

"주거야지. 주거야 해."

"저기요! 저기요?"

그 옆에서 다른 여자도 이 여자를 따라 하기 시작했다.

"같이 죽자. 으아아!"

쾅, 쾅, 쾅. 머리를 박는 소리가 꽹과리 소리처럼 들릴 때쯤, 다시 전화가 울렸다.

[도형 오빠]

주인은 대신 전화를 받았다.

"네, 여보세요."

-누구세요?

상대의 목소리가 시베리아 벌판처럼 차가웠다. 말 잘못 했다간 뼈도 못 추릴 거 같았다.

"여기 개똥비어인데요. 지금 전화 주인분과 친구분이 고주망태가 되셔서요."

-거기가 어딥니까.

주인은 그에게 위치를 속사포 랩처럼 말했다. 그러자 남자는 알겠다며 그가 올 동안 두 여자 좀 잘 지켜달라고 부탁했다. 그게 부탁인지, 신신당부한 건지, 협박을 한 건지 잘 모를 정도로 애매했지만 말이다.

"푸우우. 서도혀어엉. 또 고백하면…… 으이이, 이버네는 거절 못 한담 말이야. 하지 마, 해지 마~ 해지 마~ 오빠만 해애애."

"그냥 사귀어! 만나면 되지이. 나 가트면 그냉 만난다니까."

"그냥 만나까?"

"어! 어! 어!"

"아니야. 그럴 수 없어어!"

쯧, 쯧. 호프집 주인은 혀를 찼다. 알아듣기 어려운 말이지만 두 여자는 찰떡같이 알아듣는 모양이었다.

"아가씨들, 제발 술 적당히 드세요. 세상이 얼마나 무서운데. 휴."

그는 이곳을 은근히 곁눈질하는 다른 테이블들을 보며 자리를 떠나지 못하고 서 있어야 했다.

***

샤워를 마친 도형은 긴 타올로 하반신만 가린 채로 소파에 앉았다. 그의 단단한 상체가 그가 움직일 때마다 역동적으로 움직였다. 섬세한 근육 조직 곳곳엔 물기가 배어 있었다. 촉촉함을 머금은 그가 물기에 젖은 머리카락을 털다가 소파에 털썩 누웠다.

"아. 진짜."

왜 그랬냐. 서도형.

조금만 더 기다리지.

방울 같은 지유를 보고 있다가 저도 모르게 고백을 해 버렸다. 지금까지 지유를 마음에 담고 기다리고, 또 기다리고, 고심한 만큼 좀 더 멋스럽게 하고 싶었는데.

세상 일이 제멋대로 되는 건 아니지만 이건 정말…….

예상했던 거지만 지유의 거절은 그에게도 상처였다. 이럴까 봐 더 마음을 전하지 못했던 거다. 그냥 오빠 친구로 남아달라는 답변을 들을까 봐.

그래도 그 녀석 표정과 행동은 저를 남자로 보고 있는 것 같았는데 말이다.

렌즈를 통해 사물, 사람을 관찰하던 버릇이 있어서 그는 섬세한 편이었다. 귀국 후 지유를 옆에서 지켜 본 결과 그녀는 제게 설레고 있었다. 아직 긴가민가한 상태이긴 하지만. 네 생각이 맞다고, 나는 너를 좋아한다고. 그 한마디를 언제 하는 게 좋을지, 조금 더 제 마음을 티 나게 행동한 후에 말해 주는 게 좋을지 그걸 고민하다가…… 결국, 오늘 고백해 버린 것이다.

너는 왜 그렇게 예뻐서.

도형은 한숨을 쉬다가 핸드폰을 집어 액정을 봤다. 지유에게선 따로 연락이 없었다.

고민하던 그는 지유에게 전화를 걸었다. 뭐가 어찌 됐든 제 마음을 전했고, 그는 지금 지유의 목소리가 듣고 싶었다.

-여기 개똥비어인데요. 지금 전화 주인분과 친구분이 고주망태가 되셔서요.

웬 남자가 전화를 받자 도형의 미간은 확 좁혀졌다가 지유가 술에 취했다는 말에 바로 방으로 들어갔다. 그러곤 급하게 옷을 입고 바로 주차장으로 내려갔다.

***

Rrrrrr. Rrrrrr.

지유는 알람 소리에 손을 옆으로 뻗었다. 보통 그녀가 사는 고시원에선 이 정도 팔을 뻗으면 핸드폰이 있어야 하는데. 아무리 더듬어도 시끄러운 알람 소리를 끌 수가 없었다.

그녀는 깨질 것 같은 머리를 오른손으로 누르고 다시 왼손을 뻗어 보았다. 조금씩 감각이 돌아오자 손에 무언가 만져졌다.

으응? 부드럽고 따뜻하네.

둥그렇고 부드럽고 따뜻하고. 그녀가 그걸 어루만지자 침대가 출렁거리며 그녀가 덮고 있던 이불이 옆쪽으로 당겨졌다. 지유는 공기에 노출돼 휑한 제 오른쪽 다리를 내밀어 좌우로 비볐다.

"헉! 끄아악!"

여긴 그녀의 고시원이 아니었다.

이렇게 한쪽 다리를 옆으로 펴서 90도까지 펴진다는 건, 침대가 매우 크다는 건데. 그녀는 실눈을 떴다.

옆에 있는 이불을 들춰 제 아래를 보았다. 속옷은 입고 있는 걸 보니 다행히 큰일은 없었던 거 같은데…… 지유는 머리가 찌릿해져서 이로 입술을 질끈 물었다.

지금 할 거 다 하고 속옷을 입고 자고 있었던 거야? 그런 거야?

나 미친 거야?

그녀는 천천히 옆으로 고개를 돌렸다.

"으아아아아……!"

지유가 소리를 지르자, 상대도 같이 소리를 질렀다. 서로 이불로 몸을 가리겠다고 뺏으려고 하다가 둘 다 동시에 정신이 돌아왔는지 고성이 웃음소리로 바뀌었다.

두 여자 모두 어제 과음한 탓에 아직 술기운이 다 가시지 않은 상태였다. 정신은 차렸지만 반은 취해 있었다.

"하하하! 아, 유지유네."

"지수였구나. 야, 나 원나잇 한 줄 알고 놀랐잖아."

"휴우. ……근데 여긴 어디냐."

지수가 주위를 획획 둘러봤다.

"야…… 지유야. 원나잇보다 우리 더 한 걸 했나 봐."

"뭐, 뭐? 그게 뭔데?"

"야 우리, 그, 그 쓰리, 포썸?"

"그게 뭐야?"

"아, 그런 거 있잖아! 육체적으로 개방적인 사람들이 넷이서 스포츠를 즐기는. 몸으로 하는 스포츠!"

"……우리 당한 거야?"

"술을 적당히 먹었어야 했는데. 으아아! 하아……."

지수가 침대 헤드에 기대 무릎을 꼭 모으고 머리카락을 미친 듯이 흩트렸다.

"아, 미쳤나 봐. 기억이 안 나. 배 아픈 거 보니까 진짠가 봐."

지수가 배가 아프다며 아랫배를 손으로 쥐었다. 지유도 그녀의 말을 듣고 보니 온몸이 두드려 맞은 것처럼 아픈 거 같기도 했다.

"내가 미쳤지, 미쳤어."

지유도 상황 파악을 하고 두 손으로 본인의 뺨을 때리며 자책했다. 세상이 얼마나 흉흉한데, 거기서 정신을 잃었을까.

똑똑.

방문을 두드리는 소리에 두 여자는 꼭 붙어서 손을 다 모았다.

"들어가도 될까요."

"아뇨!"

"안 돼요!"

상대의 질문에 두 여자는 꽥 소리 쳤다. 아직 마음의 준비가 되지 않았다. 저 문을 열고 들어오는 남자가 어떻게 생겼을지, 어떤 놈일지 상상이 안 가서. 그리고 몇 명일지…….

혼전순결주의는 아니지만 이렇게 아무나 하고 몸을 섞고 싶진 않았다. 그것도 한 명이 아니라 여러……. 지유는 정신이 혼미해서 스르르 몸에 힘이 풀렸다.

"유지유! 너 빨리 안 나와?"

"으응? 익숙한 목소린데?"

"김지수. 너도 빨리 나와. 여기가 어디라고 엎어져 자고 있어? 셋 셀 동안 안 나오면 문 따고 들어간다."

"……재신 오빠 같은데."

"재, 재, 재신 오빠? 휴! 포 썸이 아니라 다행이야. 정말."

지유는 지수의 손을 잡고 흔들었다. 아무 남자하고 몸을 섞은

게 아니어서 참 다행이었다.

"도형아, 미안하다. 어휴. 저 철없는 것들."

"도형 오빠?"

지유는 밖에서 들리는 말소리에 혼잣말을 하였다.

"처음에 문 두드린 사람 도형 오빠였나 봐."

"맙소사. 나 어떡해!"

지유는 이불을 탁 젖히고 일어나 방 안에 있는 욕실로 쪼르르 뛰어갔다. 그러곤 거울에 비친 제 몰골을 바라봤다. 탱탱하고 탄력 있게 올라붙은 가슴, 잘록한 허리, 아찔한 다리 라인. 문제는 팅팅 부은 눈과 순대처럼 부푼 입술, 해그리드 뺨치는 폭탄 머리. 지유는 울상을 지으며 욕실에서 나왔다.

"지수야."

"응? 왜?"

"나 이런 모습이어도, 예쁘지?"

"뭐라는 거야. 당연히 못생겼지."

"나 좋다는 남자가 내 이런 모습 보면……."

"도망가겠지."

'딱이야! 아주 좋아!'라고 해야 하는데, 그녀는 다시 욕실로 뛰어 들어가 벅벅 세수를 하고 머리를 묶었다.

***

테이블에 모인 네 사람은 말없이 해장국을 함께 먹고 있었다.

그러다 재신이 먼저 말문을 열었다.

"지유는 이제 집으로 들어와."

"오빠!"

"긴말 할 거 없어. 만약에 도형이가 아니었으면 너 어떻게 됐을지, 휴…… 내가 얼마나 놀랐는지 알아? 세상이 얼마나 무서운데."

"……."

지수는 괜히 불똥이 튈까 봐 열심히 숟가락질을 하며 꼭꼭 밥을 씹어 먹고 있었다. 이쯤에서 보통 도형 오빠가 지유를 감싸야 하는데, 말이 없었다.

"몸은 가눌 수 있을 정도로 마셔야 하잖아."

"오빠! 근데 저희 이렇게 취한 거 처음이에요."

"……."

"다시는 이런 일 없을 거예요. 걱정 마세요. 저희도 성인……이니까……요."

지수는 말꼬리를 늘였다. 더 말을 했다간 재신의 표정이 얼마나 더 싸늘해질지 몰랐다.

"재신아. 일단 지유 밥 좀 먹이자. 속 쓰릴 텐데."

"인마, 네가 지유 오빠였어 봐. 얼마나 걱정했을지.".

"알지."

"진짜 서도형 너라서 다행이다. 우리 지유 먼저 발견한 사람이. 휴- 다른 녀석이었으면. 지수 너도 그렇고. 도형이라서 다행인 줄 알아."

"……."

서도형도 안전하지 않거든요!

지유와 지수는 같은 생각을 했다. 재신은 도형을 엄청 믿고 있
나 본데, 지유는 눈을 가늘게 뜨고 도형을 봤다. 아무 일도 없었던
것처럼 밥을 먹던 도형도 고개를 들어 지유를 보았고 두 사람은
잠시 서로를 바라봤다.

"일단 밥 먹고 출근 준비해. 지유는 회사 끝나고 오빠 보고 가
고."

재신이 손목시계를 보더니 상황을 얼른 마무리했다. 그러곤 자
리에서 일어나 도형의 어깨를 살며시 짚었다.

"얘네 잘 좀 부탁해."

"어. 그래."

"오빠! 저 집에 들렀다 가야 해서, 같이 나가요."

지수가 재신을 따라 일어났다. 도형과 지유의 관계를 알고 나니
두 사람 사이에 끼어 있으면 꿔다 놓은 보릿자루가 따로 없을 거
같았다.

도형이 테이블 아래로 지유의 손목을 덥석 잡았다. 놀라서 지유
가 말을 멈추자, 도형이 재신을 보며 아주 안전하고 다정한 미소를
지으며 말했다.

"오……!"

"지유는 내가 회사까지 데려다줄게."

"그래. 고맙다."

나를 두고 가겠다고?

오빠 친구 너무 믿는 거 아니야?

지유는 콧잔등을 찌푸렸다. 재신과 지수가 나간 후, 지유는 먹던 숟가락을 내려놓았다.

***

도형은 잠시 어제 일을 떠올렸다.

그가 술집에 들어갔을 때, 지유의 이마는 빨갛게 물들어 있었다. 주인의 말로는 두 여자가 테이블에 머리를 계속 박았다고 한다.

강태훈과의 스캔들로 머리가 어지럽고, 지유에게 고백 후 거절당한 사람은 자신인데. 지금 저렇게 머리를 박고 술을 마셔야 할 사람이 두 여자를 챙겼다.

"도와드릴까요?"

"괜찮습니다."

그는 깔끔하게 계산을 하고 두 여자를 모두 차에 태웠다. 뒷좌석에 지유 친구를 두고, 조수석에 지유를 눕힌 후 가까이 다가갔다. 편하게 누울 수 있게 조절해 주려고 한 것인데, 지독한 술 냄새를 이길 정도로 지유의 풋풋한 향기가 그를 어지럽혔다.

원래 목적은 지수를 먼저 내려주고, 지유는 그의 집에 데려가 눕힐 생각이었다. 그러나 그는 두 사람을 다 데리고 집으로 가는 것으로 생각을 바꿨다. 이 새벽에 자고 있을 재신에게 연락하기도 그렇고, 지수를 내려주고 지유와 둘만 있을 경우 그녀를 탐하지 않을 자신이 없었다.

이렇게 가까이 있기만 해도 심장이 떨리는데.

아니, 온몸이 타 들어갈 거 같은데.

그는 두 여자 모두 그의 집으로 데려갔다. 그러는 편이 안전할 것 같았다.

'으음…… 서도형. 으으음.'

도형은 지수를 먼저 침대에 눕히고 다시 차로 돌아갔다. 조수석에서 새근새근 자고 있던 지유가 그의 이름을 부르니 그 입술을 먹어 치우고 싶단 생각이 절로 들었다. 그는 잠시 차 문을 닫고 심호흡을 했다.

유지유, 술 취해도 예뻐서 어떻게 해야 할지 모르겠네.

마음을 가라앉힌 그가 다시 조수석 문을 열고 그녀를 번쩍 안았다. 방금 전 그녀 친구를 안았을 땐 별 감흥이 없더니 지금은 몸이 뜨거워지기 시작했다.

"아……."

지유가 그에게 안겨 그의 목 언저리에서 숨결을 뿜었을 때 도형은 걸음걸이가 불편해졌다. 그녀를 갈구하는 몸과 마음은 예전부터 굴뚝같았다. 참아야 하는 인고의 세월은 그에게 괴롭기만 했다.

"유지유."

"으으음."

"……미치겠다."

안고 싶고, 입 맞추고 싶고.

사랑하고 싶어서, 또 네게 사랑받고 싶어서.

돌아버릴 것 같은 마음을 겨우 억누르며 그는 지유를 침대에 눕혔다. 이불을 꼭꼭 여며주고 그는 거실로 나와 소파에 앉았다. 맥주를 마시고 싶은데 그럼 겨우 붙잡고 있는 자제력을 잃을까 봐 그는 그러지도 못했다.

[지유랑 지수 취해서 우리 집에 있다. 일어나면 우리 집으로 와.]

대신, 그는 재신에게 문자 한 통을 보냈다. 새벽에 깬 재신에게서 전화가 올 때까지 그는 잠에 들지 못했다.

***

"오빠?"

"어, 지유야. 미안."

도형은 잡고 있던 손을 놨다.

"내가 술 먹고 오빠한테 전화했어?"

"응?"

"맞구나. 에이 진짜, 돌았나. 으으, 손아. 왜 그랬니."

지유는 왼손으로 오른 손목을 잡고 손목을 탈탈 털었다. 그러다가 왼손으로 오른손 손등을 탁 때렸다.

"때찌!"

"뭐 하는 거야."

"손이 잘못한 거 같아서. 다른 사람도 아니고, 오빠한테 전화하다니!"

"아니, 내가!"

도형은 본인이 전화한 거라고 말하려는데, 지유가 그의 말문을 막았다.

"그래! 인정해. 나 오빠한테 개미 눈곱만큼 설레."

"……뭐?"

"알겠어. 개미 눈곱이 아니라, 사실 그것보다 조금 더 설레. 그래서 걱정되고. 술 마시고 오빠한테 전화했을 거야. 손이 아니라, 머리가 시킨 걸 거야."

지유는 횡설수설하며 본인의 마음을 불기 시작했다.

고백했다가 차인 도형 오빠가 제게 전화했을 리는 없었다. 그렇다는 건, 자신이 그에게 전화를 했다는 건데.

술에 취해서, 도형이 보고 싶어서, 그의 고백에 설레서 홧김에 전화를 한 모양이었다. 그에게 무슨 이야기를 나불거렸을지 몰라 그녀는 걱정하다가 결국 제 마음을 말해버린 것이다.

"사랑은 아니라고. 좋아하는 것도 아니고…… 그냥 설레는 거야."

"지유야."

"난 재신 오빠도 좋고, 태훈 오빠도 종우 오빠도 다 좋아. 물론, 도형 오빠도 좋고. 근데 뭔가 가족끼리 왜 이래, 이런 느낌이란 말이야. 내가 그러면 안 될 거 같은…… 읍!"

지유는 갑작스레 다가온 도형의 입술에 숨을 멈췄다. 이를 닦았나? 해장국 먹었는데! 흔들리던 지유의 눈동자가 차분히 가라앉더니 눈을 감았다.

도형에게 나는 머스크향, 다정한 체온. 그녀는 그의 목에 팔을 감았다. 그가 상체를 숙인 채로 자리에서 일어나자 의자가 바닥에 나뒹구는 소리가 들렸다.

"……으읍!"

숨을 쉴 틈도 주지 않고 밀어붙이는 키스에 지유는 정신이 혼미해졌다. 숨을 어떻게 쉬어야 할지 모르겠다. 남자와 입을 맞춘 건 처음이라, 제 입 속을 헤집는 그를 어떻게 대해야 할지.

그는 그녀의 혀를 붙잡아 강한 압력으로 빨았다. 그러곤 다시 얽힌 혀가 부드럽게 빠느라 아팠던 부위를 다정하게 달래 주었다.

"하아, 하…… 숨."

잠시 숨 쉴 틈을 주려는 듯, 도형은 입술을 뗐다. 그러곤 다시 눈을 감으며 제게 다가왔다. 도형은 긴 팔로 그녀를 안다시피 하며 뒷목을 받쳐주었다. 딱딱한 의자에 닿던 머리가 그의 큰 손아귀에 들어갔다.

꼭 저를 쥐고 흔들 것처럼 움켜쥔 그가 더욱 격렬하게 키스를 해 왔다.

지유는 온몸이 녹아내릴 것 같아 발끝을 바짝 세웠다. 키스가 이렇게 기분 좋은 거였다니. 제 윗입술과 아랫입술을 그에게 점령당해 촉촉하게 부풀고 있었다. 그의 손길이 허리에 닿다가 더 위로 올라와 둔덕을 움켜쥐자, 지유는 그를 팍 밀어냈다.

"하아, 하아…… 오빠."

"미안. 놀랐지."

그는 두 손을 그녀에게 떼서 꼭 벌서듯이 손을 들며 미안하다고 말했다.

"네가 너무 예뻐서, 못 참았어."

"아직 사귈지 말지 안 정했단 말이야. 고민할 시간이 부족해. 고작 하루 만에 어떻게 정해."

그가 다가와 그녀의 입술에 묻은 타액을 느릿하게 쓸어 주었다. 그 감각이 아찔해 지유가 어깨를 움츠리며 입 속에서 혀를 말았다.

그가 그녀를 빤히 쳐다보자 지유는 괜히 찔려 또 본인의 마음을 토해내기 시작했다.

"그래! 나 방금 되게 좋았어. 내 몸은 내 머리와 다른 말을 하고 있는 거 나도 안다고. 그런 눈으로 보지 마."

"하하하하. 지유야."

"왜!"

"너 부끄러우면 투정 심해지고, 화내는 거 알아?"

"내가 그래?"

"응. 그래서 귀여워."

도형은 그녀를 와락 껴안았다.

"오빠가 잘해 줄게."

"……원래도 잘해 줬잖아."

"잘할게. 그게 뭐든."

말의 뉘앙스가 조금 이상한데?

지유는 그가 너무 좋아서 차마 더 고민하겠다는 말을 못했다. 그저 아까처럼 두 팔로 그를 꼭 안았다.

"몰라. 재신 오빠한텐 아직 말하지 마."

"응."

"다른 오빠들한테도."

"알겠어."

"근데 오빠."

"응?"

조곤조곤한 말투로 그가 반문했다. 그게 다정하고, 좋아서 지유는 피식 웃었다. 별거 아닌 건데 왜 좋지.

"태훈 오빠랑은 해결할 거지?"

"유지유, 너!"

그가 그녀를 안고 있던 팔에 힘을 가했다. 꽉 조이자 지유가 숨이 막힌다며 그의 등을 팍 때렸다.

"출근 준비해. 데려다줄게."

"지금 몇 시야?"

"7시 30분?"

"으앗!"

지유는 그를 밀치고 나서 그의 방으로 들어갔다. 재신이 갖다 준 그녀의 옷이 쇼핑백에 담겨 있었다. 그녀는 금세 그걸 입고 다시 거실로 나왔다.

"도형 오빠."

"응?"

"여자 머리 고무줄 없겠지?"

지유의 질문에 도형은 소파에서 일어나 집 안에 마련된 작업실 안으로 들어갔다. 그러더니 뒤적이는 소리가 들리더니 도형이 다시 거실로 나왔다.

"방울 고무줄밖에 없는데?"

"뭐야…… 여자 고무줄이 있네."

지유가 실망한 표정을 짓자, 도형은 피식 웃었다.

"그거 네 거잖아."

"내 거라고?"

"……응. 기억 안 나?"

도형의 말에 지유는 고개를 갸웃했다. 그녀의 손 위엔 학생들이 자주 쓰는 방울 머리끈이 놓여 있었다. 분홍색 방울 두 개. 그녀는 그제야 이 고무줄이 언제 적 물건이었는지 기억해 냈다.

***

지유가 열네 살이었을 때였다.

한창 디스코 머리가 유행했을 때, 그녀의 반 여학생들은 서로 디스코 머리를 해 주곤 했었다. 그날은 특히 예쁘게 디스코 땋기가 되어서 무척 만족스러운 날이었다.

"지유야, 너 진짜 잘 어울려!"

"정말? 괜찮아?"

"응. 미모가 빛이 난다, 빛이 나."

친구들에게 무한 칭찬을 받고 기분이 좋아진 그녀는 하굣길에도 손거울을 보며 만족해했다. 좌우 간격도 완벽한 게 오늘 정말 잘됐다. 이따가 밤에 머리 풀면 파마한 머리가 되겠지? 그녀는 더더욱 즐거워서 콩콩거리며 운동장을 가로질렀다.

그녀의 중학교는 옆에 여고, 남고가 같이 붙어 있어서 운동장을 같이 사용하고 있었다. 평소처럼 왁자지껄한 운동장을 지나는데,

순간적으로 별이 보였다.

쾅.

축구공이 제 머리통을 박살 낸 모양이었다.

아픔이 지나간 자리엔 띵함과 어지러움이 남았다. 뒤통수를 제대로 가격당한 그녀가 뒤를 돌았을 땐, 그녀보다 한참 큰 남자가 걱정스러운 표정으로 저를 보고 있었다.

두근, 두근.

맨날 또래 애들만 보다가 어른스럽고 잘생긴 남자를 보니 심장이 제멋대로 뛰었다.

"머리…… 괜찮아요?"

조각 같은 얼굴만큼이나 목소리도 좋았다. 곧 군대에 갈 모양인지 재신 오빠처럼 까까머리를 하고 있었다.

까까머리가 잘 어울리는 남자는 세상에 몇 없다고, 연예인 아니고서는 불가능한 거라고 재신 오빠가 그랬다. 그러면서 자신은 까까머리를 위해 태어난 사람 같지 않냐고 농담을 던져서 엄청 웃었는데.

이 남자도 재신이 말한 몇 안 되는 남자 중 하나인가 보다.

"지유야 괜찮아?"

"양호실 가야 할 거 같은데? 지유야? 지유야? 내 말 들려?"

친구들이 그녀의 눈앞으로 손을 흔들며 지유를 부르는 동안, 남자는 그대로 그녀의 앞에 앉았다. 널찍한 등을 멍하니 내려다보는데, 주변에서 오히려 호들갑 떨며 그에게 업히도록 했다.

"저기……. 괜찮은데."

지유는 그에게 업혀 괜찮다고 말을 했으나, 그는 그녀를 업고 묵묵히 양호실로 가 주었다. 양호실 베드에 그녀를 내려놓은 그가 미간을 좁혔다.

"어쩌지. 양호 선생님이 안 계시네. 같이 기다릴까?"

"아뇨! 괜찮아요. 머리도 괜찮고, 같이 기다리지 않아도 괜찮아요! 정말로요!"

지유가 손사래를 치자, 양호실 문틈으로 그들을 보고 있던 친구들이 까르르 소리를 질렀다. 그가 뒤를 돌자 쾅 소리를 내며 문을 닫는다.

"들어와도 되는데."

그의 말은 지유만 들었다. 쪼르르 흩어지는 소리가 들리는 거 보니, 저를 두고 가버린 모양이었다. 나중에 교실에서 만나면 놀릴 게 분명했다.

"병원으로 갈까?"

"아뇨! 아뇨! 그 정돈 아니에요."

병원 가면 엄마랑 재신 오빠한테 연락 갈 텐데. 그럼 일이 복잡해질 것 같았다.

사실 두개골이 빠개지지 않은 거 같고, 사람 얼굴도 잘 보이고, 손가락을 하나씩 접어 보니 신경계 이상도 없는 거 같고. 병원까지 갈 필요성은 없어 보였다.

"아, 어떡하지."

그가 고개를 옆으로 기울며 미간을 좁혔다.

"곧 입대해서 연락처를 줄 수가 없는데. 문제 생기면…… 음."

그는 참 바르고 곧은 사람인 것 같았다.

지유는 정말 괜찮다며 손사래를 쳤다. 머리까지 같이 흔들자 이소동이 있을 동안 서서히 풀리고 있던 머리 고무줄이 순식간에 풀려 긴 머리가 흩어졌다.

그가 그녀의 앞으로 다가왔다. 남자 로션이라고 해야 할까. 좋은 향이 그녀의 콧속으로 스며들었다. 그는 그녀의 발밑에 떨어진 분홍 방울 고무줄을 주워 베드 위에 올려 주었다.

"아, 오늘 디스코 머리 예쁘게 됐는데. 아깝다."

지유가 혼잣말을 하는데 남자의 목소리가 가까이서 들렸다.

"그게 뭐야?"

"디스코 머리요? 다른 말로 땋은 머리요! 진짜 예쁘게 돼서 마음에 들었는데, 힝."

하루 종일 디스코 땋기가 되어 있던 머리는 고무줄이 풀리자 웨이브를 한 것처럼 예쁘게 파마가 되어 있었다. 그녀는 머리카락에 손을 넣어 컬을 풍성하게 만들 듯이 정리했다.

"일단 나는 서도형이고, 한국대학교 사진학과 학생이야."

그는 종이에 핸드폰 번호를 쓱쓱 적은 후 그녀에게 내밀었다.

"문제 생기면 꼭 연락 줘. 2주 안에."

"네, 네."

지유는 종이를 받아 들고 고개를 끄덕였다. 그때가 서도형을 처음 만난 때였다. 그렇게 인연이 끝이라고 생각했는데…….

재신이 군대 가기 전에 파티를 한다고 술이 떡이 돼서 집에 들어 온 적이 있었다. 물론 그의 친구들도 떡이 되긴 마찬가지였다.

자기 친구들도 믿을 수 없다며, 지유는 절대 공개할 수 없다던 재신이 술을 이기지 못하고 데려온 것이다.

밤에 푹 자고 거실로 나온 지유는 파스텔 톤의 노란색 나시에 반바지를 입은 상태였다. 기지개를 쭉 켜며 좌우로 몸을 비틀고 있는 그때, 거실에 세 명의 남자가 저를 빤히 바라보고 있었다.

너무 놀라 굳은 지유가 눈을 깜빡깜빡거렸다.

"유지유!"

서릿발 같은 음성.

험악한 표정을 지은 재신이 달려와 지유를 휙 뒤로 돌리고 친구들로부터 지유를 가렸다.

초등학교를 졸업하면서부터 발육이 남달랐던 지유는 키도 제법 컸고, 또래보다 아니 대한민국 평균 여성보다 전체적으로 발육이 좋은 편이었다.

"……얼른 방으로 들어 가. 얼른!"

재신의 말에 지유는 고개를 끄덕였다. 방으로 들어가려는데 부엌에서 물컵을 들고나오는 남자와 눈이 딱 마주쳤다.

서로 놀라서 눈을 깜빡였다. 다름 아닌 얼마 전 제 뒤통수에 축구공을 날렸던 남자였다. 의도한 건 아니겠지만.

"여……자 친구?"

남자가 지유와 재신을 번갈아 보며 놀란 눈을 했다. 교복을 입고 있을 때 봤던지라 혼란스러워 보였다.

"인마, 아니야. 얘 내 동생이야. 그리고 나 학생 취미 없다."

"동생?"

"어. 서도형, 빨리 저쪽으로 가. 유지유 넌 얼른 방에 들어가고."

"동생이 있었어?"

지유는 재신이 저를 방 쪽으로 밀자, 옆으로 밀려났다. 방으로 들어가면서도 걸음은 느릿하기만 했다.

재신 오빠의 친구였다니. 서도형.

이름을 되새김하던 지유는 고개를 휘휘 저었다. 오빠 친구이면 제게도 그냥 오빠일 뿐이었다.

그 후로 지유는 오빠 친구들이 집으로 놀러 오거나, 가끔 오빠들이 있는 장소에 갈 때 은근 설레고 즐거웠었다. 다들 군대에 가서 한동안 만나진 못했지만 말이다.

***

"지유 씨, 기분 왜 이렇게 좋아?"

"저요? 평소랑 똑같은데요?"

"아닌데."

김휘연 대리가 뭔가 평소와 다른 냄새가 난다며 지유 주위를 뱅글 돌았다.

"좋은 아침. 내가 커피 타 줄게."

"네에? 아닙니다! 편집장님, 제가 하겠습니다."

"아니야. 우리 지유 씨, 힘들잖아."

미희가 탕비실로 오더니 믹스커피 봉지를 이로 뜯어 머그컵에 탈탈 털더니 뜨거운 물을 부었다.

지유는 혀로 입술을 축이며 안절부절못했다. 그러자 그 옆에 있던 김휘연 대리가 숟가락으로 커피를 저어 잘 섞었다.

"자, 마셔."

"가, 가, 감사합니다."

지유는 90도로 꾸벅 인사를 하고 머그컵을 들고만 서 있었다. 차마 마실 수가 없었다.

이럴 땐 어떻게 해야 하지. 이걸 다시 드려야 하나? 아니면 새로 타서 드려야 하나? 맛있게 먹어야 하나.

난감한 상황에서 어찌할 바 모르는 그녀를 보며 미희가 더욱 환하게 웃어 주었다.

"내가 막내부터 시작해서 커피 되게 잘 타는데. 마셔 봐. 황금 비율이야."

지유는 한 모금 커피를 마셨다.

"앗, 뜨거."

"이런, 조심해야지."

미희가 하하 웃으며 지유를 귀엽다는 듯 바라봤다.

어디에 총 맞았나? 오늘 해가 반대편에 떴나? 왜 이러는 걸까.

"자, 커피 마셨으면 여기 잠깐 앉아 봐."

지유는 커피를 딱 한 모금만 마시고 탕비실에 있는 의자에 앉았다. 테이블에 머그컵을 내려놓기 무섭게 미희가 물었다.

"지유 씨는 알지?"

"네? 뭘요?"

"서도형 씨, 여자 있잖아."

"······아, 아닌데요."

"그래? 아는 분이 호프집에서 봤다던데."

지유는 침을 꼴깍 삼켰다. 미희의 발은 그녀가 상상하는 것보다 너무 넓었다.

곳곳에 지인이 얼마나 많은지. 그러고 보면 미희는 사무실에 있을 때 핸드폰을 손에서 놓지 않고 있었다.

지인과 하루 종일 통화하고, 저녁에는 술 마시고, 밤에 집에서 기사 원고 최종 확인하고.

정말 일벌레 상사인데 그 모습마저 여자로서 닮고 싶고, 멋있어 보였다. 다른 부서와의 마찰이나 직원 간에 생기는 문제점을 잘 조율하고, 본인이 원하는 걸 밀어붙이고 힘도 있었다.

그런데 호프집이라면 어제 본 건가?

"강태훈이랑 스캔들은 처음부터 믿지도 않았어. 기계치에 음식 사진을 찍었다 하면 영정사진을 만드는 분이라고 했는데······ 강태훈은 사진은 잘 찍거든. 전에 우연히 만나서 아닌 걸 확인했지. 그렇다면 여잔데."

"······하하하하."

"편집장님, 지유 씨 당황했나 봐요. 그런데 연예인인 강태훈을 파는 게 아니라 오히려 서도형 씨를 더 궁금해하시네요."

"어. 김 대리. 서도형 씨 섹시하잖아. 팬심이랄까."

미희는 지유의 등을 톡톡 두드리며 자리에서 일어났다.

"하여튼 지유 씨, 내일 스튜디오 가서 잘 봐."

"네! 네. 커피 잘 마셨습니다."

지유는 미희가 나가려고 하자 그녀도 같이 일어났다. 김 대리도 미희의 뒤를 따라 탕비실을 나가려 하고 있었다. 그런데 미희가 문고리를 잡고 열다 말고 다시 닫았다.

"그런데 지유 씨."

"……."

"지유 씨도 기계치 아니야?"

지유는 순간 눈썰미 좋은 편집장 앞에 발가벗겨진 느낌이 들었다.

6장. 위험한

[내일 몇 시에 올 거야?]

지이이잉. 업무 책상 위에 올려 둔 핸드폰이 울리자 지유는 화들짝 놀라 액정을 뒤집었다. 주위를 요리조리 살펴보던 그녀는 휴 한숨을 쉬고 핸드폰을 앞으로 돌렸다. 액정 화면을 켜자 도형의 문자가 보였다.

[10시? 출근 시간에 맞춰서.]

[더 빨리 와.]

그녀가 답장을 보내자 도형이 그에 맞춰 빠르게 답신을 보내왔다. 지유가 답장을 쓰기도 전에 문자 하나가 더 날아왔다.

[보고 싶으니까.]

지유는 마구 올라가려는 입꼬리를 이로 입술을 질끈 무는 거로 꾹 참았다. 애정 표현을 서슴지 않게 하는 걸 보니 새삼 신기하기도 하고 믿기지 않았다.

"지유 씨."

"네, 네!"

지유는 차석이 저를 부르자 화들짝 놀라 벌떡 일어났다. 바퀴 달린 의자가 뒤로 빠지면서 휘연 대리의 의자를 툭 쳤다.

"죄송합니다."

"오늘 이상해. 지유 씨."

그녀는 울상을 지으며 휘연 대리 자리 주변에 있는 본인의 의자를 다시 끌고 왔다.

"지유 씨, 미안한데 이거 복사 좀 해 줄래요?"

"네. 알겠습니다! 다 주세요."

"내가 편집장님 차에서 짐 좀 들어야 해서."

"아-! 수고가 많으세요."

그녀는 차석을 보며 안쓰럽단 표정을 짓다가 동병상련의 감정이 느껴져 짠했다. 매번 편집장님의 수고스러움을 대신하고, 무거운 것도 들고…… 편집부이긴 하나 저보다 잡무가 더 많은 사람이 차석이었다.

곰같이 몸도 크고 수더분해 보이지만, 묵묵히 자기 일을 끝까지 해내는 사람이다. 지유는 테드 편집부가 좋은 이유 중 하나는 각자 제 몫을 잘하고, 안 될 것 같던 단합도 휘연 대리가 미희 편집장 밑에서 잘 중재를 해서 결속력 좋게 만든다.

인원은 적지만 다른 부서의 몇 배의 일을 하고, 테드 내에서 꾸준히 제 몫을 충분히 하고 있었다.

그녀는 뒤를 힐끗 보았다가 저를 응시하고 있는 미희와 눈이 딱 마주쳤다. 괜히 제 발 저린 그녀가 차석에게서 복사할 자료들을 넘겨받고 얼른 복사기 앞으로 갔다.

'지유 씨도 기계치 아니야?'

아까 미희가 갑작스레 던진 질문에 지유는 깜짝 놀랐다. 그건 또 어떻게 알았는지. 다행히 그때 차석이 미희의 핸드폰을 들고 들어오면서 대화는 일단락됐지만 방금 미희와 눈이 마주친 건 보통 일이 아니었다.

그런데 오히려 우리 연애가 들키면, 좋은 거 아닌가?

"강태훈 남자 친구 있잖아. 진짜 잘생겼더라. 포토그래퍼? 와- 강태훈도 멋있는데 그쪽도 장난 아니야. 난 게이 하면 떠오르는 연예인이 한 명이라, 자꾸 그쪽 이미지로 가는데…… 세상에나."

"근데 누가 남자 역할일까요?"

"당연히……."

"강태훈은 아닌 거 같아요."

"으아악. 우리 지금 무슨 생각하는 거야."

옆 부서 직원의 말도 안 되는 대화를 들으며 지유는 스테이플러가 찍힌 곳을 풀고 복사기에 한 번에 넣었다. 기계 소리 때문에 다른 사람의 대화 소리는 들리지 않았다.

아직도 강태훈이 게이라는 걸 믿는 사람이 있구나.

그 사람을 자세히 알면 아니라는 게 보일 텐데, 겉모습만 보는 사람들은 강태훈이 게이라는 걸 저렇게 쉽게 믿을 수 있나 보다. 새삼 그게 신기해서 지유는 입을 좌우로 오물거렸다.

"두 사람 미국에서도 그렇게 만났대. 강태훈이 직접 갔다더라."

"나라도 걱정돼서 애인 보러 가겠어요. 되게 퇴폐적이지 않아요? 때로는 금욕적이고. 우리 테드에서 낸 잡지 기사 계속 보고 있으면 나른하게 꼭 저를 보고 있는 느낌? 눈빛도 그렇고. 근데 또 성격이 고분고분해 보이지 않아요."

역시 공개해야 하나. 태훈 오빠를 위해서도, 도형 오빠를 위해서도.

그녀의 머릿속에 재신과 종우, 태훈 오빠가 스쳐 지나갔다. 도형과의 연애를 밝히면 일단 오빠들 얼굴 보기가 민망해질 것이고 재신 오빠는 발칵 뒤집힐 수 있다.

재신에게 도형과의 관계를 밝히는 건 도형 오빠가 아닌 자신이어야 했다. 그래야 도형과 재신의 사이가 멀어지지 않고 오해가 생기지 않을 테니.

***

며칠 뒤, 도형은 재신의 사무실로 찾아갔다. 태훈의 기자회견이 끝나고 대표실에 모인 세 사람은 서로의 얼굴을 보자마자 웃음을 터뜨렸다.

"세상에 뭐 이런 일이 있냐."

"내가 서도형이랑. 우웩."

"나도 퍽 반갑지 않거든."

"친구야 넌 황송해야지."

태훈이 그에게 헤드락을 걸려고 하자 도형이 뒤로 쓱 물러났다.

순발력이 빠른 도형 덕분에 태훈은 휘청였다.

"당분간 몸에 손대지 마."

"뭐야, 왜~"

태훈이 음흉한 눈을 하고 도형에게 장난치겠다며 다가갔다. 그러고 있는데, 대표실 문이 열렸다.

"대, 대표님. 커피 이쪽에 두고 가겠습니다."

비서는 재신에게 깍듯이 인사하고 커피 세 잔을 두고 나갔다. 나가는 발걸음이 무척 빨랐다.

"……아, 강태훈."

"오해하시는 거 같은데."

"꼭 여기서 이랬어야 했냐. 몸에 손대지 말라고 했지?"

도형이 인상을 쓰며 태훈에게서 멀찍이 떨어져 앉았다.

"내가 설명할게. 걱정 마."

재신이 한마디로 일축하고 자리에 앉으라고 했다. 추가로 발표하는 사진에선 그들 넷이서 같이 여행 갔던 사진도 있었다.

"도형아. 너 소개팅 하자."

"뭐?"

"네가 여자 생기면 딱이거든. 이 그림이. 강태훈은 이 상황에서 여자를 만나면 더 구설수에 오를 거 같아. 넌 그래도 일반인이니까 억울한 거로 몰아가면 묻힐 거 같은데?"

"……."

도형은 침을 꼴깍 삼켰다.

"에취! 에취!"

"강태훈. 저쪽 보고 기침해. 아 정말."

재신이 손수건을 꺼내 하얀 셔츠를 닦았다. 태훈이 기침을 하면서 침이 튀었다고 생각했던 모양이었다. 도형은 태훈과 눈이 마주치자 그가 윙크했다.

지유와의 사이를 비밀로 해 주겠다는 암묵적 행동이었지만, 윙크는 사양하고 싶었다.

"하여튼 여자만……."

"에취!"

"아. 정말. 얘 요새 왜 이렇게 말썽이지."

재신이 인상을 쓰자 태훈은 입꼬리를 내렸다. 금세 누가 뭐라 하지 못할 만큼, 소원을 들어주고 싶게끔 불쌍한 표정을 지었다.

"나 여자 있어."

도형은 일부러 기침하는 태훈을 보며 고개를 젓다가 재신에게 말했다. 우선은 여기까지만. 아직 지유와 그 부분이 협의되지 않았다.

"누구?"

"있어. 근데 아직은……."

"짝사랑 중?"

"비슷해."

아직은 제 마음이 훨씬 더 크니까 짝사랑이라도 해도 무방하다.

"흠. 그럼 마법사 곧 탈출?"

"야. 얘 해방되면 여자 죽어."

"그래도 내 친구 해방은 돼야지."

재신의 말에 태훈의 눈이 커졌다.

"상대가 누군지 알고."

"내 알 바야?"

도형은 재신이 그 상대가 누군지 알면 분명 저렇게 쉽게 말하지 못할 거라는 걸 안다. 그렇기 때문에 그는 재신의 농담에 웃을 수가 없었다. 마법사니, 해방이니, 여자가 죽는다느니.

[오빠, 오늘 저녁 같이 먹을까?]

도형은 핸드폰을 꺼내 흘깃 아래를 봤다. 지유에게서 온 문자였다. 안 그래도 내일 아침까지 기다려야 하는데, 먼저 보자고 하니 저도 모르게 입가에 미소가 번졌다.

"썸 타는 그 분?"

"어, ……어."

거짓말에 익숙지 않은 도형은 저도 모르게 당황한 말투가 나왔다. 재신은 그런 행동이 그가 첫 여자 친구를 만나서 부끄러운 거라 생각했고, 도형은 머리를 긁적이며 해명하지 못했다.

지유를 만나면 이 부분을 확실히 해야겠다고 생각하며.

"그럼 두 사람은 얘기 나누고. 나는 스튜디오 가 볼게."

"그래."

"……어."

도형은 두 사람을 대표실에 남겨두고 나왔다. 밖으로 나오자 대표실 밖에 있던 여자 비서와 눈이 마주쳤다. 도형은 그쪽으로 걸어갔다.

"강태훈과 저, 아니에요."

"네?"

"오해하지 마세요."

"네, 네."

꺼림칙한 표정을 짓고 있지만 도형은 제대로 해명하고 싶었다. 그때, 비서실 전화가 울리기 시작했다. 샤인 프로덕션 사무직 직원들이 다들 통로로 나와 대표비서실 주위로 모여 들었다.

무슨 일이 난 건가?

도형이 고개를 갸웃하는데 서로 '기사 봤어?'라며 대표님께 보고해야 한다고 부산스럽게 굴었다.

그도 궁금해서 핸드폰을 꺼내 메인 포털 사이트에 들어갔다.

〈그룹 YES의 몰락한 리더 서도연, 강태훈을 발판 삼아…….〉

〈강태훈은 게이가 아니었다!〉

〈한류스타 강태훈의 그녀? 재투성이 서도연.〉

바글바글한 틈을 뚫고 재신이 밖으로 나왔다. 도형도 황당한 눈으로 핸드폰 액정과 그 뒤에 나오는 태훈을 번갈아 보는데 아무 일도 아니라는 듯 방긋 웃고 있었다.

"강태훈!"

"워워- 유 대표, 진정해."

재신의 서릿발 같은 음성이 건물 복도를 갈랐지만 태훈은 어깨를 으쓱하며 능글맞게 굴었다.

"게이는 확실히 아니라고 했잖아. 그래도 좋지? 게이 아니라서."

"……그래, 퍽이나."

재신은 푹 한숨을 쉬며 비서에게 일정표를 확인한 후 10분 뒤에 회의실로 모이자며 시끄러운 장내를 정리했다.

"유 대표."

"왜."

"더 놀라운 거 알려줄까?"

"뭔데?"

"우리 1년 됐어. 크크큭, 몰랐지."

철없이 웃고 있는 태훈은 지금까지 잘 숨겨왔던 게 터졌는데도 별 개의치 않았다.

배우 활동에 재능이 있고 연기도 곧잘 하는 녀석이라, 그가 게 이든 연애를 하든 영화계에선 그를 쓸 수밖에 없다. 그는 자신의 가치를 잘 아는 놈이었다.

그래서 스캔들 따위에 휘둘리지 않는 것이다. 재신만 주식 떨어 질까 노심초사하는 거지.

도형은 시끄러운 틈에서 빠져나왔다.

스튜디오로 가는 길 창문 너머로 보이는 간판들이 화려해 보였 다. 그 와중에 또 지유의 얼굴이 떠올랐다.

매번 동그란 방울 고무줄로 머리를 질끈 묶고 다녔는데 요샌 그 모습을 볼 수 없어 아쉬웠다.

지유 보고 싶다.

그는 지유를 떠올리니 그녀가 더 보고 싶었다.

어제 봐도 오늘 보고 싶다는 말을 이해하는 요즘이었다.

***

"지유 씨, 화보 촬영 인터뷰 건 있는데 같이 가자."

"정말요?"

"응. 편집장님 허락하셨으니 지유 씨 시간 되면 같이 가도 돼."

"가겠습니다!"

지유는 두 주먹을 움켜쥐고 열정을 표현했다. 이때까지 그녀는 편집실 내부에서 복사, 잔심부름, 소품 준비 등 잡업만 했는데 드디어 휘연 대리의 제대로 된 어시스트를 할 수 있는 기회가 생긴 것이다.

"열정 반만 갖고 와. 다 가져 오면 지유 씨가 더 힘들어."

휘연 대리는 본인이 어시였을 때를 생각하며 피식 웃었다. 열정만 갖고 박봉인 이곳에 발을 들였던 그때 말이다. 시간이 지날수록 수면 부족에, 밥은 제때 챙겨먹지 못해 몸이 망가졌고 후엔 건강관리 못했다고 편집장에게 엄청 깨졌다.

에디터가 되고 나서는 조금 수월할 줄 알았는데 전혀 아니었다. 기사를 뽑아내야 한다는 정신적 스트레스와 어시 때 했던 일들의 연장선인 업무는 약을 챙겨 먹어야 하는 수준이었다. 출근은 여전히 일렀고 야근은 밥 먹듯이 했다.

미희 밑에서 아이템 회의할 때마다 눈물을 쏙쏙 뺐다. 그뿐만 아니라 그녀가 결국 아파서 병원에 입원했을 때도 메일로 기사를 써서 제출해야 했다.

"지유 씨, 축하해. 편집장님 눈 통과한 거."

"꺄!"

너무 기쁜 나머지 지유는 눈을 왕방울만 하게 뜨고 꺅 소리를 질렀다. 깐깐한 미희의 눈을 통과했다니!

"인턴 중에 직접 채용한 건 정말 드물거든. 알다시피 성격이 좀."

"……근데 제가 된 거예요?"

"자부심 가져도 돼."

"그 이유가 뭘까요?"

지유는 질문을 하다가 답이 머릿속에 떠올랐다. 유재신 대표의 여동생, 거기다 서도형과 강태훈까지 아는 사이…….

"대리님 저, 알 것 같아요."

휘연은 지유의 말에 얼굴을 응시했다. 아까 소리를 지를 정도로 좋아하던 지유의 표정이 시무룩해져 있었다. 그녀는 지유가 무엇을 알 거 같다는 것인지, 왜 시무룩해진 건지 고민해 보았다.

그 이유는 얼마 가지 않아 알 수 있었다. 지유의 오빠와 그 주변인이 자연스레 떠올랐기 때문이다.

"꼭 그것만은 아냐."

"열심히 하겠습니다."

지유는 꾸벅 고개를 숙였다.

"정말 그 이유 때문 아니래도. 그럼, 촬영장 가기 전에 소품 가방에 다 챙겨주고, 차 트렁크에 실어줘. 여기 차 키."

지유는 차 키를 받아 들었다.

***

스튜디오 안은 의자 두 개만 덩그러니 놓여 있었다. 인터뷰 장소에 도착한 지유는 조용한 촬영 환경이 삭막하게 느껴졌다.

곧 화보 촬영이 시작되었다. 하얀 필름지에 서서히 추억이 묻듯, 모델의 실루엣이 그림자처럼 표현되어 입이 떡 벌어졌다. 그 모델은 요새 난다 긴다 하는 여자 배우여서 실루엣을 따라 위로 올라가면 얼굴에서 정점을 찍는다. 그런 그녀가 든 가방은 고가의 명품으로 오늘 그들이 협찬받아온 제품이었다.

간단한 화보 촬영이 끝난 후 안쪽에서 테이블 하나와 의자 두 개를 두고 인터뷰가 시작되었다. 휘연 대리가 배우와 대화하는 모습을 지켜보는데 뒤에서 누가 쿡쿡 찌른다. 뒤를 돌아보니 이번 촬영 모델의 매니저였다.

"테드 잡지사 인턴?"

"네! 네! 뭐 필요한 거 있으십니까?"

"커피 5잔만. 아메리카노 아이스, 캐러멜 마키아토 아이스로 두 잔, 블루베리 스무디 한 잔, 카푸치노 따뜻한 거 한 잔. 여기 카드, 영수증 가져오고."

"……."

"얼른 안 가?"

지유는 얼떨결에 카드를 받아 들었다. 휘연 대리 쪽을 보니 인터뷰가 진행 중이라 그녀를 봐줄 틈이 없는 거 같았다.

"아. 맞다. 이번에 협찬받은 가방 우리한테 줄 수 있지?"

"그건 좀……."

협찬받은 가방은 반납을 전제로 제공받은 것이다. 단순히 화장품이었다면 선뜻 선물했겠지만 가방, 시계류는 상황이 달랐다. 스

208

크래치 하나만 나도 물어내야 하는 경우도 있기에 명품을 다룰 땐 아기를 다루듯 조심스러워야 한다.

지유는 휘연 대리 쪽을 다시 봤다. 그 옆에서 휘연 대리의 질문에 대답하고 있는 모델을 보니 가방이 정말 마음에 든 눈치였다. 손에서 놓을 줄을 몰랐다. 그녀가 울상을 짓자 매니저가 다시 그녀를 닦달했다.

"우선 한번 여쭤보겠습니다."

"여쭤보긴. 그냥 줘~"

처음 본 사이에 반말을 한 것도 모자라 달라고 조르는 꼴이라니. 지유가 어정쩡하게 서 있을 때쯤 휘연 대리가 이쪽으로 다가왔다.

"대리님! 충성!"

"매니저님~ 잘 지내셨어요?"

"그럼요. 하하, 이렇게 예쁜 인턴이 있는 줄 몰랐네요. 편집장님도 잘 지내시죠?"

"네네. 잘 지내시죠. 이거 무슨 카드야?"

휘연 대리가 묻자 매니저가 지유의 손에 들린 카드를 쏙 빼갔다.

"제가 카드를 잃어버렸는데 인턴분이 찾아주셨지 뭡니까. 하하. 만난 김에 인사도 드리고, 이번 촬영 소품 저희 쪽에 주실 수 있는지……."

"매니저님. 혜주 씨 영화 촬영 직후라 대박 나실 거 같은데~ 역으로 저희 좀 사 주세요. 저희 맨날 에코백 들고 다니거든요."

휘연 대리가 그녀의 다 낡아빠진 가방을 흔들었다.

"조만간 구멍 나면 비닐봉지 들고 다닐까 고민 중인데. 세상에 협찬 되는 가방들은 왜 전부 도로 반납해야 하는지 모르겠어요. 저희 좀 주지, 테드에 실리면 팔리는 게 얼만데. 그죠?"

"……으음."

"촬영 다시 시작한대요. 그럼 마지막까지 프로답게 수고 부탁드립니다. 매니저님!"

휘연 대리가 두 손을 배에 모으고 꾸벅 고개를 숙였다. 그녀의 말속에 오늘 촬영을 위해 협찬받은 가방은 절대 선물로 줄 수 없고, 그것 때문에 프로답지 않게 촬영장 분위기 흐리지 말고 잘 부탁드린다는 말이 포함되어 있었다.

매니저는 더는 그녀에게 요청하지 않고 모델에게 돌아갔다.

"지유 씨, 괜찮아? 저놈이 또 커피 심부름시켰지?"

"네. 어떻게 아셨어요?"

"에디터를 무슨 지 심부름꾼으로 알아. 저런 놈들 정말 많아. 이런 소품들 금액이 얼만데 선물로 달래. 우리도 반납해야 하는 거 뻔히 알면서. 내가 만났던 사람 중에 에디터 월급으로 좀 사서 선물로 달라는 분도 있더라. 우리 월급 박봉인 거, 지들이 더 잘 알면서."

휘연 대리의 말에 지유의 입이 떡 벌어졌다. 세상에 상식이 없는 사람들이 이렇게 많다니.

"이런 일 많을 거야. 잘 대응해야 해. 괜히 촬영하다가 기분 상한다고 시계 깨뜨리거나 가방 스크래치 내면 진짜 곤란하거든. 특히

210

탑일수록 진상이니. ……절대 에디터가 아름다운 직업은 아니야. 물론 후배들에게 추천하지도 않고."

사무실에 있을 땐 미희의 갈굼 때문에 항상 긴장하고 있었다면, 사무실 밖의 세상은 정글 같았다.

지유가 명품 가방을 반납하고 사무실로 돌아왔을 때, 휘연 대리는 자리에서 기사를 쓰고 있었다.

"유지유."

"네, 편집장님."

"모레 촬영 세 곳에서 있는데, 다 참석 가능하지? 그리고 네 블로그 글들 다 프린트해서 내 책상에 올려줘."

"네. 찍이네 맛집 탐방소요?"

"어. 하나도 빠짐없이 다 프린트해서 갖다 놔."

"네. 알겠습니다!"

"퇴근 전에 아이템 회의 한 번 더 하자. 직원들한테 잘 전하고. 차석 씨 들어오면 주차장으로 내려오라고 해. 나 전화하고 있을 테니까."

지유는 편집장이 사무실을 나가는 걸 보고 우선 휘연 대리 옆으로 왔다. 스케줄러를 보며 모레 있을 촬영 3곳이 무엇인지 확인하였다. 소품 담당인 차석에게 일정을 물어봐야 하기 때문에 그 부분을 그녀의 스케줄러에 체크해 두었다.

"대리님."

"어, 어? 잠시만."

검은색 뿔테 안경을 낀 휘연 대리는 기사를 쓸 때는 편집장만큼이나 예민해진다. 옆에 있는 사람의 말소리도 못 들을 정도로.

화장이 다 번지고 머리가 뻗칠 정도로 본인을 쥐어뜯어 기사를 쓰는 사람이었다. 그에 반해 차석은 스트레스 없이 기사를 쓰는 것 같다.

"어. 왜?"

"퇴근 전에 아이템 회의하자고 전해 달라고 하셨습니다. 그리고 기사 쓰실 때 필요한 정보 제가 찾아드릴게요. 필요하시면 말씀해 주세요."

"으음. 아니다. 모레 촬영 일정만 체크해 줘. 여기 내 핸드폰에 매니저들 번호 있으니까 다 전화해서 일정 변동 없는지 물어봐 줘."

휘연 대리가 그녀에게 핸드폰을 내밀었다.

"비밀번호 0000."

"감사합니다."

지유는 휘연 대리의 핸드폰을 받아 들고 조금이라도 돕기 위해 매니저에게 전화를 다 돌렸다. 다행히 아까처럼 막돼먹은 매니저 는 없었다.

***

도형은 지유에게 오늘 야근으로 인해 못 볼 거 같다는 문자를 받았지만, 끝나는 시간을 물어보고 그 시간에 맞춰 테드 잡지사 앞 으로 갔다.

열두 시 정각. 초주검이 된 지유가 터덜터덜 건물을 나오고 있었다. 도형은 지유를 발견하자마자 차에서 내려 그녀에게 다가갔다.

"오빠!"

지유가 그를 보더니 방긋 웃다가 두 손으로 얼굴을 가려버린다.

"앗! 나 마스카라 다 번졌는데."

"괜찮아."

"흐압. 눈알이 빠질 거 같아."

지유가 눈을 감은 채로 눈알이 빠질 거 같다며 그에게 투정을 부렸다. 도형은 그녀의 눈두덩이를 손바닥으로 덮어주었다.

"아- 시원해. 오빠 손 시원하다. 으음, 치우지 마."

지유는 그의 손목을 잡고 그녀의 눈가에서 치우지 못하게 했다. 시원하다며 그의 손이 안마기인 것처럼 손목을 잡아 둥글둥글 돌리더니 만족스럽게 웃는다.

"내일 촬영 세 곳이어서 나 일찍 자야 해."

"내일? 우리 스튜디오 오는 날 아니야?"

"아, 맞다. 내일모레. 으악. 정신도 뒤죽박죽됐어."

도형은 그녀의 어깨에 팔을 올린 후 제 품으로 끌어당겼다. 그러자 조잘거리던 지유의 입술이 꾹 닫혔다.

"왜 말이 없어."

"……떨려서."

그는 솔직한 지유 덕분에 입꼬리가 저절로 위로 올라갔다. 그는 조수석 문을 열자 지유는 그의 품에서 나와 차에 탔다.

"뭐 먹을래?"

"컵라면에 신김치 먹고 싶어."

"좋아. 우리 집 가자. 해 줄게."

도형의 차가 출발하려고 하는데 지유가 그의 손목을 잡았다.

"오빠!"

"왜?"

"재신 오빠도 부를까?"

"아니. 데이트에 왜 걔를 불러?"

"……아니, 오빠네 집으로 간다고 하니까. 우리가 막 집에서 데이트하기엔 좀, 연애 초기잖아."

그녀의 말에 도형은 차에 시동을 껐다. 그리고 입꼬리를 늘리며 고개를 돌려 조수석에 앉은 그녀를 봤다.

"지유야."

"응?"

"우리…… 연애, 자연스럽게 하자."

도형은 그녀의 손을 꼭 잡았다. 차 내부는 에어컨이 풀가동되어 있어서 시원했지만 잡은 두 손은 따듯했다.

"좋으면 좋다고 표현하고, 입 맞추고 싶으면 입 맞추고. 먹고 싶은 거 있으면 같이 먹고. 설레면 설레는 대로. 연애 초기, 중기, 후기 나눠서 재지 말고 마음 가는 대로 하자."

"으응……."

"걱정 마. 너 어떻게 해 보려고 집에 데려가는 거 아니니까."

"응! 알겠어."

"예뻐서 입 맞추는 건 좀 봐줘. 그 이상은 네 허락 구하고 할 거야."

"······어, 어. 상상이 안 가서."

지유가 머리를 긁적이는 걸 보며 도형은 상체를 기울여 그녀의 볼에 가볍게 입을 맞췄다. 그러자 그의 입술이 닿았던 주위로 볼이 발그레하게 변했다. 바로바로 제게 반응을 해 주는 걸 보니 역시 유지유는 너무 사랑스럽다.

"그럼 오빠 집으로 가자. 재신 오빠 안 부를게."

"응. 벨트 매."

그는 지유가 숨을 참으며 긴장하는 게 너무 눈에 보여서 벨트까지 매 주진 못했다. 차를 출발시킨 그는 터질 듯이 뛰는 심장을 들키지 않으려 음악 소리에 집중했다.

지유는 도형의 집에 도착하자마자 방울 머리 고무줄을 찾아 머리를 질끈 묶었다. 그러곤 화장실로 가서 휴지를 뽑아 눈 밑에 번진 화장을 지웠다.

"씻을래?"

"으아악!"

휴지에 침을 묻혀서 눈 밑을 벅벅 닦는데 거울에 도형의 모습이 보였다. 놀란 지유가 소리를 지르자 도형이 두 손을 위로 들며 아무 짓도 안 했다는 티를 냈다.

"갑자기 튀어나와서 놀랐어. 씻는 건 좀."

"아니, 얼굴."

도형의 손엔 클렌징폼이 들려 있었다. 그가 내밀자 지유는 받아 들었다.

"아~ 얼굴."

"미치겠다. 유지유. 얼굴 씻고 나와. 라면에 물 붓고 있을게."

도형의 말에 지유는 얼굴이 새빨갛게 달아올랐다. 거울에 비친 여자는 토마토나 다름없었다.

왜 자꾸 생각이 그쪽으로 가는 건지.

그녀는 손바닥으로 가슴 부근을 지그시 눌렀다. 심장 소리가 도형의 귀까지 들릴 것 같았다.

오빠 친구여서 고민하던 하루가 무색할 만큼 연애를 시작하니 하루하루가 더 좋아진다. 그녀는 도형이 준 클렌징폼으로 깨끗하게 세수를 하였다. 그제야 화학약품으로 인해 피곤했던 피부가 뽀송뽀송하게 변했다. 그녀는 수건으로 얼굴에 묻은 물기를 닦았다.

"으음. 서도형 향기."

그의 품에서 나던 향기가 수건에서 똑같이 나고 있었다.

부엌으로 온 지유는 젓가락으로 휘휘 저어 라면 면발을 풀었다. 도형은 접시에 김치와 반찬 두 가지를 담아 테이블 가운데에 놓았다.

"맛있어. 와! 속이 다 풀리는 느낌이야."

"응. 맛있네."

도형도 지유를 따라 컵라면을 먹었다.

"역시 밤엔 인스턴트지. 최고."

"개구멍에 끼는 이유가 있었네."

"……나 지금 젓가락 놓으라고 돌려 말하는 거지?"

"아니야. 너 먹으라고 반찬도 꺼냈잖아."

도형이 젓가락으로 반찬을 가리켰다. 지유는 입을 삐죽이며 라면 국물을 떠서 면발을 올리고 김치와 함께 크게 한 입 먹었다.

도형의 스튜디오로 잠입했을 때 개구멍에 엉덩이가 끼었지만, 지금 눈앞에 음식을 두고 포기할 순 없었다.

내일 두 배로 운동하면 되지, 뭐!

"재신이한테 여자 있다고 말했어."

"푸흡흡. 캑캑!"

"괜찮아?"

면발이 튀어나올 뻔했지만 가까스로 그녀는 손바닥으로 막았다. 손바닥을 떼면 입가가 무척 지저분할 거 같아 지유는 입을 막은 채로 싱크대로 갔다. 고개를 푹 숙인 그녀가 레버를 올려 물을 틀고 코를 풀었다.

코가 엄청 매워서 눈물이 맺혔다.

"미안. 다 먹고 말할 걸 그랬다."

"아니야. 너무 놀라서. 설마, 나라고 말했어?"

"그건 아직."

"휴우-!"

지유는 놀란 가슴을 진정시켰다.

"태훈이는 눈치챘어."

"콜록! 콜록!"

지유는 놀란 가슴을 진정시키기도 전에 다시 심장이 불규칙적으로 뛰었다. 그녀는 손등으로 입을 가리고 마저 기침을 했다. 태훈 오빠가 눈치챘다고? 언제? 지유가 고개를 갸웃거렸다.

"태훈이 말한 큰 바퀴벌레가, 나야."

"뭐어? ······오 마이 갓."

그럼 언제부터 눈치챈 거야? 태훈 오빠가 눈치가 이렇게 빠를 줄 몰랐다. 바퀴벌레면, 그때면 자신은 도형의 마음을 전혀 모를 때인데.

"지유 너만 괜찮다면 내가 말할게."

"안 돼!"

"······."

"잘생긴 오빠 얼굴이 금 갈지도 몰라."

"크큭. 그럼 얼굴은 안 맞고, 다른 데만 맞을게."

도형의 말에 지유는 걱정스러운 표정을 지었다. 차라리 모르는 남자였으면 호구조사를 하는 거로 끝났겠지만, 제 남자 친구가 도형이라면 말이 달라졌을 것이다.

언제부터 저를 마음에 담았는지, 얼마나 좋아하는지, 가벼운 마음이라면 헤어지라고 할지도 모른다. 재신 입장에선 여동생이 상처받지 않길 바랄 거고, 또한 이때까지 친구로 지낸 도형과 어색해지기도 싫을 것이다.

남녀관계라는 게 매번 좋을 수만은 없다. 도형이 너무 좋아서 하루라도 그를 안 보면 미칠 것 같은 순간이 올 수도 있고, 또는 반대로 그를 찢어 죽이고 싶을 만큼 미운 순간이 올지도 모른다.

전자가 아닌 후자의 상황이라면, 재신은 도형을 분명 가만두지 않을 것이다.

그러나 또 한편으로는 상대가 믿을 수 있는 서도형이니까 연애를 쉽게 허락해 줄 거 같기도 하다.

"근데 도형 오빠."

"응."

"우리 오빠 좀 너무하지? 생각해 보니 나 성인이잖아. 내가 누구랑 연애를 하든, 외박을 하든, 누구랑 뒹굴든! 그건 내 자유 아니야?"

"……네 말이 맞긴 해."

"그냥 내가 조만간 재신 오빠랑 맥주 마시면서 말할게."

"괜찮겠어? 내가 하는 게 낫지 않을까."

"아니야. 그래도 우리 오빠니까, 내가 말할게. 그게 좋겠어."

지유의 말에 도형은 알겠다며 고개를 끄덕였다. 그녀는 면발이 불어 터진 컵라면을 보고 있는데 도형이 일어나 커피포트 전원을 켰다.

"새로 해 줄게."

"아니야. 이제 집에 갈래."

"벌써? 이것만 먹고?"

"응. 다음에 또 해 줘. 오늘은 여기까지."

집에 가서 자야지. 시간이 몇 신데.

내일 서도형 스튜디오로 출근하는 날이라 출근 시간이 잡지사 갈 때보다 늦긴 하지만, 그래도 그녀는 미희가 내준 숙제를 해야 했다.

찍이네 맛집 탐방소를 쭉 훑은 미희가 서울 지역구별로 장소를 묶어 달라고 했다. 아이템 회의 때 잡지사 귀퉁이에 이걸 넣어볼 계획이라고 했다.

물론, 자료는 그녀가 제공하고 기사는 동우와 자신이 같이 쓰기로 했다. 컨펌은 차석과 미희가 하고.

"지유야."

"응? 왜?"

"너 말할 때 되게 귀여워."

"……어음. 어- 그랬구나. 어…… 나 뭐라고 대답해야 해?"

지유가 돌직구로 날아오는 칭찬에 답을 하지 못하고 역으로 물었다. 차마 도형과 눈을 마주치지 못해 이리저리 눈을 돌리며 제멋대로 놓인 젓가락 끝만 보았다.

"머리 풀어 봐."

도형의 말에 지유는 손을 뒤로 뻗어 방울 고무줄을 잡고 머리를 풀었다. 조금 부스스한 머리카락을 만지며 지유가 왜 그러냐는 눈빛으로 도형을 봤다.

"이것도 잘 어울리네."

지유는 두 손을 뒤로 돌려 목에 깍지를 꼈다. 지금 이러고 있지 않으면 손이 오그라들어 소리를 지를 것만 같았다.

"너무 예뻐서 입 맞추고 싶어."

"으음."

역시 서도형은 위험해.

남자의 집은 더 위험하다고!

저, 저 나른한 눈빛으로 저를 보며 그런 말을 하면 상대는 어떡하라고!

지유는 혼자 입술을 말아 혀로 입술을 축였다. 그걸 본 도형이 피식 웃으며 테이블에 있던 컵라면 두 개를 집어 싱크대에 두고, 젓가락도 치웠다.

"데려다줄게."

"으응."

"……긴장 좀 풀어."

"응."

"누가 보면 진짜 내가 너 잡아먹는 줄 알겠다."

흐트러진 머리를 손으로 더 헤집으며 그가 가볍게 웃었다. 제 옆을 스쳐 지나가는 도형을 느끼며 지유가 푹 어깨를 늘어뜨렸다. 그러던 그녀가 뒤에서 갑자기 훅 다가오는 손길에 놀라 다시 뻣뻣해졌다.

뒤에서 도형이 저를 안은 것이다. 의자에서 일어나지도 못한 채 지유는 눈만 깜빡였다.

"얼른 오빠 좀 사랑해 줘. 유지유."

"……."

두근두근, 콩닥콩닥.

이 안에 있는 공기의 흐름이 바뀐 것만 같았다. 가슴이 터질 것처럼 부풀었다. 두근두근. 자신은 도형을 좋아하는데, 얼른 좀 사랑해 달라니. 그녀는 그의 달콤한 고백에 목 주변이 달아올랐다.

그와 사귀기로 마음을 먹었던 그때, 그날 아침이 떠올라 버렸다. 그때도 이곳, 이 의자에서 그와 숨 막힐 듯한 키스를 했었다.

이 의자에 뭐가 씌었나. 여기에 앉으면 조명 때문에 평소보다 더 예뻐 보이는 걸까.

잠시 침묵이 감돌았다. 지유는 의자에서 일어나 몸을 돌렸다. 그녀를 뒤에서 안기 위해 상체를 숙였던 도형도 제자리로 돌아갔고, 위에서 저를 내려다보고 있었다.

한참이나 큰 키의 서도형. 어렸을 땐 그저 항상 어른처럼 보였는데 지금은 정말 남자로 보였다.

"나 오빠 좋아."

"……."

"그러니까 이 시간에도 여기 있지. 좋아하지 않았으면 집에 갔을 거야."

"그 의미는?"

"같이 있고 싶어서 여기 온 거라고. 자기 전에 조금이라도 오빠 얼굴 보려고."

지금 그녀는 눈을 뜨고 있는데 상대가 보기엔 반만 눈을 뜬 걸로 보일 정도로 피곤한 상태였다. 그런 와중에도 회사 앞에 데리러 온 도형이 반가웠고, 늦게 끝나는 걸 알면서 도형에게 오지 말라고 하지 못했다.

그가 와주길 바랐기 때문에.

"고마워. 지유야."

그가 다시 와락 끌어안았다. 지유는 그의 가슴에 손을 대고 슬쩍 밀어낸 후 발끝을 세웠다. 그리고 포근한 그의 입술에 제 입술을 올려놓았다.

솜털처럼 가볍게 닿은 입술에 불이 붙은 순간, 지유는 그녀가 앉았던 의자 등받이를 손으로 꼭 쥐었다.

손등이 하얗게 변했다.

***

집에 온 지유는 침대에 누워 이불을 머리끝까지 덮고 혼자 발차기를 하고 있었다.

예쁘다, 귀엽다, 네가 좋아.

서도형! 왜 이렇게 스윗한 건데.

자꾸 도형의 표정이 생각나서 잠이 오질 않았다. 연애를 하면 원래 잠이 안 오는 건가. 그날 했던 데이트가 자꾸 떠올라서 아무것도 못 하겠고, 떠올릴 때마다 롤러코스터를 타고 아래로 곤두박질칠 때처럼 가슴이 빵빵하게 부푼다.

[지수야. 자?]

[아니. 씻고 이제 누웠어. 왜?]

[친구야~ 연애라는 게 원래 이렇게 설레? 집에 있는 데도 가슴이 막 떨려. 미치겠어. 심장병인가.]

[너 지금 자랑하는 거지!]

지수가 화난 이모티콘을 마구마구 그녀에게 날려 주었다. 지유는 그걸 보며 키득키득 웃었다.

[내가 연애가 처음이잖아. 나도 씻고 누워야 하는데 지금 막 손발이 다 떨려서 뭘 할 수가 없어. 막 내가 붕붕 떠 있는 거 같아.]

[그게 정상이야. 그러니까 얼른 발 닦고 쳐 자!]

지수가 어떤 표정을 짓고 있을지 눈에 선했다. 지유는 이불을 퍽 차며 침대에서 내려왔다. 욕실로 들어온 그녀는 칫솔로 이를 닦으면서 거울에 비친 자신을 빤히 봤다.

어디가 예쁘고, 어디가 귀여운지. 아무리 찾아봐도 그런 곳은 보이지 않는데.

그녀는 깨끗하게 씻고 나와서 불을 끄고 누웠다. 인턴 기간이 끝나면 정직원 되는 건 거의 확정이나 다름없고, 처음으로 남자 친구도 생겼고. 좋은 일만 있는 거 보니 올해에 제 운을 다 써버리는 건 아닐까 하는 생각이 들었다.

똑똑똑.

으음? 옆방인가.

지유는 속옷만 입은 채로 이불을 다리 사이에 끼고 옆으로 돌았다. 고시원 특성상 문을 두드리면 누구 집 문을 두드리는지 모른다는 게 불편 사항 중 하나였다. 여성 고시원이라 대체적으로 깔끔한 편이지만 가끔 새벽에 저렇게 문을 두드리면 놀라곤 한다.

똑똑똑똑.

웬만하면 문 좀 열어줘라!

지유는 속으로 생각하며 뒤척거렸다. 그냥 오빠 말대로 집으로 들어갈까. 엄마가 해 주는 밥이 그립긴 하다. 나와서 사니까 청소도 그녀가 해야 하고, 음식을 사둬도 썩어서 버리는 것도 그녀 몫이었다. 하나부터 열까지.

그래도 더는 신세를 질 수 없어.

지유는 고개를 휘휘 저었다. 성인이 될 때까지 먹여주고, 입혀주고, 재워주고. 엄마는 할 만큼 하셨다.

띠띠띠띠.

응? 갑자기 문이 열리자 화들짝 놀란 그녀가 이불 속에서 목만 빼꼼히 내밀었다. 너무 놀라서 얼어버린 그녀는 소리치지도 못했다.

"아- 전기 검침 좀 하고 가겠습니다."

"……."

"안 계신 줄 알고요. 오늘이 검침 날이라. 내일 다시 오겠습니다."

남자는 그녀에게 인사를 하고 밖으로 나갔다. 방금 뭐가 지나간 거지? 지유는 너무 놀라서 눈만 감았다가 뜨며 남자가 그녀의 방에서 나가고 나서도 뭐라 하지 못했다.

"뭐야, 방금."

비밀번호 어떻게 알았지?

아니, 새벽에 전기 검침이라니. 그걸 방에서 원래 했나?

여자 전용 고시원이라 남자는 주인 외에는 본 적이 없다. 여름이 오기 전에 부른 에어컨 수리 기사님은 남자이긴 했지만 지속적으로 그녀가 마주치는 상대는 주인밖에 없는데…….

지금까지 단 한 번도 전기 검침을 방에서 해 본 적이 없었다. 비밀번호를 저만 안다고 생각했는데 다른 사람도 알고 있었다니.

지유는 이로 입술을 질끈 물고 침대에 아빠 다리를 하고 앉았다. 그러곤 화가 난 만큼 빠른 속도로 주인에게 문자를 보내기 시작했다.

[안녕하세요. 아저씨. 늦은 시간에 죄송합니다. 지금 전기 검침한다고 제가 안에 있는데 비밀번호를 누르고 남자 한 분이 들어오셨는데요. 이거 맞는 건가요? 제가 없는 줄 알았다고 하셨는데 그럼 다음에 오셨어야죠. 보안이 이래서 어떻게 살겠어요? 내일 아침에 일어나시면, 전화 좀 꼭 부탁드립니다.]

생각해 보니 더 어이가 없는 상황이었다. 그녀가 없었으면 다음에 다시 왔어야지, 사람 없는 줄 알고 들어왔다니?

앞으로 일하다 보면 집에 안 오는 날도 잦을 텐데 누군가 방에 들어올 거라 생각하니 소름이 끼쳤다. 역시 원룸으로 옮겨야 하나. 정직원이 되면 월급도 일정하게 나올 테니 그땐…… 옮겨야겠다.

Rrrrrr.

"여보세요."

-무슨 소리예요? 놀라서 전화드렸습니다.

"자려고 누워 있는데 누가 문을 두드리더니 비밀번호 누르고 들어왔어요. 저 보고 당황하시더니 전기 검침하러 왔다고, 사람 있는 줄 몰랐다고 하시더라고요. 아니, 전기 검침을 이 새벽 시간에 해요? 그리고 사람 없으면 다음에 오셨어야죠. 저 방금 너무 무서웠다고요."

지유의 목소리가 울먹거렸다. 화가 나는 것도 잠시, 무서움이 몰려왔다. 지금까지 그녀에게 잘 대해 준 주인아저씨 목소리를 들으니 갑자기 긴장이 풀렸나 보다. 친절한 아저씨인데.

-미안해요. 제가 좀 알아볼게요. 비밀번호 아는 사람이 나뿐인데, 거참 이상하네. 확실히 남자 맞아요?

"네! 네! 남자였어요. 저보다 나이는 좀 있어 보였는데, 아저씨는 아닌 거 같고."

-오전에 가서 CCTV 돌려보고 경찰에 신고할게요.

주인의 말에 지유는 그제야 안심했다.

-자기 전에 비밀번호 다시 바꾸고 자고요. 이런 일이 없었는데 정말 이상하네요.

지유는 전화를 끊고 한숨을 푹 쉬었다. 저 때문에 새벽에 주인을 깨운 것 같아 미안했다. 자고 나서 아침에 연락할 걸 그랬나. 경찰서로 가야 했을까.

우선은 주인 말대로 그녀는 밖으로 나가 도어로크 비밀번호를 바꿨다. 그리고 다시 들어와 이불을 뒤집어쓰고 웅크린 채로 잠들었다.

***

제대로 잠을 못 잔 지유는 다음 날 일찍 스튜디오로 출근했다. 도형을 본다는 생각에 민낯으로 갈 순 없어서 화장을 하긴 했지만 평소보다 화장이 잘 먹진 않았다.

청소기를 들고 스튜디오 안을 열심히 오가고 있는데 도어로크 소리가 들렸다. 띠띠띠띠. 그 소리가 꼭 어제 새벽 들었던 소리 같아서 지유는 청소기를 놓쳤다.

"지유, 일찍 나왔네?"

다행히 도형이었다. 실내용 슬리퍼를 신고 들어온 그가 지유에게 다가왔다.

"오빠였어? 휴."

"응. 항상 내가 제일 먼저 오거든. 근데, 넌 이 시간에 웬일이야?"

"잠이 안 와서."

"무슨 일 있었어?"

그가 다가와 백허그를 했다. 지유는 휙 뒤를 돌아 그를 꽉 끌어안았다. 도형의 가슴에 얼굴을 묻고 숨을 쉬자 안심이 됐다.

"아니. 없었어."

"아침 먹었어?"

"아니. 아직."

"아침부터 먹자, 오빠가 사줄게. 뭐 먹을래?"

"뼈해장국."

지유는 제 어깨를 토닥이는 도형의 손길이 좋아서 멀어지려는 그를 더 꽉 안았다. 그가 위에서 그녀를 보며 큭큭 웃더니 두 볼을 손으로 감싼다.

"나도 이러고 있으면 좋은데, 아침 먹을 시간이……."

도형이 왼손에 찬 손목시계를 내려다봤다. 지유는 위에서 본 도형의 속눈썹이 길고, 얼굴에 어느 한 곳도 흠잡을 데가 없어서 헤입을 벌리고 감상했다. 그가 시간을 확인한 후 다시 지유의 얼굴로 눈길을 돌리다 그대로 입술을 내려 가볍게 입을 맞췄다.

"30분밖에 없어. 네가 선택해."

"뭐를?"

"밥 먹을래, 아니면 네 입술 먹을까."

"……으흐! 밥."

지유는 부끄러워하는 표정을 짓다가 정색을 하고 '밥'이라고 말했다.

"가자."

그는 그녀를 한 팔로 안았다. 지유는 아침부터 가까이 붙어 있는 모습에 웃음이 먼저 나왔다. 그러다 볼이 슬며시 붉어졌다.

두 사람은 스튜디오에서 가까이 위치한 24시 뼈해장국 가게로 갔다.

"여기 배달도 되네. 팸플릿 가져가야지."

"응."

"아니다, 스튜디오에서 음식 냄새 나는 거 싫어하지?"

"……아냐. 괜찮아."

"싫어하잖아. 괜찮긴."

지유는 팸플릿을 그대로 내려놨다. 도형은 그의 작업 공간에서 음식 냄새가 나는 걸 싫어해서 간단한 컵라면도 편의점 가서 사 먹던 사람이다. 지금도 커피와 빙수 외엔 스튜디오에서 먹는 걸 보지 못했다.

"아! 잠깐만. 먹지 말아 봐~"

지유는 핸드폰을 꺼내 해장국 사진을 찍었다. 이렇게 먹기 전에 사진을 찍어두고 맛있는 집이면 블로그에 소개하는 게 그녀의 취미 생활 중 하나였다. 그걸 좋게 본 편집장님께서 찍이의 맛집 탐방소를 블로그가 아닌, 잡지에 전문적으로 실었으면 좋겠다고 하셨다.

그럼 그녀의 블로그로 연락 오던 식당 점주들이 회사로 연락이 올 것이다. 기존까지는 그녀가 맛있게 먹은 음식, 맛없게 먹은 음식을 가릴 것 없이 올렸는데…… 이걸 잡지에 쓰려면 전처럼 솔직할 수 있을지 모르겠다.

회사로 들어간 이상 회사의 색깔에 맞춰야 하니까 말이다.

"내가 찍어줄게."

보다 못한 도형이 그녀의 핸드폰을 빼앗아 뼈해장국 사진을 찍었다. 지유는 그가 찍은 사진을 만족스럽게 바라보다가 핸드폰을 테이블에 내려놓고 쌍엄지를 척 들었다.

"역시 오빠가 짱이야. 나랑 차원이 달라."

그녀가 찍은 사진과 도형이 찍은 사진을 번갈아 보던 그녀가 고개를 주억거렸다.

"네가 못 찍는단 생각은 안 해?"

"헤헤. 내가 찍으면 어떻게 찍어도 맛없게 나오긴 해. 블로그에 댓글들 보면 막 언니 제발 사진 좀! 이래."

"블로그?"

"나 맛집 블로그 해! 되게 오래됐어."

"정말? 몰랐네. 주소 알려줘."

"싫어."

지유는 국물은 한 입 떠서 먹었다. 정신이 번쩍 들 정도로 매콤한 맛에 기분이 좋아졌다. 그녀는 앞접시에 뼈 하나를 옮겨놓고 두 손으로 뜯어 먹었다.

"전문가에게 보이기에 부끄러운 사진이야."

"그게 다야?"

도형이 짓궂게 입꼬리를 올려 웃으며 물었다. 지유는 먹다 말고 그를 봤다가 고개를 절레절레 저었다. 하나가 더 있긴 했다.

"듣고 놀리지 마."

"응. 안 놀려."

지유는 핸드폰에서 블로그 어플을 켜서 그녀의 블로그를 보여 주었다.

"찍이의 맛집 탐방소."

그녀의 블로그를 보던 도형의 입꼬리가 실룩거렸다. 왜인지 단박에 눈치챘다.

다른 사람은 몰라도 도형이라면 알 것 같았다. 왜냐하면 아주 오래전 도형의 핸드폰에 저장되어 있던 그녀의 별명이었으니까.

그것도 제 손으로 직접 저장했던 별명. 손발이 오그라들고 두 뺨이 달아올랐다.

"지금 웃고 있지."

"아냐. 안 웃어."

근데 이미 눈은 웃고 있는 거 같은데?

지유가 울상을 지었다.

"내가 나를 그렇게 생각하는 건 아니고…… 그게 내 어릴 때 별명이었다니까? 엄마가 나를 찍이라고 불렀다고."

"……그래, 깜찍이."

"으아악!"

지유가 누가 들었을까 봐 주위를 휘휘 둘러보며 숟가락을 들고 테이블을 탕탕 쳤다.

"어허! 아무 데서나 발설하면 안 된다고. 다른 사람들은 찍찍이의 찍이인 줄 알아."

"깜찍이의 찍이인 건 나밖에 모르는 거지?"

"……아 제발."

그녀가 밥을 열심히 먹을 동안 도형은 그녀를 놀리며 웃는 걸 멈추지 않았다. 그냥 뻔뻔하게 나 깜찍이 맞잖아 라고 할 걸 그랬나. 민망해서 파르르 떠니, 더 놀리는 것 같았다.

식사를 마치고 나오며 지유가 계산하려는데, 도형이 먼저 카드를 냈다. 지유는 어깨를 으쓱하며 먼저 문을 열고 나갔다. 거기서 자신이 계산하겠다고 실랑이하는 것보다 후식으로 커피를 쏘는 게 더 나을 것 같았다.

아침까지 먹으니 너무 상쾌해서 기지개를 쭉 켜서 좌우로 허리 운동을 하는데, 배달을 마친 직원 한 명이 오토바이를 타고 이쪽으로 오고 있었다.

"지유야."

"어, 오빠. 잘 먹었어! 내가 커피 쏠게."

지유는 문소리가 나자 뒤를 돌아보았다. 도형이 계산을 끝내고 나오고 있었다. 그녀는 한달음에 그에게 다가가 팔짱을 끼며 잘 먹었다고 애교를 부렸다. 그러곤 커피는 자신이 살 수 있게 해 달라며 카드를 흔들었다.

"다음에 사 줘. 커피는 스튜디오에도 많아."

"음."

"그냥 편하게 얻어먹어. 예전엔 잘 그랬으면서."

"그땐 내가 학생이었고! 지금은 여자…… 친구잖아."

재신 오빠의 친구들은 그녀에게도 가족과 다름없어서 종종 더울 때 아이스크림을 사 달라고 졸랐었다. 오빠들은 술 먹고 청춘을 즐기며 놀 동안, 지유는 공부를 하느라 거의 방에 처박혀 있기 일쑤였으니 말이다.

잘 나가는 오빠를 둔 덕에 시험을 잘 보면 종종 옷도 선물처럼 떨어지곤 했었다.

오빠 친구들도 그녀를 동생처럼 여겼기 때문에 밥과 간식을 정말로 잘 사 줬었다.

그런데 이제 자신은 단순히 동생이 아닌, 도형의 여자 친구였다. 그때처럼 뭐든 다 그가 사도록 둘 수 없었다. 이제 저도 돈을 벌고 있으니 이 정도는 그에게 사 줄 수 있었다.

"알겠어. 오빠는 아메리카노. 아이스로."

"비싼 거 마셔!"

"음."

도형은 비싼 메뉴보다는 아메리카노가 좋아서 지유를 보며 곤란하던 표정을 지었다.

"그럼 라지로 시킬게."

지유는 도형의 커피는 평균보다 큰 그란데 사이즈(grande size)로 주문했다. 메뉴는 바꾸기 싫어하는 거 같으니 제일 큰 크기로!

한 손으로 커피를 들고 한 팔은 도형에게 팔짱을 낀 지유가 깔깔 웃으며 스튜디오로 가는 동안 오토바이가 그들 주변을 지나갔다.

그리고 그때 누군가 지켜보고 있을 거라는 생각은 꿈에도 하지 못했다.

***

지유는 오늘 혼자 먼저 퇴근했다. 도형은 밤늦게까지 촬영이 있었고, 나머지 직원들은 그런 도형이 촬영이 끝날 때까지 퇴근하지 못할 것이다.

더 있고 싶었지만 도형이 그녀더러 먼저 퇴근하라고 했다. 사실 내일 출근해서 보고서를 내려면 지금 퇴근하고 가서 보고서를 작성하긴 해야 했다.

찌뿌둥한 몸을 팔로 주무르며 고시원으로 걸어가는데 뒤에서 발걸음 소리가 들렸다. 뭐지? 뭘까? 지유는 뒤를 돌아보았다. 뒤에는 아무것도 없었다.

그녀는 두 팔을 겹쳐 감싸고 팔을 문질렀다. 여름이라 더운데도 소름이 돋으니 순간적으로 한기가 느껴졌다.

[집엔 잘 들어갔어? 너 오빠한테 연락하라니까 전화도 안 하지?]

[오빠, 미안, 미안!]

[도형이한테 못 볼 꼴 보이고. 너랑 지수 혼나야 돼.]

[도형 오빠 귀엽다고 했거든!]

[철이 덜 들었어. 확 그냥.]

재신의 연락에 지유는 반갑게 답장을 보냈다. 도형 오빠 정말 뭐든 다 귀엽다고 했거든? 그나저나 재신에게 말은 해야 하는데.

[오빠 토요일 저녁에 뭐 해?]

[어머니 동창회 픽업.]

[그럼, 저녁은 나랑 먹자.]

[좋아. 뭐 먹고 싶어? 맛집 찾아 놓을게.]

[아무거나. 흐흐. 우리 오빠 누가 데려갈지, 너무 자상해♡]

지유가 오랜만에 하트를 붙여서 톡을 보내니, 재신에게서 잠시 답이 없었다.

[밥 사준다니까 하트 붙이는 거 봐라. 오늘은 술 먹지 말고. 도형이한테 미안하다고 꼭 사과하고.]

[응, 응.]

우리 사귄다고 하면 오빠는 어떤 반응을 보일까.

[밤길 조심하고.]

[응!]

[남자 조심.]

지유는 마지막 톡을 보고 액정을 끄고 가방에 넣었다. 고시원이 코앞이었다. 그러고 보니 오늘 주인아저씨 전화 주신다고 했는데 아직도 연락이 없었다. 내일 오전까지 연락이 안 오면 전화를 드려야겠다.

타닥, 타다다닥, 다다다.

지유는 고개를 갸웃했다. 그녀가 빨리 걸으니 뒤에서 들리는 발걸음 소리가 빨라지는 것 같고 느리게 걸으면 그에 맞춰서 소리도 줄어들었다.

휙. 뒤로 고개를 돌린 그녀는 아무도 없는 걸 확인하고 고시원으로 뛰어 들어갔다. 문을 열고 들어가자 다른 방에서 거주하는 사람들이 복도에 나와 있었다. 그제야 지유는 안도했다.

"저기요."

"네?"

"저 5호실 인데요. 어제 혹시 새벽에 전기 검침 있었나요?"

"전기 검침요? 아뇨? 저희 공용이라 엔분의 일 하지 않아요? 처음 들어봐요."

"그죠…… 저도 어제 처음이긴 했는데."

"주인아저씨한테 한번 물어보세요. 이번 달부터 바뀌었나? 공지 못 봤는데."

여자가 고개를 갸웃하며 방으로 들어갔고, 지유는 5호실로 들어가면서도 찜찜한 기분이 들었다. 어제 비밀번호를 바꿔서 누군가 방에 제멋대로 들어오진 않겠지만 혹시 몰라 비밀번호를 다시 바꿨다. 그녀의 생일에서 유재신의 생일로.

방 안에 들어와 씻고 편안한 옷을 입은 그녀는 노트북을 켰다. 촬영하면서 건진 건, 모델의 친한 친구가 A 배우이며 양다리를 걸치고 있다는 것이다. 엄청 질투 나는 친구인지 사생활을 떠벌리고 다녔다.

지유는 간략하게 관련 내용을 적고 아직은 디벨롭(develop) 중이라고 써두었다. 사실 확인이 된 건 아니니, 좀 더 파헤쳐 볼 필요성이 있었다. 양다리를 걸친 상대가 유부남이라는 것도.

그녀는 도형이 찍어준 사진을 컴퓨터에 저장한 후, 블로그에 음식 관련하여 내용을 첨부하기 시작했다. 글과 사진을 쭉 쓰고 퇴고까지 하니, 3시간이 꼬박 지나 있었다.

그녀가 글을 올리자마자 댓글이 주르륵 달렸다. 여기 어디냐며 알려 달라는 독자들에게 따로 댓글도 남기고 쪽지까지 보내니, 뿌듯했다.

이 사람들과의 소통이 그녀를 버티게 했다. 고마운 분들. 그녀는 성심성의껏 답변하면서 공지 글로 뭘 쓸지도 고민했다. 이제 찍이네 맛집 탐방소는 테드 잡지 귀퉁이에 매달 소식이 올라올 거라고.

노트북을 종료한 후 그녀는 기지개를 쭉 켰다. 앉아서 밖을 보니 앞 건물은 모두 불이 꺼진 상태였다. 잠을 자기 위해 커튼을 치려고 일어나서 팔을 뻗었다. 그러다가 자연스레 아래를 봤는데 1층에 있던 남자와 눈이 마주쳤다.

검은 마스크를 쓰고, 모자를 눌러썼지만 정확히 그녀 쪽을 보고 있었다.

"……!"

느낌이 이상했다.

새벽에 왔던 남자와 인상착의가 비슷한 것 같았다. 기우인 걸까?

남자는 그녀와 눈이 마주치자 얼른 오토바이에 올라타서 그곳을 벗어났다.

"내가 연예인도 아닌데, 어휴. 오바하지 말자. 유지유! 정신 차려!"

그녀는 두 손으로 제 볼을 탁탁 때린 후 커튼을 마저 치고 방 안에 불을 껐다. 순식간에 암전되니 꼭 귀신이 나올 것처럼 무서웠다. 지유는 벽 쪽으로 붙어 이불을 뒤집어쓰고 몸을 꼭 말았다. 그제야 편안한 기분이 들었다.

***

"형 고생하셨어요."

"어, 먼저 퇴근해."

"아뇨. 저는 형 퇴근할 때 하겠습니다."

"으음…… 나 밤새울 거 같은데?"

"저도요! 컵라면 가져올까요?"

레이의 말에 도형은 고개를 끄덕였다. 촬영이 길어져서 열한 시쯤 작업이 끝났다. 남은 스태프들이 모두 정리하고 청소까지 끝마치고 퇴근한 이후, 레이만 그의 곁을 지켰다.

"형. 지유 씨, 남자 친구 있어요?"

"그건 왜."

한창 작업에 집중하던 도형이 잠시 하던 일을 멈추고 의자를 옆으로 뺐다. 레이를 주시하던 그가 다시 입을 열었다.

"관심 있어?"

"……관심 없다면 남자가 아니죠. 역시, 남자 친구 있는 거 같더라고요."

"그래?"

도형은 뿌듯한 마음에 자꾸 입꼬리가 간질거렸다. 올라가려는 입꼬리에 힘을 줘서 태연한 척했다.

"역시 예쁜 여자는 다 임자가 있어요. 그죠, 형?"

"어. 그러니 관심 꺼라."

"눈 높을 거 같아서 들이대 볼 생각도 못 했어요. 남자 친구가 되게 로맨티시스트신 거 같아요."

"그래?"

도형은 팔짱을 끼고 레이를 응시했다. 한시가 급한데도 지유 이야기라서 들어야 했다. 본 적도 없는 남자 친구가 로맨티시스트라니, 뭘 보고? 그 이유가 더 듣고 싶었다.

"네. 얼마 전부터 지유 씨 여기서 끝나고 집에 갈 때 기다렸다가, 뒤에서 묵묵히 따라가더라고요. 그제도 본 거 같아요."

"뭐라고?"

도형은 미간을 좁히며 자리에서 일어났다. 여기서 집에 갈 때마다 누가 기다렸다고? 그녀의 남자 친구인 자신은 같이 퇴근할 땐 지하에서 만나서 퇴근을 같이했다.

"확실해?"

"네. 제 눈으로 똑똑히 봤어요."

레이의 말에 도형은 테이블 위에 둔 차 키를 집었다.

"생김새는? 키는? 어떤 새끼지."

"작가님, 형! 왜 이렇게 흥분하세요? 그 사람 남자 친구 아니에요?"

도형은 그대로 문을 열고 스튜디오 밖으로 나가려는데, 레이의 질문에 멈칫하고 뒤를 돌았다. 다신 오해하지 않게 바로 잡아야 할 게 있었다.

"지유 남자 친구, 나야."

대답하고 지유네 고시원으로 향하는 그의 발걸음이 다급했다.

***

잠을 자려고 하는데 책상에 올려둔 핸드폰이 울렸다. 그녀는 찌뿌둥한 상태로 몸을 일으켜 핸드폰을 집었다.

"네. 여보세요."

그녀는 액정도 보지 않고 전화를 받았다. 그녀는 자다 깬 허스키한 목소리가 나오자 잠시 말을 멈췄다.

-지유, 자?

"캑. 큼큼. 아아-!"

지유는 다른 손바닥으로 핸드폰을 덮고 큼큼 다시 제대로 목을 가다듬었다. 아아- 목소리를 내자 여전히 가라앉아 있었다. 어쩔 수 없이 다시 그녀는 전화를 받았다.

-미안. 내가 깨웠지?

"아니야. 기사 쓰고 있었어."

지유는 저도 모르게 거짓말을 했다. 자고 있었다고 하면 도형이 미안해서 전화를 끊어버릴 것 같았기에. 그녀는 그와 조금 더 통화를 하고 목소리를 듣고 싶었다.

-고시원은 문제없지?

"응."

-지유야. 다음 달에 원룸 알아본다고 했지?

"응, 응. 정직원 되는 날 바로! 근데 왜?"

-동네 내가 추천해 주려고. 이왕이면 나랑 가까운 곳으로.

지유는 그의 답변에 볼을 붉히며 침대 위에서 발을 통통 굴렸다. 재신이 강압적으로 그녀에게 원룸을 구해 주고 이사하라고 했을 때도 그녀는 꿈쩍하지 않았다. 제대로 된 독립을 해 보고 싶다고 우겼었다. 그런데 그의 집 가까이 오라는 그의 말에는 조금 고민이 되었다.

그녀는 일어나 기지개를 쭉 켜고 냉장고에서 500ml 생수를 꺼냈다. 벌컥벌컥 물을 마시며 밖에 혹시 눈이 마주쳤던 남자가 있나 싶어 커튼을 슬쩍 열었다. 그런데 익숙한 실루엣이 보였다.

"……오빠?"

-응?

"혹시 고시원 앞이야?"

그녀의 질문에 밖에 차에 기대 서 있던 남자가 위를 올려다보았다. 역시 서도형이 맞았다. 긴 기럭지에 달밤에도 빛이 나는 외모.

늦게까지 촬영을 하고, 정리를 마치면 열두 시가 훨씬 넘었을 거다. 그런데도 자신이 보고 싶어서 달려와 있는 걸 보니 가슴이 미친 듯이 두근거렸다. 이렇게 멋진 남자가 자신의 남자라니.

"내려갈게. 오빠, 가지 말고 기다려!"

-응. 천천히 내려와.

그가 천천히 내려오라며 손을 흔들었다. 지유는 모자를 푹 눌러 쓰고 옷도 갈아입지 않은 채 계단을 빠른 속도로 내려갔다.

도형은 차에 기댄 채로 지유를 기다렸다. 바로 내려온다더니 화장을 하고 있나? 전화를 하면 보채는 것 같을 거고, 그는 그냥 기다리기로 했다. 아직 지유의 방은 불이 켜져 있었다.

다행히 암막 커튼이라 빛이 있어도 사람의 실루엣이 보이지 않는다. 그는 꼼꼼히 주변을 살폈다. 지유를 따라갔던 남자가 있다고 했다.

키는 지유보다 컸다고 하는데, 지유보다 큰 남자가 한둘이 아니니 그것만으로 상대가 누군지 가늠해 볼 수가 없었다. 그의 스튜디오까지 따라온 걸 보면 지유를 잘 아는 사람 같은데.

도형은 계속 기다리다가 손목시계를 한 번 봤다. 내려오고도 남을 시간인데. 그는 지유에게 전화를 걸었다. 신호음이 계속 가지만, 그녀가 전화를 받진 않았다.

그는 여성 전용 고시원이라 차마 들어가진 못하고 그 앞에서 초조하게 서 있었다. 그런 그의 앞에 고시원 문이 열리더니 바람을 일으킬 정도로 남자가 빠른 속도로 달려와 그의 어깨를 치고 지나갔다.

도형은 남자를 잡을지 지유에게 갈지 고민하다가 후자를 택했다. 저놈을 잡는 것보다는 지유의 안위가 먼저였다.

***

지유는 핸드폰을 떨어뜨린 채 한참을 내려가지 못하고 복도에 앉아 있었다. 빠르게 뛰어 내려가려던 차, 2층에서 맞닥뜨린 남자는 그녀가 아는 얼굴이었다.

'잠깐만요.'

지유가 뒷걸음질 쳐서 남자를 잡자, 그는 모자와 입을 가린 마스크를 벗었다.

'전기 검침하시던 분 맞죠?'

'아닌데요.'

'맞잖아요. 지금 저 쫓아오신 거예요? 왜요?'

지유는 겁 없이 남자에게 대들었고, 남자는 그녀를 원망스러운 눈빛으로 노려보았다. 자신은 누구에게 원망을 들을 정도로 잘못한 일이 없는데.

'서우대학교 사진학과 유지유. 그리고 편입하셨죠. 맞죠?'

'스…… 스토커!'

지유가 손에 든 핸드폰으로 신고를 하기 위해 버튼을 누르려 했는데, 남자가 더 빨랐다. 그녀의 손에서 핸드폰을 낚아채 계단 밑으로 떨어뜨리고 그녀의 손목까지 잡아챘다.

'당신들은 되게 행복한가 봐. 인영이는 그렇게 갔는데 말이야.'

'……!'

지유의 눈빛이 미친 듯이 흔들렸다. 그녀가 서우대학교를 휴학하고 하루 종일 방에 틀어박혀서 블로그만 보고, 마음을 다스리지 못해 폭식하고 했던 이유가 그중 하나였다.

'나는 여자 친구를 잃었어. 그런데 인영이가 죽고 너네들은 다 취업하고 남자가 생기고, 되게 행복해하더라?'

'그, 그건 사고였어요. 우리 잘못이 아니었다고요.'

지유는 말을 하면서도 미안해서 남자의 얼굴을 올려다보지 못했다.

대학교 2학년, 아직 풋풋한 스물한 살 그때. 그녀는 MT에서 동기 한 명을 잃었다. 엠티에 참석한 이들에게 모두 상처를 안겨준 사건이었다. 낮이고, 밤이고, 아침까지 술을 마시고 게임을 하고 즐거워하던 때 인영은 혼자 밖으로 나가 차에 치여 그 자리에서 즉사했다.

어쩌면 살아 있었을지도 모른다.

차 주인은 사람을 치고도 신고하지 않고 도망갔고, 나머지 동기들은 펜션 안에서 희희낙락 즐거워하느라 인영이 홀로 밖으로 나간 줄도 몰랐다. 그들이 인영을 발견했을 땐, 이미 죽고 난 이후였다.

누구의 잘잘못을 따질 순 없지만 그녀의 가족에게 그들은 가해자였다. 그 이후 서우대학교는 한동안 MT 자체가 폐지되었다. 말도 안 되는 일이 일어난 거다.

지유는 당시 학교를 다닐 수 있는 상태가 아니었다. 친하진 않았어도 같이 1년 넘게 수업을 들었던 동기였고, 같이 술도 몇 번 마셨고, 엠티도 함께 갔기에 그녀는 죄책감에 일상생활이 어려울 정도였다.

그게 왜 네 잘못이냐고, 자책한다고 시간을 돌릴 수 있는 건 아니라는 주변 사람들의 조언들은 그녀의 귓가를 스쳐 지나가기만 했다. 가까운 이의 죽음은 생각보다 큰 충격으로 남았다.

얼마나 처참하게 죽었는지 그녀는 다음 날 아침 인영이를 직접 목격했었다.

지유는 다리에 힘이 풀려 움직일 수가 없었다. 애써 밝게 지내려 했던 노력이 물거품이 되었다. 다시 그 사건이 생각나 버린 것이다.

차에 치인 후 바닥에 쓰러져 있던 인영의 모습과 아스팔트를 가득 채우던 핏자국. 바닷가 바람을 타고 오던 그 냄새까지.

그 기억이 떠오르자 지유는 구역질이 나와 손으로 입을 막았다.

동기들은 모두 장례식장에 가서 사죄하였다. 그들은 장례식이 끝날 때까지 장례식장을 비우지 않고 일을 도왔다. 그들이 할 수 있는 건 그게 다였다. 몇몇은 그녀처럼 휴학을 하고, 몇은 자퇴를 하였다. 그중 몇은 졸업과 취업을 놓고 고민하다가 계속 수업을 들었을 것이다.

엠티에 참석한 이들에게 모두 고통이 되었던 그날의 기억.

5년이 지나도 그때의 기억은 어제 일처럼 생생했다.

도형과 밥 먹을 때 그녀에게 알은척하던 혜진이 떠올랐다. 어쩌면 그때 그녀가 제게 인영의 남자 친구 이야기를 하려고 했는지도 모르겠다. 지유는 내일 혜진에게 연락을 해 봐야겠다고 생각하며 자리에서 일어났다.

Rrrrrr. Rrrrrr.

갑자기 핸드폰 벨이 울리자 남자는 그녀를 잡고 있던 손을 놓고 밖으로 달려 나갔다. 그리고 얼마 지나지 않아 남자 발소리가 들렸다. 어느새 지유에게 다가온 도형은 걱정스러운 눈빛으로 그녀를 보다가 와락 끌어안았다.

"다행이야."

안심한 그의 목소리를 들으니 지유는 코가 시큰거렸다.

"아무 일 없었지? 아니야, 괜찮아. 괜찮아."

그는 그녀의 어깨를 잡고 잠시 떼어놓고 괜찮은지 살피다 다시 안고는 괜찮다며 그녀를 안심시켜 주었다.

"오빠, 나 괜찮아. 아는 사람이야."

"정말 괜찮아?"

"……응."

자세한 이야기는 나중에.

도형은 그녀가 아는 사람이라고 하자 더 이상 묻진 않았다. 그도 자신이 평소와 다름을 눈치챘을 것이다.

"지유야. 우선 업혀."

"아니야. 내가 걸을게."

지유는 난간을 잡고 일어나서 걸으려다 다리에 힘이 풀려 다시 주저앉았다. 결국 그녀는 그의 등에 업혔다.

도형은 그녀를 업은 채로 차 조수석에 앉혔다. 어디로 갈지 고민하던 그는 결국 그의 집으로 향했다. 그녀를 부축해서 집으로 올라와 따뜻한 차 한 잔을 타서 그녀에게 내밀었다.

"무슨 일인지 안 물어봐?"

"응. 아는 사람이라며."

"그래도……."

"말해 주길 기다리고 있었어."

"……나 대학생 때 동기 엠티가 있었거든."

지유는 입을 열었다. 재신에게도 제대로 말하지 못했던 사건이었다. 그녀의 엄마에게도 털어놓지 못한.

"엠티 때 밤새도록 게임하고, 술 먹고, 또 놀고. 근데…… 그때, 동기가 죽었어."

"……!"

"그래서…… 후."

말을 하려던 지유가 구역질이 나서 입을 막았다. 머릿속으론 다 괜찮다고 생각했는데 몸은 그 기억을 하면 여전히 힘든 모양이었다. 지유가 힘들어하는 걸 보고 도형은 그녀를 안고 등을 쓰다듬어 주었다.

"말 안 해도 돼. 괜찮아, 지유야. 네 잘못 아니야. 다 지나갈 거야."

지유는 도형을 와락 안았다. 눈가에 눈물이 고이자 그녀는 그를 더욱 꽉 안으며 옷에 눈을 비볐다.

"원룸은 새로 구하자."

"응, 응."

"우리 집 가까운 데로 내가 알아볼게."

"응, 응."

그가 그녀를 잠시 떼어놓고 아래를 보며 그녀의 두 볼을 잡았다. 물기가 어린 그녀를 보다가 그가 두 엄지로 그녀의 눈가를 지그시 눌러주었다.

"출퇴근도 당분간 나랑 하고. 걱정되니까."

"응, 응."

지유는 무조건 고개를 끄덕였다. 도형이 뭐라고 하는지 잘 모르겠다. 그냥 다 저 생각해서 하는 말이겠지.

"무슨 하루가 이렇게 길어."

그녀의 투정에 도형이 피식 웃었다. 그러곤 그녀의 보드라운 볼을 만지작거리다가 머리를 쓰다듬어 주었다.

"그러게. 우리 방울이, 지유 덕분에 하루 종일 좋다가 또 심장이 쿵 떨어지고."

"근데 갑자기 우리 집 앞엔 왜 왔어?"

"……보고 싶어서."

그가 잠시 머뭇거리더니 답했다. 뭔가 더 있는 듯해 보였지만 그녀는 더 묻지 못했다. 뭔가를 묻기엔 그녀는 오늘 지친 상태였으니까.

7장. 비밀은 없다

"지유 씨, 정직원 전환 축하해."

"축하해, 지유 씨."

차석과 휘연 대리가 그녀에게 꽃을 내밀며 축하 인사를 했다. 벌써 인턴 한 달이 다 지났다니, 시간이 참 빠르게 간다.

"아주 시간이 남아돌지?"

동우도 테드 잡지사 정직원으로 전환되었다. 다만, 편집부가 아닌 다른 부서로 배정이 되었다. 지유는 다른 곳에 가지 않고 편집부 직원으로 남아서 감사하고 행복했다.

"유지유! 대어 낚으라고 스튜디오로 보냈더니 사무실에 있는 나보다 소식이 느려서 되겠어? 휘연 대리 서포트 잘해. 밥값 못하면 바로……."

편집장은 그녀를 보며 검지로 목을 그었다.

요즘이 어떤 시댄데! 함부로 자르지 못하는 시대인데 지유가 속으로 구시렁거렸다.

"편집부에서 아웃이야."

"열심히 하겠습니다. 충성!"

지유는 어깨를 펴고 충성을 외쳤다. 옆에서 휘연과 차석이 그녀를 보며 큭큭큭 웃고 있었다.

"얼마 만에 신입이야. 지유, 진짜 축하해."

휘연 대리가 눈물을 머금고 그녀를 와락 껴안았다. 지유도 씩 웃었다. 그들은 미희의 전화벨 소리를 듣고 돌연 자리로 흩어졌다.

[지유야. 오늘 원룸 같이 보러 가자.]

[응. 근데 내가 몇 시에 끝날지 모르겠는데.]

[점심시간에 잠깐 시간 돼?]

[응! 알겠어.]

테드 인턴 끝자락에 거의 정직원으로 내정되었던 그녀는 평소보다 더 바빴다.

어떤 날은 촬영이 3개나 연속으로 있어서 밤을 새워서 휘연 대리 마감을 도와주다 보면 그녀도 집에 못 가는 날이 더 많았다.

일주일 동안 언제 제대로 씻었는지 모를 정도로 눈 뜨면 출근하고, 침대에 누우면 눈을 감는 생활을 밥 먹듯이 했다.

[오빠. 나 점심에 약속 있어. 까먹었어.]

지유는 오늘 혜진과 약속이 있다는 걸 깨닫고 미안하다고 문자를 보냈다.

[음- 여기 자리 금방 빠져서, 오늘 봐야 하는데.]

[위치랑 구조, 월세 알려줘. 한번 볼게. 오빠 눈 믿어~]

다름 아닌 서도형이 고른 곳이면 교통편은 좋을 것이고, 제 안전 문제로 민감하니 아주 보안이 철저한 곳일 거다. 월세는 조금 비쌀 수 있으나 저번 사건 이후로 보안이 좋은 곳에 돈을 쓰는 건 아깝지 않단 생각이 들었다. 비록 제 월급의 반이 나갈 지라도.

잡지사다 보니 화장품은 협찬이 많아서 그거 하난 좋았다. 화장품값이 굳어서 월세로 낼 수 있으니 이 얼마나 감사하지 아니한가!

[우리 집 바로 아래층. 구조는 지유 네가 알 거고. 교통편 확실하고 보안 문제 철저해.]

[오빠 집 아래층이면…… 내가 다시 구할게.]

지유는 고개를 절레절레 저었다. 그의 집이면 아주 노른자 땅에 서 있는 아파트였다. 거길 월세로 들어가면…… 내 월급으로 되려나.

그럼 결국 집에 손을 벌려야 하는데 그러고 싶지 않았다.

얼마 안 돼서 재신에게서 전화가 왔다. 지유는 핸드폰을 들고 살금살금 휴게실로 갔다. 재신이 왜 전화했는지 알 것 같았다. 그녀가 술 먹고 재신에게 집에 누가 비밀번호 누르고 들어왔었다고 이실직고했기 때문이었다.

사실 도형과의 연애를 말하려고 마련한 자리였는데…….

***

도형은 다리를 꼬고 앉아 재신의 앞 소파에 앉아 있었다. 재신은 지유가 바로 전화를 받지 않자 소파에서 일어나 창문을 통해 바깥 건물을 보며 손을 허리에 짚었다.

안 그래도 지유 집으로 불러들인다고 길길이 날뛰고 있던 재신이었는데, 지유가 술 먹고 집에 도둑이 들었다고 말한 이후부터는 그녀에 대한 감시가 심해졌다. 처음부터 그의 말을 안 듣고 알아서 하겠다고 고집했던 일부터 꼬투리를 잡더니 결국 화를 냈다. 재신은 독립도 좋지만 주변 사람을 생각해서 안전한 곳으로 가 달라는 부탁도 잊지 않았다.

오빠로서 마음이 아파서 화를 냈지만 지유가 놀라서 딸꾹질을 할 정도로 말이 거칠긴 했었다.

"왜 이렇게 전화를 늦게 받아?"

분명 유지유는 오빠를 녹이는 법을 알았다. 얼마 지나지 않아 재신의 목소리가 풀어졌다.

"그래. 오빠한테 기대지 않으려고 노력한 거 잘 알지. 어머니께도. 그런데 우리는 네 가족이잖아. 고시원은 정말…… 생각도 못 했다. 프라이버시(privacy)라면서 위치를 알려주지 않을 때부터 눈치챘어야 했는데. 너 어머니가 준 돈 쓰지도 않았다며. 오빠 건물에 들어와서 살던지, 아니면 네 회사 주변인 도형이네 아파트 아래층에 들어가든지, 아니면 집으로 오든지. 셋 중 하나 해. 내가 안 이상 이대로 못 둬."

도형은 고개를 끄덕이며 뒤에서 팔짱을 꼈다. 전화를 끊은 후 재신이 넥타이를 끌며 소파에 앉았다.

"하여튼 갈수록 고집불통이라니까."

"뭐라는데?"

"고민해 보겠대."

도형은 어깨를 으쓱했다. 그것보다 오늘 재신을 만난 이유는 따로 있었다. 그의 이름으로 열릴 사진전에 재신을 초청할 생각이었다. 저보다는 기획력이 좋은 재신에게 따로 자문도 구하고 싶었고 말이다.

***

지유는 일부러 동기들 연락처를 알아내서 점심에 약속을 잡았다. 고작 그녀에게 허락된 시간은 한 시간 남짓이지만, 혜진이 이 동네를 지나갈 일이 있다고 하여 약속을 잡은 것이다.

"그러니까 너도 찾아갔다는 거지?"

"응."

"진짜 미친 새끼네. 영준이 아침에 출근하는데 박을 뻔했다잖아. 이게 차라리 해코지를 제대로 하면 좋은데 야금야금 방해만 하고 있으니 원. 경찰서 갔는데 증거 불충분이래. 차를 박지도 않았다고."

"……그렇지. 5년 전에 두 사람이 연애했다는 증거도 없고, 그렇다 해도 그것 때문에 우리를 괴롭히는 건 말도 안 되잖아."

지유는 마른세수를 하며 얼굴을 쓸었다. 혜진도 답답하긴 마찬가지인지 한숨을 쉬었다.

"사실 우리 동기들 다 한 번씩 당했거든. 결국 너한테도 갔구나."

"어."

"인영이한테 미안하고, 안타깝고 그렇긴 한데. 자꾸 그 사람이 주변을 알짱거리니까 스트레스받아. 신고해도 답도 없고. 이거 뭐 라디오에 사연 보내야 하나. 넌 다 잊은 줄 알고 좀 심통 났는데, 너도 결국 마찬가지였구나."

"……그걸 어떻게 잊어."

내 옆에서 수업 듣던 친구였는데.

"장례식장에서 너 귀싸대기 맞았잖아. 인영이 엄마한테. 우리 장례식 내내 사죄하고 또 사죄하는 마음으로 일했는데. 그게 벌써 5년 전이네."

"응. 내가 제일 먼저 들어가서 맞았지. 인영이 어머니는 다른 사 람 탓으로 돌려야 숨 쉴 수 있었을 거야. 그땐 내가 맞고도 억울하 단 생각을 못했어. 그냥 계속 어안이 벙벙했거든."

"지긋지긋하다. 그만 잊고 싶어."

지유는 커피를 한 모금 마셨다. 인영의 남자 친구였던 그가 우 리에게 이렇게 얕은 복수를 하고 곁을 맴도는 이유가 뭘까. 단순히 우리가 행복해지는 게 보기 싫었다면 칼로 찌르거나 차로 박았거 나 뭐 하나 제대로 했을 텐데…… 아직 그런 적은 없다고 했다.

"일단 우리 동기 톡방 초대할게. 상황 보고하자. 언제 누가 어디 서 당할지 모르니까. 경찰이 우리 말을 믿지 않으니 우리끼리 언론 을 이용하든 그러자고. 몸 잘 지키고."

"응. 혜진아."

"저번에 퉁명스러워서 미안했어."

"아니야. 너희 다 힘들었을 텐데 내가 편입해서 쏙 빠졌잖아. 사실이기도 하고."

"걔 그렇게 되고 한동안 진짜 학교 분위기 안 좋았어. 동기끼리 서로 볼 때마다 죄책감 들고. 에휴. 말해 뭐하니. 들어가."

지유는 혜진과 헤어진 후 사무실로 복귀했다.

그녀는 소품으로 협찬받은 다이아몬드 목걸이를 들고 J Studio로 향했다. 오늘 촬영은 제이크 포토그래퍼로 내정되어 있었다. 월, 수, 금 아르바이트로 한 달간 있던 곳이었는데 다시 가니 이상하기만 했다.

"지유 씨. 어서 와~"

"네!"

라영이 지유를 반겨주었다. 레이는 이상한 눈빛을 하며 지유에게 다가왔다.

"어휴. 사모님~"

"이러지 마세요. ……쉿, 쉿!"

레이가 호들갑을 떨며 사모님이라고 칭하자 지유는 검지로 입을 가렸다. 뒤에 휘연 대리와 차석 선배가 들어오고 있었다.

"아, 뒤에 못 봤네. 안녕하세요!"

레이는 반갑게 그들을 마중 나갔다.

"오늘 왜 이렇게 분주해요?"

"곧 국내 사진전 열리잖아. 사진 프레임부터 인화됐을 때 느낌, 크기까지. 지금 미술관 측과 계속 조율하느라고 예민한 상태야. 이번 주까지 촬영하고 다음 주부터는 아예 촬영 다 비웠거든. 100점

정도인데, 섹션 별로 캠페인도 있고, 작가님이 새로 시도한 작품도 다룰 예정이야."

도형이 예민한 상태인 줄 전혀 몰랐다. 항상 제게 맞춰준 오빠였기에. 지유는 오늘은 촬영이 다 끝난 후 도형의 집으로 찾아가야겠다는 생각이 들었다.

***

J Studio에서는 청바지 브랜드의 광고 촬영에 열을 올리고 있었다.

다이아몬드 목걸이를 찬 여자가 입고 있는 옷은 쫙 붙는 청바지에 청재킷이었다. 청바지 브랜드, 목걸이 브랜드, 가방 브랜드까지. 총 그들이 다뤄야 할 것은 세 종류였다. 그런데 목걸이의 고급스러움 때문인지 모델은 우아한 표정과 포즈만 계속 짓고 있었다.

"지금 내 앞에서 내외해요?"

카메라를 내린 그가 모델을 보며 인상을 썼다. 평소와 달리 격양된 목소리가 예민함을 대변하고 있었다.

"더 과감하게 못 해요? 표정, 나를 잡아먹을 것처럼. 그렇게 유혹해서 내가 넘어가겠어요?"

"작가님. 저는 이게 최선인데요."

더는 못하겠는지 모델이 항의했다. 그러자 도형은 레이에게 카메라를 주고 서서히 모델에게 다가가 한쪽 무릎을 꿇고 앉았다. 두 무릎을 바닥에 대고 지탱해서 포즈를 짓고 있던 모델은 그대로 굳었다.

숨 막힐 듯한 촬영장 공기에 다들 침을 꿀꺽 삼켰다.

금욕적인 남자가 모델에게 다가가 크롭 청재킷 아래 드러난 배와 허리 부근에 손을 대었다. 그녀의 살결 주변을 매만지듯 온기를 전달하던 그가 그녀를 내려다봤다.

여자의 표정이 붉게 변하고 있었다. 에어컨으로 인해 시원해진 공간이 후끈해졌다.

그는 원하는 사진을 위해서라면 꼭 여자를 이곳에서 취하고 잡아먹을 수 있을 것만 같았다. 지유는 저도 모르게 이로 입술을 질끈 물었다. 그가 한 손을 내밀자 레이가 카메라를 갖다주었다.

도형은 볼이 달아오른 채 입을 벌린 모델을 찰칵 찍었다. 도형을 보고 침을 흘릴 것처럼 모델은 넋이 나가 있었다. 그는 뷰파인더로 전에 찍었던 사진과 이번 사진을 번갈아 가며 보여주었다.

"지금 이 느낌으로."

"……네."

도형의 셔터 소리가 들릴 동안 여자는 도형을 잡아먹을 듯이 바라봤다. 그의 긴 손가락과 목선, 넓은 어깨까지 그녀의 눈이 닿았다. 여자는 꼭 도형과 합일이 된 것처럼 나중에는 숨결마저 흐트러졌다.

지유는 그 모습을 더는 보지 못하고 눈을 꼭 감았다.

***

도형은 촬영을 마친 후 먼저 퇴근했다. 촬영을 끝낸 후 정말 인사만 하고 가버린 지유가 못마땅했으나 얼마 못 가 그녀가 보낸 문자에 그의 기분이 풀어졌다.

유재신이나, 저나. 그는 고개를 절레절레 흔들었다.

[이따 집에서 보자. 오빠네로 갈게♡]

그는 저녁도 제대로 못 먹었을 지유를 위해 파스타면과 소스를 준비했다. 외국에 있을 때 곧잘 해먹던 버릇이 있어서 파스타, 리소토(risotto) 종류는 이제 손님에게 내보일 정도로 자신 있었다.

딩동.

도형은 문을 열었다. 그러자 피곤에 쩐 지유가 어깨를 늘어뜨리며 들어왔다. 도형은 그녀에게 다가가 그대로 한 팔로 감아 입을 맞췄다.

힘들어 하는 모습도 사랑스러웠다. 그녀의 부드러운 여체가 제게로 감겨 왔다. 그는 혀를 그녀의 입 안으로 비집고 넣어 저를 피하는 그녀의 혀를 잡아채 감았다. 거칠게 빨아들여 그녀를 향한 제 욕망을 드러냈다.

"하아…… 오빠."

"지유야."

"숨, 숨. 신발은 벗고."

그는 지유가 신발을 벗고 백을 바닥에 내려놓자 공주 안기로 번쩍 들었다.

"꺄아아!"

지유가 제게 매달릴 때면 묘한 쾌감이 느껴진다. 연애를 하면 할수록 감정이 더 깊어진다.

"오늘 힘들었어?"

"응, ……조금. 근데 오빠도 힘들었지."

지유가 그의 두 볼을 손으로 감싼 채 입술에 쪽쪽 입을 맞췄다.

"오빠 사진전 준비하고 있다며. 나 왜 몰랐지."

"열리면 같이 가자."

"으응, 하아암. 하품 나는데 오빠랑 있으니까 너무 좋아."

"……단순히 좋기만?"

도형의 질문에 지유는 식탁 의자에 앉아 그를 올려다봤다. 이 식탁 의자 되게 위험한 의자인데……. 여기만 앉으면 야해지는.

"아니. 사랑해."

지유는 의자에서 내려와 그를 와락 끌어안았다. 언제부터 그를 사랑하게 됐는지는 모르겠다. 좋아하는 것보다 더 감정이 컸다. 피곤하고, 쉬고 싶어도 도형을 만나러 가게 되는 것. 그가 다른 여자와 친하게 지내는 게 너무 싫다는 것. 그리고 저를 항상 위해 주고 지켜주는 도형에게 감사하다는 것. 이 감사를 표현할 길이 없다는 것도.

서도형을 향한 감정이 열 손가락을 다 채우고도 모자랄 정도였다. 그러니 저는 그를 단순히 좋아하는 게 아니다.

"오빠도 피곤했을 텐데 출퇴근길 매번 신경 써줘서 고마워. 못 오면 택시 타서 번호 보내라고 말해 주고. 나 이렇게 사랑해 줘서 고마워."

지유는 입꼬리를 늘리며 예쁘게 웃었다. 도형은 그녀를 와락 껴안았다. 그러곤 그녀의 어깨에 얼굴을 묻고 피식 웃었다.

"내가 더 고마워. 나 사랑해 줘서."

"어험. 그런 서도형이 오늘 너무 섹시해서 그 여자 눈 돌아가더라."

"그 여자?"

"모델, 여자 모델!"

"아─"

태평하게 아아─ 하던 그가 그녀의 볼을 엄지로 쓸었다. 모델 따윈 신경도 안 쓴다는 듯 행동하던 그가 그녀의 볼을 잡아 늘였다.

"아앗. 왜 꼬집어."

"고집불통. 우리 집 아래층으로 오라니까."

"안 돼. 나 그러면 매일 여기 오려고 할 거야. 나를 못 믿어."

"여기 오면 안 돼?"

도형이 왜 그런지 모르겠다는 듯 고개를 갸웃거렸다.

"나 네가 허락 안 하면 손 안 대. 알잖아."

그의 물음에 지유는 고개를 끄덕였다. 너무 잘 알고 있었다. 지금까지 숱하게 키스를 했으나 그 이상으로 가진 않았다. 서도형이 죽어라 참고 있다는 건 그녀도 잘 알고 있는 사실이었다.

"파스타 해 줄게. 크림? 토마토?"

도형이 그녀에게서 멀어지며 물었다. 지유는 그에게 달려가 뒤에서 꽉 끌어안았다. 저를 위해 욕망을 누르는 그가 안쓰러우면서도 고마웠다. 이런 사람이 제 남자 친구여서 뿌듯하고 이 남자라면 제 처음을 주어도 아깝지 않단 생각이 들었다.

다만, 걸리는 건 재신이었다.

"재신 오빠 건물로 들어가는 거로 합의 보고, 오빠랑 연애하는 거 말할게. 그 이후에는⋯⋯."

도형이 그의 허리를 안고 있는 그녀의 손 위를 큰 손으로 덮었다.

"나를 어떻게 해도 좋아."

그녀의 손을 감싼 그의 손에 잔뜩 힘이 들어갔다. 어쩌지 못하고 잠시 꾹 누르던 그가 안고 있던 팔을 풀어내고 파스타를 만들기 시작했다.

***

식사를 마친 후 도형은 지유를 차에 태워 고시원 앞까지 데려다 주었다. 이제 스튜디오로 나오지 않기 때문에 내일도 지유는 새벽같이 일어나서 눈만 비비고 사무실로 가야 할 게 뻔했다.

그는 아쉬움을 달래고 차를 주차했다. 옛날 건물이라 지하주차장이 없어서 바로 앞 주차장에 대놓고 옆에서 졸고 있던 지유를 봤다.

"지유야."

"응?"

"다 왔어."

지유가 조수석 안쪽으로 고개를 묻고 손등으로 입가를 가렸다. 허겁지겁 핸드백에서 손수건을 꺼내더니 손등을 내린 자리에 대신 올렸다. 그는 키득 웃으며 그녀의 손목을 잡아챘다.

"언제 도착했지. 자려고 한 건 아닌데."

도형은 울상을 짓는 지유에게 상체를 기울였다. 자동차 안이라 몸이 불편했지만 안전벨트를 풀고 나니 그나마 조금 몸이 자유로웠다. 그는 그녀에게 다가가 입술에 가볍게 입을 맞췄다.

"흐으음."

지유는 콧소리와 한숨을 동시에 내며 스르르 눈을 감았다. 조수석 의자에 손바닥을 딱 붙이고 차렷 자세를 한 지유의 손목을 잡아 하나씩 제 목에 걸어주었다. 도형은 그녀가 앉은 조수석 의자를 최대한 뒤로 밀고 등받이를 내렸다. 그러곤 그 좁은 공간으로, 그녀의 위로 올라갔다.

"읍!"

입술을 맞추니 더 열이 올랐다. 발끝에서부터 머리끝까지. 짜릿한 기운이 그를 갈랐다. 졸려서 게슴츠레 뜬 눈도 예쁘고, 그를 향해 사랑한다고 말했던 입술은 더 예뻤다.

사람이 이렇게 예쁘고 사랑스러울 수 있나 싶을 정도로.

그의 입맞춤이 거세질수록 제 목에 매달려 있던 그녀의 손에도 힘이 들어갔다. 그는 입술을 떼고 지유를 나른하게 내려다보았다.

"사랑해. 우리 지유. 내 방울이."

귀여워서 온몸을 다 깨물어주고 싶었다. 그는 촉촉한 그녀의 입술을 보다가 엄지로 주변을 쓸었다. 제 자국을 지워주려던 건데 오물거리는 입술을 보다가 엄지를 쑥 넣었다. 달큰한 그녀의 혀가 그의 손가락에 닿자 그는 다리 사이가 뻐근해졌다.

"······오빠."

차마 입 안에서 휘젓지 못하고 그는 엄지를 슬며시 뺐다. 그러곤 그녀가 입을 닫을 틈도 주지 않고 다시 입은 맞췄다.

그녀의 입술을 거칠게 맛보고 빨아들여 그는 제 만족을 채웠다. 지유도 그의 달아오른 상태를 느끼고 머리카락 속으로 손을 넣어 쥐었다.

"하아……."

"으음."

서로 입술을 맞추며 나는 소리가 차 안을 적나라하게 적셨다. 좁은 공간에 서로 몸이 딱 달라붙자 그는 옷 위로도 손을 움직였다.

도형은 축축한 손가락을 아래로 내려 좁은 틈을 비집고 상의 안으로 넣었다.

이번엔 죽어라 참았어도 손길을 막지 못했다. 그녀의 살결에 잠시 닿았던 손은 허리를 느릿하게 매만졌다.

청초한 그녀가 흐트러진 채로 '오빠'하고 저를 불렀다. 키스로 인해 촉촉한 입술을 보니 정신이 돌 거 같았다. 그는 지유의 이 모습을 그대로 셔터에 담고 싶었다.

그는 가슴을 쓰다듬는 제 손길에 반응해 지유가 목을 꺾자 그대로 뾰족한 턱에 입을 맞췄다. 그러곤 그녀의 턱에서 목을 타고 더 아래로 입술을 내렸다.

지유의 옷이 흐트러졌다. 입고 있던 바지 버클에 그가 손을 대자, 지유는 그의 손등 위를 잡았다.

"지유야. ……하아."

"오빠."

"……미치겠다."

애가 타서.

갖고 싶은데 가질 수가 없어서.

다 입 맞추고 빨고 싶은데 그러지 못해서. 더 사랑해 주고 싶은데.

네 전부를 갖고 싶어.

그의 눈빛을 보던 지유가 그의 얼굴을 잡아 위로 끌었다. 그는 숨을 몰아쉬며 그녀의 얼굴 가까이로 올라갔다.

그러자 지유가 그의 상체를 안아 등 뒤로 셔츠를 두 손으로 꽉 쥐었다. 부여잡은 손길을 느낀 그가 정신을 차리기 위해 그녀에게서 멀어져 운전석으로 돌아가려는데 이번에는 그녀가 그의 손목을 잡았다.

"오빠."

"왜?"

"힘들지?"

"어."

그는 부정하지 않았다. 참기 힘들다는 것을. 굳이 왜 이렇게까지 참아야 하나 싶다가도 지유를 존중하고 싶었다. 제 작은 방울이 놀라 도망가서 숨길 원하지 않는다.

그녀가 원할 때, 그녀가 저를 간절하게 바랄 때 가질 것이다.

"집에 가기 싫어. 가려니까…… 또 보고 싶은 거 있지."

그는 운전석에 앉아 시동을 켜고 에어컨도 틀었다. 그러곤 그녀의 머리카락을 귀 뒤로 넘겨주었다.

"나 정말 오빠 사랑하나 봐. 밤에 못 본다고 생각하니까 집에 들어가기 싫은 거 있지. 이렇게 보고 있는데, 우리 일주일에 몇 번은 보는데…… 왜 이래?"

자신이 왜 이런지 모르겠다며, 비정상인 거 같다고 걱정하는 지유의 머리카락을 만지작거렸다.

이거라도 하지 않으면 자신이 어떻게 할지 몰라서.

당장에라도 손과 입이 그녀를 탐하고 싶어서 간질거렸다.

"지유야."

"응, 오빠."

"나는 매번 그래."

오늘 봐도 보고 싶고, 내일 볼 수 있다고 해도 새벽에 네가 그리워. 그는 뒷말은 그녀가 들을 수 있도록 혼잣말을 하듯 작게 읊조렸다.

그의 말에 지유의 눈이 토끼처럼 커졌다. 잡아먹고 싶게 말이다.

아니, 잡아먹지 않고는 못 배기게 말이다.

***

"요새 잠은 잘 주무시나요?"

"아뇨. ……자긴 잡니다. 못 자는 거 같기도 하고."

정신의학과 윤 교수는 환자의 상태를 적어 내려갔다. 지난 몇 해 동안 이 청년을 보아왔던 그는 차트를 다시 앞으로 되짚었다.

"저한테 숨기시는 게 있으신가요?"

"아, 아닙니다."

환자는 눈을 또렷하게 맞춰 오며 말했다. 처음 만났을 때보다 오히려 눈빛과 행동이 이상해지고 있는데, 차트상에선 일반인처럼 보이고 있었다. 환자가 의도적으로 제게 이중적인 모습을 보이고 있는 것이다.

"이제 박진용 씨도 괜찮아진 것 같네요. 수면제는 줄여 가면 될 거 같아요. 공황장애 증상도 괜찮아진 거 같고."

윤 교수는 차트를 덮은 후 옆으로 밀었다. 그러고는 끼고 있던 안경을 내려 책상 위에 올려뒀다.

"그런데 하나 궁금한 게 있는데, 물어봐도 될까요. 이제 진용 씨 그때 일 얘기할 수 있는 상태인 거 같아서요."

"네."

"그때 마지막으로 서인영 씨의 목소리를 들었다고 했잖아요. 그때, 무슨 대화를 하셨어요?"

"……!"

그에게 가면을 쓰고 있던 진용의 눈빛이 흔들렸다. 윤 교수는 먹잇감을 앞에 둔 하이에나처럼 그의 심리를 더욱 파고들기 시작했다.

"그 당시 직접 상황을 목격한 사람보다 진용 씨가 더 트라우마가 오래가는 것을 보아 그때의 상황을 조금 더 자세히 알고 싶습니다. 꼭 말씀해 주셔야 하는 건 아니고요."

"……"

진용은 입을 열려다가 꾹 닫았다.

"오늘은 여기까지 하죠. 꼭 지금 얘기하지 않으셔도 됩니다. 그럼, 다음 진료가…… 3개월 뒤에 뵙죠."

"……제가 그때 이후로 성불구자가 되었습니다. 정신적인 것 같아요."

"……자세히 말씀해 주세요. 아예 욕구가 없어진 겁니까, 아니면……."

"욕구는 있는데 하질 못해요. 정말 죽고 싶을 정도로 괴롭습니다."

윤 교수는 책상에 올려둔 안경을 다시 쓰고 차트를 열었다. 그리고 대화 내용을 녹음, 녹화하기 시작했다. 태풍의 눈처럼 가장 고요할 때가 제일 무서운 법이었다. 그는 지금 진용의 상태를 제대로 알고 치료를 돕지 않는다면 마음이 아픈 박진용이 언제든지 악마가 될 수 있다고 생각했기 때문이다.

"그런데 저만 이런 것 같습니다. 그래서 좀 억울한 기분이 들어요."

환자에 대해 자신이 모르고 있는 게 있다면 꼭 알아내야 했다.

***

"지유."

편집장이 손을 까닥거렸다. 지유는 의자를 빼고 자리에서 일어나 미희에게 달려갔다.

"이거, 쓰레기 치워."

편집장이 버리라고 한 쓰레기는 그녀가 쓴 보고서였다. 찍이의 맛집 탐방소를 디벨롭 하라고 해서 나름 재밌게 쓴다고 쓴 기사인데 휴짓조각처럼 벅벅 찢어져 있었다.

"분쇄기에 넣을 필요도 없더라고. 다시, 써 와. 토요일 오전까지."

'지금 금요일 저녁인데요?'라고 반문도 못 했다. 토요일 오전까지면, 오늘 철야하라는 소리였다. 가방을 싸서 나가려던 편집장이 팔짱을 낀 채로 지유를 위에서 내려다봤다.

"지유 씨 원래 이렇게 수동적인 사람이야?"

"네?"

"아니면 정직원 되니까 마음이 편해서 그래?"

"⋯⋯아닙니다!"

"내가 유지유였다면 자기 이름 내걸고 잡지 귀퉁이에 기획 기사를 낸다고 하면 지금 이러고 있지 않을 거 같아. 우리 회사에 영상 팀 있는 거 알아, 몰라."

"네! 영상 팀과 콜라보로 기획해서 식당 주인분께 양해 구하고 촬영 영상 따겠습니다."

"그래. 모르면 석이한테 묻고."

석이? 지유가 고개를 갸웃하자 미희가 순간 멈칫했다. 그러더니 아무렇지 않은 얼굴로 그녀의 바로 앞자리인 차석의 의자를 발로 툭 쳤다.

"고차석. 지유 씨 좀 도와줘."

"네. 그럼 다녀오십시오."

차석은 자리에서 일어나 깍듯하게 미희에게 인사했다. 지유는 미희가 나간 후 자리로 돌아와 지금까지 했던 기획서를 싹 다 인쇄한 후 영상 팀과의 콜라보를 기획하기 시작했다.

'에디터로 성장하여 테드 잡지사에서 독보적인 크리에이터가 되고 싶습니다.'

미희는 지유가 인턴 면접 때 했던 말을 기억하고 있었던 것이다. 요즘 그녀는 야근과 철야에 지쳐 지금은 자신이 일을 하는 건지, 일에 자신이 종용당하고 있는 건지 모르는 시점이었다. 그동안 휘연 대리님과 편집장님이 정해 준 마감 기한에 맞춰 일할 생각만 했지 일을 주도적으로 할 생각을 못했던 것이다.

***

도형은 사진전을 준비하다 말고 작업실에 들어와 상자 하나를 열었다. 귀국할 때 제일 먼저 챙긴 그의 보물 중 하나였다.

사진 한 장, 한 장을 보는 그의 입가에 미소가 절로 번졌다. 지유와 친해졌던 그때가 떠올랐다.

지유는 매번 학교를 갈 때 방울 고무줄로 머리를 하나로 질끈 묶곤 했다. 하교할 땐 그녀가 좋아하는 디스코 머리를 해서 방울 머리끈을 위가 아닌, 아래쪽에 묶어 놓곤 했었다. 그 당시 재신과 종우, 태훈 네 사람은 청춘을 즐긴답시고 주 1회는 꼭 고주망태가 됐었다.

재신은 처음엔 친구들에게 지유를 소개해 주기 싫어서 도형의 집에서 자주 모였는데 그의 의도와 다르게 지유를 친구들이 알게 된 이후부터는 그들이 자주 가는 술집과 가까운 재신의 집에서 주로 모이게 되었다.

'매번 봐도 예쁘다. 네 동생.'

'꺼져 새끼야. 너한테 안 줘.'

'그럼 누구한테 주려고?'

'안 줘. 아무한테도. 지유가 마흔 살 돼서 열 살 연하나 만났으면 좋겠다.'

이거 그냥 안 보내겠다는 거 아니야? 유재신 심해. 그의 말에 친구들이 한마디씩 던졌었다. 도형도 그중 한 명이었다.

"지유보다 열 살 어리면 좋았을 텐데."

그는 지유의 사진을 검지로 탁 쳤다. 꼭 지유의 말랑한 볼을 건드린 것처럼 기분이 좋아졌다. 그러다가 다른 사진을 보았을 때, 그는 말을 멈췄다.

담벼락에 기대 있던 지유의 옆모습 사진이었다. 재신의 집은 아주 오래된 은행나무가 있는 주택이었다. 어디에서 사진을 찍어도 그림이 되는 곳. 사진기를 항상 들고 다니던 도형은 그날 지유가 큰 돌 위에 올라 담벼락을 손에 집고 안쪽을 보고 있는 모습이 눈에 들어왔다.

가족이지만, 가족이 될 수 없는.

같은 공간이지만 벽으로 분리되어 항상 힐끔 쳐다보기만 하는. 그녀가 찰칵거리는 소리에 놀라 그에게 고개를 돌릴 때 파노라마처럼 그 모습이 머릿속에 각인되었다.

'오빠, 나 여기서 아르바이트시켜 줘!'

'미성년자 안 받아.'

군대를 다녀온 그가 처음 차린 스튜디오에 지유가 찾아왔었다. 그는 그녀의 이마를 검지로 툭 밀어내며 미성년자는 안 된다며 거절했다. 당시만 해도 지금과 같은 마음은 아니었다.

'나 독립하고 싶단 말이야. 부탁해.'

그는 차마 지유를 밀어낼 수가 없었다. 지유가 독립하려는 이유를 그도 잘 알고 있었다.

재신의 아버지가 돌아가신 후, 모친은 재신에게 모든 걸 기대고 집착하기 시작했다. 재신이 원하는 거라면 뭐든 다 가져다 줄 수 있는 사람이었다. 당시 재신은 여동생을 원했고, 모친은 지유를 고아원에서 데려왔다.

재신은 동생이 생기고부터 외로움이 덜어지고 어머니에 대한 부담감이 줄어갔지만, 지유는 입양아 특유의 불안감을 항상 갖고 있었다. 버림받는 것에 대한 두려움, 자신이 그들에게 폐가 되면 안 된다는 생각들. 그래서 그는 스튜디오로 지유를 들인 것이다.

"그땐 분명 이렇게 될 줄 몰랐는데 말이야."

작은 상자를 닫은 그가 꼭 걸어 잠갔다. 지유에게로 가는 제 마음과 속도를 늦추려는 듯 그는 다시 한번 제 마음을 다독였다.

***

밤을 새운 지유가 토요일 오전에 보고서를 제출하고 본가로 향했다.

"지유, 엄마한테 연락도 안 하고. 섭섭해!"

"엄마. 나 맨날 야근하느라고. 흐어어, 오늘도 밤새웠어."

"다크서클이 잔뜩이네. 엄마랑 마사지하러 갈까?"

"응. 나 좀만 자고."

지유는 엄마를 꼭 안아주고 제 방으로 들어왔다. 그러자 엄마가 그녀의 방문을 열고 들어왔다.

"재신이네 건물로 간다며?"

"응, 응."

"차라리 집으로 들어 와."

"……"

"아님 재신이 건물로 엄마도 같이 갈까?"

엄마의 질문에 지유는 어깨를 으쓱했다. 엄마의 마음은 알지만 그건 그녀가 결정할 수 있는 문젠 아니었다. 오빠가 엄청 부담스러워 할 거 같았다.

"어머니. 지유 밤새웠어요. 일단 나가요."

"재신이 일어났어? 아구, 우리 아들."

"저 애 아니에요."

그녀의 방문 앞에서 엄마는 재신을 꼭 껴안으며 엉덩이를 탁탁 두드렸다. 재신이 인상을 쓰자 입을 삐죽이는 것으로 속상함을 표현했다. 그러자 재신은 다시 입꼬리를 올려 웃으며 엄마의 심기를 거스르지 않기 위해 노력했다.

'이따 밖에서 같이 저녁 먹어.'

방문을 닫고 나가던 그가 지유를 보고 입 모양으로 말했다. 지유는 고개를 끄덕였다.

***

진짜 숨도 안 쉬고 잠에 빠져들었다. 그녀가 잠에서 깼을 땐 오후 다섯 시였다. 더 자고 싶지만 그녀는 이불을 개고 거실로 나왔다.

"일어났어?"

거실 소파에 재신이 다리를 꼬고 앉아서 TV를 보고 있었다.

"엄마는?"

"이모님들과 저녁 드시고 오신대."

"아아- 갈증 나."

지유가 손등으로 눈가를 비비며 혼잣말하듯 말하자 재신이 벌떡 일어나 그녀에게 물을 갖다주었다.

"뭐 먹을래?"

테이블에 허벅지 하나를 걸쳐 앉은 재신이 묻자 지유는 물을 마시며 손을 뻗었다. 잠깐만 기다리라는 뜻이었다.

"오빠가 좋아하는 정식?"

"매운 거 안 먹고?"

"응! 오빠~ 내가 밥 사줄게."

지유가 그의 팔에 팔짱을 끼었다. 그러자 재신은 고개를 절레절레 흔들며 차 키를 집어 들었다. 지유는 그를 따라가다가 방에 들어가 핸드폰을 들고나왔다. 그리고 도형에게 문자 한 통을 보냈다.

[D-Day. 재신 오빠한테 오늘 말할 거야.]

[화이팅.]

지유가 그의 답장에 키득거리고 있는데 문자 한 통이 더 왔다.

[나 맷집 기르고 있을게. 이왕이면 턱 밑으로 부탁한다고 전해
줘.]

***

정식집에 도착하기 전 재신은 미리 주문을 하였고, 두 사람이
도착하였을 땐 바로 먹을 수 있게 음식이 차려졌다.

지유는 밥을 먹는 내내 재신을 힐끔거렸다. 어떻게 말을 해야
할지.

"오빠 내가 할 말이 있는데."

"뭔데?"

재신은 국물을 한 입 떠먹은 후 그녀에게 되물었다.

"오빠 듣고 놀라면 안 돼."

"응. 조금 무섭긴 하네."

재신이 숟가락을 내려놓고 팔짱을 꼈다. 그냥 도형 오빠한테 말
하라고 할 걸 그랬나. 재신은 그녀에게 아빠와 다름없는 소중한 존
재이기에 이런 중요한 일은 제 입으로 말하고 싶었다. 그런데 막상
말하려니 입이 떨어지지 않았다.

"저, 그게……."

"뭔데. 우리 기획사에 부탁할 거 있어? 그런 거 있으면 편하게

하라고 했잖아. 부담 갖지 말고."

"으음."

차라리 그런 거면 더 좋을 텐데.

"나 남자 친구 생겼어."

"축하해."

"응? 오빠가 뭐라고 한 거야? 내가 제대로 들은 거 맞아?"

재신이 어깨를 으쓱하며 축하한다고 말했다. 말도 안 돼! 지유는
믿기지 않는다는 표정으로 재신을 보았다. 소개팅에 소만 들어도 길
길이 날뛰던 오빠였는데, 설마 우리 사이를 미리 눈치챈 걸까?

"그때 너 맞선 볼 때 오빠가 따라갔잖아. 그때 이후로 생각 많이
해 봤는데 지유 네가 이제 어리지 않더라고. 그래서 네 연애 응원
해 주기로 했어."

"정말?"

"응. 정말. 대신, 결혼을 결정하기 전엔 오빠한테 꼭 보여줘."

"당연하지. 누구 오빤데."

재신은 그럼 됐지 하는 표정을 짓더니 다시 숟가락을 들었다.
우선 하나는 넘어갔고, 다음은 그 남자 친구가 누구인지 말할 차례
였다.

"내 남자 친구 오빠도 아는 사람이야."

"내가 아는 사람? 누군데?"

재신은 누군지 전혀 감이 오지 않는 눈치였다. 그가 아는 사람
이 한두 명이 아니니.

"설마 그때 그 맞선본 새끼?"

"아니, 아니. 그 남잔 진짜 아니었어."

"그 자식이라고 했으면 연애의 '연'자도 못 꺼내게 했을 거야."

감자를 집은 재신의 젓가락이 엇갈려 겹쳐지더니 감자가 반으로 쪼개졌다. 저 감자에 도형을 대입해 보니 덜컥 겁이 났다. 두 사람의 친구 사이가 저렇게 쪼개질 일은 없겠지. 그럴 거야. 그래야 하는데.

"나 도형 오빠랑 만나."

"응? 누구?"

"오빠 친구, 서도형."

"……."

재신이 젓가락을 놓았다. 이번엔 젓가락이 탁자에 닿을 때 아무런 소리가 나지 않았다. 조심스러운 손길이었지만 재신의 표정을 매우 험악했다.

"언제부터?"

"나 술 취해서 도형 오빠네서 진상 부린 다음 날."

"……서도형한테 전화해 봐. 아니, 당장 여기로 오라고 해."

재신의 목소리가 한없이 가라앉아 있었다. 지유는 흠칫 놀란 채로 도형에게 전화를 걸었다.

***

재신은 지유를 룸에 두고 밖으로 나갔다. 복잡한 감정을 진정시키기 위해 담배 한 개비를 꺼냈다. 제 여동생과 서도형? 너무 황당해서 그는 손을 떨다가 들고 있던 담배를 떨어뜨렸다. 발로 비벼 불을 끄고 다시 다른 담배 한 개비를 입에 물었다.

"늑대 새끼가 내 옆에 있었네. 이런 ……발."

라이터의 불이 자꾸 바람에 꺼지자 그는 신경질이 나서 쓰레기통에 다 집어 던져 버렸다. 그는 지유가 있는 룸으로 들어가지 않고 서도형을 기다렸다.

15분 정도 지났을 때쯤 그가 아는 차가 한정식집으로 들어오는 게 보였다. 그는 서도형의 차가 멈추는 방향으로 서서히 걸어갔다.

도형은 차에서 내린 후 차 키홀더의 버튼을 눌렀다. 삐삑 소리와 함께 차가 잠겼다. 그리고 몸을 돌리자 제 앞에 한 뼘 정도 거리에 재신이 서 있었다.

"재신아."

재신은 양 주먹을 꽉 쥐고 있었다. 그가 말을 잘못 꺼냈다가는 언제 그 주먹이 날아올지 모른다. 그는 이 정도는 각오했었다.

"야. 서도형."

황당한 듯 잠시 말을 멈춘 재신이 피식 웃었다.

"이건 아니지 않냐. 너희 가볍게 연애 놀음하는 거 옆에서 못봐. 난 관계 꼬이는 거 세상에서 제일 싫다."

그는 재신이 하는 말의 의도를 잘 알았다. 그는 자신이 지유와 어떤 계기로 잠시 불이 붙어 만나는 거로 생각했을 것이다. 만났다가 헤어진 후에 어색해지는 것도 싫고, 잘 돼도 친구를 여동생 남자 친구로 두긴 껄끄럽다는 것이다.

"너 인마, 왜 갑자기……."

재신이 한숨을 푹 쉬었다. 서도형이 지금까지 여자를 만나지 않아 걱정되어 여자를 만나라고 종용했던 건 오히려 그였다. 친구가 걱정돼서, 정말 마법사로 평생 살까 봐……. 그의 눈썹이 꿈틀거리다 잠시 시선을 아래로 내렸다. 긴 다리 사이 어딘가쯤 시선이 고정되었을 때, 도형이 먼저 입을 열었다.

"걱정 마. 거기까진 아니야."

"꿈도 꾸지 마."

"……."

"대답 안 하지. 너 가볍게 만나다가 지유 상처받으면…… 진짜 이거 아니야!"

"가볍게 만나는 거 아니야. 나 지유 오래전부터 좋아했어."

"뭐?"

"그래서 미국 간 거야."

"너 그럼…… 지유 몇 살 때?"

재신은 손가락을 하나씩 접어보다가 결국 참지 못하고 도형을 발로 찼다. 저도 모르게 격하게 나온 행동이었다.

"내가 널 너무 믿었지. 뭐? 지유를 마음에 그때부터 둬? 너 그래 놓고 언질도 안 줘?"

"몸이 멀어지면 마음도 자연스레 없어질 거라 생각했어. 근데 그게 안 되더라고. 나라고 고민 안 한 거 아니야. 많이 고민하고, 고심하고…… 지유한테 내 마음 말하는 것도 두려웠다고. 난 어쨌든 두 사람 중 한 명은 잃어야 하는 거잖아."

"……"

"내가 언질 줬으면 당시에 네가 가만있었겠냐."

"그건 그렇지만…… 그래도 서도형, 이렇게 뒤통수치는 게 어디 있어."

"나는 재신아. 지유, 가볍게 만나는 거 아니야. 너도 알다시피 내가 아랫도리 함부로 놀리면서 이 여자 저 여자 갈아 치우는 새끼 아니잖아. 내가 지유 택했으면 얼마나 소중히 할지, 네가 더 잘 알 거 아니야."

도형은 재신을 설득하기 위해 제 마음을 다 풀어놨다. 언제부터 지유를 좋아했는지, 지금 마음이 어디쯤에 있는지.

"나 지유 사랑해."

재신의 주먹이 부르르 떨렸다. 그러던 그의 주먹에 힘이 풀렸다.

"너 결혼 전까지 계속 부처로 살아."

"뭐?"

"우리 지유한테 손끝도 대지 말라고! 플라토닉 러브! 그것만 해."

"야…… 너 너무한 거 아니냐. 나한테."

재신은 본인의 머리를 마구 흐트렸다. 그러다가 짜증 나는지 쓰레기통을 발로 펑 찼다. 분명 유재신은 저 쓰레기통을 서도형이라고 생각하고 찬 걸 거다.

"너무하다고? 야! 네가 할 소리야?"

"지유 상처 안 줄게."

"그건 당연한 거고."

"……그래도 엄한 놈보단 내가 낫지 않냐."

도형의 말에 재신은 입을 다물었다. 남자로서만 본다면 재신은 도형의 말에 동의했다. 그가 자신의 친구가 아니라면 그는 지유의 첫 남자 친구로 어디 하나 빠지지 않는 편이었다. 인성도 괜찮고, 여자 함부로 만나지 않고, 한 번 마음에 담으면 오래 가는 녀석이니까.

그런데 제 친구라면 말이 달라진다.

"내 친구들 중에 서도형 네가 제일 음흉해."

"인정."

"인정하지 마. 기분 나쁘니까."

재신은 한정식집 안으로 들어갔다. 룸의 문을 열자 화들짝 놀란 지유가 뒤를 돌아보았다. 그러다 도형과 눈이 마주치고 슬쩍 입꼬리가 올라가는 걸 보니 재신은 배 속의 음식물이 다 꼬이는 것만 같았다.

"오빠."

"……!"

도형이 지유의 옆자리에 앉자, 재신이 떨떠름한 표정으로 두 사람과 마주보는 자리에 앉았다.

"나 아직 두 사람 허락한 거 아닌데?"

여동생을 뺏기기 싫은 아이처럼, 재신은 두 사람의 사이에서 앞으로 열심히 훼방을 놓을 생각이었다.

지금까지 마음을 숨긴 서도형도 괘씸하고, 지유에게도 배신감이 들어서.

"자자! 안주도 드시고~"

지유는 두 남자 사이에서 안주를 챙겨 주었다. 둘이 술을 마시면 재신의 접시에 안주를 놓아 주고, 그다음엔 도형의 접시에 안주를 놓았다. 재신 앞에서 먹여주는 모습을 보였다간 더 골을 낼 게 분명했다.

"유지유, 넌 이제 통금 8시야."

"오빠. 우리 회사 퇴근 시간이 열두 시가 넘는다고. 매번."

"그럼 주말 낮에만 만나."

그녀는 고개를 절레절레 저었다. 이 오빠가 진짜 뭘 모르네! 주말 낮에도 언제든지 일은 치를 수 있다고!

"지유야. 이것도 먹어."

지유는 고개를 끄덕이며 도형이 준 과일 안주를 입 안에 쏙 넣었다. 그러자 도형이 만족스럽게 웃었다. 그는 의자를 그녀보다 더 뒤로 뺀 채로 앉아 한쪽 팔은 지유의 의자에 걸치고, 한 손으로는 술과 안주를 번갈아 가며 먹고 있었다.

지유는 슬쩍 도형을 보고는 그의 넓은 가슴팍을 보자 안기고 싶단 생각이 들었다.

챙, 챙, 챙.

재신이 철로 된 그릇을 젓가락으로 탁탁 쳤다.

"시선 고정."

지유는 고개를 돌려 재신을 봤다. 뾰로통한 오빠를 보니 귀엽기도 하고, 미안한 마음이 들었다.

"오빠 여자 친구만 생겨 봐. 내가 시누이 노릇할 거야."

"시누이 노릇? 퍽도 하겠다."

"그러게. 지유 네가?"

도형도 옆에서 합세해서 물었다.

"왜 나는 못할 거 같아?"

"어."

"응."

두 남자의 입에서 동시에 대답이 튀어나왔다. 지유가 눈가에 힘을 주자 콧잔등에도 옅은 주름이 생겼다. 그러자 도형이 의자에 걸쳐둔 팔을 들어 지유의 콧잔등을 매만져주었다. 그 모습에 재신의 입가가 떡 벌어졌다.

"방금 내 앞에서 지유 얼굴에 터치한 거야?"

"……."

지유의 볼이 붉어졌다. 오빠 앞에서 애정 표현을 한 거 같아서 부끄러워졌다. 방금 전 너무 달달해서 재신이 있단 걸 잊었다. 미안하다, 오빠야.

"나 앞으로 이런 거 자주 봐야 하냐?"

"어."

"으아악! 이러려고 우리 지유를 싸고돈 게 아닌데. 내 친구면 진짜 내 눈앞에서 봐야 하잖아. 으으윽!"

"……오빠, 그럼 오빠 안 보이는 데서 연애할게. 그럼 되지?"

지유의 질문에 재신의 절규하던 얼굴이 순식간에 굳었다. 그러더니 벌떡 일어나 테이블을 가운데 두고 지유에게 상체를 기울였다.

"내가 안 보이는 데서 뭐 할 건데?"

재신의 질문에 지유는 눈을 깜빡거리며 새초롬한 표정을 지었다. 그 옆에서 도형은 묵묵히 재신의 술잔에 잔을 따랐다.

"이 의미는 뭐야?"

"잘 좀 봐주시죠, 형님."

"……그건 듣기 좋네."

듣기는 좋으나 여전히 재신의 머릿속엔 교통정리가 되지 않았다. 제 친구인 서도형, 제 동생 남자 친구인 서도형. 제 동생인 유지유, 절친의 여자 친구 유지유. 두 사람을 앞으로 어떻게 대해야 할지 난감했다.

"이건 정말 말도 안 돼."

재신은 한참을 그렇게 술을 마셨다. 도형은 옆에서 재신의 잔이 비면 채워주고 또 채워주었다. 지유는 두 남자의 눈치를 보며 젓가락을 입에 넣고 쪽쪽 빨았다.

테이블에 있는 술병들이 늘어나자 재신의 눈도 서서히 풀렸다. 지유의 볼도 한껏 상기되어 있었다.

"오빠! 내가 사랑하는 재신 오빠~"

"그래. 인마! 배신자 유지유."

"오빠가 여자라면 도형 오빠한테 반하지 않고 배기겠냐구우."

"넌 면역이 되어 있잖아. 잘생긴 남자한테."

"내가?"

지유가 고개를 갸웃하며 배시시 웃자, 재신이 턱을 괴고 그녀를 지그시 바라봤다.

"여기, 오빠 있잖아."

"……으하하하하."

"나 진심인데."

재신이 정색을 하자 지유는 그 모습이 웃긴지 목까지 붉어지며 웃었다. 도형은 이쯤에서 술자리를 끝내야 할 것 같아 한 손을 들었다. 직원이 오자 그는 계산서 위에 카드를 올려두려 하였으나 재신이 더 빨랐다. 도형의 카드를 내리고, 본인의 것을 올린 것이다.

"이거로 계산해 주세요."

"아니야. 오늘은 내가 계산할게. 우리 오빠한테 꼭 술 사 주고 싶었어~"

지유까지 가세해 두 남매가 직원에게 카드를 내밀었다. 그러자 직원은 난감한 표정을 짓더니 제일 멀쩡해 보이는 도형의 카드를 집었다.

"그래도 내 친구가 여자도 안 만나고 아주 정신 건강이 깨끗한 애야. 여자 친구가 생기면 제일 먼저 축하해 주고 싶었는데…… 내가 호텔방도 잡아주려고 했는데…… 지유라니."

"해 주고 싶은 거 다 해 주면 되지."

도형이 지갑에 카드를 넣은 후 뒷주머니에 꽂았다. 그러면서 재신의 푸념에 대꾸를 해 주니 재신의 풀렸던 눈에 바싹 힘이 들어갔다.

"뒤지고 싶지. 누구랑 호텔을 가? 내 눈에 흙이 들어가기 전엔 안 돼."

"알겠어, 알겠다고. 이제 일어나. 지유 너도."

"응! 오빠!"

지유는 도형의 말을 듣자마자 일어났다. 도형은 비틀거리는 지유의 허리를 받쳐 그의 품으로 당겼고, 지유는 그의 가슴에 닿자마자 그의 허리를 끌어안았다.

"지유, 지유. 우리 지유 오빠한테 와야지. 떽!"

재신도 비틀거리며 일어나 두 팔을 벌렸다.

"근데 왜 이렇게 땅이 흔들리냐. 지진이야?"

"네가 서 있는 땅만 지진 났나 봐."

"······으악!"

재신이 팔짝 뛰어 그 옆으로 오더니 여기도 지진이 났다며 울상을 지었다. 도형은 오랜만에 보는 친구의 취한 모습이 슬쩍 웃음이 나왔다. 20대 초반 때를 제외하고 이후에 이렇게 취한 모습을 본 적이 없어서 재밌기도 하고 신기했다.

"지유야."

"응."

헤헤헤헤. 뒤에 따라온 웃음소리를 보니 도형은 저도 모르게 입가에 미소가 번졌다. 지진이 났다며 안절부절못하는 유재신만 아니라면 두 볼을 잡고 입을 맞추고 싶을 정도로 지유는 예뻤다.

"가자. 오빠 꽉 안아."

그는 제 몸을 안고 몸을 지탱하는 지유의 팔을 다독여준 후, 다른 손으로는 멀대 같은 유재신을 번쩍 들어 올렸다. 하필 잡은 게 멱살이었다.

"뫄. 우웍! 너 어디 잡는 거야- 서도혀어어엉."

"그래 내가 네 형이다. 다리에 힘 좀 줘 봐."

"……지진이 나서. 하늘도 돈다, 돌아."

"그럼 형님은 여기에 버리고, 지유는 저희 집으로 데려가서 재우겠습니다."

"……"

도형의 말에 재신이 한 손은 도형의 팔을 잡고, 다른 한 손은 테이블을 잡고는 다리에 힘을 주려 애썼다. 비틀거리면서도 눈을 치켜뜬 재신이 도형을 노려보았다.

"차라리 강태훈이랑 사귀어! 지유 말고."

"……너 감당할 수 있겠냐. 내가 강태훈하고 만나면."

"어. 어!"

"나랑 태훈이가 안고, 입 맞추고, 사랑한다고 하면 볼 수 있다고?"

"어쩌다가 나랑 종우가 너네 집에 놀러 갔는데 두 사람이 발가벗고 있어도…… 왓더. ……발. 못 보겠네. 술이 다 확 깨네."

"그래. 그것보단 지유랑 내가 그림이 더 좋다니까."

도형은 술 취한 재신을 살살 달래서 밖으로 나왔다. 아까 부른 대리 기사는 이미 대기하고 있었다. 재신을 앞좌석에 태우고 벨트를 채운 후, 뒷좌석에 지유를 태우고 그 옆에 앉았다. 그러자 지유가 눈을 감고 비틀거리더니 그의 허벅지로 고꾸라졌다. 지유는 몸을 웅크리고 말며 꿈틀거렸다.

"음…… 졸려."

도형은 제 허벅지 위에 놓인 그녀의 작은 머리를 쓰다듬었다. 큰 손으로 잡아 보니 쏙 들어가는 것 같기도 했다. 웨이브가 들어가 구불거리는 머리카락이 흘러내렸다. 지유는 그에게 뒤통수를 보이는 방향으로 누워 있더니 그의 허벅지 안쪽으로 방향을 돌렸다.

"아……."

도형은 저도 모르게 침을 삼켰다. 괜히 다리를 벌린 후 아무렇지 않은 척 시선은 창문 너머로 돌렸다. 손가락으로 제 입술을 만지기도 하고 목을 주무르기도 하며 태연한 척했지만 몸에서 열기가 올라오기 시작했다. 그는 손부채질을 하다가 대리 기사와 거울로 눈이 딱 마주쳤다.

"에어컨 올려드릴까요?"

"……네. 부탁드립니다."

그는 잔뜩 웅크린 그녀를 내려다봤다. 긴 속눈썹은 그녀가 숨쉴 때마다 오르락내리락하며 그녀의 눈 주위에 그림자를 만들어냈다. 창문으로 가로등빛이 들어올 때마다 예쁘게 웃는 입꼬리와 뾰족한 코가 그의 시야에 잡혔다.

"진짜 예쁘다. 유지유."

그는 지유의 얼굴을 감상하며 어색하게 제 목과 턱을 만지던 손을 내려 지유 다리 위에 조심스레 올려두었다. 손바닥을 하늘로 향하게 둔 그가 무언가를 움켜쥐지 않기 위해 기를 쓰고 버텼다.

두 남매의 집 앞에 도착한 후에도 도형은 차에서 내리지 않았다. 지유가 베고 있는 허벅지가 아려 왔지만 그는 꾹 참았다. 지유를 의식하면 간신히 참고 있던 인내가 끊어질 것 같아서 그는 창문을 보며 애국가도 속으로 불러보고 양도 셌다.

"하아암……!"

취한 것도 빠르지만, 술 깨는 속도도 남들에 비해 빠른 재신이 기지개를 켰다. 뻐근한지 하품을 하던 그가 눈을 깜빡이며 여기가 어딘지 기억해내려고 했다.

"아오, 머리야."

머리를 부여잡은 재신이 조수석에서 고개를 휙 돌렸다. 그러곤 볼이 붉어져 있는 도형과 눈이 마주쳤다.

"우리 지유…… 너 거기 숨도 쉬지 말고 있어라. 서도형."

재신은 쌩하니 조수석에서 내려 뒷좌석 문을 열었다. 그러곤 그의 허벅지를 베고 있는 지유의 발목을 잡고 휙 당기고는 어깨를 흔들어 잠을 깨웠다. 지유가 눈을 비비며 잠에서 깨자 재신은 동생의 손목을 잡고 제 뒤로 감췄다.

"오빠가 남자는 다 늑대라고 했지."

"으으음…… 무슨 일 있었어?"

"아니 없었어."

자신을 보며 경계하는 재신의 눈빛을 보며 도형은 뒷좌석 안에서 두 손을 들고 고개를 저었다.

"고맙다. 잘 들어가. 술 깨면 다시 연락할게."

"어. 고마……."

재신은 그의 대답도 듣지 않고 뒷좌석 문을 닫아 버렸다. 알아서 대리 불러서 가라는 뜻이었다. 도형은 후 한숨을 쉬고는 핸드폰의 액정을 컸다. 그러곤 제 상체 아래를 내려다보았다.

그에 눈에 닿은 것이 아직 자신이 혈기왕성한 나이라는 걸 증명하고 있었다.

***

지유는 재신의 건물 3층으로 이사 가기 전까지 오빠와 마주칠 때면 갖은 애교를 부려야 했다.

혹시 저 때문에 오빠와 도형의 사이가 어색해졌을까 봐 지유는 중간에서 나름 중심을 잡고 애를 썼다.

한동안은 마감 일정으로 바빠져서 재신도, 도형도 볼 수 없었다. 집에 오면 기절해서 자고 눈 뜨면 해골 같은 몰골로 출근해야 했다. 그러면서 안 먹던 비타민제와 홍삼을 챙겨 먹기 시작했다.

"우와와. 너무 예뻐요. 진짜 사진 잘 나왔다."

오늘은 여자 솔로 가수의 촬영이 있었다. 붉은 립스틱을 바른 그녀가 웃을 때마다 스태프들의 탄성이 터졌다. 결과물을 본 사람들은 모두 박수를 쳤다.

"감사합니다. 그럼 다음에 또 뵐게요."

여가수가 촬영에 잘 협조해 준 덕분에 평소보다 촬영이 빠르게 끝났다. 사진작가가 의도하는 대로, 광고주의 마음에도 쏙 들게 결과물이 나와 지유도 한시름 놓았다.

그녀는 미리 챙겨둔 화장품이 든 쇼핑백을 들고 지하주차장으로 빠르게 내려갔다.

"저기요! ……저기, 이미 갔네."

그녀는 이번 광고 브랜드의 립스틱과 갖가지 화장품이 든 쇼핑백을 흔들었다. 가져가라고 대기실에 놔뒀는데 까먹고 간 모양이었다. 회사로 택배를 부쳐야겠다 싶어 등을 돌린 순간, 그녀의 손에 들린 핸드폰에서 벨소리가 울렸다.

"네, 여보세요."

-지유야. 통화 가능해?

"응. 잠깐, 1분 정도?"

-유현이한테도 그 새끼가 찾아갔나 봐. 현이가 누가 지켜보고 있는 거 같다고 무서워하더라고. 요새 남자 친구 생겨서 좋아하더니, 언제 어떻게 자길 해하려 할지 모르니까 두려운가 봐.

"유현이한테도?"

지유의 눈이 커졌다. 그녀는 그날 이후 인영의 남자 친구를 만나본 적은 없었다.

정말 언제, 어디서, 어떻게 튀어나올지 모르니 항상 긴장을 하고 있긴 했지만 삶이 바쁘다 보니 잠시 잊고 있었다.

"그 남자는 우리한테 바라는 게 뭘까."

-그러게나 말이다. 싸이코패스 같아. 몸조심하자. 오늘도 파이팅.

"응, 응."

전화를 끊고 촬영장으로 가는 동안 지유는 생각에 잠겼다.

그 남자가 동기들에게 이렇게까지 하는 이유가 정말 뭘까. 단순히 괴롭히고 싶어서?

"으으, 소름 돋아."

괜히 생각하니 팔부터 귀밑까지 소름이 쫙 돋았다. 그녀는 닭살이 돋은 팔을 쓱쓱 쓸어내리며 촬영장 안으로 들어갔다.

그녀는 세트장을 바꾸는 스태프들을 돕고, 두 번째 촬영을 위해 의상을 다림질했다. 정직원이 되었어도 아직은 휘연 대리의 어시스트 정도가 그녀의 역할이었다. 당이 떨어진 스태프를 위해 중간중간 간식을 사서 나르는 것도 그녀의 몫이었다.

지유가 다시 사무실로 돌아왔을 땐 거의 녹초가 된 상태였다. 지유는 컴퓨터 앞에 두 팔을 죽 펴고 누웠다.

부르르르, 부르르르.

"으앗!"

핸드폰이 울리자 벌떡 일어난 그녀가 소리를 질렀다. 사람이 깜짝 놀라면 '엄마야-!' 하고 소리를 지르는 것과 같은 이치였다.

"지유 씨, 마감 끝났으니까 일주일은 야근 없어. 퇴근해."

"대리님은요?"

"……전화부터 받아. 계속 울리네."

휘연 대리의 눈이 지유의 핸드폰에 닿았다. 지유는 핸드폰의 진동을 무음으로 바꿨다.

"이따 전화하면 돼요. 대리님은 퇴근 안 하세요?"

"하아암. 나도 하려고. 오늘도 야근하면 남친이 헤어지자고 할 거 같네."

뻑뻑한 눈을 누르던 휘연은 기지개를 켰다. 그러더니 가방에서 파우치를 꺼내 화장을 하기 시작했다.

"그래도 성의는 보여야겠지. 후우, 찌든 모습으로 매번 만나려니 미안하기도 하고. 지유 씨, 나 신경 쓰지 말고 얼른 가 봐."

"네. 대리님! 그럼 오늘은 먼저 퇴근하겠습니다!"

지유는 90도로 꾸벅 인사를 하고 가방을 멨다. 오랜만에 저녁 시간이 생기니 가장 먼저 떠오른 사람은 도형이었다. 그녀는 버스에 올라 도형에게 전화를 걸었다.

"오빠, 어디야?"

-나 작업실. 일 끝났어?

"응. 휴, 오늘 드디어 퇴근! 전화 못 받아서 미안해. 대리님하고 대화하는 중이라 그랬어. 오빠, 오빠, 오빠!"

지유는 도형이 말할 시간도 주지 않고 오빠를 세 번이나 불렀다.

-응. 말해.

"우리 집 구경할래? 바빠서 집들이도 못했네."

-뭐 사 갈까?

"음…… 오빠만 오면 돼. 지금은 서도형으로 충전하고 싶어."

-지금 출발할게.

지유는 도형과 전화를 끊고 버스에서 내렸다. 지나가는 택시를 잡아탄 그녀는 발을 동동 굴렀다. 도형보다는 빨리 도착해야 하는데.

다행히 도형보다 먼저 도착한 지유는 티셔츠와 바지를 훌렁훌렁 벗고 원피스로 갈아입었다. 그러곤 털이 달린 슬리퍼를 신고,

질끈 묶었던 머리도 풀었다.

"으아아! 사자가 따로 없네."

그녀는 눈을 요리조리 굴리며 고민하다가 욕실로 들어가 빠르게 머리를 감았다. 그러곤 제대로 말리지도 못한 채로 방으로 쪼르르 달려가 기초화장부터 했다.

지워진 아이라인을 새로 그리고, 섀도우로 열은 조명에도 예뻐 보이도록 발랐다. 뾰로지 하나까지도 컨실러로 꼼꼼히 가린 후 입술에 립스틱도 새로 발랐다. 빰, 빰. 소리를 내며 화장이 덜 된 부분은 없는지 요리조리 살펴보았다.

"얼굴하고 목이 투톤이잖아. 이런!"

그녀는 쿠션으로 목 주변도 탁탁 발라 얼굴과 목의 톤을 최대한 맞췄다. 평소라면 이 정도로 만족했겠지만 도형이 온다니 점 하나까지도 신경 쓰인다. 자주 못 보니 더 보고 싶고, 오랜만에 만나는 거니까 더 예쁘게 보이고 싶었다.

지유는 머리를 수건으로 꾹꾹 짜서 말렸다. 헤어드라이어를 잡은 순간, 초인종이 울렸다.

딩동. 딩동.

"네, 가요."

머리카락에 물기는 뺐지만 아직 세팅은 제대로 하지 못했는데. 거울을 보며 울상을 짓던 지유는 문 앞으로 다다다 발소리가 날 정도로 빠르게 달려갔다. 그러곤 잠금 처리되어 있는 문을 열었다.

"도형 오빠."

"자, 선물."

도형이 꽃과 케이크를 그녀에게 내밀었다. 그의 다른 손에는 와인이 들려 있었다. 지유는 도형이 문을 닫고 들어오자마자 와락 끌어안았다.

도형은 제 품으로 와락 안겨든 지유로 인해 손에 든 선물을 현관에 내려놓았다. 그러곤 신발을 벗고 안으로 들어가며 지유를 다시 안았다.

얼마 만에 보는 건지. 지유를 못 본 지 2주 가까이 되었다. 재신과 같이 셋이서 만난 이후에 지유는 마감 준비로 바빴고, 도형도 사진전 준비로 정신이 없었다. 그리고 드디어 내일 도형의 사진전이 열리는 날이었다.

"보고 싶어서 죽는 줄 알았다. 우리 지유."

그는 지유를 잠시 떼어놓고 두 볼을 손으로 감쌌다. 말랑한 지유의 볼을 두 손바닥으로 꾹 눌러 짜부라뜨려도 보고, 그녀의 얼굴을 두 손 사이에 넣고 도리도리를 해 보기도 했다.

"화장 다시 했네?"

"……티 나?"

"응. 너무 예쁜데."

그는 발갛고 상큼한 그녀의 입술에 입을 쪽 맞췄다. 그러자 그의 입술이 닿았던 곳에 색이 다른 곳보다 연해졌다. 그는 내친김에 지유의 입술 살결을 쪼옥 빨아들여 혀로 쓱 쓸었다. 그리고 입술을 떼자 그의 입술 자국이 난 것처럼 보여 만족스러웠다.

"지유야."

"오빠."

"먼저 말해."

"나 머리 말려줘. 이런 거 해 보고 싶었거든. ……남자 친구가 생기면."

지유는 그렇게 말하며 그의 손을 잡고 거실로 끌었다. 소파에 그를 앉힌 후 쪼르르 방 안으로 들어간 지유가 헤어드라이어를 갖고 나와 거실에 있는 콘센트에 꽂고 도형에게 내밀었다.

"남의 머리 안 말려봐서 어떻게 해야 할지 모르겠네."

"그냥 오빠 머리 말리듯이 해 주면 돼."

"정말?"

"으응. 이게 내 로망이야."

내 머리 말리듯이. 도형은 헤어드라이어의 바람 세기를 최대로 올리고는 소파에 앉아 있는 지유의 뒤로 와서 왼손을 그녀의 정수리 위에 올렸다. 그리고 헤어드라이어의 바람 방향을 손 쪽으로 옮겼다. 동시에 그는 그녀의 머리카락을 마구 흩트렸다.

구석구석 빠른 속도로 손을 털어 바람을 쐬자 머리카락이 그녀의 얼굴을 때리듯이 닿았다. 지유는 바람과 머리카락으로 인해 눈도 뜨지 못했다.

"스탑! 스탑!"

지유가 왼손을 들어 멈출 것을 요구했다. 도형은 바람세기를 '0'으로 줄였다.

"뜨거웠어?"

"아니. 이게 뭐야. 폭탄 머리 됐네."

지유가 그를 돌아보며 울상을 지었다. 남자 머리에 드라이하듯이 했을 뿐인데 지유의 머리는 부스스하게 변해 있었다. 너무 바람을 많이 쐤던 곳은 푸석푸석해져 있었다.

"역시 로망은 이루면 안 되는 거였어. 이런 느낌이 아니었는데."

고개를 갸웃하는 지유가 귀여워 도형은 다시 그녀의 입술을 먹었다. 이번엔 소파로 그녀를 밀듯이 눕히고 무릎 한 쪽을 그녀의 다리 사이 공간에 두었다.

"하아……!"

그녀의 입술에 남은 립스틱을 다 먹어치울 듯이 그는 격렬하게 그녀를 맛보았다. 고개를 틀어 더 깊숙이 입 안으로 침범한 그가 그녀의 안에 저를 새겨 넣기 시작했다. 맞닿은 입술 사이에서 불길이 일 정도로 그는 그녀를 탐했다.

"으……읍!"

지유는 저도 모르게 얇은 두 다리로 그를 감쌌다. 무릎 아래로 내려왔던 시폰 치마가 덕분에 허벅지 위로 올라갔다. 그의 탄탄한 허리를 다리로 감고 두 팔로 그의 목을 감쌌다.

도형은 그녀의 몸에 자신을 은근히 누르며 그녀의 맨다리를 손으로 쓸었다. 손 안에 착 감기는 종아리를 매만지며 엄지로 둥근 무릎을 쓸었다.

"지유야."

"……응?"

입술을 뗀 그가 지유의 이마에 이마를 대고 그녀를 불렀다. 한 손은 여전히 그녀의 다리 주변에서 머물고 있었다. 그의 긴 손가락이 좀 더 올라와 허벅지를 쓸자 지유의 속눈썹이 파르르 떨렸다.

"와인 마시자."

후우 깊게 숨을 들이마시더니 그가 그녀에게서 일어났다.

"오……빠?"

"부엌이 저긴가?"

그는 현관으로 가서 케이크와 와인을 들고 부엌을 옮겼다. 그러자 지유도 옷매무새를 가다듬고 그를 따라 현관에서 꽃을 들고 도형이 있는 곳으로 다가갔다. 도형은 테이블 위에 와인잔을 놓고 케이크 박스에서 케이크를 꺼내 한가운데 뒀다.

그가 세팅을 마친 후 지유를 부르기 위해 고개를 들었을 때, 그녀가 그가 사 온 꽃을 들고 웃고 있었다.

입술 주변은 그로 인해 립스틱이 번져 있었고 머리카락은 제각각 흩어져 있었다.

무릎까지 오는 시폰 원피스는 그녀의 사랑스러움에 숟가락을 더 얹은 느낌이었다.

도형은 잠시 할 말을 잃고 꽤 오래 그녀를 응시했다. 그러다 먼저 시선을 피했다.

여기는 유재신의 나와바리다. 그 녀석이 언제든지 제일 꼭대기 층에 있다가 지유의 집으로 들이닥칠지도 모른다.

……그리고 그는 지유를 한 번 가지면 눈이 돌 것 같았다.

그는 한 번이 어렵지, 두 번, 세 번은 쉽다는 말을 믿는다. 그는 짐승처럼 지유를 매일, 매일 원할지도 모른다. 만날 때마다 그 생각뿐일 수도 있고.

"오빠. 우리 와인 마셔?"

"응. 와인 따개 있어?"

"아니, 없어."

"준비해올 걸 그랬네."

"오빠…… 긴장하지 마."

"내가?"

"응."

그러더니 지유가 양손을 허리춤에 올리더니 미간을 좁히며 인상을 썼다.

"지유야. 우리…… 연애, 자연스럽게 하자. 오빠가 이랬잖아."

그녀는 그의 성대모사를 하며 반달로 눈을 접어 웃었다.

"오빠가 긴장하면 나는 더 긴장된단 말이야. 심장이 터질 거 같아."

지유가 다시 울상을 짓더니 손바닥을 그녀의 가슴 부근에 올려 두었다. 그러더니 발까지 동동 굴렀다.

"지유야."

도형은 테이블을 짚고 상체를 살짝 내려 그녀와 눈을 마주했다. 테이블 가운데서 두 사람은 눈이 마주쳤다.

"사랑해."

그의 목소리가 살짝 떨렸다. 사랑 고백이 익숙지 않지만 그는 제 마음을 담담하게 고백했다.

"나도 오빠. 나 오늘 퇴근하고 오빠 생각만 났어."

"나도. 지유 네 생각만 나더라."

"정말? 와, 그 말이 뭐라고. 나 지금 되게 뿌듯한 거 있지."

지유가 슬리퍼를 끌며 다가오자 도형은 의자를 빼주었다. 그러곤 마주 보는 자리로 와서 앉았다.

"보고만 있어도 좋네. 평소보다 더 예쁜 거 같아."

8장. 연애하는 중입니다

지유는 도형의 칭찬에 볼을 붉혔다. 맨날 예쁘다, 귀엽다 이런 말을 들으니 정말 제 자신이 그렇게 된 것만 같았다. 그가 자신만 보고 있으니 이 좁은 공간이 더 후끈해진 느낌이었다.

"케이크라도 먹을까? 와인 따개가 없어서 아쉽네."

"그러자. 와인 따개."

"접시……."

지유가 접시와 포크를 가지고 오기 위해 일어나는데, 도형도 '접시'라고 말하며 일어나는 게 보였다. 도형도 아닌 척하면서도 긴장하고 있었나 보다.

"내가 할게, 오빠."

지유는 접시와 포크를 들고 왔다. 테이블 가운데 놓인 케이크 상자를 뜯어서 케이크를 꺼내자 절로 탄성이 나왔다.

"와아- 너무 예쁘다."

벨벳 케이크 위엔 금색의 가루가 뿌려져 있었고, 크림 하나하나가 아트였다.

"이거 자르기 아깝다, 어떻게 자르지?"

"내가 할까?"

"아니아니, 잠깐만- 사진 좀 찍고!"

지유의 말에 도형이 그의 폰을 그녀에게 내밀었다. 지유는 도형의 폰으로 케이크 사진을 찍었다.

"으음- 조명이 문젠가."

그녀는 아예 테이블 위로 무릎 하나를 올린 채로 아래를 내려다보며 찍었다. 도형은 그녀의 뒤에서 핸드폰 액정을 보며 슬며시 다가왔다. 어느새 테이블에 반쯤 올라간 지유의 등 뒤에 도형의 가슴이 언뜻 닿았다.

"이 각도에서, 이렇게."

도형이 그녀의 손목을 잡아 각도를 맞춰주었다. 지유는 침을 꼴깍 삼켰다. 도형이 그녀 대신 핸드폰 액정에서 찍기 버튼을 눌러주었다.

찰칵. 찰칵.

"디테일하게 찍고 싶으면."

도형이 뒤에서 그녀를 감싸듯이 안은 후 같이 손을 잡고 핸드폰을 아래로 내렸다. 케이크 전체 샷이 아닌, 옆면에서 찍는 구도였다. 핸드폰을 아래로 내리면 내릴수록 그가 등 뒤에서 덮치는 자세가 되었다.

"오…… 오빠."

"응?"

아무렇지 않게 대답하는 목소리에는 달콤함이 묻어 있었으나, 등 뒤로는 가슴 뛰는 소리가 사정없이 들렸다.

"우리 지금 사진 찍는 거 맞아?"

"아니."

"그럼?"

"연애하는 중."

도형의 말에 지유는 키득키득 웃었다. 도형도 뒤에서 웃는 모양인지 그녀의 목 언저리가 그의 숨결로 가득했다.

"앗. 간지러워."

지유가 한 손을 뒤로 올려 목을 감쌌다. 그러자 그가 그녀의 손등 위에 촉, 촉 입을 맞췄다. 가볍게 닿은 제 손등의 살을 빨아들이는 그의 입술이 야해서 그녀는 목에 손을 둔 채로 얼어 버렸다.

촉, 초옥, 촉.

손등에서 시작된 간지러움이 발끝까지 전염이 된 건지, 발을 꼼지락거렸다. 테이블에 무릎을 대고 있어서 그의 배와 그 아래쪽에 발끝이 언뜻 닿았다.

"나 왜 이러지, 자꾸 입 맞추고 싶네."

도형은 본인을 탓하며 그녀에게서 멀어졌다. 그러곤 말끔한 얼굴로 자리에 앉아 케이크 칼을 꺼냈다.

"내가 잘라?"

"아니, 아니! 오빠 내가 자를게."

지유는 플라스틱 칼로 케이크를 자른 후 그의 접시에 놓아 주었다. 뭔가 더 진도가 나가려고 하면 도형이 끊는 느낌이 들었다. 분명 분위기를 타서 저를 덮칠 수 있는 상황임에도 말이다.

막상 상대가 이렇게 나오니까 꼭 저가 그를 안달하는 것 같았다. 도형이 뭔가 더 해 주기를, 이것보다 더 야한 짓을 하고 싶었던 것처럼.

묘한 기분에 사로잡힌 지유가 입을 삐죽이며 포크로 케이크를 조각내서 한 입 먹었다.

"와, 달아. 진짜 달다."

"맛있어?"

"응, 응. 오빠도 먹어 봐."

지유는 케이크를 떠서 도형에게 손을 내밀었다. 그러자 그가 상체를 앞으로 숙여 받아먹었다.

"맛있네."

"와인이 없어서 진짜 아쉽다, 그치. 내가 와인 따개 사 놓을게."

"또 놀러 오란 거지?"

"그게 그렇게 되나. 뭐 언제든지 와! 밥도 해 줄게."

지유가 싱크대를 가리키며 말했다. 그러자 도형은 턱을 괴고 그녀를 보며 키득키득 웃었다.

Rrrrr.

"아, 깜짝이야!"

갑작스런 전화벨 소리에 놀란 지유가 도형의 핸드폰을 보았다.

[강태훈]

태훈 오빠?

"오빠, 얼른 받아 봐. 얼른!"

"왠지 나 느낌이 쎄한데."

"큰일 난 걸 수도 있잖아, 아님 술 마시자거나?"

"안 받으면 안 될까."

"받아, 별거 아닐 거 같아."

그는 눈치 없게 울리는 전화를 들고 통화 버튼을 눌렀다. 지유는 궁금한 눈으로 저를 보며 케이크를 마저 먹고 있었다.

-어디야? 지유네 집들이 가려고 하는데, 같이 갈래? 같이 가고 싶을 거야. 재신이한테 다 말했다며.

"지금? 이 시간에?"

-어. 재신이 이제 퇴근했대. 나는 근처라서.

"지유한테 허락은 받았고?"

도형이 지유를 보며 눈썹을 찡긋 올렸다. 지유는 전혀 듣지 못한 일인지 고개를 절레절레 저었다. 그러더니 화들짝 놀라며 접시와 포크를 싱크대에 넣고 케이크를 그대로 케이크 상자에 넣었다.

도형은 그녀에게 다가가 괜찮다는 듯 손을 꼭 잡아 주었다.

"지유 자면 어떡하려고."

-재신아, 도형이가 지유 자면 어떡하냐고 묻는데?

"……."

도형은 태훈과 재신이 대화를 주고받을 동안 핸드폰을 볼에서 떼고 지유를 보며 입 모양으로 말했다.

'괜찮아.'

그러곤 손을 더 꽉 쥐었다.

-지유 자면 그냥 집으로 갈까, 전화해 볼까. 잠깐만. 도형아, 지유한테 연락해 보고…… 왜! 전화기 내놔 봐.

재신이 태훈의 핸드폰을 뺏어간 모양이었다.

-서도형, 너 이새끼 지금 지유 집에 있지?

"……."

-뭐? 그러네. 이 차 도형이 거잖아. 와, 재신이한테 허락받았다고 바로 이렇게 집 들락날락?

도형은 지유를 힐끗 내려다봤다. 그녀가 눈을 깜빡깜빡거렸다.

'들켰어.'

'정말? 그럼 어떡해?'

'와인 따개 사 오라고 하지 뭐.'

'오빠한테 혼나겠다.'

그는 그녀의 손을 놓고 어깨를 안아 품으로 당겼다. 재신이든, 누가 혼내도 다 막아주겠다는 뜻이었다.

"나도 방금 왔어. 와인 따개나 가져와. 와인 사 왔는데, 와인 따개가 없네."

-술도 사 왔어? 작정했네.

"작정했다고 하면 나를 위해 그대로 차 빼서 두 사람 다 집으로 갈래?"

방해하지 말고.

-……서도형. 나 올라간다.

이번엔 재신이 답을 주었다. 전화가 뚝 끊긴 걸 보면 정말 바로 올라오는 모양이었다. 도형은 품에 안은 지유를 가두듯이 폭 껴안았다. 그러곤 벽으로 그녀를 밀치고 상체를 숙였다. 한 손을 벽에 대고 고개를 45도로 비틀었다.

"오빠, ……읍!"

시간이 많지 않았다. 시끄러운 두 사람이 올라올 시간이.

사실, 지유를 옆에 두고 탐하지 않을 자신이 없었는데. 어쩌면 두 사람이 제대로 브레이크를 걸어준 것 같긴 하다.

그는 그녀의 입술을 혀로 거칠게 헤집고 깊게 빨아들였다. 입을 맞출수록 더 그녀를 안고 싶고, 애가 탔다. 그녀의 입술을 왜 이렇게 달고 포근한지. 케이크를 먹어 입술이 더 폭신한 것 같았다.

도형은 허공에 있는 손을 그녀의 허리를 잡았다. 한 줌밖에 되지 않는 허리였다. 그는 입술을 떼고 그녀의 귓불과 목덜미 주변에 가볍게 입을 맞췄다.

"하아…… 오, 오빠."

"잠깐, ……오빠라고 부르지 마."

"으응?"

"지금 미칠 거 같으니까."

도형이 그녀에게 몸을 겹쳤다. 힘이 잔뜩 들어간 몸을 그녀가 느낀 모양인지 색색, 숨만 몰아쉬는 게 보였다.

"오빠 괜찮은 거 맞아?"

지유의 걱정에 도형은 고개를 끄덕였다.

"정말?"

그는 좋알거리며 묻는 그녀의 아랫입술과 윗입술을 혀로 핥으며 입으로 빨아들였다. 마지막으로 가볍게 이마에 볼에도 쪽쪽 입을 맞춘 후 그녀를 휙 뒤로 돌려 백허그를 했다.

"화장실 좀 다녀올게."

"……으응."

"그리고 괜찮을 리가 있겠어? 지유 너랑 둘이 있는데."

그러면서도 그는 최대한 지유를 안심시키기 위해 머리를 쓰다듬었다. 그에게 쓰다듬을 받고 있던 지유가 고개를 뒤로 돌렸다.

"분위기 타면 넘어갈 텐데. 멍충이!"

"……!"

그의 가슴을 손으로 팍 밀치더니 지유가 거실로 나가 현관 쪽에 붙은 거울을 보며 옷매무새를 가다듬는 게 보였다. 도형은 벽에 기대서 두 다리를 꼬고 서 있었다.

멍충이라고 하는데 왜 이렇게 귀엽지.

도형이 지유를 보며 키득키득 웃는 사이, 밖에선 쿵쾅거리는 소리가 들렸다. 벌써 친구들이 온 모양이었다. 그는 그대로 화장실로 들어갔다.

***

"태훈 오빠, 오빠도 먹어."

"체중 관리 때문에 안 돼."

테이블에 앉은 네 사람은 도형이 사 온 케이크와 와인을 함께 곁들이고 있었다. 포크만 빨고 있는 태훈이 안쓰러워 지유는 태훈을 챙겨줬지만, 연예인은 정말 연예인인지 태훈은 체중 관리 때문에 안 된다며 한 입도 먹지 않았다.

"내가 말을 안 하려고 했는데."

재신이 포크를 내려놓으며 말문을 열었다.

"아직 지유랑 너랑 연애하는 게 내가 너무 어색하고, 믿기지 않거든. 머리는 이해하는데 두 사람 볼 때마다 이상해. 적응이 안 된다고."

"나도. 그건 공감해."

"이때까지 제 마음 숨긴 도형이한테도 실망이고, 지유 너도 밉고. 또 한편으론 서도형이 드디어 연애해서 좋기도 하고. 생각해 보면 좋다가도 또 싫고, 싫다가도 그래, 고맙지 이런단 말이야. 내가 두 사람 다 적응해 보려고 하는 상황에서, 이렇게 서로의 집 들락날락하는 거 보면 눈이 돌 거 같거든."

"이해해."

도형의 말에 재신이 고개를 끄덕였다.

"이럴 때면 내 동생 지유만 생각난단 말이지."

"……재신아 그럼 지유 만나는 동안은, 도형은 애국가만 불러?"

재신의 말을 곰곰이 듣고 있던 태훈이 그에게 묻자, 괜히 지유의 볼이 빨개졌다. 재신은 중대한 사항을 결정하는 사람처럼 쉬이 대답하지 못하고 잠시 고민했다.

"이 오빠들이 정말! 이건 내 문제라고, 내 문제!"

볼이 빨개진 지유가 손부채질을 하며 열을 식혔다.

"재신아."

"어. 왜."

도형의 부름에 재신이 친구를 바라봤다.

"지유랑 나."

"어. 너랑 지유."

"연애하는 중이야."

그는 확인 사살을 하듯 지유와 자신의 사이를 언급했다. 어차피 겪어야 할 일이라면 더 미룰 것도 없었다.

"……."

묵직한 한 방이었다. 그의 말에 재신은 입을 꾹 다물었다. 그도 알고 있는 사실이었다. 제 동생 지유와 도형이 지금 하는 건 연애라는 것을. 두 사람의 멱살을 쥐고 헤어지라고 할 수 없는 이상, 인정하려고 노력하고 있는 이상 지금 이런 참견은 과한 거라는 것을. 그도 다 알고 있었다.

"그냥 얼굴 보고 밥 먹는 사이가 아니라, 연애하고 있어."

"알겠어. 아는데, 너희들이 여동생이 없어 봐서 그래."

재신은 도형이 그가 보는 앞에서 지유의 손을 잡는 장면을 목격했다. 그건 두 사람이 연애를 하는 것이고, 네가 더 이상 왈가왈부할 문제가 아니라는 것을 눈앞에서 보여주는 것이었다. 두 사람이 이 집에서 뭘 하든.

"오빠…… 걱정해 줘서 고마워. 오빠가 나 많이 챙겨주는 거 알아."

지유가 말을 꺼낼 때 재신은 순간 가슴이 철렁했다. 많이 챙기고 고마운데 앞으로 그러지 말았으면 좋겠다고, 오빠지만 아빠 같은 마음으로 그녀를 대하고 있는 그의 진심을 부담스러워할까 싶어 그는 얼굴의 미간이 절로 모였다.

"앞으로도 계속 이렇게 걱정해 줘! 안 그러면 도형 오빠한테 홀라당 넘어갈지도 몰라. 크큭, 연애 중인 건 맞지만 나는 우리 재신 오빠의 관심이 좋다고. 이렇게 사랑받는 여동생이 어디 있어. 어렸을 때부터 내 친구들이 얼마나 부러워했는데."

"……."

"나도 도형 오빠가 좋은데 아직 오빠 친구일 때의 기억도 있어서 가끔 기분이 이상해질 때가 있어. 같이 있으면 막 좋다…… 그러다가도 옛날 생각나고 그래."

연애를 시작해도 그간의 포지션이 각자 달랐기에 지유도 저처럼 이상할 때가 있었나 보다. 제 기분을 챙겨주는 동생을 보니 역시, 제 동생 지유는 마음 씀씀이까지 예뻐서 누구에게 주고 싶지가 않다. 그런 재신의 마음을 느꼈는지 태훈이 옆에서 쿡 그를 찔렀다.

"지유도 오빠 생각 많이 하네. 재신이가 지유 아낄 수밖에 없겠어. 그런 지유의 사랑을 받는 서도형은 아주 복받은 거고-!"

"인정."

"서로 프라이버시만 잘 지켜주자고."

태훈의 깔끔한 정리에 그들은 고개를 끄덕였다. 그러고 있는 와중에도 도형은 지유의 손을 놓지 않았다.

오빠 친구들 사이에서 가장 어색하고 민망해할 지유를 생각하며 그는 더욱 태연하게 굴었다.

***

〈기억의 창(槍)〉

예술의 전당 한가람 미술관 2층.

서도형 사진가의 40점의 작품이 걸렸다. 전시 기간은 두 달로 첫 전시 당일부터 그의 사진전을 고대하고 있던 사람들이 모이기 시작했다.

상업 작가로 발돋움한 그가 제 이름을 걸고 하는 국내 사진전은 처음이었기에 예술, 패션 계통의 기자들도 많이 참여하였다. 또한 그와 작업을 했던 모델, 배우들도 와서 그의 인터뷰를 지켜보고 손뼉을 쳐주었다.

"어떤 주제로 첫 발표를 할지 고민을 많이 하였습니다. 국내에서 하는 사진전이 왜 더 떨리는지 모르겠습니다. 상업 작가로 돌아서면서부터 공장장이 된 느낌을 지울 수가 없었습니다. 그래서 주제는 제가 즐겁게 사진을 찍었던 시절을 기억하며 지금의 제게 창을 던진다, 그런 의미로 지었습니다. 많은 분들이 공감해 주셨으면 좋겠습니다. 과거에 꾸셨던 꿈을 떠올리며 지금의 나를 합리화하고 다독이는 대신 창을 던져보고 다시 한번 고민해 보는 시간이 되셨으면 좋겠습니다."

지유도 팸플릿을 들고 사진전에 참석했다. 차석이 그의 인터뷰를 캠코더에 담았고 지유는 헤 입을 벌린 채 모든 이에게 주목받고 있는 도형을 응시했다.

의자에 앉은 그는 그녀가 알던 도형과 달라 보였다. 흰 셔츠에 검은 슬랙스로 깔끔한 옷차림이었는데, 눈이 부셨다.

일하는 남자, 모든 이에게 인정받는 남자, 자기의 가치를 잘 아는 남자. 그게 서도형이었다.

"많은 분들이 공감하실 거 같습니다. 저도 어렸을 때의 저와 신인일 때의 저, 그리고 하루도 쉬지 않고 일하고 있는 지금의 제가 다르다는 생각이 듭니다. 이미 저는 먼저 작가님의 사진을 모두 보았는데요. 눈시울이 붉어질 수밖에 없더라고요."

인터뷰를 하면서 지유도 도형의 생각을 좀 더 알 수 있게 되었다. 그는 작업을 하면서 사진 한 장, 한 장의 작업물을 모두 기억하고 있었다. 수백 점의 잡지 화보를 찍었어도 뭘 말하면 척 알아듣고 그 사진의 의도까지도 정확히 이야기했다.

"그럼 마지막으로 평생 이런 사진은 꼭 찍어보고 싶다거나, 최종 이루고자 하는 목표가 있다면 한 말씀 부탁드립니다."

도형은 마이크를 받아 들고 잠시 고민하는지 말이 없었다. 그의 대답을 기다리던 사람들이 모두 숨을 죽였다.

"사랑하는 이의 사진을 찍어보고 싶습니다. 아침에 눈을 떠서 눈곱이 끼어 있을 때, 힘들 때 뒷모습, 웃고 있을 때, 음식을 맛있게 먹을 때. 매 순간을 기록하고 싶거든요. 가끔 제가 그 사람을 어떤 눈으로, 마음으로 보고 있는지는 말보다 사진이 더 정직할 때가 있거든요. 그리고 최종 이루고자 하는 목표는 제 삶의 과정을 표현하는 겁니다. 좀 더 저답게 오래 이 일을 하는 게 목표입니다."

"네, 그럼 모두 작가님의 세계로 들어와서 감성을 느껴보시기 바랍니다. 감사합니다."

인터뷰를 마친 후 도형은 그를 찾아와 준 사람들과 일일이 악수를 하고 인사를 했다. 차석은 다음 스케줄이 있어 가 봐야 한다며 먼저 자리를 떴다. 지유는 사진전을 둘러보며 날 것의 느낌부터 현대 예술성이 접목된 그의 도전 정신이 깃든 작품까지 모두 보았다.

어느 정도 장내가 마무리되었을 때, 도형은 지유에게 다가왔다.

"지유야."

"오빠! 사진전 축하해. ……선물은 내가 집에 사다 놨어."

"와 줘서 고마워."

"당연히 와야지."

지유가 쌍엄지를 들며 그에게 최고라고 말해 주었다. 그는 씩 미소 지었다.

"네가 오기만을 기다렸어."

"정말?"

"응. 사진전 어땠어?"

도형의 질문에 지유는 뒤를 돌아 주위를 쓱 보다가 그의 손을 살며시 잡았다. 그리고 그의 손등에 쪽 하고 가볍게 입을 맞추었다.

"이 손이 참 고민이 많았겠구나 싶더라고. 그래서 손을 더 예뻐해 주자 생각했지. 최고였어."

"손만?"

"다, 다 사랑해 주고 싶어. 오늘 오빠 진짜 너무 멋있어. 원래도 멋있지만, 더 멋있었어."

"흠."

그녀의 폭풍 칭찬에 도형이 헛기침을 하며 부끄러워했다. 지유는 그런 그의 모습에 자잘한 웃음을 터뜨리며 큰 손을 꽉 잡았다.

"이따가 회사 끝나고 오빠 집으로 와."

"오빠 집으로?"

지유가 그를 보며 묻자, 그가 고개를 끄덕였다. 그러더니 지유에게 다가가 상체를 숙였다. 아무도 듣지 못하게.

"응. 오늘은 꼭 너랑 있고 싶어."

"……으응."

"사랑해."

도형은 그녀의 볼을 손으로 톡 건드렸다. 그러더니 머리를 쓰다듬다가 다시 볼을 손으로 쥐고 비볐다.

"누가 봐."

"그럼 어때. 난 유재신 눈만 아니면, 개의치 않아."

"재신 오빠도 오늘 온대?"

"내일."

두 사람이 대화를 나누는 사이 레이가 그들에게 뛰어와 숨을 고르며 말했다.

"……작가님, 헥헥."

"왜?"

"저쪽으로 가 보셔야 할 거 같습니다. 작가님 기다리고 계셔서요."

도형은 레이가 가리키는 방향을 흘긋 보았다가 다시 지유에게로 고개를 돌렸다. 아쉬움이 뚝뚝 떨어졌다.

"오빠, 얼른 가 봐. 기다리신다잖아."

"데려다주지도 못하고……. 이따 볼 수 있지?"

도형이 그녀의 손목을 잡고 물었다. 이따 시간 안 된다고 하면 엄청 서운해할 것 같았다.

"응. 이따 꼭 갈게."

지유의 대답을 들은 후, 도형은 그녀에게 손을 흔들었다. 지유는 멀어져 가는 도형을 보며 뒷모습마저도 멋있어서 한참을 눈에 담았다.

***

사무실로 돌아온 지유는 차석과 함께 사진전 내용을 보고했다. 휘연 대리와 편집장이 함께한 자리에서 차석이 촬영한 인터뷰를 쭉 같이 보았다.

"저런 큰 사진전 하는 게 꼭 가수들 공연 마쳤을 때나, 운동선수가 운동 끝났을 때랑 같대요. 긴장이 풀리는데 막 아드레날린은 미친 듯이 솟구치는? 좀 센 질문 해 주면 더 좋았을 텐데. 아쉽다. 나였으면 짓궂게 했을 텐데, 영 MC가 아니네."

휘연 대리의 감상에 미희도 옆에서 고개를 끄덕였다.

"그러게. 이런 날 여자 있으면, 밤새 물고 빨고 안을걸."

"그죠. 왜 가수들은 공연하다가도 중간중간 뒤에서 몰래 여자 만지고 안고 그러잖아요. 흥분돼서."

미희와 휘연의 대화에 지유의 볼이 빨개졌다. 오히려 이 그룹에서 유일하게 남자인 차석의 얼굴색은 변함이 없었다. 묵묵히 영상을 끄고 정리하고 있었다.

"지유 씨 생각은 어때?"

"네? 제 생각이요?"

"뭐야, 지유 씨가 왜 얼굴이 붉어져. 편집장님 지유 씨 너무 귀엽지 않아요? 야한 농담했다고 이렇게 빨개져서야. ……차석 씨도 저렇게 얼굴색 하나 안 변하는데."

"왜 저한테 그러십니까."

"이 정도는 면역이 돼야지. 누가 보면 밤새 제이크가 물고 빠는 여자가 지유 씨인 줄 알겠다."

"아, 아니죠!"

지유는 고개를 휘휘 저었다. 사실 사귄다고 말을 해도 되는 상황이었는데, 저도 모르게 거짓말이 먼저 나갔다. 귀까지 빨개져서 손부채질을 하자 휘연 대리가 더 크게 웃었다. 미희도 그 옆에서 피식 웃는 게 보였다.

여기서 사귄다고 말했다간 밤새워서 물고 빠는 여자가 자신이라고 밝히는 꼴이 되는 거였다. 그걸 생각하니 온몸이 다 화끈거려 저도 모르게 거짓으로 방어를 한 것이다.

"어떤 여자인지 부럽네요. 휴- 저는 야근이나 해야죠."

"남자 친구도 있으면서 왜 그래."

"에휴~ 한숨만 나오네요. 편집장님께서도 제이크 보면 자빠뜨려 보고 싶다고 하셨잖아요."

"……!"

"내, 내가 언제."

당황하는 걸 보니 그런 말을 했던 전적이 있는 모양이었다. 그 말을 들은 지유와 차석의 표정이 같이 굳었다.

"만인의 공통된 감정을 대변한 거지. 오히려 제이크 같은 남자가 더 매력적이라고. 왠지 알아? 다른 세계에 살고 있지만 꼭 우리 세상에 있는 거 같거든."

지유와 휘연은 편집장의 말에 공감한다며 고개를 끄덕였다.

"다른 세계는 뭐고, 우리 세상은 뭡니까."

"차석 씨. 강태훈은 절대 우리 옆집에 살 수 없잖아요. 그 배우는 다른 세계인 거지. 근데 서도형도 실제 삶은 강태훈과 별반 다르지 않은데, 비치는 걸 보면 잘생긴 일반인 같잖아요. 지나가다가 보면 만날 수도 있으니까. 이런 남자가 더 매력적인 거죠. 꼭 나도 저 사람과 연애할 수 있을 거 같다, 이런 착각을 품게 한달까?"

차석의 질문에 휘연 대리가 그 옆에서 친절하게 설명을 했다. 지유는 휘연 대리의 말을 백 퍼센트 이해했다.

서도형 자체만 놓고 보자면 재벌가 후계자에 연예인 뺨치는 외모를 겸비한, 실력파 포토그래퍼였다. 대중교통이나 마트 같은 일상적인 공간에서 마주칠 확률은 단 1% 정도인데, 왠지 모르게 친근하게 느껴진다. 그래서 꼭 나도 한번 만나볼 수 있지 않을까, 0% 확률은 아니기에 기대 심리로 더 매력적으로 느껴지는 것이다.

"자, 그럼 일하러 가자. 고차석 씨는 저 좀 보고 가고."

"네!"

다들 우렁찬 기합과 함께 회의실을 나와 자리로 돌아갔다. 지유는 회의실을 나오면서도 이런 날 서도형이 어떻게 할 것 같다는 말만 머릿속에 맴돌았다.

*　*　*

지유는 1층에서 초인종을 누른 후 건물로 들어갔다. 엘리베이터 문이 열리자 그 앞에 도형이 서 있었다. 평소보다 상기되어 기분이 좋아 보였다.

"지유, 왔어?"

"집에서 기다리지."

"보고 싶어서."

그는 아낌없이 애정을 표현하며 지유를 꼭 안았다. 그러곤 어깨를 감싼 채로 그의 집으로 끌어 도어로크를 해제했다.

그녀는 그의 집 안으로 들어가면서 침을 꼴깍 삼켰다. 이 남자와 있으면 왜 맨날 혼자 긴장하게 되는 걸까.

"배고프지?"

"아니, 아니. 군것질했더니 배가 불러."

"나도 저녁 먹고 왔는데 잘됐네."

그녀는 거실 소파에 앉았다. 두 다리를 쭉 펴고 러그 위에 둔 발바닥을 까닥거리는데 그 옆에 도형이 와서 앉았다. 그러더니 그가 상체를 말아 그녀의 어깨에 기댔다.

"오빠, 피곤해?"

"아니…… 이러고 있으니까 충전되는 거 같아."

"크큭. 내가 배터리 충전기야?"

"응. 힘이 나는데."

도형이 슬며시 눈을 감은 걸 보며 지유도 씩 웃었다. 그녀도 엘리베이터 앞에서 도형을 본 순간부터 양 입꼬리가 위로 올라가 있었다. 웃음이 끊이질 않았다.

"우리 지유 베고 누워야겠다."

도형은 아예 그의 허벅지에 머리를 대고 누웠다. 다 큰 성인인 그가 소파에 누우니 이 소파가 아주 작게 느껴졌다. 그의 긴 다리는 소파 밖으로 튀어 나가 있었다. 분명 불편한 텐데 표정을 보면 세상 편안해 보였다.

"오빠."

"응?"

"우리 게임 할래?"

"무슨 게임?"

갑자기 눈을 뜬 그와 시선이 정면으로 닿았다.

"내가 회사에서 들었는데, 사랑하는 사람하고 하면 좋은 게임이 있대."

"그게 뭔데?"

"TV나 라디오를 켰을 때 나오는 노래랑 가수 맞추기."

"벌칙은?"

"이긴 사람이 하고 싶은 대로 하기."

지유는 두 주먹을 꼭 쥐고 투지를 불태웠다. 그와 꼭 뭘 하고 싶다기보다 같이 있는 시간을 즐겁게 보내고 싶은 마음이 더 컸다.

"노래 맞추기, 자신 없는데."

"에에- 오빠가?"

"응."

"이래놓고 다 맞추면 사기꾼이라고 할 거야."

지유는 키득키득 웃으며 TV 전원을 켰다. 이리저리 둘러보다가 마침 뮤직비디오가 나오고 있는 데서 멈췄다.

"그럼 시~작! 나!"

시작을 말한 지유가 한 손을 먼저 들었다.

"선미의 사이렌!"

"정답인가?"

"응. 정답이야."

지유는 저를 올려다보며 인상을 쓴 그의 미간을 손으로 쭉쭉 펴준 후 자랑스럽게 '브이'를 만들었다. 그는 못 말리겠다는 듯 웃었다.

"그럼 다음 곡! 이번엔 오빠가 먼저 맞춰 봐~"

채널을 돌리다가 남자 아이돌 신곡이 나오길래 지유는 목을 까닥거리며 음을 맞췄다. 도형에게 먼저 정답을 맞출 기회를 줬다.

"몰라."

"정말 몰라? 요새 대세 가수인데."

"응. 처음 들어 봐."

도형이 전혀 모르겠단 표정을 지었다.

"그럼 이것도 내가 줌줌. 방탄소년단의 'Fake Love'. 페킥립! 페킥립! 이거 봐, 이거 춤도 이렇게 막 꺾어……"

지유는 그에게 신나서 설명해 주다가 투박한 그녀의 몸짓은 그저 몸짓에 불과하다는 것을 순간 깨닫고 팔을 자연스레 내렸다.

"웬만하면 다 귀엽다고 하겠는데, 어디 가서 그 춤은 안 되겠다. 지유야."

"다시 보여줄까? 제대로?"

"사양할게. 자 그럼 내가 졌으니까, 지유 네가 원하는 거 해 줄게."

도형은 어느 정도 충전이 됐는지 상체를 일으켜 소파에 기대어 앉았다. 그가 지유를 보며 물어왔다.

"내가 하고 싶은 거, 음. 으음."

그녀는 뭘 하고 싶은지 생각하다가 귀에 탁탁 박히는 '나의 이사벨', '나의 이사벨' 부분을 들으며 저도 모르게 흥얼거렸다. 가사는 'love you so bad'인데, 귀에는 '나의 이사벨'로 들리는 신기한 구간.

그 구간이 지나고 후렴구 'Fake Love' 구간이 나오자 지유는 다시 한번 몸을 좌우로 최대한 팍팍 비틀었다. 느린 오뚝이가 제자리로 돌아가기 위해 발버둥 치는 듯한 그 몸짓을 보며 도형은 팔짱을 낀 채 희귀 생명체를 보듯 보고 있었다.

"오빠가 이 노래 춤을 몰라서 그런가 봐."

상대가 호응이 없으니 제 팬심을 보여줄 수가 없어 아쉬웠다. 일굴을 가리고 탈탈, 손을 뻗은 다음에 몸을 탈탈. 이런 걸 보여줘도 뭔지 모르니.

"내가 그 노래를 알더라도 네 춤과 연관…… 읍!"

도형의 뒷말은 지유에 의해 삼켜졌다. 그래, 몸치인 거 잘 알고 있다! 원래 춤이란 즐겁게 추면 장땡인 것이었다.

그의 무릎에 제 무릎을 대고 상체를 최대한 기울이고 있는 그녀를 위해 도형이 두 다리를 벌려 주었다. 그녀는 그의 품 안으로 쏙 들어와 소파에 앉아 있는 그의 양 볼을 잡고 촉, 촉 입을 맞췄다.

"좋아."

"나도."

"부드러워. 오빠 너무 좋아."

그녀는 다시 한번 입을 맞췄다.

"왜 노래 가사를 보면 달달한 것보다 아픈 가사가 더 많은데. 왜 나는 달달하기만 하지?"

"글쎄."

"모르겠다. 근데 오빠 이렇게 가까이서 보니까 더 잘생겼다. 코가 어쩜 이렇게 뾰족하지. 와, 턱선도, 눈도. 당신은 사람인가요, 조각품인가요."

지유의 질문에 도형은 키득키득 웃었다. 그녀는 웃고 있는 도형의 입술 주변에 다시 입을 맞췄다. 그녀의 장난에 맞춰주던 도형이 그녀의 허리를 확 낚아채 품으로 더 당겼다. 졸지에 소파 위에 올라 무릎을 그의 벌어진 허벅지 사이 공간에 올려두게 되었다.

그녀는 최대한 더 가까이 붙지 않으려 애쓰며 달콤한 입술에 집중했다. 그런데 분명 그녀는 무릎을 움직이지 않았는데 그의 아래가 커지는지 무릎에 딱딱한 무언가가 닿았다.

"아……"

두 사람 다 어색함을 느끼며 입술을 뗐다.

"음, 지유야."

도형이 먼저 말을 꺼냈다. 키스를 하다 보면 도형의 신체 변화를 느낄 때가 있긴 했지만 지금처럼 노골적으로 느낀 건 처음이었다. 도형도 너무 빠르게 변한 신체 때문에 놀랐는지 머리를 긁적이며 그녀를 불렀다.

'이런 날 여자 있으면, 밤새 물고 빨고 안을걸. 흥분돼서.'

미희와 휘연의 대화가 왜 이 순간 떠오른 걸까.

분명 이런 날은 예술가도 들뜬 날이라 평소보다 흥분이 배가 되었을 거다. 그의 이름으로 한 전시회였으니까.

"지유……야?"

그녀를 소파 위로 내려놓으려는 도형의 행동을 읽은 그녀가 무릎을 움직였다. 은근하게 그의 허벅지를 비볐다.

"너 이러면 내가……"

"그냥 내가 덮칠래. 도형 오빠, 사랑해."

그녀는 내외하던 무릎을 거침없이 안으로 넣으며 그를 와락 안았다. 옷 위로 몸끼리 뭐가 닿든지 말든지 그녀는 개의치 않았다.

"안 참을래, 오늘은."

도형은 그녀를 공주 안기로 번쩍 들어 그의 방으로 들어갔다. 그의 긴 걸음으로 방 앞까지 가는 동안 지유는 심장이 터질 듯이 뛰었다.

도형은 지유를 침대에 눕혔다. 그는 그 앞에 앉아 그녀를 내려다보며 입고 있던 티셔츠를 벗었다. 그가 옷을 벗자 탄탄하게 자리한 근육이 공기에 노출되었다.

"아……."

지유의 탄성에 그는 그대로 몸을 숙여 그녀의 입술에 입을 맞췄다. 그녀의 긴장한 손이 이불을 꽉 쥔 걸 보고 도형은 지유의 손을 잡아 제 목에 두르도록 하였다. 그는 몸과 마음이 급하지만, 그렇다고 서두를 생각은 없었다.

그녀의 입술에 키스하며 몸에 중심을 실었다. 그는 깊게 입을 맞추고도 부족한 듯 더 그녀의 입술을 빨아들이며 그녀의 촉촉한 입술 안으로 제 혀를 넣었다. 그러자 지유가 턱을 위로 들며 그에게 깊이 입을 맞췄다.

그는 입술을 살며시 뗐다가 고개를 기울여 그의 윗입술을 빨며 그 반경을 넓혔다. 서로의 입술이 맞물린 채로 더욱 서로를 느끼기 위해 그들은 더 서로를 당겼다.

"지유야. 하아…… 미치겠다."

도형은 숨을 거칠게 쉬며 그녀의 흘러내린 머리카락을 귀 뒤로 넘겨주었다. 입을 맞춰 촉촉하게 부푼 입술이 예뻐 그는 다시 한번 빨아들였다. 지유는 그의 목에서 팔을 풀고 주먹을 꼭 쥐었다.

"지유야."

"……응, 오빠."

"사랑해."

도형은 지유의 턱을 쓸어내리며 좌우로 고개를 틀며 키스하고 입술이 닿은 채로 위로 올려 그녀의 입술 틈을 비집고 다시 입을 맞췄다. 촉, 초옥. 서로의 입술이 맞붙는 소리가 너무 야해서 지유는 아랫배에 힘이 들어갔다.

열기로 가득한 몸이 그를 원하고 있었다.

그는 그녀의 블라우스 속으로 서서히 파고들었다. 긴장한 그녀의 배는 홀쭉해져 있었다. 도형은 숨을 멈춘 지유의 허리 살결을 타고 위로 올라간 손이 둔덕을 짚었다.

"아……."

지유가 참고 있던 숨을 터뜨렸을 때 도형은 놓치지 않고 입을 맞췄다. 앞으로 고개를 밀듯이 숙여 깊게 들이마시는 키스는 더없이 야하고 뜨거웠다.

지유는 너무 놀라 그의 손을 잡았다.

"오빠……!"

"지유야, 허락해 줘."

그가 그녀를 간절하게 바라보았다.

"지유야."

"······오빠."

두 사람의 시선이 닿자 그는 코끝으로 그녀의 코를 밀며 그녀를 보챘다. 그러면서도 손길은 멈추질 않았다.

지유는 이상한 느낌에 저도 모르게 잡고 있던 그의 손을 놓았다.

"지유야."

그는 그녀의 이름을 부르며 옷 속에서 손을 움직였다.

"하아······ 오빠."

"지유야. 지유야. ······너 정말 예뻐."

그는 지유의 볼에 입을 맞추고 목선을 따라 입술을 내렸다. 게걸스럽게 목 주변을 빨던 그가 옴폭하게 팬 쇄골 사이에 입을 맞추고 더 아래로 내려왔다. 그녀가 블라우스 옷깃을 쥐고 부끄러운지 내리려는데 그가 그녀를 엎드리게 했다.

지유는 제 입에서 흘러나온 소리가 색정적으로 들려 이불을 질끈 물며 이불 속에 얼굴을 묻었다.

도형은 지유의 어깨에 입을 맞추며 내려갔다. 그러면서도 그녀의 가슴을 손에서 놓지 않았다.

"사랑해, ······지유야. 하아."

그의 입술이 닿는 자리마다 열꽃이 핀 듯 뜨거워 지유가 몸을 꿈틀거렸다. 이불을 쥔 손에 그가 닿을 때마다 힘이 들어갔다.

지유는 몸을 틀며 무릎을 세웠다. 엎드린 자세로 그녀가 몸을 말자 도형이 손을 내려 허리를 쓸었다.

그녀가 자주 입는 짧은 청반바지의 버클이 그의 손에 닿았다.

지유의 눈이 번쩍 떠졌다. 그녀는 상체를 들며 이불을 꼭 쥐었다.

"오, 오빠!"

"응. 지유야, 너무 예뻐. 다 헤집고 싶어."

잘록한 허리를 손으로 만지자 그녀는 손을 뒤로 돌려 그의 머리를 밀어냈다.

"오……빠!"

그는 그녀의 허리를 잡아 뒤집어 모로 눕게 하였다. 그러곤 달려들 듯이 그녀의 입술에 입을 맞췄다. 그러곤 그녀의 목 주변에 걸려 있는 블라우스의 단추를 풀다가 잘 되지 않는지 잡아 뜯었다.

"오빠, 조금 천천히. ……응?"

그녀가 그의 손을 슬며시 잡았다. 눈빛은 간절함을 담아 그를 보았다.

"지금은 안 돼. 천천히 못 해."

지유는 심장이 터질 거 같아 겨우 숨만 몰아쉬었다. 어떻게 해야 하는지, 뭘 해야 할지 몰랐다. 그저 언제 어디를 만질지 모르는 그의 손길과 입술을 조심하며 닿을 때마다 신음을 하는 수밖에.

저도 모르게 떨리는 다리와 튕겨 오르는 허리를 묶어버리고 싶었다. 왜 몸이 이런 건지. 그녀의 눈에 두려움 때문에 눈물이 맺히자 도형은 하던 행위를 멈추고 그녀의 눈가에 입을 맞췄다.

"무서워?"

"으응…… 조금."

"나도. 너 아프게 할까 봐, 걱정돼."

도리도리. 지유는 고개를 저었다. 알 거 다 아는 나이지만 실제로 하는 건 느낌이 너무 달랐다.

애써 풀어졌던 그녀의 몸이 딱딱하게 굳자 도형은 다시 그녀의 몸을 부드럽게 풀어줄 요량으로 입술을 내렸다.

"안 돼!"

지유는 두 손으로 그를 막았다.

"오, 오빠. 안 돼. ……나 너무."

부끄러워서 울어버릴 거 같아. 지유의 속눈썹에 작은 눈물방울이 매달렸다. 지유가 고개를 마구 젓자 그가 괜찮다는 듯 부드럽게 웃으며 그녀의 손 위에 그의 손을 겹쳤다. 그러곤 그녀의 손가락 틈으로 그의 긴 손가락을 비집고 넣어 움켜쥐었다.

"이상해-!"

지유는 신음을 토해냈다. 꼭 악기를 연주하는 기분이 들어 그는 그녀를 더욱 만졌다. 이 모습 하나하나를 제 눈 안에만 담는 게 아쉬워 그녀는 그의 표정을 세세히 살폈다.

"지유야."

"오빠. 오빠아."

"사랑해. 나 지금 너무 좋아서 죽을 거 같아."

도형의 말에 대꾸도 못 하고 있던 지유는 그의 머리카락에 손을 찔러 넣고 와락 쥐었다. 그러곤 고개를 저으며 그의 손길을 느꼈다.

결국 지유는 울음을 터뜨렸다. 흐느낌으로 인해 몸이 들썩이고 있었다.

"괜찮아?"

"아니, 아니……!"

저도 모르는 감각 때문에 놀란 지유는 그의 앞에서 울음을 멈출 수 없었다. 생경한 감각을 오롯이 다 받아들이느라 너무 놀란 모양이었다.

"그런데 어쩌지, 오빠 지금 못 멈추겠는데."

그는 미안하단 표정을 지으며 그녀의 가운데 자리를 잡았다.

"아……!"

이물감에 지유가 인상을 찡그리자 그가 다가와 입을 맞췄다.

"지유야."

"응?"

"한 번만 아프자."

"……싫어. 안 해!"

도형은 그녀의 신음을 막을 것처럼 깊게 입을 맞췄다.

제 입 안에서 지유의 신음이 퍼져 나갔다. 안쓰러웠지만 한 번은 아파야 하는 행위였다. 그는 그녀의 안에 들어간 채로 격렬하게 숨을 몰아쉬었다. 지유가 다신 못하겠다며 그를 짐승처럼 볼까 봐 두려운 마음이 들기도 했다.

도형은 지유에게서 입술을 뗀 후 그녀를 내려다보았다. 그녀의 양옆을 손바닥으로 짚은 후 상체를 들어 지탱했다.

"오, 오빠. 잠깐만."

지유는 도리질을 쳤다.

지유는 뭉툭한 아픔에 눈물을 흘렸다.

"아파. 오빠……!"

"미안. 지유야. 많이 아파?"

다정하게 물어오며 그는 그녀의 얼굴 곳곳에 입을 맞춰 주었다. 그가 어떻게 해 줄 수 없는 아픔이지만, 그녀를 안고 보니 더 사랑스러워서 멈출 수가 없었다. 이제 이 맛을 알아 버렸으니 그는 앞으로 그녀를 볼 때마다 안고 싶어질 거 같은 예감이 들었다.

"아니. 아파도 계속 ……으, 할 거 잖아."

"응. 덜 아프게 해 줄게."

지유는 부끄러움에 두 손으로 눈을 가렸다.

지유는 신음하며 옆으로 고개를 틀었다. 그러자 그녀의 눈가에서 눈물이 떨어졌다.

"도형 오빠. ……하앗."

"응?"

"사랑해."

그녀는 다리를 쥔 그의 악력이 풀어지자 그의 목을 끌어당기며 고백했다. 도형도 오른쪽으로 얼굴을 기울여 그녀의 입술을 다 빨아들이곤, 또 반대로 얼굴을 기울여 그의 입술이 닿지 않았던 모든 공간에 다 입을 맞추었다.

도형은 그제야 콘돔을 찾기 시작했다. 이제야 생각이 난 것이다. 그러나 있을 리가 만무했다.

"지유야. ……하아."

도형이 한숨을 쉬며 바닥으로 떨어진 이불을 끌어다 그녀의 목까지 덮어주었다.

"오빠, 왜?"

이미 지유는 그로 인해 두 번이나 별세계를 맛봐서 몸이 부들부들 떨리는 상태였다. 포근한 이불이 목까지 덮이자 긴장이 훅 풀렸다.

"콘돔이 없어."

"……정말?"

"응. 그거 사 두면 정말 너 어떻게 해버릴까 봐. 일부러 안 사뒀거든. 하아."

"그럼 어떡하지."

그가 침대에 앉아 머리를 흩트렸다. 지유는 이불로 가슴을 가리며 상체를 일으켰다. 그녀는 인상을 잠시 썼지만 도형의 등 뒤로 다가가 그를 꽉 안았다.

도형도 이불로 제 아래를 돌돌 말아 가린 상태였다.

"오빠, 어떡해. ……그냥 할까?"

지유의 말에 도형은 미동이 없었다.

"오빠 못 참겠지?"

"어. 죽을 거 같아."

"어떡해."

지유의 목소리가 떨렸다. 그녀는 어떻게 해야 할지 몰라 앞으로 손을 내밀어 그의 손을 꼭 쥐었다.

"네가 만지면 더 못 참을 거 같아, 지유야."

"앗. 미안."

"근데 안아줘. 좋아."

그녀는 그의 손을 잡은 채로 잠시 가만히 있었다. 색색 숨을 몰아쉬는 그의 숨소리가 오히려 거칠어졌다.

"후우…… 후우."

"그냥 해. 오빠. 나 괜찮아."

"내가 안 괜찮아. 너한테도 못 할 짓이고, 그럼 재신이 볼 면목도 없어."

말을 하는 도형의 몸에서 열이 올랐다. 이 와중에 유재신 생각이 나다니. 정말 제대로 세뇌를 당한 게 틀림없었다.

"됐어, 지유야. 이 정도면 돼."

그가 그녀의 입술과 손을 번갈아 보더니 다시 머리를 흩트렸다.

"내 죄지. 하아……."

도형은 힘들어하면서도 그녀를 다시 쉽게 덮치지 않았다.

"오빠, 미안해."

"네가 왜?"

"나도 그거 못 챙겼잖아."

남자만 탓할 수 있나. 콘돔을 못 챙긴 건 저도 마찬가지였다. 그의 집으로 오면서, 그것도 회사에서 그가 오늘 엄청 흥분된 상태라는 걸 들은 상태였는데도 말이다.

"미치겠다. 너 왜 이렇게 사랑스러운 거야."

도형은 그녀를 와락 안았다. 이불이 그들의 몸을 막아주고 있었지만 서로의 심장 박동 소리는 들을 수 있었다.

"오빠가 너무 참는 거 같고, 미안해하는 거 같아서."

"……."

"연애는 같이 하는 건데 말이야. 아직도 내가 유재신 동생으로만 보이나 봐."

"아니야, 여자로 보여."

"……."

"내 눈엔 너만 여자로 보여."

도형의 말에 지유는 어깨를 으쓱하며 입을 삐죽였다. 그녀가 입을 삐죽일 때마다 그의 가슴 언저리에서 차분히 가라앉았던 감정이 다시 요동치기 시작했다.

"근데 오빠."

"응?"

"나 오빠한테 사랑받는 거 너무 좋아."

"……."

"좋았어."

지유가 볼을 붉히며 말했다. 말을 하는 동안 그에게 얼굴이 보이지 않아 다행이었다. 지금쯤 새빨갛게 달아올랐을 거 같았다.

"부끄러워서 어쩔 줄 모르겠지만 그래도 너무 좋아. 사랑해, 도형 오빠."

지유는 그의 품에 얼굴을 비볐다. 그러자 도형은 그녀를 와락 끌어안으며 다시 숨을 크게 몰아쉬었다.

"너 일부러 이러지. 안 그래도 미치겠는데, 정말…… 유지유. 우리 방울이, 나 어쩜 좋냐."

도형이 혼잣말을 하듯 읊조리더니 침대에서 일어났다. 이불로 하반신을 가리고 있었지만 그의 팽팽한 가슴과 어깨 근육은 생동

감 있게 도드라져 있었다.

"으으, 오빠 몸 야해."

그는 그녀의 코를 꼬집고, 이불을 그녀의 목까지 덮어준 후 욕실로 들어갔다. 그가 들어간 욕실에서 물소리가 들려 왔다.

물소리가 이렇게도 야했나. 방금 전 도형의 모습을 상상하던 지유의 볼이 빨개졌다.

욕실에 들어간 도형을 기다리다가 까무룩 잠이 든 지유는 새벽이 되어서야 눈을 떴다. 제 몸을 누르는 묵직한 무게감에 낑낑거리며 팔을 옆으로 치웠다.

"……!"

지유는 바로 보이는 도형의 얼굴에 소리도 못 내고 숨을 들이마셨다. 그대로 숨을 멈춘 그녀가 그의 다비드상 같은 상체를 보다가 신기해서 어깨를 꾸욱 만져 보았다. 그러자 도형이 그녀의 손길 때문인지 신음을 내더니 다시 잠들었다.

아, 어쩌지.

깨워야 할까, 이대로 있어야 할까. ……부끄러워 죽겠네.

지유는 이불을 살짝 들춰 안을 보았다가 눈이 휘둥그레졌다. 도형이 잠에서 깨면 눈을 어떻게 마주쳐야 할지, 무슨 대화를 해야 할지 감이 오지 않았다. 그녀는 그대로 살금살금 이불 밖으로 나와 도형이 깰까 싶어 그를 바라보며 베개로 제 몸을 가린 채 뒷걸음질 쳤다. 지유는 잡히는 대로 대충 걸치고 서둘러 그의 집을 나왔다.

새벽 6시였다.

지유는 지나가는 택시를 잡아탔다. 그러곤 지수에게 폭풍 문자를 하기 시작했다.

[지수야. 나 사고 쳤어.]

문자를 확인 안 하는 걸 보니 아직 자는 모양이었다. 지유는 발끝을 까닥이다가 지수에게 온 전화를 반갑게 받았다.

-무슨 사고? 새벽부터 무슨 일인데?

"깼어?"

-그럼, 출근 준비하고 있었지.

"……나 도형 오빠랑."

-싸웠어?

"아니, 잤어."

그녀는 기사의 눈치를 슬쩍 봤다가 작은 목소리로 말했다.

"출근 때문이기도 하지만 자고 있는데 그냥 나왔어. 흐엉……
아침에 오빠 얼굴 보는데 너무 부끄러운 거 있지. 도형 오빠 깨면
무슨 말을 해야 할지도 모르겠고, 하여튼."

-기분은 어떤데?

"기분? 구름 위에 둥둥 떠 있는 거 같아. 이상해. 묘하게, 좋아.
키키킥, 어제 일 생각하면 자꾸 웃음이 나. 잠깐만, 지수야. 여기 세
워주세요."

지유는 택시비를 결제하고 차에서 내렸다. 일부러 회사 건물에
서 조금 떨어져서 내렸다. 그녀는 택시 기사의 눈치를 보지 않고
지수와 통화를 하고 싶었다.

"생리통처럼, 몸이 막 아픈데. ……좋아. 도형 오빠가 진짜 섹시하더라고. 특히 양옆에 양팔을 딱 두고 상체를 들고 있을 때, 그 역삼각형 어깨가. 표정이……!"

-너 아침부터 자랑하는 거지.

"아니, 아니. 자고 난 다음 날 어떻게 하는 건지 대처법을 묻는 거지."

-뭘 하긴 뭘 해. 아침에도 해야지.

"뭘?"

-밤에 한 거. 아침에도.

"……그건 어렵겠다."

지유는 통화를 하며 눈을 아래로 내려 제 몸을 스캔했다. 그걸 다시 할 수 있는 몸 상태는 아니었다. 서도형이 무척 좋아서 또 그가 유혹하면 넘어가겠지만 자발적으로 그걸 꼭 하고 싶은 건 아니었다.

"몸도 아프고, 나 부끄러워서 그거 못하겠어."

지유가 열이 오르는 얼굴을 손부채질하며 말했다.

-왜? 온몸의 구석구석을 사랑해 주디?

"으악!"

-푸하하. 그래도 사랑하는 사람하고 했으니, 잘했어, 우리 지유.

친구의 말에 그녀도 킥킥 웃었다. 또래보다 첫 경험이 조금 늦은 편이긴 했다. 동기들과 선후배, 친구들끼리 모이면 종종 성적인 농담을 하긴 했지만 같이 맞춰주다가도 직접적 경험 이야기로 넘어갈 땐 그녀는 입을 다물곤 했다.

그래도 사랑하는 사람과 하고 싶다는 신념이 있었다.

"하여튼 나 도형 오빠한테 이제 어떻게 해야 돼?"

-넌 어떡하고 싶은데?

"아침에 오빠 얼굴 보는데 막 품에 꽉 안겨서 부비고 싶고, 뽀뽀도 하고 싶고, 근데 눈을 떠서 날 보면 쥐구멍에 숨고 싶단 생각이 들더라고. 으아앗. 하아."

그녀는 밤새 도형의 아래에서 울던 제 모습을 떠올리니 가만히 있지 못하고 두 발을 동동 굴렀다.

-도망가듯이 말없이 가지만 않는다면 앞으로 문제없을 거 같은데.

"나 이미 나왔는데? 다시 갈까?"

-에이, 집까지 다 왔으니까 문자라도 남겨둬.

"응, 응, 응."

-그런데 지유야.

지유는 이어폰을 꽂고 통화를 이어가면서 도형에게 동시에 문자를 보냈다. 출근 준비로 먼저 나왔다고, 푹 자라며 하트도 붙였다. 그런 그녀의 귀에 걱정스러운 지수의 목소리가 들렸다.

"왜? 문자 다 보냈다."

-네가 도형 오빠 너무 좋아하니까 역으로 걱정된다.

"뭐가?"

-여자는 첫 남자, 그러니까 자기 몸을 내줄 땐 결혼 생각도 하고 그렇거든. 나도 그랬고.

"맞아. 만약 결혼할 상대를 물으면, 도형 오빠랑 하고 싶어."

좋은 사람이고, 자신을 많이 사랑해 줄 수 있는 남자. 지금으로선 그런 사람은 도형이었다.

-근데 그런 경우가 생각보다 잘 없거든. ……잤다고 너무 훅 빠지진 말고. 자고 나면 더 경계심이 없어져서 내 전부를 주게 되니까. 나중에 사람 일이 어떻게 될지 모르니까, 나는 네가 항상 빠져나갈 구멍은 있었으면 좋겠어. 내 경험상 그렇더라고.

지수의 말에 지유는 누군가 망치로 머리를 때린 것 같았다. 도형과 자신의 상태를 보면 이렇게 연애하다가 결혼이 수순이긴 했다. 몇 번 만났다고 결혼 생각이냐는 질문을 해도, 지금은 도형이 가장 좋으니까 그녀에겐 결혼 상대로 도형을 생각할 수밖에 없었다.

그런데 헤어진다니.

그러고 보면 지수도, 그 외 다른 친구들도 첫 남자와 지금도 연애를 하고 있진 않았다. 거진 다른 남자를 만나거나, 다른 남자의 부인이 되었지, 첫 남자는 아니었다.

-알겠어, 엄마! 밥 먹으러 갈게. 지유야, 나 엄마가 밥 먹으라고 부르셔. 일단, 들어가서 씻고 출근 잘하고. 만나서 얘기하자. 도형 오빠 좋은 사람이고 믿을만해. 너 오랫동안 좋아했고. 근데 한 번 잤다고 네 전부를 주진 말란 거야! 알겠지? 걱정돼서 그래.

"응, 응. 고마워. 지수야."

지수와 통화를 마치고 나니 어느새 건물 앞에 다 와 있었다.

도형과 헤어질 수도 있단 생각을 하니 지유의 눈가가 촉촉해졌다. 달빛에 어린 도형의 얼굴, 입술. 저를 사랑한다고 한참을 속삭이던 목소리. 제 몸을 안으면서 살짝 찡그린 얼굴과 참으려고 애쓰는 모습이 눈에 아른거렸다.

그녀는 눈을 감았다가 떴다. 그러자 살짝 고여 있던 눈물이 한 방울 떨어졌다.

나 진짜 도형 오빠 사랑하나 봐. 헤어지지도 않았는데, 그런 가정을 해 보니 마음이 시큰거렸다. 그녀는 콧물을 들이마시며 건물 안으로 들어가기 위해 발걸음을 옮겼다.

"지유?"

"재신 오빠!"

지유는 1층에서 엘리베이터를 기다리고 있던 재신과 마주했다. 그녀는 손등으로 괜히 코를 닦았다.

그녀를 보고 반가워하던 재신의 표정이 의아하게 변하더니 나중에는 걱정스럽게 바뀌었다.

"무슨 일 있었어? 왜 울어…… 너 무슨 일 있지."

싸늘하게 굳은 재신이 얇은 여름용 재킷을 벗어서 그녀의 어깨에 걸쳐주었다.

"네 오빠니까 편하게 얘기해. 무슨 일이야? 같이 경찰서 갈까?"

"으응? 경찰서?"

"오빠가 너 이렇게 만든 새끼 가만 안 둘 테니까, 말해. 지구 끝까지 쫓아가서라도 반 죽여 놓을게. ……오빠한텐 솔직해도 돼."

"무슨 말을 하는 거야."

지유는 고개를 갸웃거렸다. 그러고는 엘리베이터 거울에 비친 자신의 모습을 보았다.

머리는 자다 나온 것처럼 헝클어져 있었고 눈가는 촉촉했다. 블라우스 단추는 어제 도형이 잡아 뜯어서 다 뜯겨 있었다. 안에 나시를 입고 있었지만 끈 나시 옆쪽 목선엔 낙인이 찍힌 것처럼 붉은 자국이 가득했다. 그 자국은 가슴까지로 이어졌다.

짧은 청반바지 아래로 뻗은 다리에도 자국이 이어졌다. 지유는 너무 놀라서 얼굴이 빨개졌다. 그 모습을 바라보면 재신이 그녀를 와락 안았다.

"괜찮아. 지유야. ……오빠가 병원도 같이 가주고 그럴게. 어머니껜 말 안 할게. 내가 그 새끼 반 죽여 놓을게."

그녀는 알 수 없는 재신의 말을 들으며 고개를 갸웃했다. 그러다가 지유는 검지로 재신의 상체를 밀었다. 그는 지유의 검지를 잡고 안타까운 눈으로 계속 그녀를 보고 있었다.

오빠가 왜 이러나 싶어 눈을 응시하던 그녀가 눈살을 찌푸렸다. 설마 유재신. 내가 누구한테 당했다고 생각하는 거야?

"오빠!"

그녀의 손을 잡고 엘리베이터에서 내린 재신이 대표실까지 그녀를 끌고 들어갔다.

"지유야. 이제 말해 봐."

그는 그녀를 가죽 소파에 앉힌 후 그 앞자리에 앉았다. 두 주먹을 꽉 쥔 모습을 보니 단단히 오해를 하고 있는 거 같았다.

"오빠."

"응. 그래, 지유야. 무서워하지 마. 상대가 대통령 할아버지여도 가만 안 둬. 감히."

"저기, 오빠. 오해하는 거 같은데."

"……오해?"

그녀는 두 검지를 맞붙여 꼼지락거렸다.

"나 도형 오빠네 있었어. 밤새."

"……!"

재신은 들고 있던 핸드폰을 손에서 놓쳤다. 쾅. 핸드폰은 바닥으로 고속 낙하하며 둔탁한 소음을 만들어냈다.

"그, 그래. ……그런 거 아니면 다, 다행이지."

아까처럼 살기가 느껴지는 시선은 아니었으나 당황한 기색이 역력했다. 소파에서 일어나 창문 밖을 응시하며 그가 이리저리 움직여 다녔다.

"어, 지유야. 미안."

그는 자리에 앉은 후 지유에게 사과했다.

"뭐가?"

"아니 그냥. 그 옷은 걸치고 내려가. 데려다줄까?"

"아니. 내가 앤가."

"어, 그래…… 응."

축 처진 오빠의 모습을 보니 지유는 신경이 쓰였다. 그래서 재킷 단추를 채워 몸을 여미고 재신의 팔을 잡았다.

"오빠, 재신 오빠아~"

"으응?"

"화났어? 동생 뺏긴 거 같아?"

"아니."

"에이, 서운해하는 거 같은데. 나 시집간 거 아니잖아."

지유의 말에 재신은 뾰로통한 표정으로 그녀를 응시했다.

"시집간 것보다 지금이 더 충격적이야."

"오빠가 의심했던 전자보단 낫지……!"

"그걸 말이라고 하냐."

지유는 갑자기 날아온 꿀밤에 미처 방어하지 못한 채 그대로 맞았다. 손을 위로 올려 이마를 비비던 그녀가 재신을 보고 피식 웃었다. 그러자 재신은 그녀의 코를 잡아 비틀었다.

"피임은 잘했지?"

"꺄아악."

지유는 두 손으로 얼굴을 가리며 소리를 질렀다.

"왜…… 왜! 설마 안 했어?"

"아니. 아니, 아니. 오빠랑 이런 대화를 하다니, 나 너무 화끈거려."

"그래서 피임 잘 했어, 안 했어."

"……아, 몰라! 그런 거 묻지 마."

지유가 손바닥으로 재신을 밀어냈다. 오빠와 이런 대화를 하게 될 줄이야. 제 성생활을 들킨 것도 부끄러운데, 피임 얘기라니.

"알겠어."

"도형 오빠한테도 절대 묻지 마! 알겠지?"

"왜? 내가 찾아가서 서도형 멱살 쥐고 피임 잘 했냐 안 했냐 물어볼까 봐?"

"……아, 오빠. 내가 잘못했어."

울상인 지유를 보며 재신은 더 짓궂게 농담을 던졌다. 그럴수록 지유는 정말 울 듯 말 듯 한 표정을 지어 보였다.

"늦겠다. 내려가서 얼른 씻고 출근 준비해."

"알겠어."

Rrrrr.

때마침 지유의 전화가 울렸다. 가방에서 폰을 꺼내자 도형이었다. 그녀는 검지를 입에 붙이고 재신에게 '쉿, 쉿!'이라고 말하며 강조했다.

"어, 오빠."

-어디 갔어?

"나 집, 출근 준비하려고."

-말도 없이 갔어?

도형의 목소리에 서운함이 묻어났다.

"그게……."

-난 지유랑 아침도 먹고, 좀 더 안고 있고 싶었는데. 오빠 깨우지. 뭐 타고 갔어?

"택시."

-몸은 안 아프고?

도형의 말에 지유의 얼굴이 토마토처럼 빨개졌다. 지유는 재신에게 등을 돌렸다.

"응, 응 괜찮아. 오빠는?"

-나는 기분 상쾌하고 좋은데. 유지유가 없어서 그것만 아쉽지. 그나저나 정말 몸은 괜찮아? 어제 많이 아파 보였는데.

"어, 안 아……파. 내 무릎이."

-무릎? 거기도 아파? 뒤로 할 때 쓸렸나?

"아니, 아니."

그녀는 슬쩍 뒤를 보았다. 재신이 우두커니 뒤에 서서 그녀를 보고 있었다.

"오빠 내가 있다가 전화할게."

-아니야. 나 다 일어났어. 너한테 갈게.

"지금 온다고?"

-응. 밥 먹이고 보낼래. 마음 쓰이네.

정말 오려는 모양인지 전화 너머로 문이 닫히며 도어로크가 잠기는 소리가 들렸다.

"서도형 온대?"

재신의 질문에 지유는 고개를 끄덕였다.

-금방 갈게. 사랑해, 지유.

"응. 나도. 나도."

전화를 끊은 후 지유는 곁눈질로 재신을 바라봤다. 좌불안석이 이럴 때 쓰는 말인가 보다.

"아직 시간이 이르네. 셋이서 아침 먹으면 딱이겠다."

"……나 바로 출근할래."

"어딜."

"오빠, 제발."

"……사무실로 올라와. 간단하게 셋이서 식사하자고."

절대 뜻을 굽히지 않는 오빠에게 지유는 대충 고개를 끄덕여줬다. 간단하게 오빠 회사에서 식사하는 정도면, 나쁘지 않을 것 같았다.

***

잠에서 깬 도형은 옆에 있을 지유를 당겨 안았다.

"……."

그런데 그의 품에 안긴 건 이불과 베개였다. 눈을 깜빡이다가 벌떡 침대 위에 앉은 도형은 주위를 둘러보았다.

지유의 옷가지가 없고, 지유도 없었다. 그는 벌떡 일어나 욕실로 가서 이를 닦고 세수를 했다. 욕실에서 나온 그가 옷을 다 차려입고 운동화를 신으며 지유에게 전화를 걸었다.

혹시라도 전화를 안 받을까 봐, 그가 자는 사이 무슨 생각을 했을지 몰라서 긴장했는데 평소의 지유와 별반 다름없었다.

그렇게 꿈꿔 왔던 제 여자를 안은 다음 날, 휑한 침대를 보니 괜한 걱정이 그의 머릿속을 어지럽혔다.

아프다고 할 때 그만둬야 했나.

……부끄러운 얼굴하고 몸을 가리던 손을 일부러 잡아 눌렀는데, 가리게 해 줘야 했나.

안 할게, 안 움직일게. 선의의 거짓말을 하며 제멋대로 해서 그런가.

그는 새벽바람을 가르며 차의 속력을 더 높였다. 속도위반 딱지가 문제가 아니었다.

그가 기대한 아침은 보드라운 지유를 안고 침대에서 좀 더 사랑을 속삭이고 싶었고, 같이 씻고, 밥을 먹고 싶었을 뿐이었다.

……유재신까지 포함하여 셋이서 브런치를 먹을 줄은 전혀 몰랐다.

***

도형이 오기 전 지유는 출근 준비를 마쳤다. 도착해서 재회할 틈도 없이 두 사람은 꼭대기 층으로 올라왔다.

"별거 없지만, 맛있게 먹어."

"우와~ 뭐가 많네."

빵, 우유, 요거트, 치즈, 콩, 박하차.

생각보다 종류가 많았다. 재신이 이걸 다 사 왔다고 생각하니 지유는 감동받아 그에게 다가가 어깨를 꾹꾹 주물러 주었다. 우리 오빠 삐진 줄 알았는데, 그래도 동생 챙겨주는 건 오빠가 짱이었다.

"맛있게 먹을게."

"응. 그래. 거기 우유 한잔 들이켜고."

지유는 빵에 버터와 딸기잼을 발라 도형의 것과 재신의 것을 하나씩 만들었다. 그러자 재신이 슬라이스 치즈 하나를 뜯어 도형의 빵 안에 넣었다.

"치즈도 같이 넣어서 먹어야 맛있지."

"그러는 넌?"

"난 됐어."

재신이 본인은 괜찮다며 와락 빵을 한 입 베어 물었다. 도형도 입 안에 빵을 넣어 오물오물 씹어 먹었다.

"오빠 커피 없어?"

"어. 없어. 우리 박하차만 있어."

"그럼 오빠가 마시던 건 뭔데."

"……집, 집에서 챙겨온 거."

재신은 본인의 텀블러를 휘휘 흔들어 남은 커피를 싹 마셨다. 그러곤 지유와 도형에게 박하차를 더 마시라며 가득 따라 주었다.

"도형아 그거로 배 차?"

"어."

"그럴 리가. 빵 더 먹어. 밤새 힘들었을 텐데."

"……."

"오빠아!"

"어제 도형이 전시회 하느라 힘들었을 텐데, 그 말인데. 왜?"

"아니야."

지유가 고개를 휘휘 저었다. 그래, 아침까지 챙겨주는 사람한테 내가 너무했지. 지유가 입을 삐죽이며 딸기잼을 더 바르기 위해 잼통을 그녀 쪽으로 끌었다. 스푼으로 잼을 떠서 바르려는 순간, 그녀의 살굿빛 치마에 잼이 흘렀다.

"흐잇, 치마에 묻었다."

"여기 물티슈."

도형이 먼저 보고 그녀에게 물티슈를 챙겨 주었다.

"오빠 나 내려가서 옷 갈아입고 올게. 물티슈로 닦는 것보다 그게 더 낫겠어. 도형 오빠 여기서 기다려."

"응. 다녀와."

그녀는 잼을 물티슈로 닦아 큰 덩이는 쓰레기통에 버린 후 자리에서 일어났다. 도형과 재신을 두고 나가는 게 걱정되긴 했으나 이 꼴로 출근할 순 없었다.

**

지유가 나간 대표실은 잠시 침묵이 돌았다.

"후식으로 콩 먹을래?"

"박하차에 콩?"

"어. 되게 맛있어."

재신의 말에 도형은 피식 웃었다. 그러곤 그가 주는 땅콩을 열심히 받아먹었다. 그러더니 아몬드 캔도 뜯어서 주는 걸 보며 도형은 더는 못 참겠다는 듯 뚜껑을 닫아 버렸다.

"유재신."

"어. 왜."

"밀가루, 유제품, 콩, 박하까지…… 내가 모를 줄 알았냐."

"알고 있었어?"

재신이 팔짱을 끼며 그를 째려보았고, 도형은 어이가 없다는 웃음을 보였다.

"왜 아주 친구 씨 마르게 고사를 지내지 그러냐."

재신이 아침부터 그에게 준 음식들은 모두 정력을 약하게 하는 음식이었다. 지유를 생각하며 제발 욕망이 줄길 바라며 그가 열심히 인터넷을 검색하며 찾아본 음식이었고, 연애하는 동안에도 열심히 먹었던 거였다.

이젠 먹을 필요는 없지만.

"안 그래도 그래볼까 한다."

"……너 내 친구 맞냐."

"……."

"호텔 방 잡아준다고 할 땐 언제고. 여자 친구 생기면 온갖 기술 다 전수해 준다며."

"그건 나 아니고, 태훈이었고."

"어쨌든."

도형은 한숨을 푹 쉬었다.

"그렇게 싫냐, 나랑 지유 만나는 거."

"아니."

"매번 이럴 거냐고. 유재신."

"아니."

"친구 사이 어색해지지 말자. 이럼 나 불편해."

"……."

도형은 진심을 담아 말했다. 이런 식으로 야금야금 다리를 걸면, 결국 더욱 불편해질 것이다.

"그래도 네가 너무했어."

"내가 뭘."

"내가 말 안 하려고 했는데. 너 우리 지유 몸 못 봤어? 목하고, 어깨하고, 다리하고. 야. 그거 보면 어느 부모가 눈이 안 돌겠냐. 내가 지유 아빠였으면 너 머리채 잡았다? 오빠여서 감사한 줄 알아."

"흠."

적나라한 재신의 표현에 도형은 할 말이 없어 입을 다물었다. 여기서 사실대로 말하기도, 그렇다고 둘러대는 것도 모두 이상해질 것이다.

"적당히 해야지. 적당히. 남자가 말이야……."

"못 했어."

"뭐?"

"못 했다고. 콘돔 없어서."

"정말?"

순식간에 밝아지는 재신의 표정을 보며 도형은 인상을 찌푸렸다. 그게 그렇게도 안심이 될까. 당분간은 지유를 안을 때 재신을 조심해야 할 거 같은 불안한 예감이 든다.

"어. 정말 못 했어."

그가 생각한 끝까지는 파정하는 순간인데, 거기까진 가진 못했으니 못 한 거다.

"야…… 잘 참았다. 내 친구."

재신이 그의 어깨를 탁탁 치며 위로해 주었다.

"근데 친구야, 너 괜찮냐. 그게 그렇게 쉽게 참아지는 게 아닐 텐데."

안쓰러운 표정을 짓는 재신을 보니, 그제야 도형도 그가 제 친구로 돌아왔단 생각이 들었다. 녀석, 아직도 마음이 이랬다저랬다 하는 모양이었다.

"내가 두 사람 완전히 마음까지 인정하면 호텔 방 잡아준다! 까짓거!"

"그땐 참지 않아도 되고?"

"어. 야…… 자랑스럽다. 내 친구. 그걸 참다니. 넌 사나이야."

"고맙다."

도형은 속으로 생각했다. 저는 사나이는 아닌 거로.

앞으로도 참을 생각 따윈 없었고, 재신이 호텔 방을 잡아주기 전에 열심히 지유의 집이나 제집을 들락날락할 생각이었다. 물론 지유의 생각이 제일 먼저겠지만.

"오빠~"

그사이 지유가 문을 열고 들어왔다. 아예 옷을 갈아입은 모양인지 티셔츠에 흰색 반바지를 입고 있었다.

블라우스에 청반지, 티셔츠에 반바지. 지유는 하늘거리는 블라우스에 짧은 반바지를 입고 운동화를 신는 걸 가장 좋아하는 거 같았다. 그녀의 옷 취향은 그에게도 취향저격이었다. 도형은 재신이 보는 앞에서 지유의 허리를 안고 이마에 쪽, 입을 맞췄다.

"출근하자."

"나 못 봤어. 못 봤다."

재신이 등을 돌렸고, 지유는 키득키득 웃었다. 그러곤 발끝을 세워 도형의 입술에 지유가 입술을 가져다 댔다. 그러고는 재신이 다

시 뒤를 돌기 전에 입술을 뗐다. 도형은 짧은 입맞춤이 아쉽기만
했다.

***

기분 좋게 출근한 아침, 편집부 실내 공기는 시베리아 벌판처럼
추웠다. 지유는 발걸음을 죽이고 밖으로 나가 동우에게 카톡을 보
냈다. 선배들한테 물어볼 분위기는 아니었다. 그래서 두 사람은 휴
게실에서 만났다.

"선배!"

"지유야. 이게 얼마 만이야. 같은 회사 다니면서 얼굴 보기가 이
렇게 힘들다니."

"그러게요. 근데 오늘 회사 분위기 왜 이래요?"

"테드랑 유컬이랑 합병한대."

"네에? 유컬이랑?"

"쉿. 기밀이야."

동우가 검지를 입에 가져갔다. 편집부 분위기가 안 좋은 걸 보
면 이미 다 퍼진 거 같은데.

"근데 유컬이랑 합병하면 회사 측에선 좋죠?"

"그렇지. 이미 대표들끼린 합의 본 거 같아. 사실 잡지사 생태계
가 어렵잖냐. 거대 기획사나 제작사, 방송사에 먹혀서 아웃소싱이
되거나 아니면 망하거나. 근데 테드와 유컬이 손을 잡으면, 그건
좀 다르니까."

"……오. 선배. 방금 좀 전문가 같았어요."

지유가 그를 흘깃 보았다. 그러자 동우가 어깨를 으쓱하더니 자판기에 동전을 넣었다. 먼저 뽑은 커피는 지유에게 건넸다.

"문제는 테드 편집장과 유컬 편집장끼리 제대로 붙는다는 거지."

"편집 1팀, 2팀 나눠서 하면 되잖아요. 지금처럼."

"편집 팀이 나눠 있긴 하지만, 미희 편집장님이 계신 너희 팀이 편집부인 거고 나머지는 사실 하청 같은 느낌이 크거든. 그게 미희 편집장 경영스타일인 거고. 매번 편집 팀끼리 헐뜯고 싸우거나, 둘 중 하나는 나가 떨어져야……."

"시너지 효과가 날 거 같은데."

지유의 생각과 달리 동우는 매우 회의적이었다. 둘 중 하나가 피터지게 싸워서 떨어져 나가지 않는 이상.

두 회사는 서로 살기 위해 합병되었다. 각 회사 헤드는 미희와 석호를 놓치지 않기 위해 구슬릴 것이다. 두 사람의 합이 맞지 않는데 합쳤다간 사고가 날지도 모른다.

"유컬 대표님이 매니저먼트 쪽으로 가실 거 같아. 우리 기자 중에서 패션 피플로, 예능에도 진출한 사람도 있잖아. 끼 있는 사람은 방송 쪽으로도 많이 내보내고 싶은가 봐. 그러니까, 유컬은 앞으로는 방송 쪽 일을 하고 나머지 잡지사 일은 모두 테드가 하게 될 거야."

"히익……."

야근이 배로 늘겠구나. 그 생각이 먼저 들었다.

"그나저나 지유는 요새 계속 예뻐지네."

"어머, 선배."

"머릿결도 더 좋아진 거 같고."

지유는 뒷머리를 긁적이다가 머리를 배배 꼬았다. 아침에 도형도 같은 말을 했었다. 굵게 웨이브진 머리카락은 도형의 사랑을 먹고 자라는지 갈수록 머릿결이 좋아졌다.

그건 지유가 그에게 잘 보이기 위해 관리를 시작했다는 것의 반증이었다. 아이크림도 매일 바르고 자고, 팩도 자주 했다.

"연애해?"

동우가 종이컵을 아작 물어 쓰레기통으로 던졌다. 지유는 눈을 깜빡거렸다.

"연애하는구나. 축하해."

"선배는요?"

"난, 뭐…… 때 되면 하겠지."

다른 부서여도 동우의 이야기가 종종 들리는 걸 보면, 동우는 타 부서 사람들과도 벌써 친해진 것 같았다. 그는 성격도 좋고, 인상도 좋았다.

"일단 선배, 저는 사무실로 복귀할게요. 아, 가는 김에 울 선배님들 커피 타서 가야겠다."

지유는 이 일에 자신이 도울 수 있는 건 없지만, 선배님들의 힘이 빠지지 않게 옆에서 커피와 쿠키를 사다 나르며 기운을 북돋아 줘야겠다고 생각했다.

"커피 드세요~"

지유는 가운데 테이블에 쟁반을 내려놓았다. 그러자 의자 바퀴를 끌어온 차석과 휘연이 먼저 커피를 가져갔다. 지유는 미희 것은 직접 들고 그녀의 자리에 놓았다.

"참, 지유 씨."

"네! 대리님."

"제이크 사진전 관련해서 추가 인터뷰해야 하는데, 지유 씨가 해 줄 수 있어?"

"제, 제가요?"

"응. 작가님이 까칠하셔서. 답은 다 해 주시는데 요리조리 다 피해 가는 느낌이야."

"곤란한 질문이었나 봐요?"

"응. 여자 친구."

"……!"

"왜 지유 씨가 놀래?"

휘연은 그녀의 옆구리를 푹 찔렀다.

"그래도 작가님이 지유 씨한테는 서글서글한 거 같아서. 어린 여자 좋아하나?"

"저도 중반을 넘어선……."

"오. 난 앞대가리가 바뀌었는데?"

맞다, 올해 휘연 대리님의 나이가 서른이었지. 지유는 휘연 대리가 건넨 질문지를 메일로 받아 프린트했다.

도형 오빠가 까칠한 사람은 아닌데…… 왜 다들 까칠하다고 하지.

다정하고, 해 달라는 건 다 해 주고, 말도 잘 들어주는데. 연애를 하기 전부터 도형은 그녀에게 그랬었다.

"그럼, 다녀오겠습니다!"

"응. 다녀와."

"네!"

"……두 시간이면 되지?"

"충분합니다."

지유는 서류 봉투를 가방에 넣고 건물 밖으로 나갔다. 그러곤 곧장 도형의 스튜디오로 향했다.

***

사진전이 열린 후, 2주간은 어떤 작업도 받지 않겠다고 선언한 도형은 아침에 일어나자마자 전시장으로 갔다. 조명의 각도와 프레임을 다시 한번 체크했다. 사진전에 내건 작품은 조명의 세기와 반사각까지도 생각하고 촬영한 것이었다.

그의 눈에 사진을 보호하기 위해 붙인 필름 위에 붙은 먼지가 보였다. 조금 더 다가가자 누군가 만졌는지 손자국이 나 있는 것이 눈에 띄었다.

그는 레이에게 바로 전화를 했다.

-네, 형.

"여기 관리자 누구야?"

-어디요? 아, 무슨 문제 있습니까. 제가 바로 가겠습니다.

"연락처 문자로 보내."

그는 본인이 할 말을 한 후 전화를 끊었다. 웬만하면 원만한 성격을 가진 레이와 라영에게 외부 일을 다 맡기는 편이지만 이번 건은 달랐다.

레이에게 문자를 받은 후 그는 직접 관리 소홀로 문제가 생긴 작품들을 일일이 나열했다. 상대가 민망하고 부끄러워할 정도로 그는 거침없이 제 말을 다 전했다. 죄송하단 말은 그에게 통하지 않았다.

부잣집 도련님으로 살아왔던 서도형. 그리고 혼자만의 세계를 만들어 가는 사진작가 제이크. 태생부터 직업까지 그는 누군가의 위에만 있어 봤기에 상대의 감정은 그에게 중요하지 않았다. 오직 유지유를 제외하고는.

Rrrrrr.

"응"

-형. 벌써 전화했어요?

"어. 왜."

-아, 아뇨. ……대표님께서 직접 전화오셔서요.

그는 전시장 건물을 나와 스튜디오로 가기 위해 인근 주차장으로 향했다. 레이의 말에 의하면 상대측에서 무척이나 죄송해하고 있다고 했다.

내로라하는 거장들의 전시에도 콧대 높던 사람이 서도형 한 사람에 고개를 숙일 줄은 몰랐다면서, 도대체 어떻게 하신 건지 물어보기까지 했다.

그들이 의견을 제시하면 이건 이래서 안 되고, 저건 저래서 안 된다며 핑계만 대던 부서에서 미팅하러 스튜디오로 바로 오겠다고 했다는 거다.

-그리고 작가님, 지유 씨 오셨어요.

"지유? 언제?"

-10분 정도 됐어요. 작가님 오시는 데 얼마나 걸리세요?

"……."

도형은 차로 서울 시내를 빠져나가는 시간을 머릿속으로 계산하다가 빠른 걸음으로 지하철역으로 갔다. 그에겐 빠른 걸음이지만 다른 이에겐 뛰는 것과 별반 다르지 않은 속도였다.

"20분."

-지유 씨, 20분 걸린다는데요?

"가지 말라고 해. 금방 간다고."

도형은 지유가 가버릴까 봐 레이의 말이 끝나기도 전에 덧붙였다. 지하철역 계단을 내려가는 발걸음이 빨라졌다.

마지막 다섯 개의 계단을 순식간에 내려간 그가 바로 온 지하철 안에 몸을 넣어 탑승했다.

***

"오빠, 땀 좀 봐."

지유는 손수건으로 도형의 이마에 맺힌 땀을 닦아주었다. 얼마나 빨리 뛰어온 건지, 흰 셔츠도 살짝 젖어 있었다.

"여분으로 갖다 놓은 옷 있어?"

"응. 서랍에."

"잠깐만. 여기?"

"아니. 그 옆."

지유는 서랍으로 다가가 도형이 가리킨 서랍을 열었다. 거기엔 그의 옷뿐만 아니라 그날 봤던 색과 비슷한 부류의 브리프도 들어 있었다. 지유는 뒤로 엉덩방아를 찧듯이 넘어졌다.

"끄악!"

두 손으로 눈만 가린 채.

"왜? 바퀴벌레 있어?"

"아……니. 오빠 속옷."

"난 또 뭐라고."

뒤에서 도형이 걸어와 서랍에서 티셔츠 한 장을 꺼냈다. 그가 즐겨 입는 셔츠의 단추를 순식간에 풀었다. 지유는 엉덩방아를 찧은 채로 앉아 고개만 뒤로 젖혔다.

사락, 사락.

셔츠를 벗는 소리에 눈을 가렸던 손을 풀자, 그녀를 내려다보고 있는 도형이 보였다.

아래에서 위를 봐도 군살 하나 없는 상반신이 신기하기만 했다. 지유가 눈을 깜빡거리자 그가 무릎을 꿇으며 앉는 게 보였다.

드르륵.

"악!"

지유는 손바닥으로 이마를 가렸다. 도형이 한 손으로는 서랍 문을 닫았고, 한 손으로는 지유의 이마에 딱밤을 때렸다.

"요새 맨날 야한 생각뿐이지. 유지유."

"내가 언제!"

지유는 엉덩이를 툭툭 털며 일어났다. 그녀가 일어나자 도형이 그녀의 허리를 감싸 제게로 확 끌어당겼다. 의도치 않게 그의 가슴 언저리에 입술이 살짝 닿았다가 떨어졌다.

"앉아 있으니까 눈높이가 안 맞아서 혼났네."

그는 그러더니 손이 아닌, 입술로 그녀의 이마를 다시 한번 때려주었다. 무척 달콤한 터치였다.

"티셔츠 좀 입어."

지유는 자꾸 닿으려는 그의 맨 살결을 손바닥으로 밀어내며 얼른 입으라고 보챘다.

"왜? 더운데."

"누가 들어오면 어떡해."

"함부로 누가 내 작업실에 들어와?"

그의 말에 지유는 닫힌 문을 응시했다. 아무나 들어오진 않겠지만, 급한 상황에서 레이라면 벌컥 문을 열어놓고 죄송하다고 말할 사람이었다.

"아침에 보고 또 보니까 좋다. 지유야."

"나도. 크큭. 근데 오늘은 일부터 해야 해."

지유는 그녀의 가방에서 삐져나와 있는 서류 봉투를 턱 끝으로 가리켰다.

도형은 그걸 못 본 척하며 그녀의 허리를 안은 채로 뒤로 걸었다. 엉덩이가 탁자에 닿자 걸터앉고 그녀의 목 언저리에 가볍게 입을 맞췄다.

"넌 일해. 난 너만 보고 있어야지."

"……."

지유는 그의 시선에 하던 걸 그만두고 도형을 보았다.

"이렇게 보고 있는데 어떻게 일해. 그리고 옷 좀……."

지유는 눈을 질끈 감았다. 목선에서 느껴지는 그의 입술이 야해서 몸이 절로 배배 꼬였다.

눈만 가려서 안 보이면 그만이라는 생각으로 눈을 가렸지만, 오히려 그게 더 야릇했다.

"조금만 맛보자, 우리 지유."

"안 돼."

단호하게 말은 하면서도 지유는 피식 웃었다. 그러곤 저를 보고 있는 도형에게 한 발짝 다가가 그의 볼을 감쌌다. 그는 탁자에 걸쳐 앉았는데도 그녀보다 키가 컸다. 잘 자리 잡은 가슴 근육과 탄탄한 복부를 보고 있자니 혀가 바싹 말라왔다.

지유는 혀로 입술을 축이는 대신 도형에게 입술을 붙였다. 입술이 닿자 그는 지유의 허리를 감아 상체에 몸을 딱 붙였다. 지유는 거의 그의 허벅지에 몸을 기대다시피 하며 목을 뒤로 꺾었다.

그러자 도형의 혀가 더 깊숙이 들어왔다. 그녀의 입천장부터 그 안쪽까지 샅샅이 훑을 듯이 키스하던 그가 입술을 떼곤 잠시 그녀가 숨 쉴 틈을 주고, 다시 입을 맞췄다.

지유의 손이 그의 볼에서부터 가슴까지 서서히 내려갔다. 사뿐히 올려둔 손에 저도 모르게 힘이 들어가자 도형이 그녀의 손목을 잡아챘다.

"하아……."

"지유야."

"응?"

"나 옷 입어야겠다."

"왜?"

탄력 있어서 더 만지고 싶었는데. 지유는 아쉬움에 그의 등을 안다가 주변을 매만졌다. 탄력 있는 살갗과 딱딱한 근육도 만져진다. 거기다 체온이 높아서 따스하기까지 했다. 눈으로 보고 있으면 잡지에 나온 모델들이 부럽지 않은 몸매라 야하게 느껴졌고, 만지고 있을수록 더 만지고 싶어졌다.

"여기서 사고 칠까 봐."

"도형 오빠, 여기 아무도 안 온다며."

도형의 눈빛이 흔들렸다. 그러더니 테이블에서 내려와 지유의 어깨를 잡아 테이블 앞으로 돌렸다.

"할까."

도형은 힘을 실어 지유를 테이블에 엎드리게 했다. 뒤에서 몸을 겹쳐 손목을 잡은 그가 그녀에게 물었다.

지유는 그의 목소리에서 그가 진심이라는 것을 알 수 있었다.

"아니. 장난이야, 오빠. 아무도 안 와도 여긴 신성한 일터라고, 일터!"

"알아. 장난친 거야."

"에이- 장난 아니었는데."

도형은 그녀를 압박한 채로 손을 뻗어 상의를 가져왔다. 그러곤 지유의 손에 상의를 넘겼다.

"오빠 입어, 말아."

그녀는 등으로 그의 몸을 느끼며 뒤를 돌았다. 그러곤 옷을 집어 도형의 얼굴에 쏙 끼워 넣었다.

"입어야지. 입어야지!"

도형은 상의에 팔을 끼우고 옷깃을 잡아 내리자 복근도 옷 속으로 쏙 숨었다.

"그럼 제이크 씨, 인터뷰 좀 부탁합시다."

"안 돼."

"왜!"

"질문지 안 읽고 왔지. 유지유 에디터님."

도형의 말에 지유는 고개를 끄덕이며 서류 봉투에서 질문지를 꺼냈다. 에이포 용지 한 장밖에 안 되는 질문지가 뭐…… 문제가 있을까 싶었다.

〈질문 사항_지유Ver.

1. 이상형이 어떻게 되시나요? 연상, 연하 어느 쪽인지 궁금합니다!

2. 여자 친구가 있다는 소식을 들었습니다. 정말인가요? 그럼 연하겠네요?

3. 주변인들과도 여자 친구분이 친해서 종종 같이 만난다고 들었습니다. 저희 직원 중에도 본 사람이 있다고 들었습니다. 여자 친구와의 첫 만남이 궁금합니다.

4. 오~! 친구분의 동생이었다고요. 그 친구분을 왜 저는 알 거 같죠.〉

지유는 거기까지 읽고 A4용지를 뒤집었다.

휘연 대리는 그녀와 도형의 연애 사실을 알고 있었다. 그래서 일부러 저를 이곳에 보낸 것이다. '지유Ver'란 질문지는 그녀를 위해 휘연 대리가 장난을 친 거였고, 실제 질문지는 도형의 연애사를 이것저것 물어본 걸 거다.

요새는 연예인이 아니어도 스타가 되는 세상이다. 테드 편집장인 미희가 보기에 서도형은 스타성이 있는 인물이었다. 그래서 일반인을 이렇게까지 파고드는 것이다.

왜냐하면 요리사, 패션 디자이너, 헤어 디자이너, 메이크업 아티스트 등 여러 직군의 사람이 방송계로 진출하는 세상이기 때문이다. 거기다 도형은 최근 영상 편집에 재미를 붙여서 사진으로 동영상을 만들어 올리는데, 순식간에 십만 명의 구독자가 생겨났다.

"티 났나?"

"응. 잘 생각해 봐. 내가 너 출퇴근길에 몇 번이나 갔는데."

"주차장에······!"

주차장에만 있는 게 아니라 가끔은 정문에서 저를 기다리기도 했다. 지쳐서 터덜터덜 나오는 저를 회사 앞에서 꽉 안아 토닥여준 적이 한두 번이 아니었다.

특히 재신 오빠의 건물로 오기 전까지 아침마다 일부러 자신을 데려다주곤 했었다. 지유는 시간이 지나면서 제 눈에 인영의 남자 친구가 보이지 않으니 신경 쓰지 않았지만 도형은 그 이후에도 계속 지유의 주변을 경계했었다.

"그래서 오빠 할 거야?"

"뭐를?"

"모델 뽑는 프로그램 심사위원. 이거."

"아니. 안 해."

도형은 지유의 질문에도 단호하게 대답했다.

"나 같은 직종은 평생 연구를 해야지, 어떻게 남을 평가해."

"아냐. 오빠는 평가해도 돼. 그럴 능력은 돼. 다만."

"다만?"

"TV까지 섭렵하면 서도형 완전 태훈 오빠보다 더 유명해질 거 같아. 안 돼. 평소에 뭘 입어도 패셔니스타인데. 안 돼, 안 돼. 이건 내 선에서 안 되겠어."

지유는 질문지를 도로 서류 봉투에 넣은 후 가방 지퍼를 닫아 버렸다.

"잡지사가 이런 것도 하고, 이상해."

"지유. 회사로 가면 혼나지 않겠어?"

"안 돼. 우리 오빠를 세상에 노출하느니 내가 방패가 되는 게 낫겠어."

그녀는 휙 고개를 올려 무심결에 도형을 봤다. 아래에서 봐도 잘생긴 남자라면…… 세상에 노출하는 건 너무 위험했다. 지금도 몇몇 알아보는 사람이 있어서 걱정되는데.

"윈터 테드 파티는 갈게."

"정말?"

"응."

"오케이. 그럼 이건 가고. 나 여기 정말 가 보고 싶었는데, 외부인 입장 안 되잖아. 직원들도 못 가거든."

"올해는 너 갈 수 있겠다."

"에이, 직원이라고 아무나 들어가는 게 아니라니까. 선택된 자만 들어갈 수 있어."

"나랑 가면 되잖아."

"아!"

지유는 고개를 끄덕였다. 도형이 초대를 받은 거면, 그녀도 같이 들어갈 수 있는 거였다.

그 생각을 왜 못했지. 하지만 같이 들어가면 커플인 걸 타부서에까지 공표하는 셈이고, 거기 관계자분들도 많이 오고 유명한 사람들도 온다는데…….

"너 안 가면 나도 안 가."

도형의 말에 지유는 그의 팔목을 잡았다. 모델 발탁 프로그램에 도형이 출연하는 건 허락 못 하지만 이건 가능한 얘기였다.

"갈래. 오빠랑."

지유가 씩 웃자 그가 그녀의 머리를 흩트리다가 귀 뒤로 넘겨주었다. 귀가 드러나면서 잔머리도 같이 나왔다. 그는 그 잔머리를 당겼다.

"아! 아파."

"요렇게 몇 가닥만 있는 거 귀엽다."

그러면서 도형이 그녀의 귀를 만지작거렸다.

"어쩜 이렇게 작고 귀엽지."

"안 귀여워."

"부끄러워하니까 귓불도 빨개져. 진짜 귀엽다."

지유는 도형의 달콤한 언어에 손발이 녹을 거 같았다. 도형은 그녀의 귓불에 매달린 귀걸이를 만지작거리다가 두 손으로 귀걸이를 뺐다. 그러더니 테이블 안쪽으로 들어가 서랍에서 상자 하나를 꺼내왔다.

상자에서 귀걸이를 꺼낸 도형이 그녀의 귀에 대보더니 만족스럽게 웃었다.

"이거 하고 가."

"귀걸이?"

지유는 벨벳 상자에 들어 있는 또 다른 귀걸이 한 짝을 손바닥에 올려놓고 요리조리 보았다.

가운데 하트 안에는 반짝거리는 보석이 촘촘하게 박혀 있었고, 하트 위아래로 연결된 금색 줄은 꽈배기처럼 꼬여 휘어져 있었다. 반 링처럼 보이지만, 귀에 차면 하트만 보일 것 같았다.

도형이 그녀의 귀에 귀걸이를 꽂아주려고 낑낑거리는 게 느껴졌다. 혹시 다칠까 싶어 귓불에 넣었다가 다시 빼고, 살살 귓불을 만져주는 걸 반복했다.

"오빠 내가 할게."

"응. 생각보다 어렵네."

도형은 그녀가 귀걸이를 차는 모습을 응시했다. 양쪽 귀걸이를 착용하자 지유가 머리카락을 귀에서 빼냈다. 도형에게 잘 보이기

위해 반 묶음 머리를 하듯 반만 위로 올리자 그의 입꼬리도 같이
올라갔다.

"예쁘네."

"잘 어울려?"

"응."

"되게 센스 있게 잘 골랐다. 흔하지 않은 디자인이야."

"딱 보는데 네 생각나더라고."

"정말? 으항. 오빠 나 너무 행복해."

지유는 두 팔을 벌려 도형을 와락 안았다. 생각지도 못한 선물
은 두 배, 아니 열 배로 기뻤다. 그것도 자신이 생각나서 이걸 샀다
니. 이 예쁜이들을 볼 때 제 생각이 난다는 것 자체가 기특해서 지
유는 그의 품에 얼굴을 비볐다.

"이러면 회사로 안 보내고 싶잖아."

"나야말로 안 가고 싶다. 여기서 죽치고 오빠만 보고 있고 싶
어."

"데려다줄게."

"오빠, 안 바빠?"

"응. 지유야, 이따 저녁에 뭐 해?"

"야근."

"꼭 회사에서 해야 해?"

"······으음, 아니?"

"그럼 오빠 집 와서 해."

도형의 말에 지유는 그의 품에서 고개를 끄덕거렸다. 그러자 도

형이 강아지나 고양이의 털을 쓰다듬듯 그녀의 머리를 쓰다듬어 주었다. 아주 잘했다고 칭찬하는 손길 같았다.

***

"엄마, 나 오늘은 안 되고 내일, 내일 저녁에 보자."

-내일? 알겠어. 엄마랑 같이 꼭 쇼핑해 줘.

"응."

-참, 재신이는 뭐 하는데 연락도 없다니?

"오빠? 나도 요새 못 봤네."

-맞선 봤는데 잘 된 거야, 안 된 거야. 이번 맞선 상대가 엄마보다 예쁘더라고.

"아니에요. 제 눈엔 엄마가 제일 예뻐요~"

-어머, 얘는.

지유는 사무실로 복귀해서 휘연 대리와 미희 편집장에게 축하한다는 인사를 받고, 차석에게 쌍엄지를 선물로 받았다. 그러곤 퇴근 전에 일거리를 USB에 넣은 후 사무실을 나서면서 엄마에게 전화를 걸었던 것이다. 그런데 역시나 엄마의 관심사는 오빠에게 있었다.

"엄마 뭐 사고 싶은 거 있어?"

-아니. 가서 보고 사려고. 이제 곧 가을이잖니.

아. 벌써 가을 옷 나올 시즌이 되었구나. 체감은 아직 여름이지만, 이러다가 갑자기 날씨가 바뀌어서 추워질 수도 있었다.

"엄마. 오빠 친구 중에 도형 오빠 알아?"

-그럼. 알지. 그러고 보니 얼마 전에 도형이 보긴 했다. 전보다 더 멋있어졌더라. 인사성도 얼마나 바른지. 그때 재신이네 사무실 주변에 있는 경찰서 앞에서 봤어. 재벌가 귀티가 그런 건가 싶다. 그래도 네 오빠보단 별로야.

"엄마 눈엔 우리 오빠보다 나은 사람이 있어?"

-없지.

지유는 통화하는 내내 경찰서가 마음에 걸렸다. 거기 갔다 왔다는 말은 없었는데. 무슨 일이 있었나? 큰일이면 자신에게 얘기해 줬겠지.

"엄마 내일 보자!"

-응. 몸 잘 챙기고, 네 몸 챙기면서 재신이도 좀 들여다봐 주고.

"옛썰. 엄마의 눈과 귀가 되겠습니다. 재신 오빠 감시!"

-감시는 무슨. 그냥~ 하여튼 저녁 챙겨 먹어.

엄마와의 전화는 항상 재신으로 시작해서 재신으로 끝난다. 이미 익숙한 일과지만 조금 섭섭한 건 어쩔 수 없었다. 엄마에겐 역시 이때까지 키우면서 든 정보다는 제 배에서 난 아들이 최고인가 보다. 그럴 때마다 엄마에 대한 마음의 벽은 점점 커지고 있었다.

***

도형은 오늘도 동영상을 하나 올렸다. 스튜디오에 아예 팀 하나를 만들어야 하나. 사진으로 소통할 땐 보는 이의 반응을 알 수 없었다. 에디터들이 보는 시선과 일반 독자가 느끼는 건 전혀 달랐기에 대중들의 시선은 알기 어려웠다. 그런데 이렇게 사진을 영상처럼 편집해서 올리니 재미도 있고, 댓글들을 보면서 자신의 사진을 보고 대중들이 어떤 느낌을 받는지 알 수 있어서 좋았다.

도형은 기지개를 쭉 켜며 일어났다. 요새 레이가 옆에서 뭐 하냐면서 자기도 알려달라고 하는데, 그의 생각에도 막내 재희에게 영상 편집 일을 가르쳐 보면 어떨까 싶었다. 재희라면 잘할 거 같은 느낌이 들었다. 본인은 카메라를 잡고 싶어 하지만, 도형이 보기엔 그는 그쪽으론 소질이 없어 보였다.

라영 같은 경우엔 패션 화보 쪽보다는 사람 상대를 잘하니 반려견이나 아이들 성장 앨범 촬영 쪽이 더 잘 어울렸다. 고객 유치도 매우 잘할 거 같았다.

그때까지는 두 사람 모두 구도적 센스를 배워야 한다. 그는 틈틈이 그의 아래에서 열심히 일해 주는 직원들을 어떤 방향으로 키워줄 수 있을지 체크했다. 더 나아진 부분과 좀 더 발전해야 할 부분들까지.

"지유 올 시간이네."

벌써 시간이 이렇게 됐네. 그는 헬스장 가는 걸 포기하고 주방으로 향했다. 그러곤 야식으로 먹을 만 한 재료들을 꺼냈다.

그는 차돌박이에 간장과 굴소스를 이용해 양념을 재워두고 골뱅이 무침을 위해 소면을 삶았다.

아삭아삭한 숙주의 숨이 죽지 않는 게 관건인 차돌박이 숙주볶음과 매운 맛을 좋아하는 지유를 위해 골뱅이 소면이 그가 선택한 메뉴였다.

기름에 파와 마늘을 볶아 파기름을 만든 후 그 위에 잘 재워둔 차돌박이를 넣고 볶았다. 채 썬 양파를 넣어 잘 볶아 고기를 익힌 후 숙주를 넣고 뚜껑을 덮었다.

요리를 하는 즐거움은 음식을 맛있게 먹어줄 대상을 떠올릴 때 더 배가 되는 법이다. 그는 지유가 맛있게 먹는 모습을 상상하며 두 접시에 먹음직스럽게 플레이팅을 했다.

요리가 거의 끝나갈 무렵, 초인종 소리가 들렸다.

***

"와- 맛있는 냄새. 안 그래도 배고팠는데. 우와아아-! 이게 다 뭐야!"

지유는 구두를 벗으면서 냄새가 맛있다며 입꼬리가 올라가더니 테이블에 있는 음식을 보곤 박수까지 치며 소리를 질렀다. 좋아서 부엌 주변을 배회하던 그녀가 냉큼 의자를 빼고 앉았다. 도형은 앞 접시와 젓가락을 그녀에게 갖다주었다.

"맛있어?"

"응. 어쩜 양념이 이렇게 내 취향일까. 너무 맛있어."

지유는 도형의 집에 올 때마다 행복했다. 그 이유는 자신을 사랑하는 누군가가 오직 저만을 기다려준다는 느낌이 들기 때문이다. 거기다 가끔은 저를 걱정해 주고, 또 가끔은 허기질까 봐 요리도 해 준다.

"남친 생활백서 책이 있다면 주인공은 오빠일 거야."

"뭐?"

도형의 시원한 웃음소리를 들으며 지유도 마저 젓가락을 놀려 소면을 먹었다. 이 매운맛도 딱 그녀가 좋아하는 맛이었다.

"잘 먹으니까 보기 좋다."

"오빠 집 올 때마다 잘 먹어서 살찌겠다."

지유는 슬쩍 고개를 아래로 내렸다. 반바지 아래로 의자에 닿은 허벅지가 평소보다 2배로 늘어나 있었다. 그녀는 슬쩍 발끝을 세워 의자에서 허벅지가 눌리지 않도록 띄웠다. 그러다가 이게 다 무슨 소용인가 싶어 다시 의자에 허벅지를 붙였다.

살이 조금 찐 거 같긴 하지만…….

"아, 덥다."

지유는 의자 옆에 둔 가방에서 펜 하나를 꺼내서 머리를 빙빙 돌려 묶었다. 도형은 그 모습을 되게 신기하다는 듯 보았다.

"귀걸이 아직 하고 있었네."

"응. 이거 사람들이 예쁘다고 하더라고. 오빠가 역시 센스가 있어."

"잘 어울려."

"정말?"

지유는 숙주와 차돌박이를 동시에 집어 입에 넣고 오물거렸다.

순식간에 요리를 먹은 후 지유는 욕실로 들어가 칫솔을 꺼내 그 위에 치약을 짰다. 그녀의 칫솔 옆에 있는 도형의 칫솔을 보니 새삼 기분이 이상했다.

도형과의 연애가 설레면서도 점점 편해지고 있었다. 사랑하는 감정은 커지는데, 또 반대로 안락한 느낌도 든다.

특히 몸을 섞고 난 이후부터, 급격히.

지수의 말마따나 눈 깜짝할 새에 도형에게 동화되고 빠져 있었다. 헤어진다는 생각만 해도 가슴 부근이 욱신거릴 만큼 아팠다.

도형은 그가 컴퓨터로 작업할 때 쓰는 방에 책상 하나를 더 뒀다. 조명을 켜서 작업하기 좋은 환경을 만든 후 그는 지유를 기다렸다.

딸깍.

지유가 방으로 들어와 그의 옆자리에 앉아 업무용 USB를 컴퓨터에 연결했다. 머리를 묶었던 펜은 사라지고, 지유의 트레이드 마크인 방울 고무줄이 자리 잡혀 있었다. 머리를 풀고 있을 때도 예쁘지만, 포니테일로 묶었을 때 지유는 더 예뻤다.

도형은 일하는 지유를 관찰했다. 모니터 화면을 빠질 것처럼 보다가 타이핑을 치고, 또 뭔가 막히면 이로 입술을 질끈 물고, 그러다가도 타이핑을 치고. 성질이 날 땐 'Backspace'를 누르는 중지에 힘을 실었다. 도형은 그런 지유를 보고 있는 게 좋았고, 제 옆에서 지유가 새벽까지 작업하고 있을 때 편안함을 느꼈다.

"오빠, 오빠."

"응?"

"이거 봐 봐."

도형은 바퀴 의자를 끌어 지유의 옆에 가서 모니터 화면을 보았다.

"기사에 들어갈 사진인데, 어느 게 제일 나?"

그건 지유가 찍은 마카롱 사진이었다. 회사 주변에 마카롱 맛집이 있다더니 결국 다녀온 모양이었다.

"세 번째."

"이거?"

"응. 이거 마감 언제야?"

"내일모레."

"오빠가 찍어줄까?"

"그럴래? ……아니."

지유의 눈이 커졌다가 금세 시무룩한 표정을 지었다.

"나도 잘 찍을 수 있어! 차라리 사진마다 어디가 어떻게 부족한지 알려줘. 그게 나한테 더 도움이 될 거 같아."

"그래."

그는 지유의 이런 면이 특히 기특하게 느껴졌다. 너무 사랑스러웠다. 그는 참을 수 없어서 그녀의 턱을 잡아 위로 올리고 입을 맞췄다.

"으읍…… 오."

그녀도 스르르 눈을 감으며 도형의 목에 팔을 둘렀다. 그녀는 의자에서 일어나 도형의 의자로 무릎으로 올라갔다. 그가 다리를 모아 쭉 뻗었고, 그 좌우 공간으로 그녀는 제 무릎을 넣었다.

"하아……."

의자 등받이가 뒤로 젖혀지며 삐거덕거리는 소리가 났다. 도형은 지유가 넘어지지 않게 허리를 손으로 잡으며 지유의 입술을 제 입 속에 넣어 혀로 굴렸다. 크림처럼 부드러운 그녀의 입술은 그를 매번 미치게 했다.

도형은 이미 지유의 입술에 중독돼서 헤어 나오기가 어려웠다. 그는 지유를 안은 채로 반바지 아래로 뻗은 허벅지를 쓰다듬었다.

의자에서 나는 소리보다 서로의 입술이 닿았다가 떨어지면서 나는 소리가 더 커질 때쯤, 그는 그녀를 받쳐 안으며 일어났다. 침실로 가는 동안에도 두 사람의 입술은 떨어질 줄을 몰랐다.

도형은 지유를 침대에 내려놓고 티셔츠를 단번에 벗었다. 그녀는 눈을 꼭 감았다가 한쪽 눈부터 슬며시 떴다. 그는 그런 지유의 볼을 손으로 부드럽게 만졌다. 귀여워서 어쩔 줄 모르겠다는 표정으로 내려다보며 말이다.

매번 지유는 부끄러워서 두 눈을 꼭 감았다가 그가 어떤 액션을 취하지 않으면 한 쪽 눈부터 조금씩 뜬다. 그 모습이 귀여워서 그는 일부러 그녀가 눈을 뜨는 걸 보고 나서 입을 맞추는 게 버릇이 되었다.

"읍!"

그는 그대로 다가가 그녀에게 입을 맞추며 그녀의 윗옷도 밀어냈다. 옷깃을 쥔 그녀의 손을 잡아 고개를 젓자, 손에 힘을 풀어 버린다.

그는 그녀의 턱선을 따라 입을 맞추며 내려왔다. 눈을 감고 키스를 하던 그가 다시 올라가 입술을 거칠게 빨아들이며 손으론 반바지선 주변을 매만졌다.

미칠 것 같았다.

그는 그녀의 허벅지를 만지다가 무릎을 손으로 덮었다.

"오빠, 너무 급해."

"너만 보면 이래."

그는 그녀의 손을 가져와 자신에게 닿게 했다. 화들짝 놀란 그녀의 손을 놓아 주고 그는 바지버클을 풀었다. 조용한 실내에 옷을 벗으면서 나는 소리가 야릇함을 더해 주었다.

침대 위에 누워 옆으로 몸을 돌린 그녀의 맨다리 하나를 잡아 발목부터 입을 맞췄다. 귀엽게 올라간 복숭아뼈와 반질반질한 종아리. 그리고 더 위로 올라가 무릎과 그 뒤쪽에도 입을 맞췄다.

"도형 오빠. 하……."

지유가 발끝을 뾰족하게 세웠다. 그가 허벅지에 촉 하고 입을 맞췄다. 부드러운 감각과 동시에 그가 여린 살을 빨자, 간지러움에 지유가 옆으로 돌려 누웠다. 그 자세가 오히려 잘록한 몸매를 부각시켜서 그의 아래는 터질 것처럼 부풀었다.

지유는 옆에서 이불을 끌어와 몸을 덮었다.

"오빠, 오빠!"

"하자, 지유야."

"……아니야, 그거 아니야."

"하고 싶어."

하고 싶다는 도형과 그건 아니라는 지유의 실랑이가 있었지만, 결국 도형의 승리였다.

지유는 온몸이 화끈거렸다. 그의 손길이 닿으면 허리가 제멋대로 꺾였고, 허벅지에 자꾸 힘이 들어가 그의 얼굴을 압박하게 되었다.

"아……오빠, 오빠아…….."

그의 긴 손이 올라와 그녀의 어깨선을 매만졌다. 지유는 부들부들 떨며 그의 손길을 느껴야 했다. 떨리는 그녀를 달래주는 손길이었지만 야하기 그지없었다.

"그만……그, 그마안-!"

지유는 도저히 참지 못하고 그를 밀어냈다. 도형은 서서히 물러나 그녀를 모로 눕히며 그 위로 올라왔다.

"오빠."

지유는 긴 다리로 그의 허리를 감았다.

도형은 팔을 뻗어 서랍에서 콘돔을 꺼냈다. 그는 거침없이 그녀에게 중력을 실어 안았다.

갈수록 도형과의 관계는 야하고, 길어지는 것 같았다.

"사랑해, 지유야."

"응. 나도, 나도 사랑해."

그녀는 그에게 다리를 감아 매달리며 겨우 대답했다. 도형은 그녀의 귓가에 사랑한다는 말을 아끼지 않았다. 눈이 마주치자 자연스레 입을 맞추었다.

지유는 짜릿한 쾌감에 몸부림을 쳤다. 그녀는 그의 단단한 허벅지를 잡으며 버텼다.

땀으로 인해 그의 허벅지를 잡은 손길이 계속 미끄러졌다.

"지유야. 하…… 힘들어?"

"으응…… 아니, 좋아. 미치겠어. 오빠."

그의 행위에 지유는 점점 정신을 잃어 갔다. 눈을 감자 별이 보이는 것만 같았다. 눈앞이 하얗게 부서졌다. 지유는 오늘도 도형의 아래에서 오랫동안 신음을 흘려야 했다.

**

다음 날, 지유는 퇴근 후 백화점 앞에서 엄마를 기다렸다. 발끝을 툭툭 건들면서 정문에 서 있는데 익숙한 차가 정문 도롯가로 진입하고 있었다. 지유는 그쪽으로 걸어갔다.

"엄마!"

"지유야~ 빨리 왔네."

"응. 응."

지유는 엄마의 팔에 팔짱을 꼈다. 그러곤 기사님께 묵례를 한 후, 엄마와 함께 백화점 안으로 들어갔다. 팔짱을 낀 그들은 누가 봐도 사이좋은 모녀처럼 보였다.

"재신이는 요새 바쁘다니?"

"엄마는 나만 보면 재신 오빠 찾아."

"내가 그랬어? 그래서 네 오빠는 잘 있대?"

"응. 회사가 바쁜가 봐. 나도 잘 못 봐. 엄마, 이 옷 어때?"

지유는 옷 하나를 골라 엄마의 앞에 대 주었다. 차 여사는 거울 앞으로 옷을 들고 가서 이리저리 대보더니 지유에게 옷을 건넸다. 지유는 팔에 옷을 걸고 엄마의 곁을 따랐다.

"이건 어때? 너무 나이 들어 보이지?"

"너무 예쁜데?"

"그래? 으음. 그럼 이건?"

"한번 입고 나와 봐 엄마!"

지유의 말에 차 여사는 원피스를 들고 탈의실로 들어갔다. 어제 도형과 만나고 오늘 하루 종일 회사에서 시달렸던 지유는 하품을 하며 잠시 탈의실 앞 소파에 앉아 머리를 눕혔다. 잠시 후 탈의실 문이 열리자 그녀는 언제 피곤했냐는 듯 일어서서 감탄사를 연발했다.

"와~ 우리 엄마 진짜 예쁘네."

"사모님 정말 잘 어울리세요."

그 옆에 있던 점원들도 차 여사를 칭찬하기 시작했다. 드라마에 나오는 것처럼 '여기부터 여기까지 주세요'까지는 아니지만 백화점에서 씀씀이가 큰 편이라 점원도 차 여사를 알고 있었다.

아버지가 돌아가신 이후부터 엄마의 허함을 달래주는 건 쇼핑과 재신 오빠뿐인 것 같았다. 지유는 엄마가 고른 옷들이 담긴 종이백을 들고 따랐다.

"이 가방 새로 나온 거예요?"

"네, 이번 가을 F/W 컬렉션에서 히트 쳤던 모델입니다. 사모님께서 드시니까 더 아름다우시네요. 우아한 느낌이에요!"

"그렇군요."

"잠시만요. 보여드릴게요."

점원은 벨벳 장갑을 끼더니 조심스럽게 가방의 지퍼를 열었다.

보물을 대하듯 가벼운 손짓으로 가방의 내부 안 가죽까지 설명해 주었고, 지유도 옆에서 엄마의 기분을 맞춰주었다.

1차 쇼핑이 끝난 후 지유의 손에 들려 있던 쇼핑백들은 모두 김 기사님에 의해 차에 실렸다. 그러곤 2차 쇼핑이 시작되었다. 화장품 매대까지 모두 돌아다닌 후, 지유는 엄마와 아이스크림을 나눠 먹으며 잠시 카페에 앉았다.

"그래도 내가 엄마 덕에 잡지사 정직원 됐어. 고마워."

"그치. 너 어릴 때부터 내가 쇼핑 데리고 다니면서 이것저것 보는 눈 좀 키웠지."

"응. 내가 그래서 연도 별로 명품 컬렉션은 다 꿰고 있잖아. 명품 감정도 한다?"

"네 것도 하나 사 줄걸 그랬다."

"괜찮아. 나는 청바지에 블라우스가 제일 편해. 아니면 티셔츠?"

"신발이라도 사러 가자."

"노~ 엄마, 괜찮아. 내 건 내가 살게."

지유는 고개를 저으며 격렬하게 거부했다. 신발을 사러 위층으로 올라간다면 적어도 한 시간은 더 돌아다닐 것이다. 신발을 사면 그것에 잘 어울리는 가방을 사고 싶을 테고, 그러다 보면 여성 옷 매장도 다시 가야 할 수도 있다.

엄마 덕에 잡지사에서 일하는 데 도움이 된 건 맞지만, 여기서 더 이상 걸었다간 다리에 힘이 풀려 금방이라도 주저앉을 것 같았다.

"우리 지유, 맞선 볼래?"

"맞……선?"

"응. 제일 예쁠 때 가야지."

엄마의 말에 지유는 도형과 연애하고 있단 사실을 말해야 하는지 잠시 고민했다. 그러나 재신의 친한 친구이기 때문에 말하기가 꺼려졌다. 아직 결혼에 대한 구체적으로 생각해 보지 않았을 뿐더러, 도형과 결혼 생각이 있다고 한들 도형이 결혼에 대해 어떻게 생각하고 있는지도 확신할 수 없었다.

"주변에 좋은 남자 있어?"

"응. 많지. 우리 지유 보내야 네 오빠도 가겠지."

"엄마 오빠 보낼 수 있어?"

"그럼. 단, 내가 허락한 여자에 한해서만. 아무한테나 못 보내지. 어떻게 키운 아들인데."

그럼 나는 어떻게 키운 딸인데. 하고 싶은 말은 많았지만, 엄마에게 자신의 존재가 어떤지를 자각하고 숟가락으로 아이스크림을 퍼서 입 안에 넣었다. 이가 꼭 제 마음처럼 시렸다.

"지유 네가 맞선 봐서 결혼해야 네 오빠도 네 꽁무니만 쫓아다니지 않지. 저러다가 홀아비로 늙을까 봐 걱정이다. 걱정."

홀아비로 늙을까 봐 걱정하면서도 재신 오빠 맞선 상대가 엄마보다 예쁘면 투덜거렸다. 도대체 오빠를 보내고 싶은 건지, 아닌 건지 엄마의 마음을 헤아릴 수가 없었다.

"연애하다가 결혼할 수도 있지. 아직 사랑하는 여자를 못 만나……."

"사랑? 재신이는 그런 거 안 할걸."

엄마의 확신에 찬 말투에 지유는 다시 할 말을 잃었다. 유재신은 엄마 두고 사랑도 못 하게 생겼다. 오빠의 앞날과 결혼할 여자가 안타까웠다. 분명 오빠가 결혼하고 나서도 엄마의 집착은 계속될 것 같았다.

잘 되면 내 아들 덕, 안 되면 며느리 탓. 눈에 뻔히 보여 어쩌면 엄마 말대로 재신 오빠는 홀아비로 남는 것도 좋을 거 같단 생각이 들었다. 오빠에겐 미안하지만.

"하여튼 맞선 잡는다?"

"아니, 엄마!"

"잠깐만, 엄마 전화…… 재신이네. 여보세요?"

지유가 남자 친구가 있다고 말하려던 차에 엄마에게 전화가 왔다. 호랑이도 제 말하면 온다더니, 전화 상대는 재신 오빠였다.

"그래. 지유랑 있다, 왜. 너도 온다고? 지유랑 있다니까 바로 오는 거 봐라. 네 엄마랑 데이트 좀 하자니까 바쁘다던 녀석이. 됐어. 오지 마."

엄마의 투정을 들으면서 지유는 피식 웃었다. 재신 오빠가 그렇게 좋을까. 오지 말라고 하면서 이미 입꼬리는 위로 올라가 있었다. 그 덕에 지유의 맞선 얘기는 조용히 묻혔다.

***

따사로운 주말, 지유는 도형에게 전화해서 저녁에 한강에서 밤

바람을 쐬며 치킨에 맥주를 함께 하자고 할 계획이었다. 그러나 아침부터 걸려온 엄마의 전화로 인해 그 계획이 다 틀어졌다.

지유는 엄마의 손에 이끌려 숍에 가서 머리를 하고, 골라준 옷을 입었다. 그리고 점심을 먹으러 나갔더니 저는 맞선 자리에 나와 있었다. 그게 두 시간 사이에 일어난 일이라 그녀는 새벽부터 혼이 나가 있었다.

"엄마아."

지유의 칭얼거림에 엄마는 그녀의 손을 꼬옥 잡았다.

"지유야. 맞선 보자."

"아니…… 나 연애……."

"좋은 사람이야. 엄마 믿지?"

"나 연애……!"

"너도 얼른 가야지. 지금 놓치면 여자는 값이 내려가서 안 돼."

정말 누가 들으면 기함할 소리라 지유는 주변을 획획 둘러보았다. 요새가 어떤 세상인데! 남자의 뱃살이 품격이라고 하면, 여자의 나이는 품위이다. 나이가 들수록 여자도 얼마나 멋스러워지는 세상인데, 값이 내려간다니.

한편으로 지유는 자신이 입양아기에 엄마가 저를 얼른 보내고 싶은 거라고 생각했다. 어쩌면 재신이 제게 쏟는 관심이 싫을 수도 있겠다. 남의 집에 보내려고 안달인 걸 보니 엄마는 분명 자신을 짐짝으로 생각하는 게 틀림없었다.

"그럼 맞선 잘 보고."

"아니 엄마 나는."

"그럼 엄마 간다. 이따가 연락해."

차 여사는 막무가내로 지유의 어깨를 두들기며 응원을 해 준 후 건물 밖으로 나갔다.

아무래도 맞선 상대가 나오면 제대로 거절을 해야겠단 생각이 들었다.

만약 자신이 친딸이었으면 엄마가 이렇게 저를 버리듯이 두고 갔을까? 그랬다면 한창 예쁠 나이에 값어치 매기듯 맞선 시장에 내보내지도 않았을 것이다. 지유는 계속 그런 생각이 들자 기분이 조금 우울해졌다.

그런 지유의 곁으로 남자가 다가와 테이블을 똑똑 두들겼다.

"네?"

"유지유? 너 맞아?"

"동우 선배?"

지유도 자리에서 일어났다.

"이름 듣고 설마설마했는데. 네가 맞았구나. 그런데 후암 기획 손녀라고 들었는데."

"아빠가 돌아가시기 전까진 그랬는데…… 돌아가시고 다시 외삼촌이 회사 맡고 지금은 전혀 연관 없이 살고 있어. 눈엣가시 같은 존재가 돼서."

"미안."

"아니야. 괜찮아!"

지유는 어깨를 으쓱했다. 후암 기획은 광고 기획으로 시작했지만 현재는 후암 커뮤니케이션즈와 후암 이노베이션 쪽이 더 유명해져서 어느새 모두가 들어가고 싶어 하는 회사 반열에 올라 있었다.

지유의 외할아버지가 1대 회장이었고, 외할아버지는 엄마를 제일 예뻐하셔서 장남이 아닌 아빠인 유만호 회장에게 자리를 물려주었다. 아빠는 2대 회상으로 석유 화학 쪽을 많이 키웠고 과학적으로 회사의 큰 발전을 이룩해냈다. 그런 아버지가 갑작스럽게 돌아가신 후, 후암 기획은 장남에게 다시 돌아갔다.

제 여동생을 눈엣가시처럼 여기던 외삼촌은 아예 여동생과 매제 집안을 일선에서 몰아내었다. 혹시라도 재신이 후암 쪽으로 올까 싶어 아직도 전전긍긍하고 있다고 들었다.

그마저도 입양아인 지유와는 상관없는 일이지만.

아버지가 돌아가신 것과 후암에서 내쳐진 일까지 더해져 엄마는 더욱 재신 오빠에게 기대게 됐는지도 몰랐다. 그럼에도 저를 거둬서 키워준 걸 보면 감사해야 하는데…….

아무리 재신이 여동생을 갖고 싶다고 해서 장난감을 사 주듯 자신을 입양한 거라 해도 말이다. 그 생각만 해도 가슴이 뻐근해진다. 지유는 찬물을 한 입 크게 마셨다.

"갈수록 놀랍다. 네가 샤인 프로덕션 유재신 대표 동생이란 것도, 후암 손녀인 것도."

"흐음- 그러는 선배는. 이 자리 나온 거 보면……."

어디 기업가의 자제겠지. 그러니 엄마가 추천을 했을 테고. 궁금했지만 더 묻진 않았다.

"우선 밥부터 먹을까?"

"그러자."

지유는 동우와 말이 잘 통할 거 같았다. 그녀가 연애하는 것도 알고 있고, 학교 선배이기도 하고, 지금은 직장 동료이기도 하니까 말이다.

*　*　*

도형은 지유에게 문자를 보내놓고 스튜디오 식구들과 점심을 먹었다. 새벽부터 시작한 촬영이 점심시간 전에 딱 끝나서 다들 표정이 밝았다.

"작가님, 오늘 사진 진짜 잘 나왔어요."

"저도 공감합니다!"

레이의 말에 재희가 오른손을 올리고 공감한다고 덧붙였다.

"뮤직비디오 촬영도 요새 종종 들어오는데 계속 리젝할까요? 그런 것도 잘하실 거 같은데."

"내 전문 분야가 아니라서."

도형은 뮤직비디오 의뢰는 단가가 안 맞아서 리젝하는 경우가 많았고, 아직 J 스튜디오에서 그를 서포트할 조수들의 인원수가 부족했다. 그렇다고 단가를 낮추기엔 편집을 상대 회사에 맡겨야 하는데, 그는 그가 작업한 작업물을 다른 이에게 맡기고 싶진 않았다.

요새는 사진가가 나아갈 수 있는 길이 많이 열렸다. 사진집 혹은 에세이 출판이나 광고지면 촬영도 있고, 정식으로 뮤직비디오

감독으로 데뷔하는 경우도 있었다.

음식 사진을 찍어서 블로그에 올리는 사람도 있고, 영상 편집에 재미를 붙여 크리에이터가 되는 길도 있고 말이다. 그가 잠시 한국에 없는 사이에 국내 시장의 판도가 많이 바뀌어 있었다.

"왜, 해 보고 싶어?"

"아뇨! 사실, 네. 저는 멈춰진 것보다 움직이는 영상이 더 좋은 거 같아요. 이번에 작가님 영상 편집하는 거 도와드리면서 그것도 재밌더라고요."

"한번 고민해볼게."

직원이 원한다면. 아니, 제 사람이 원한다면 단가를 낮추고 손이 많이 가더라도 못할 건 없었다. 다만, 시간적으로 여유가 있느냐의 문제지.

"작가님께서 연애하시니까 되게 포용력 갑이 되신 거 같아요."

"그 전엔 아니었어?"

"네!"

레이의 우렁찬 대답에 도형의 시선이 그에게 향했다.

"네 라고 말하지만, 속으론 아니라고 대답하고 있었습니다."

"그래도 나 정도면 까칠한 상사는 아니지."

"……."

그의 말에 아무도 반응하지 않았다. 도형은 헛기침을 한 후, 마저 밥을 다 먹었다.

점심을 먹고 직원들은 도형에게 카페에 가서 커피라도 한잔하고 가자고 그를 졸랐다.

"매번 가는 데 말고 다른 카페 가요~"

"어디 카페?"

"요기서 조금만 걸어가면 되게 맛있는 카페 있어요. 디저트가 정말 최고래요."

"카드 줄 테니까 사서 와."

도형이 카드를 내밀었다. 그는 먼저 스튜디오로 돌아가서 좀 더 작업물을 확인해 볼 생각이었다.

"같이 가요~ 얼마 멀지도 않은데. 그게 약간 얼어 있을 때 먹어야 맛있대요."

"아이스크림이야?"

"슈입니다!"

도형은 아웅다웅하는 라영과 레이의 뒤를 따랐다. 가끔 재신과 지유가 그럴 때마다 부러운 생각이 들었다.

도형은 외동으로 자라서 이렇게 시끌시끌한 사람들이 옆에 있으면 절로 즐거워졌다. 제 옆에 누가 와서 수다 떠는 것도 좋았다. 그래서 지유가 좋은가?

"어? 저기, 지유 누나 아니에요?"

"지유?"

도형은 재희의 손이 가리킨 방향으로 고개를 돌렸다.

"지유 씨 맞네! 맞아!"

거기엔 우아하게 찻잔을 두고 마주 보고 있는 남녀가 보였다. 분명, 여자는 지유가 맞았다. 그걸 바라보는 도형의 표정이 점차 굳어갔다.

그는 혹시나 싶어 핸드폰을 열어 지유에게 보낸 문자를 확인했다. 이번 주말에는 근무하지 않아도 된다길래 푹 자고 일어나서 연락 달라고 했는데……. 그는 답이 오지 않은 핸드폰을 들고 지유에게 전화를 걸었다.

"어…… 먼지들 가서 슈빵 먹고 있어."

라영은 이번엔 같이 가자고 조르지 않았다. 조용히 그의 카드를 받아 들었다.

세 사람이 사라진 후 도형의 운동화 앞코는 지유가 있는 방향으로 향했다. 전화가 울리는 걸 보았는지 지유가 핸드폰 액정을 보더니 그대로 가방 속에 넣어 무시하는 게 보였다.

지유를 믿는다. 그가 아는 지유를, 그는 무조건 믿었다.

제게 거짓말을 하고 뒤에서 남자를 만날 여자는 아니었다. 그런데 눈앞에서 오해가 될 만한 상황을 목격하자 아닐 거라는 걸 알면서도 기분은 이미 바닥으로 곤두박질치고 있었다.

그는 오해하고 돌아서는 대신 그쪽으로 성큼성큼 걸어갔다.

***

"그러니까 선배 말은 한 달만 연애하는 척을 해 달라는 거죠?"

"응. 맞선 자리 계속 나가는 것도 곤욕이야."

"그럴 만해요."

"네가 내 입장 되면 그냥 괜찮은 여자 나오면 결혼하자고 해버리고 싶은 심정일 거야."

세상을 다 잃은 표정을 짓는 동우를 보며 지유는 키득키득 웃었다. 그는 정말 괴로운지 고개까지 절레절레 흔들며 지겹다는 표정을 지어 보였다.

"그럼 결혼하면 되잖아요."

"……네가 나랑 해 줄래?"

"네? 선배 농담도, 참……."

"진짠데. 농담 아니야."

동우의 말에 지유는 콧잔등을 찌푸렸다.

"지유 너라면, 너라면 해 볼 만해."

"선배, 저 남자 친구 있잖아요. 그리고 해 볼 만한 여자 말고, 정말 결혼하고 싶은 여자랑 해야죠."

적어도 결혼은 그래야 하지 않을까. 사랑 없는 결혼으로 낳은 결과가 어떻게 될지 모르니까. 저처럼 어딘가에 버림받는 아이들이 수두룩할 것이다. 사랑이 있는 결혼을 해도 서로 갈라서는 판에 사랑이 없는 사이라면 아이에 대한 애착도 더 작지 않을까.

"저는 결혼은 사랑하는 사람과 해야 한다고 생각하는 편이에요. 조금 고지식하죠?"

"아냐. 존중해."

"그래서 맞선으로 결혼할 생각 처음부터 없었어요. 오늘도 어쩌다 보니 나오게 됐지만 상대에게 정중하게 죄송하다고 말씀드릴 예정이었거든요. 선배도 알다시피 저는 지금 연애 중이니까요."

"……그렇지."

"그래서 한 달만 연애하는 척, 그것도 어려워요. 선배 부탁은 다

들어주고 싶지만, 그건 제 남자 친구를 기만하는 일이잖아요."

지유의 똑 부러진 대답에 동우는 잠시 말을 잃었다.

동우는 지유가 편입했을 당시 첫 수업을 들어왔을 때가 떠올랐다. 그도 전역한 이후여서 학교에 적응해가던 시기였는데, 지유도 편입했을 때라 비슷한 면이 많았다. 그래서 금방 친해졌고 어쩌다 보니 종종 밥도 먹게 되었다.

공부도 열심히 하는 편이었던 두 사람은 도서관에서 종종 우연히 만났고, 동우는 자취를 하고 지유는 기숙사에서 살았기 때문에 밤에 편의점에서도 종종 마주쳤다. 게다가 같은 회사에 인턴으로 만나고 ……이제는 하다 하다 맞선 자리에서까지 지유를 만났다.

지유에겐 이것이 아무 일도 아니겠지만 동우에겐 조금 남다르게 다가왔다. 오래전부터 지유를 편한 상대이자 오랫동안 제 옆에 두고 싶은 후배로 생각했는데, 여기서 만나니까 그의 마음도 새삼 흔들렸다.

이미 남자 친구가 있는 유지유지만, 골키퍼 있다고 골이 안 들어가는 건 아니니까.

한 번은 실수, 두 번은 우연 그리고 그 이후는 필연이라고 했다. 그에겐 이게 일종의 사인 같았다.

"전 선배가 좋은 여자 만나길 바라요. 갑자기 이러니까, 막 어색해지잖아요!"

"미안. 그렇지만, 진심이었어."

"아직 마음에 찬 여자가 없으니까 옆에 있는 제가 그냥저냥 편해서 그런 거죠? 술도 잘 마셔. 밥도 같이 잘 먹어, 가끔 선배 대신 커피도 쏴. 이건 동성끼리 뭐랄까, 친구 아이가- 이런 느낌이라고요. 이런 여자랑 결혼하면 매일 아침이 설레지도 않을걸요?"

"난 설렐 거 같은데."

"에이- 아침에 눈 뜨면."

그는 지유의 뒷말이 궁금해 다시 한번 입을 열어 그녀를 채근했다.

"눈 뜨면?"

"하아…… 정말 다시 감아버리고 싶다 라는 생각이 들지도 몰라요."

"어째 지유 네 마음 같은데? 나 보면 눈 다시 감고 싶냐."

동우의 핀잔에 지유는 키득 웃었다. 그녀는 동우 선배가 제게 장난을 친 거란 걸 아주 잘 안다. 그렇기에 이렇게 장난도 칠 수 있는 것이다.

지유가 이미 남자 친구가 있기 때문에 한 달간 연애하는 척은 어렵다고 말했을 때부터 동우는 이미 부탁을 들어줄 수 없다는 걸 눈치챘을 것이다. 그런 상황에서 그녀를 붙들고 계속 해 달라고 할 사람은 아니기 때문에.

"난 조금 설렐 거 같은데."

"유지유."

동우의 답변과 동시에 들려온 남자 목소리에 지유는 위로 고개를 들었다. 거기엔 도형이 서 있었다.

동우가 한 달만 연애를 하자고 제안했을 때 도형에게 전화가 왔었다. 대화를 하던 중이라 전화를 받는다고 바로 대화를 끊기 뭐해서 일단 맞선 자리가 끝나면 전화를 할 생각이었다. 어차피 오늘 밤에는 도형을 만나러 갈 계획이었으니까.

그런데, 도형 오빠가 이곳에 있다니…… 상상도 못 했다.

"오빠……!"

지유는 당황해서 도형과 동우를 번갈아 보다가 도형과 오래 눈을 맞췄다.

아니야, 나 절대 그런 거 아닌데.

도형이 충분히 오해할 수 있는 상황인 거 같아서 지유는 테이블 언저리에 있는 도형의 손가락을 꾹 잡았다. 잘못한 것이 있는 아이마냥 그녀는 촉촉한 눈망울로 고개를 저었다.

오빠가 생각하고 있는 그런 거 아니라고.

"나가자."

"어, 어. 응! 선배, 월요일 날 회사에서 봬요."

"그럼 다음에 뵙겠습니다."

도형도 마지못해 상대에게 인사를 했다. 지유는 도형에게 손목이 잡힌 채로 카페 밖으로 나왔다. 그는 카페를 나선 후에야 손목을 놨다.

"나 지금 네가 무슨 얘기 해도 꼬아서 들을 것 같아."

도형은 화를 내진 않았지만 그렇다고 제 마음을 숨기지도 않았다. 지유는 꿀 먹은 벙어리가 돼서 그의 티셔츠 옷깃을 잡아당겼다.

"해명할 시간 줄게."

"응. 다 말할게. 진짜 아무 사이 아니야. 오해 안 했으면 좋겠어."

"그전에."

"그전에?"

"오빠 화 좀 식혀줘. 열받아서 돌아버릴 거 같아."

말을 하는 도형의 표정은 여전히 냉랭했다. 화가 난 것도, 그렇다고 화가 안 난 것도 아닌 평온한 상태였다. 그런데 목소리만큼은 평소보다 차가웠다.

"오빠."

"……."

"도형 오빠~"

지유의 부름에 도형은 반응하지 않았다. 그녀는 조금 더 용기를 내서 그에게 팔짱을 낀 채 그의 얼굴 앞에서 방긋방긋 웃었다. 웃는 얼굴에 욕을 퍼부어도 이건 그녀가 잘못한 것이기에 뭐든 다 받아줄 수 있었다.

평소 오빠들에게 뭘 해도 예쁨을 받았기에 지유는 용기를 냈다.

잘못을 사과하기 전에 도형의 화를 푸는 게 먼저라고 생각했다. 도형을 웃게 만들 방법을 떠올리다 얼마 전 예능 프로그램에 한창 유행했던 애교가 떠올랐다.

"오빠야. 지유 똑땅해."

"……."

아, 역시. 이 애교는 죽어도 아니었나. 심각한 순간에 오히려 분위기 파악 못 한 걸까.

지유는 여전히 도형이 미동이 없자 쥐구멍에 숨고 싶었다. 차라리 하지 말라며 핀잔을 주면 좋겠다.

그녀는 미안함에 눈을 마주치지 못해 애꿎은 손가락만 보고 있었다. 그사이 도형의 입가엔 미소가 번져 있었다. 이미 화가 풀린 것이다. 손가락을 보고 있던 그녀는 그가 화가 풀렸는지 아닌지 알 수 없었다.

지유가 다시 도형을 보았을 때 한참 말이 없던 그가 입을 열었다.

"또형이는……."

그가 자신을 따라 하고 있었다.

"오빠 이번엔 내가 화나려고 해."

커플끼리 혀를 말아 넣는 건 키스를 할 때면 충분했다. 진심 어린 사과, 그의 기분을 풀어주기 위한 애교에 대한 답이 이거라니……. 사실 맞선도 그녀가 원한 게 아니었고, 억지로 나온 거였는데.

지유의 뾰로통한 표정에 도형도 입을 닫았다. 상대의 반응이 이렇게 차가울 줄 예상 못 한 눈이었다.

도형은 지유와 상대 남자를 확인하고 맞선 자리임을 알아챘다. 아마도 재신의 어머니께서 주선한 게 틀림없었다. 지유 성격에 어머니 부탁이면 다 들어주고도 남았을 거고.

'설렐 거 같은데.'

바로 가까이 다가가자 두 사람의 말소리가 들렸다. 지유의 대답에도 남자는 꿋꿋이 지유에게 호감을 표시했다.

'난 조금 설렐 거 같은데.'

'유지유.'

맞선 상대와 그의 목소리가 겹쳤다. 제 눈에도 예쁜 지유가 다른 이의 눈에도 예뻐 보일 거란 건 자명한 일이다. 그런데 그걸 자신이 알게 되는 건 썩 유쾌하지 않다.

카페 밖으로 지유를 데리고 나온 후, 도형은 잠시 숨을 고르며 참았다.

'해명할 시간 줄게.'

다 말하겠다고 하는 거 보면 오해할 가치도 없는 일임이 분명한데, 속에서 끓는 화가 쉬이 가라앉지 않았다.

'그전에.'

오빠 화 좀 풀게 해 줘.

도형은 지유보다 나이가 많다고 해서 제 기분을 숨기고 다 포용해 줄 순 없었다. 그도 기분이 나쁠 때가 있기에.

오빠, 도형 오빠, 오빠야.

지유가 쓰리콤보로 저를 부르며 발끝을 세운 채 제 얼굴 바로 앞까지 와서 고개를 요리조리 돌려가며 눈을 맞추는 걸 보자 서서히 화가 풀렸다.

언제 화났던가 싶게 입꼬리가 꿈틀대고 있었다.

"오빠야. 지유 똑땅해."

과한 애교에 도형은 웃음이 터질 것만 같았다. 여기서 웃으면 안 되는데. 너무 없어 보이는데. 그는 이를 악물고 웃음을 참았다.

이미 제 기분을 풀어주려 한 애교에 스르르 녹아버린 지 오래였다.

기분이 풀렸다는 걸 알려줄 겸 도형도 그녀에게 장난을 치기로 했다.

"또형이는……."

못할 짓이다. 이건 아니다. 이어서 할 자신도 없었는데.

방긋방긋 웃던 지유가 표정을 굳혔다.

"오빠 이번엔 내가 화나려고 해."

"나도 더 안 하려고 했어."

"크큭, 또형이래. 또형…… 오빠, 화 풀었네."

그녀는 그의 큰 손을 잡은 후 잡아당겼다. 먼저 앞선 그녀의 뒷모습이 참하고 예뻐서 도형은 어기적거리며 따라갔다.

"맞선 본 거야?"

"응. 엄마가 아침에 잠도 덜 깼는데 데리고 나갔지 뭐야. 미안해, 오빠! 근데 맞선 상대가 나 대학교 선배이자 직장 동료여서 아무 문제없어!"

"뭐가 그렇게 엮인 게 많아."

단순한 맞선 상대가 아니잖아. 대학교 선배, 직장 동료에 이제 맞선 상대. 접점이 너무 많단 생각이 들었다.

"진짜 걱정 안 해도 돼. 남자 친구가 오빠인 거 말 안 한 건 아직 시기가 조금…… 빠른 거 같아서. 엄마가 오빠 얼굴을 아니까, 차라리 모르는 상대면 말하기 편할 텐데. 괜히 오빠한테 피해……!"

도형은 그녀를 와락 안았다. 길거리에서 그녀를 안자 지나가던 사람들이 힐끗 그들을 봤다. 그는 그들의 시선에 개의치 않고 지유를 더욱 힘주어 안았다.

학교 선배이거나 직장 동료였다면 지유가 이런 고민을 하진 않았을 텐데. 오빠 친구에서 남자로 포지션을 바꾼 것도 아직 적응하지 못했다. 지유가 그의 친구들과 함께 만나는 자리를 꺼려하는 걸 알고 있다. 그의 친구들이 그녀의 오빠 친구들이기에.

아마 어머니께 말씀드리기도 애매했을 것이다.

"연애한다고 하자."

"응? 우리 엄마한테? 말해도 돼?"

"응. 오빠가 할게."

"……으응. 괜찮겠어?"

지유의 질문에 그는 그녀의 등을 쓸어주었다.

"응. 내가 말씀드릴게."

지유를 여자로 보고 있다고. 그리고 가벼운 연애가 아니라는 것도 말씀드릴 것이다.

친구 어머니로선 정말 좋은 분이지만, 여자 친구의 어머니라고 생각했을 땐 그리 좋은 관계가 될 것 같진 않다. 지유가 어렸을 적 받았던 상처들과 지금까지 옆에서 지켜본 바로는 지유의 어머니는 지유와 재신을 다르게 생각했다. 눈에 넣어도 아프지 않을 자식은 오직 유재신뿐일 거다.

"이것저것 막 물어볼 텐데. 오빠 피곤해질 거 같아."

"괜찮아. 네가 피곤한 것보단 낫지."

"일단 우리…… 다른 데로 갈까. 사람들이 자꾸 봐."

지유가 옆으로 고개를 돌렸다가 사람들의 시선을 느끼고 그의 품으로 얼굴을 숨겼다. 그는 턱으로 지유의 머리를 누르며 주변을 둘러보았다. 몇몇 사람들과 눈이 마주쳤으나 오히려 개의치 않는 그의 당당함에 다들 시선을 먼저 피했다. 도형은 지유를 품에서 떼어낸 후 어깨를 감쌌다.

"스튜디오로 갈까?"

"응. 그러자. 여기만 아니라면 어디든 좋아."

그녀는 이마를 만지는 척하며 얼굴을 가리곤 앞으로 휘적휘적 걸었다.

-2권에서 계속-